| 莉漢叢書 |

章太炎研究中心 主編

黃侃手批
文心雕龍札記

尹夢 李聰——整理

孟琢——審訂

上海人民出版社

圖書在版編目(CIP)數據

黃侃手批文心雕龍札記 / 尹夢，李聰整理. -- 上海 ：
上海人民出版社，2024. -- (蒴漢叢書). -- ISBN 978
-7-208-19159-4

Ⅰ. I206.2

中國國家版本館 CIP 數據核字第 20244R2V79 號

責任編輯　張鈺翰
封面設計　陳綠競

北京師範大學中央高校基本科研業務費優秀青年創新團隊項目
"基於數字人文的《説文》學跨學科研究"(1233300008)
中國社會科學院大學校級年度科研項目——青年教師科研啓動
專項"黃侃手批《文心雕龍札記》的整理與研究"(校 20230071)

蒴漢叢書

章太炎研究中心主編

黃侃手批文心雕龍札記

尹夢 李聰 整理

孟琢 審訂

出　　版　上海人民出版社
　　　　　（201101　上海市閔行區號景路 159 弄 C 座）
發　　行　上海人民出版社發行中心
印　　刷　蘇州工業園區美柯樂製版印務有限責任公司
開　　本　890×1240　1/32
印　　張　11.25
插　　頁　5
字　　數　249,000
版　　次　2024 年 10 月第 1 版
印　　次　2024 年 10 月第 1 次印刷
ISBN 978 - 7 - 208 - 19159 - 4/Ⅰ • 2175
定　　價　78.00 圓

章太炎研究中心

顧問(按姓氏音序排列)

學術委員會(按姓氏音序排列)

工作指導委員會

劉　穎　　王　华　　溫澤遠　　倪偉俊　　吴偉强
王樂芬　　李松濤　　倪滿芬　　孫　瑜　　徐娟妹
俞建新　　陸春松　　章明徠

常務聯繫人

章明徠　　章志宏　　費　傑　　孟　琢　　張鈺翰

總　序

　　餘杭章太炎先生是中國近代首屈一指的革命家、思想家、學問家，德業文章，世所景仰。太炎先生哲思深湛，接續吾華國故之統緒，洞達小學、經學，爲乾嘉漢學之殿軍；更承先啓後，熔鑄西學、佛學之精微。洋洋大觀，徑行獨往，卓然成一家之言。其所試圖重構的思想和文化，其所試圖重新闡釋的中國傳統，是有著普遍主義的價值的。它是"國學"，却又遠遠超出"國學"的範疇。我們以爲，太炎先生的思想和學術，不僅屬於中國，也屬於世界。

　　章太炎是故鄉餘杭的一張"金名片"，太炎先生故居、太炎中學、太炎小學、太炎路（街）等都體現了餘杭對太炎先生的崇高敬意與深厚感情。長期以來，餘杭對太炎先生相關的研究、普及、出版等工作都給予了大力支持。在餘杭的支持下，2017 年，《章太炎全集》由上海人民出版社出齊，標誌著章太炎研究進入了一個新的階段。

　　太炎先生嫡孫章念馳先生，多年來持續關注、支持"章學"的出版與研究工作。近年來，他將家藏的大量珍貴文物捐贈給餘杭章太炎故居紀念館，並提出"以捐助研"的新理念，希望進一步推動章太炎相關研究。這一想法得到了餘杭區委、餘杭區政府、餘杭區文廣旅體局等單位的大力支持，並由章太炎故居紀念館負責落實具體事務。

　　經過一系列籌備工作，在各方的支持與配合下，章氏後裔、餘杭區委、餘杭區政府、餘杭區文廣旅體局、餘杭章太炎故居紀念館、上海人民出版社及學術界相關章學研究學者成立章太炎研究中心。中心主編《章太炎研究》集刊，推出以太炎先生及其弟子相關研究爲主的“菿漢叢書”，定期聯合海内外研究機構組織召開章太炎學術研討會、學術工作坊，希望可以不斷推動“章學”研究的拓展與深化，傳承並發展太炎先生的學術、思想與精神。

章太炎研究中心

2023 年 10 月

目　　録

前　言

孟　琢

　　《文心雕龍札記》是黃季剛先生唯一完整的學術著作，也是中國近現代學術史上的經典之作。在此書中，黃侃貫通文學、小學、經學等不同領域，對《文心雕龍》進行了精彩透闢的講解與闡發，其中的學術觀點爲各種《文心雕龍》注釋、研究所吸收，對現代“龍學”的建立起到了奠基之功。

　　《文心雕龍札記》的通行本是中華書局於 1962 年出版的黃念田先生整理本。2019 年，黃焯先生的後人將一批黃侃藏書、手稿交由上海朵雲軒拍賣，其中有一册《文心雕龍札記》手批本，該本是黃侃任教武漢時(1919—1926)的課堂講義，即“武漢本”。[1]全書共 31 篇，書後印有“武漢高等師範學校教員黃侃纂”數字，其中“武漢高等師範學校教員”被墨筆删去，只留“黃侃纂”三字，黃侃不屑於一校一職的狂狷之態躍然紙上。眉批中有“蓋緯有附益而起原，言不盡誣，昔時攻之過甚，殊自悔耳”的表述，亦可見黃侃學術思想的前後演變。手批本的底本“武漢本”是《札記》全書的首次刊印，有大量通行本未見的佚文，又有黃侃施加的墨、紅兩色標點批注，

---

　　[1] 武漢本比通行本多出的文字，稱爲“佚文”；武漢本中的黃侃批校，稱爲“手批”“眉批”等。

涉及文本訂正、字詞訓詁、文意講解、思想闡發等，堪稱《札記》的最善之本。我們對黄侃手批《文心雕龍札記》的版本源流、思想旨趣、學術特點與時代印記進行説明，使讀者更全面地瞭解它的文獻價值與學術意義。

一、黄侃手批《文心雕龍札記》的版本概述

《文心雕龍札記》經歷了由課堂印行講義向正式出版書籍發展的過程。根據"龍學"慣例，《文心雕龍》篇目一般分爲"總論""文體論""創作論"三大部分，《札記》的創作與刊印並非一蹴而成，而是沿著這三部分內容逐漸完善的，其主要版本依次有：

（一）**北大本。**北京大學圖書館藏有鉛印本《札記》一册，爲黄侃 1914—1919 年任教北京大學時的課堂講義，每篇書口標有專業、年級，如"一二三年級國文門""文學門一二三年級"等字樣。其中收入《題辭及略例》及《神思》以下屬於"創作論"的 16 篇。

（二）**武漢本。**即本書之底本，爲黄侃 1919—1926 年任教武漢高等師範學校時的課堂講義，其成書下限大約在 1923 年。[1]其中收入《題辭及略例》及"總論""文體論"及"創作論"共 31 篇，《定勢》《情采》《事類》三篇爲手抄，較北大本多出 15 篇（諸本所收篇目差異詳見表 1），其中"創作論"部分增加《指瑕》《養氣》《附會》《總

---

[1] 武昌高等師範學校於 1923 年 6 月改名爲國立武昌師範大學，可知武漢本排印於此之前。參見周興陸：《黄侃〈文心雕龍札記〉成書詳考》，《華東師範大學學報》2024 年第 5 期。

術》4 篇，可見《札記》至此時已全部成稿。由於帶有課堂講授的性質，《札記》講義的內容均較其後的正式刊印本更爲豐富，措辭也更爲自由、激烈。

（三）《筆記》本。北京大學圖書館藏有鉛印本《文心雕龍筆記》一冊，爲黃侃弟子顧名在 1922 年協助汪大燮創辦平民大學期間，將其師黃侃的北大講義編爲《文心雕龍筆記》，作爲平民大學的講義。其中收入《神思》以下屬於“創作論”的 20 篇。根據周興陸先生的研究，《筆記》本是從北大早期講義到文化學社本的重要橋樑。

（四）《新中國》本。1919 年，黃侃在《新中國》刊發《文心雕龍札記夸飾篇評》《文心雕龍附會篇評》等 2 篇。〔1〕

（五）《華國月刊》本。1923 年，黃侃在《華國月刊》刊發《補文心雕龍隱秀篇（並序）》。1925—1926 年，刊發《題辭及略例》及《原道》《徵聖》《宗經》《正緯》《辨騷》《明詩》《樂府》《詮賦》《頌贊》等 9 篇。〔2〕

（六）《晨報副刊》本。1925 年，黃侃在《晨報副刊》刊發《題辭及略例》及《原道》2 篇〔3〕。可能由於版面限制，在報刊連載中，他

---

〔1〕《文心雕龍札記夸飾篇評》，《新中國》1919 年第 2 期，1919 年 6 月 15 日；《文心雕龍附會篇評》，《新中國》1919 年第 3 期，1919 年 7 月 15 日。

〔2〕《補文心雕龍隱秀篇（並序）》，《華國月刊》1923 年第 3 期；《題辭及略例》《原道》，《華國月刊》1925 年第 5 期；《徵聖》《宗經》《正緯》，《華國月刊》1925 年第 6 期；《辨騷》《明詩》，《華國月刊》1925 年第 10 期；《樂府》，《華國月刊》1926 年第 1 期；《詮賦》《頌贊》，《華國月刊》1926 年第 3 期。

〔3〕《題辭及略例》，《晨報副刊》1925 年第 1 期，1925 年 4 月 10 日；《原道》，《晨報副刊》1925 年第 2、3 期，1925 年 4 月 20 日、30 日。

對《札記》講義進行删改，去掉了大量文選内容，也有一些行文上的改動。這些删改爲其後《札記》的正式刊印本所吸收，形成了《札記》版本源流中"課堂講義"與"正式刊印"的差異。

（七）文化學社本。1927 年，黄侃將《題辭及略例》及《神思》以下屬於"創作論"的 20 篇交付文化學社刊印，這是《札記》的首次公開出版。黄侃删去了《札記》講義中的一些激烈言辭，並在行文上有所改動。根據周興陸、張海明等先生的研究，文化學社本的出版，與黄侃不滿於顧名《文心雕龍筆記》與范文瀾《文心雕龍講疏》中"襲取師説"的行爲有關。〔1〕

（八）《文藝叢刊》本。1935 年黄侃逝世，1937 年中央大學《文藝叢刊》紀念專號刊發《題辭及略例》及《原道》以下屬於"總論"和"文體論"的 11 篇。《文藝叢刊》本與文化學社本篇目不同，從文字比勘看，應源於《華國月刊》本及《晨報副刊》本。

（九）川大本。1947 年，四川大學學生彙集文化學社本及《文藝叢刊》本，集資刊印《札記》31 篇全本，由成都華英書局發行。唯其印量極少，缺乏學術影響。

（十）中華書局本（通行本）。1962 年，黄念田彙集文化學社本及《文藝叢刊》本共 31 篇，交由中華書局上海編輯所刊印出版，即今通行本《札記》。

諸本源流如下圖所示：

---

〔1〕 參見張海明：《黄侃〈文心雕龍札記〉考原》，《清華大學學報》2023 年第 5 期；周興陸：《黄侃〈文心雕龍札記〉成書詳考》，《華東師範大學學報》2024 年第 5 期。

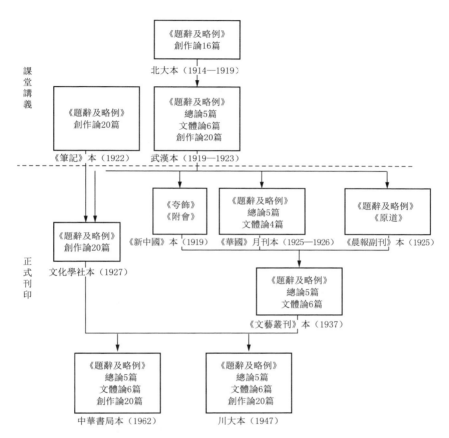

課堂講義

《題辭及略例》
創作論16篇

北大本（1914—1919）

《題辭及略例》
創作論20篇

《筆記》本（1922）

《題辭及略例》
總論5篇
文體論6篇
創作論20篇

武漢本（1919—1923）

正式刊印

《題辭及略例》
創作論20篇

文化學社本（1927）

《夸飾》
《附會》

《新中國》本（1919）

《題辭及略例》
總論5篇
文體論4篇

《華國》月刊本（1925—1926）

《題辭及略例》
《原道》

《晨報副刊》本（1925）

《題辭及略例》
總論5篇
文體論6篇

《文藝叢刊》本（1937）

《題辭及略例》
總論5篇
文體論6篇
創作論20篇

中華書局本（1962）

《題辭及略例》
總論5篇
文體論6篇
創作論20篇

川大本（1947）

　　民國講義的撰寫、發表與刊印情況頗爲複雜，課堂講義可以不斷增印，正式發表亦可屢加修改，從前者到後者往往經歷了曲折的發展過程，其中多有不可考者。據黃念田、黃焯先生的回憶，《文心雕龍札記》31篇成於黃侃任教北京大學時，在1919年之前全部定稿。[1]就《札記》的版本流傳來看，以下信息還值得進一步玩味：

───────────

〔1〕　黃侃撰，黃念田整理：《文心雕龍札記》，中華書局1962年版，第235頁。

表 1 《札記》不同版本所收篇目一覽

類型\版本	課堂講義		《筆記》本	《新中國》本	正式刊印				
	北大本	武漢本			《華國月刊》本	《晨報副刊》本	文化學社本	《文藝叢刊》本	川大本/中華書局本
	《題辭及略例》	《題辭及略例》	《題辭及略例》		《題辭及略例》	《題辭及略例》	《題辭及略例》	《題辭及略例》	《題辭及略例》
總論		《原道》《徵聖》《宗經》《正緯》《辨騷》			《原道》《徵聖》《宗經》《正緯》《辨騷》	《原道》		《原道》《徵聖》《宗經》《正緯》《辨騷》	《原道》《徵聖》《宗經》《正緯》《辨騷》
文體論		《明詩》《樂府》《詮賦》《頌贊》《議對》《書記》			《明詩》《樂府》《詮賦》《頌贊》			《明詩》《樂府》《詮賦》《頌贊》《議對》《書記》	《明詩》《樂府》《詮賦》《頌贊》《議對》《書記》
創作論	《神思》《體性》《風骨》《通變》《定勢》《情采》《鎔裁》《聲律》《章句》《麗辭》《比興》《夸飾》《事類》《練字》《隱秀》《指瑕》《養氣》《附會》《總術》《序志》	《神思》《體性》《風骨》《通變》《定勢》《情采》《鎔裁》《聲律》《章句》《麗辭》《比興》《夸飾》《事類》《練字》《隱秀》《指瑕》《養氣》《附會》《總術》《序志》		《夸飾》《附會》	《隱秀》		《神思》《體性》《風骨》《通變》《定勢》《情采》《鎔裁》《聲律》《章句》《麗辭》《比興》《夸飾》《事類》《練字》《隱秀》《指瑕》《養氣》《附會》《總術》《序志》		《神思》《體性》《風骨》《通變》《定勢》《情采》《鎔裁》《聲律》《章句》《麗辭》《比興》《夸飾》《事類》《練字》《隱秀》《指瑕》《養氣》《附會》《總術》《序志》

（1）在北大本（1914—1919）中，收入了《題辭及略例》及《神思》篇以下的 16 篇。（2）在武漢本（1919—1923）中，收入了《札記》全部的 31 篇。（3）在《筆記》本（1922）中，收入了"創作論"部分的 20 篇。（4）在范文瀾《文心雕龍講疏》（始作於 1923 年，刊印於 1925 年）中，參考、抄録了《札記》中 25 篇的内容。〔1〕按：顧名於 1915 年考入北大，1918 年入國文門研究所爲研究員，1919 年參與了《新中國》月刊的創立。范文瀾於 1914 年考入北大，1917 年畢業，自稱"曩歲遊京師，從蘄州黄季剛先生治詞章之學。黄先生授以《文心雕龍札記》二十餘篇，精義妙旨，啓發無遺。"在黄侃 1919 年赴武昌之前，二人似皆未獲睹《札記》的 31 篇原貌，故所取者有限。因此，我們將《札記》的最終定稿時間推後四年，認爲它創作於黄侃任教北大時期，在 1919 年時基本成型，全部刊印定稿於黄侃任教於武漢高等師範學校時期，不晚於 1923 年 6 月。〔2〕在《札記》的刊印過程中，無論北大本、《筆記》本還是文化學社本，"創作論"的相關篇目都率先結集定稿，這與《札記》的創作目的不無關聯。黄侃在北大承擔詞章學教學，相當於後世的"文章作法"〔3〕，《札記》本爲指導文章寫作之用，這一創作動機亦體現在黄侃先行刊印"創作論"

〔1〕　張海明：《黄侃〈文心雕龍札記〉考原》，《清華大學學報》2023 年第 5 期。
〔2〕　我最初根據北大本和武漢本的不同，推斷黄侃在北大時只撰寫了"創作論"的大部分内容，在武漢時期補充了"總論"和"文體論"的相關篇目。文章發表之後，讀到周興陸、張海明、李平等先生的論文，始知前説之非，《札記》當整體成型於黄侃任教北大期間。但在顧名、范文瀾是否見到了《札記》全本的問題上，還是有所疑惑——他們是"見而未取"，還是"未睹全豹"，並没有堅實的證據。因此，還是根據現有版本的面貌，將《札記》的最終定稿時間後推至 1923 年。
〔3〕　參見李婧：《黄侃文學研究》，中國社會科學出版社 2016 年版，第 190 頁；成瑋：《新舊之間——黄侃〈文心雕龍札記〉的思想結構與民國學術》，《南開學報》2019 年第 3 期。

的發表順序之中。

通過對《札記》版本源流的梳理,我們可以看出黄侃手批本的版本價值。一方面,武漢本是《札記》的最早全本,完整保存了《札記》在課堂講義階段的歷史面貌,與正式刊印的通行本系統有所不同,印數極少,今已稀見。[1]另一方面,手批本中有大量的黄侃親筆校訂、批注,黄念田整理《札記》通行本時並未吸納,更彌足珍貴。下面詳細論之。

(一)武漢本的文獻價值

武漢本的内容比通行本更爲豐富,有大量通行本没有的正文、文選及雙行小注,這些佚文共近兩萬餘字,約占《札記》總篇幅的十分之一以上。因此,武漢本更能呈現《札記》完整的文本面貌,全面反映黄侃的文學思想與教學理路。

首先,武漢本的正文較通行本爲多,可以據之補足後者。如《正緯》釋"孝論",通行本作"即《孝經》《論語》",武漢本於其後多出"六朝人聯稱二物往往圖省,如《老子》《周易》謂之老易,帝堯、老子謂之堯老"一語,解釋更爲詳盡。在《明詩》《詮賦》《議對》《書記》《神思》《體性》《通變》《章句》《比興》《事類》《指瑕》《總術》諸篇中,皆有通行本未見之正文,其中重要的内容,我們將在下文深入論述。

其次,武漢本的文選亦較通行本爲多。中國詩學中向來有合"法"與"選"爲一體的傳統,《札記》本爲教學之用,在辨析文體、指導創作時多徵引文獻以爲參證,這是它的基本體式。《題辭及略

----

[1] 在本書底本之外,公藏機構收藏,僅知蘇州大學圖書館所藏武漢本《文心雕龍札記》上册。

例》云:"唯除《楚辭》《文選》《史記》《漢書》所載,其未舉篇名,但舉
人名者,亦擇其佳篇,隨宜逐寫。"武漢本多雙行小注:"四書皆非難
得之書,亦學人宜常以置側者,翻尋自易,講授時宜挾以登席。"黄
侃要求學生預備四種典籍,以備隨時翻尋,其餘文選則録於《札記》
之中。作爲課堂講義,武漢本不受發表的版面限制,多有通行本中
未見的文選,兹統計列表如下:

表2　武漢本多出之文選

篇目	多出之文選
《正緯》	《隋書·經籍志·六藝·緯類序》、桓譚《抑讖重賞疏》、張衡《請禁絶圖讖疏》
《辨騷》	班固《離騷贊序》、班固《離騷序》、王逸《楚辭章句序》
《明詩》	《柏梁詩》、何晏《擬古》《失題》、袁宏《詠史》、孫綽《秋日》、王融《春遊回文詩》、鍾嶸《詩品》(上、中)、蘇若蘭《璿璣圖詩》
《頌贊》	章太炎《國故論衡·辨詩》、李斯《嶧山刻石》、元結《大唐中興頌》并序、班固《竇將軍北征頌》、崔瑗《南陽文學頌》、蔡邕《京兆樊惠渠頌》
《比興》	杜牧《晚晴賦》

　　再次,武漢本比通行本多出近百則雙行小注,内容包括字詞訓
詁、典故説解、文意發明、思想闡釋等,亦可據以補足後者。如《宗
經》釋"旨遠辭文",引《周易正義》曰:"其旨遠者,近道此事(事也),
遠明彼事(理也),是其旨意深遠。若龍戰於野,近言龍戰(事也),
乃遠明陰陽門爭,聖人變筆(理也),是其旨遠也。"括弧内注文爲武
漢本獨有,以"事""理"之辨闡發"辭""旨"關係,析義甚精。
　　最後,作爲《札記》的早期版本,武漢本亦有可資訂正通行本之
處。如《徵聖》:"蓋正言者,求辨之正,而淵深之理,適使辨理堅

9

强。"武漢本作"求辨之立""淵深之論"。按,此既避免用字重複,亦與下文"體要者,制辭之成,而婉妙之文,益令辭致婍美"中"制辭之成""婉妙之文"對偶,當從之。又如《聲律》:"旁紐。〔雙聲同兩句雜用,如田夫亦知禮,(寅)賓(延)上坐。〕"武漢本作"雙聲同聲兩句雜用"。按,"雙聲"指聲母相同,"同聲"指聲調相同,所舉之例亦爲此意,當從之。《總術》:"遲則研京以十年。"武漢本作"研索",當從之。

(二)黄侃手批的獨特内容

黄侃手批包含了對《札記》文本的校訂,這並未被黄念田整理本所吸納,我們可將其視爲《札記》文本之定稿,據以校正通行本的字句訛誤。如《原道》:"以爲文章本由自然生。"手批增"而"字,作"以爲文章本由自然而生"。《附會》:"大抵著文裁篇,必有所詮表之一意,約之爲一句,引之爲一章。"手批增"爲"字,作"必有所詮表之爲一意"。《宗經》:"道術未裂,學皆在於王官。"手批改作"統於王官"。《章句》:"然則文法之書,雖前世所無,自君作故可也。"手批改作"自我作故"。《頌贊》:"疏曰:諷是直言無吟詠,誦則非直背文。"手批增"之"字,作"諷是直言之,無吟詠",與《周禮正義》同。《樂府》:"蓋以歌辭至繁,難可盡録乎?總集以宋郭茂倩《樂府詩集》所録爲最備。""乎"武漢本作"於",手批增"至"字,作"蓋以歌辭至繁,難可盡録。至於總集,以宋郭茂倩《樂府詩集》所録爲最備。"黄侃或修訂文句,使行文更爲通順整飭;或錘煉字詞,讓表述更爲精確細密;或勘定引文,改正《札記》中的徵引訛誤。凡此種種,皆可據以校正通行本。

綜上,無論内容的豐富性還是文本的準確性,黄侃手批本都有通行本不及之處。作爲倉促印行的課堂講章,武漢本亦難免訛誤遺漏，但作爲黄侃手校的最初全本，實有重要的版本價值。本書即以武漢本爲底本，參校以北大本、《文心雕龍筆記》本、《新中國》本、《華國月刊》本、《晨報副刊》本、文化學社本、《文藝叢刊》本、川大本、中華書局本、文史哲出版社本等，試圖整理出《札記》的最佳之本。

二、黄侃手批《文心雕龍札記》的思想旨趣

黄侃手批《札記》不僅具有重要的版本價值，在它的佚文與黄侃批注中，更鮮明地體現出黄侃“積學能文”的文學思想。作爲章黄一脈相承的文學旨趣，這一思想散見於《札記》各處，武漢本則爲我們展現出前所未見的、集中而精彩的論述。在《神思》“積學以儲寶”句下，有一段重要的佚文：

> 文章之與學術，猶衣裳之與布帛，酒食之與梁禾也。善炊者不能無待于斗粲，善裁者不能無待于匹縷，然則爲文獨可無學乎？古之時道術未裂，文章之所載非王官世傳之法，即學子誦習之編也。歌詩之用，雖與文史稍殊，然選之者不能無材知，習之者不可無方術，故曰“登高能賦，可爲大夫”。誦《詩》三百，授之以政。歌詩者本之情性爲多，而尚不能無學，何況推尋倫理、揚摧事物之言乎？ 自六籍散爲九流，學雖不同，文亦異狀。要之，二者未嘗相離，竄言以爲文者，其時所無有也。自漢以來，單篇益衆，然大抵樞紐經典，咨諏故實。魏晉以降，玄言方隆，載其心習以斷經義、辨形名，往往思湊單微，超軼前哲。尚考六代文士，幾無無學之人，謝莊工於辭賦而巧製地

圖,徐陵善爲文章而草作陳律,此則學有餘裕、宣被文辭之明驗也。後之人或舍學而言文,或因文而爲學。舍學而言文,則陳意縱高,成文反拙。此猶但讀丹經,不求藥石,空持斤斧,不入山林,蹈虛之弊,既有然矣。因文而爲學,則但資華采,巨見條流,此猶集鷂爲冠,雖美而非衰服;屑玉爲飯,雖貴而異常餐,逐末之弊,又如此矣。是故爲文之道,首在積學。論名理者,不能不窺九流之言。推治道者,不能不考史傳之迹。辨禮制者,不能不熟於姬公、孔父之籍。正文義者,不能不求之《説文》《爾雅》之書。作賦者須多誦而始工,考古者必博見而定論。若乃言當代之制,措時勢之宜,尤非高語文章、坐憑匈肊者所能辨。是故積學能文,可分三等,上焉者,明於本數,係於末度,精粗小大,罔不合宜。次焉者,亦當篤信好學,則古稱師,持以爲文,庶無大咎。至於餖飣瑣屑,捆拾叢殘,于學于文,兩無足道,斯爲下矣。

這段文字首見於北大本,爲黃侃任教北京大學時所作,文化學社本無,遂不見於通行本。黃侃手批武漢本時,對其詳加校訂,共有 11 處改動及 4 處批注,可見其重視程度。在他看來,把握文章與學術的統一關係,是深入理解《文心雕龍》"創作論"的根本問題。"爲文獨可無學乎",以學術爲文章之根基是先秦、兩漢、魏晉以來的一貫傳統。《詩》雖本於性情,但也受到先秦文教制度的深刻影響;兩漢文章"樞紐經典",與經學傳統密不可分;魏晉文章思想精微、條理縝密,得益於玄學的思想滋養。學術與文章的緊密結合避免了"纂言以爲文"的弊端。黃侃眉批曰:"纂,苦管切,音款,空也。《史記》:實不中其聲者謂之纂。"在文字訓詁中,暗含著"實"與"聲"的關係問題——學術爲文章之"實",文章爲學術之"聲",二者之間具有內在的統一性。

唐宋以降,隨著學術與文章不斷分途,出現了"舍學言文"和"因文爲學"的雙重弊端。前者使文章空洞蹈虚,流爲缺乏内涵的修飾辭藻;後者使學術捨本逐末,難以把握學理的源流脈絡。爲了克服這些弊端,黄侃提出"爲文之道,首在積學"的主張,認爲作文者需要具備小學、經學、史學、子學的深厚學養。黄侃之"爲文"如此,其"爲學"亦必不拘泥於一端,其文章學術之貫通博洽,如出一轍。關於"史傳之迹",黄侃眉批曰:"九通,謂《通典》《通志》《文獻通考》《續通典》《續通志》《續文獻通考》《清通典》《清通志》《清文獻通考》。"强調史學不僅在傳記之文,更在於歷代的典章制度之學。他將"積學能文"分爲三等,上者貫通中國學術的源流本末,次者堅守古典學術的歷史傳統,下者不過是餖飣瑣屑的知識碎片。章黄之學極爲重視古今源流的歷史考察,"求其統系者,求其演進之迹也;求其根源者,溯其元始之本也"〔1〕,這是黄侃"系統條理之學"的内涵所在,也體現在其對"積學能文"的思考之中。

學術與文章的統一是清代以來重要的文學主張。章學誠認爲學問猶如"志",文章猶如"氣",二者之間是相輔相成的關係。《文史通義·文理》:"學問爲立言之主,猶之志也;文章爲明道之具,猶之氣也。求自得於學問,固爲文之根本;求無病于文章,亦爲學之發揮。"〔2〕在章太炎、劉師培等人的論著中,更體現出鮮明的"以學統文"的傾向。黄侃的文學思想深受章太炎影響,太炎主張"文

---

〔1〕　黄侃述,黄焯編:《文字聲韻訓詁筆記》,上海古籍出版社1983年版,第193頁。
〔2〕　章學誠著,葉瑛校注:《文史通義校注》,中華書局1985年版,第287頁。

學復古","先求訓詁,句分字析,而後敢造詞也;先辨體裁,引繩切墨,而後敢放言也"[1],一方面立足"小學"建立名實密合、精確典雅的語文體系,作爲"文學復古"的基礎,另一方面辨析"學説"與"常語"的文體差異,提倡以學術文體規範一般文體,將經傳箋疏之體吸收到文章寫作之中。[2]在《札記》中,黄侃提出了"通變之爲復古"的主張,武漢本中亦有"今日所處,亦通變復古之時"的佚文。"復古"著重於對歷史傳統的繼承,"通變"著重於因應現實而生的新變,"積學能文"正是"通變復古"的具體途徑,旨在從中國傳統學術中汲取豐富的語文資源、文體資源與思想資源,以適應中國文化古今之變對文學提出的新挑戰。

這段佚文是對黄侃"積學能文"思想的集中表述,深刻論述了文章與學術的統一性,鮮明地展現出黄侃文學思想之要旨。在《札記》中,黄侃屢次強調"學習""博學"的文學意義,如《體性》:"雖才性有偏,可用學習以相補救……求其無弊,惟有專練雅文。此固定習之正術,性雖異而可共宗者也。"《明詩》:"夫極貌寫物,有賴於深思,窮力追新,亦資於博學。將欲排除膚語,洗盪庸音,於此假塗,庶無迷路。"皆可與此互證。

三、黄侃手批《文心雕龍札記》的學術特點

"積學能文"的文學思想塑造了黄侃手批的學術風貌。黄侃對

---

[1] 章太炎:《論文學》,《章太炎全集》第14册,上海人民出版社2018年版,第45頁。

[2] 參見孟琢、陳子昊:《論章太炎的正名思想——從語文規範到語言哲學》,《杭州師範大學學報》2018年第5期。

《札記》的批注，既有對文本的修訂，更有對學術思想的説解，帶有某種"備課講義"的性質。對章黄之學而言，小學是一切學問之基礎，爲文學研究提供了語言文字起點。因此，黄侃手批並非文學評點，而是對《札記》的字詞訓詁、典故講解與史實輔證，爲文學賦予了以小學爲中心的學術底色，體現出"訓詁通文學"的鮮明特點。

　　首先，小學是章黄解讀文學文本的基礎方法。黄侃在批注中對各種文體、書名進行訓詁説解，體現出小學與文學的貫通。如對"離騷"的解釋，黄侃於《辨騷》眉批曰：

　　　　離騷即牢騷也。騷正作慅。楊雄《反離騷》謂之《畔牢愁》，即以證明離騷爲今日常語牢騷，本疊韻字。騷正作慅。

在閔孫奭在北大歷史系求學時（1917—1927）所作的筆記中[1]，也有類似記載：

　　　　楊子雲作《反離騷》，名曰《畔牢騷》，騷本字作慅。案即牢騷之意也。王逸《離騷經章句》解離騷二字曰：離，别也，騷，愁也，是望文生義。

閔氏筆記雖有誤字，但足證此爲黄侃在北大任教時之觀點。關於"離騷"的含義，學者説各不同，如班固以"離騷"爲"遭憂"，其《離騷贊序》云："離，猶遭也，騷，憂也，明己遭憂作辭也。"顔師古、朱熹、錢澄之等從之。王逸以"離騷"爲"别愁"，《楚辭章句》："離，别也，

----

〔1〕　陳琦先生藏書，特此致謝。

騷，愁也，言己放逐離別，中心愁思。"項安世、汪瑗、蔣驥、屈復等從之。戴震以"離騷"爲"隔騷"，《屈賦音義》："離，猶隔也，騷者，動擾有聲之謂。"〔1〕黄侃之説則異於前人，揚雄曾"摭《離騷》文而反之"，作《畔牢愁》，"離""牢"雙聲，故"離騷"應讀爲今日常語"牢騷"。"騷"本字作"慅"，《説文》云，"慅，動也"，即戴震所謂"動擾有聲"之義。黄侃將"離騷"解爲"牢騷"，其義通達明曉，更與《文心雕龍·辨騷》中"其敘情怨，則鬱伊而易感；述離居，則愴怏而難懷"的品評相應。無獨有偶，范文瀾《文心雕龍注》："離騷即伍舉所謂騷離，揚雄所謂牢愁，均即常語所謂牢騷耳。二字相接自成一詞，無待分訓也。"〔2〕姜亮夫《屈原賦校注》："渾騷亦即離騷聲轉，今常語也，謂心中不平之意。"〔3〕游國恩《屈原作品介紹》："我以爲《離騷》可能本是楚國一種歌曲的名稱，其意義則與'牢騷'二字相同。"〔4〕皆與黄説相合。

又如《宗經》講解"《書》實記言"的文章風格，引《漢書·藝文志》："《書》者，古之號令。號令于衆，其言不立具，則聽受施行者弗曉。古文讀應《爾雅》，故通古今語而可知也。"黄侃眉批曰："立，猶言成也。具，猶言備也。讀，抽也，言抽繹其義藴。應，猶合也，言號令之詞，要使聽受者曉然明喻，然後施行無訛，不然言不順則事不成矣。"此語歷來鮮有訓詁，黄侃則詳解其辭，訓"立具"爲"成備"，即"完備周詳"之義。《尚書》中多號令大衆之辭，必須清晰詳

〔1〕 游國恩主編，金開誠補輯，董洪利、高路明參校：《離騷纂義》，中華書局1980年版，第3、4、5頁。

〔2〕 劉勰著，范文瀾注：《文心雕龍注》，人民文學出版社1958年版，第48頁。

〔3〕 屈原著，姜亮夫校注：《屈原賦校注》，人民文學出版社1957年版，第2頁。

〔4〕 游國恩著，游寶諒編：《游國恩楚辭論著集》第4卷，中華書局2008年版，第89頁。

備,方能讓聽者明瞭遵行。因此,其文章風格在於"成備",而非一般意義上的"佶屈聱牙"。想要理解這一特點,必須深通小學。《説文》訓"讀"爲"誦書",段玉裁注改作"籀書",謂"抽繹其義蘊至於無窮,是之謂讀",黄侃取段氏之説,認爲必須據《爾雅》以解讀《尚書》,使二者訓詁相合,才能真正把握《尚書》作爲"記言之書"的風格特點,這也是"據學以明文"的過程。

其次,章黄既是小學巨擘,也是文章大家,他們的文學思想以語言文字爲根基,旨在通過"正名"與"煉字"爲文章寫作提供嚴密準確、内涵豐富的語文起點。黄侃在批注中對《札記》的字詞行文加以説解,用"夫子自道"的方式闡明撰文的用意精微之處,對自己的文學思想親身示範。以《徵聖》中"空言理氣,肊論典禮,以爲明道,實殊聖心"一語爲例,"肊"即"臆"字,多解爲"臆斷"。黄侃眉批曰:"肊,於力切。胷骨也,氣滿也,或作臆。"先以反切注音,再説明《説文》本義爲"胸骨",進而據《廣韻》訓釋説解"氣滿"之引申義,最後溝通"肊"與"臆"的字際關係。根據這一解釋,"肊論"不僅是臆測而論,更有"逞氣立論"的内涵,隱含著黄侃對後儒論典禮"横雜以成見"(《定勢》)的批評。

又如《宗經》:"挹其流者,必撢其原,攬其末者,必循其柢。"黄侃於"挹""撢""柢"三字皆有眉批:"挹,酌也,與抑通,退也。又引也,又推重曰挹,猶吸引之義也。撢,與探同。柢,根也。華菜之根曰蒂,木之根曰柢。"其中對"挹"字的説解尤爲精彩,《廣韻》:"挹,酌也。"即酌酒之意。以器酌酒,表現爲按壓與汲取的雙重動作,既有向外推按之義,又有向内吸引之義。黄侃以"撢其原"與"挹其流"表述"爲文之宜宗經"之理:自"撢其原"而言,經典爲文章之源頭,需要宗仰六經、深探其本;自"挹其流"而言,文章爲經典之流脈,既要理解"由原及流"的發展脈絡(這是"挹"的外推之義),又要把握"以原統流"的整體統攝(這是"挹"的吸引之義)。黃侃通過對"挹"的解釋,頗爲辯證地闡發了經典與文章的關係。對他而言,訓詁與文學的關聯不僅是理論上的,更體現在具體的文章實踐之中,這種學理與創作的統一,展現出黃侃文學思想的獨特魅力。

要之,黃侃强調學術與文章的統一,小學又是章黃之學的根柢。在黃侃手批中,無論是對文學文本的理解,還是對文章寫作的煉字分析,都浸潤著深厚的小學底蘊。黃侃在 1922 年 9 月 29 日日記中,記載了他所編寫的《文志序論》大綱,其中包括"文章與文字、文章與聲韻、文章與言語、詞言通釋、古書文法例、文章與學術"等内容[1],可見這是他一以貫之的學術思想。在以往的研究中,對黃侃"訓詁通文學"的學術理路關注尚不充分,憑藉手批本,我們可以對此獲得更爲豐富的認識。在前言所舉例證之外,手批本中還有豐富的小學批注,在文字訓詁中蘊含著文學的問題意識與學理關切,值得進一步深入發掘。

四、黃侃手批《文心雕龍札記》的時代印記

黃侃手批《札記》不僅反映出章黃之學一脈相承的學術特點,也帶有他身處中國文學新舊之變中的時代印記。關於《札記》與文學潮流的關係,周勳初等學者認爲它源自桐城派、《文選》派和朴學派的三方角力,韓經太、成瑋等學者認爲它隱含著對新文化運動的

---

〔1〕 參見黃侃著,黃延祖重輯:《黃侃日記》,江蘇教育出版社 2001 年版,第 206 頁。

抗拒之意。〔1〕關於後者,由於通行本經過删削,無法展現黃侃的
"戰鬥"姿態,相關推斷尚需進一步證實。在手批本的佚文和批注
中,恰恰保存了黃侃的激烈表述,更爲真切地體現出《札記》在"新
舊之間"的複雜面貌。

　　黃侃對桐城派的批評是旗幟鮮明的,在《題辭及略例》《原道》
《通變》《定勢》諸篇中皆有論述。武漢本中亦體現出他對桐城派的
激烈抨擊,《通變》引錢大昕《與友人書》,其後有一段佚文:

　　　　案此文於近世所謂文章正派之元祖,攻擊至中窾要。觀
　　此,知八股既廢,與八股相類之文,自無必存之理。引之末簡,
　　亦令同好知今日所處,亦通變復古之時,毋爲虚聲所奪可也。

"文章正派之元祖"指"高談宗派,壟斷文林"(《通變》)的桐城派。
在黃侃看來,桐城派對"章法"的强調與八股文並無區別,這種拘於
"陽剛陰柔、起承轉合"(《題辭及略例》)的僵化規範違背了文章的
自然之道,是"通變復古"的反面。既然八股文已被廢除,桐城義法
亦當爲時代淘汰。這體現出黃侃言當代之制、措時勢之宜的積極
態度。在《鎔裁》中,他進一步批評桐城派的僵化拘執。桐城派認
爲"文章格局皆宜有定",黃侃旁批曰"八股則有定",復加眉批曰,
"今之古文家多精八股,而以八股之法作古文",將桐城義法斥爲
"八股之法"。文中引曾國藩《復陳右銘太守書》:"一篇之内,端緒
不宜繁多,譬如萬山旁薄,必有主峰,龍衮九章,但挈一領,否則首

〔1〕　相關綜述參見成瑋:《新舊之間——黃侃〈文心雕龍札記〉的思想結構與民國
學術》,《南開學報》2019 年第 3 期。

尾衡決,陳義蕪雜。"黄侃於"端緒不宜繁多"眉批曰:"宜字有大病,以不能繁多,非不宜繁多也。"於"龍衮九章,但挈一領"旁批曰:"譬語亦不甚的確,論理極幼稚,命意則不甚非也,終以任自然爲是。"在他看來,文章之端緒固然不能繁多,但這並非義法規範的產物,而是行文寫作的自然之理;"不能"與"不宜"雖僅一字之差,在立意上實有本質區別。要之,一切文章軌範都是"任自然"的產物,而非規則強制的結果,其針砭之意頗爲明顯。

在批評桐城派的同時,黄侃對《文選》派亦有深入反思,主要表現在他對阮元"文言說"與"文筆論"的批評上。《原道》引了阮氏《書梁昭明太子文選序後》中"孔子《文言》實爲萬世文章之祖"一語,這是阮元以駢、散區分文、筆的經學依據。黄侃在眉批中連發三問,加以質疑:"凡古經籍以偶爲言者,豈獨《文言》? 何必定以《文言》爲證? 又何必獨以《文言》爲證乎?"所謂"偶語出於自然"[1],經籍中的對偶現象源於自然語言甚至方言,而不是阮元所强調的聖人刻意創制。這種"去聖人化"的解釋,消解了《文選》派在"文言"問題上的依經立義。在此基礎上,黄侃進一步批評阮元關於經、史、子非"文"的觀點。《徵聖》:"近代唯阮君伯元,知尊奉《文言》,以爲萬世文章之祖,猶不悟經、史、子、集一概皆名爲文,無一不本於聖,徒欲援引孔父,以自寵光,求爲隆高,先自減削,此固千慮之一失。"這在黄侃手批中有更爲激烈的展現,《麗辭》引阮元《與友人論古文書》:"今之爲古文者,以彼所棄,爲我所取,立意之外,惟有紀事,是乃子史正流,終與文章有別。"認爲古文與駢文

---

〔1〕 黄侃:《書〈後漢書〉論贊後》,黄侃著,黄延祖重輯:《黄季剛詩文集》,中華書局 2016 年版,第 529 頁。

嚴格對立，屬於子史之流而非文章。黄侃於"以彼所棄，爲我所取"旁批注曰"此亦誣罔之辭"，於"是乃子史正流"旁批注曰"此句愚極"，與公開發表的文字相比，措辭極爲嚴厲。深言之，黄侃對桐城派與《文選》派的批評，都與其"文章本由自然而生"的文學理念密切相關。在他看來，無論文學體裁的創制變遷，還是文學風格的形成演變，都是語言規律與文學規律自然發展的産物，不能加以人爲的强行矯揉。這種本於自然的文學理念，對桐城派的强立章法與《文選》派的嚴分文筆，起到了雙重的糾偏作用。

《札記》不僅批評舊學，更與新文化運動有著緊張的呼應關係，這也充分體現在武漢本的相關佚文之中。黄侃對傳統學術的新突破大爲讚賞，以文法之學爲例，《章句》："及至丹徒馬君，學於西土，取彼成法，析論此方之文，張設科條，標舉品性，考驗經傳而無不合，駕馭衆製而無不宜。茂矣哉，信前世未之有也。蓋聲律天成，而沈約睹其秘；七音夙有，而鄭譯得其徵；文法本具，而馬良析其理。（《文通》實相伯所爲，署其弟之名爾。）謂之絶學，豈虚也哉。"按，北大本與武漢本同，通行本則頗有删改，如"考驗經傳而無不合，駕馭衆製而無不宜"，通行本作"考驗經傳而駕馭衆製"；自"蓋聲律天成"至於"豈虚也哉"一段，更爲通行本所删。憑藉武漢本，可以看出，黄侃將《馬氏文通》與沈約之聲律論、鄭譯之聲調論相提並論，譽爲前世未有的"絶學"，可謂推重至極。其以《馬氏文通》爲馬良（相伯）所著，亦非無據，方豪《馬相伯先生事略》："先生與弟積二十年，而成之《馬氏文通》前六卷，初版行世，先生愛弟才華，令獨署其名。"[1]可資參證。儘管黄侃章句學的核心要義是據字詞以

〔1〕《方豪文録》，上智編譯館 1948 年版，第 334 頁。

明句義，這種語義本位的理路與《馬氏文通》的語法本位頗有不同，但他對《馬氏文通》的高度稱讚，實蘊含著面對學術新變時"自我作故"的興奮之意。

與此同時，黃侃又對新文化運動痛詆不已，在《事類》後有一段言辭激烈的佚文：

> 今世妄人，恥其不學，己既生而無目，遂乃憎人之明。己則陷于潢洿，因復援人入水，謂文以不典爲宗，詞以通俗爲貴。假以殊俗之論，以陵前古之師，無愧無慚，如羹如沸，此真庾子山所以爲驢鳴狗吠，顏介所以爲强事飾詞者也。昔原伯魯不悅學，而閔馬父歎之曰："夫必多有是説，而後及其大人。大人曰：'可以無學，不學無害。'不害而不學，則苟而可。"以是推周之亂、原氏之將亡。嗚呼！吾觀于此，而隱憂正未有艾也。

此段文字亦見於北大本，作於黃侃與新文化運動針鋒相對之際，其後爲文化學社本刪去。黃侃對新文化運動的抨擊衆所周知，"今世妄人"即指新文化運動諸人而言，"文以不典爲宗"針對新文學對古典文學的體式、規範的衝擊，"詞以通俗爲貴"針對新文學對白話的提倡，"假以殊俗之論，以陵前古之師"針對根據西方文言不分對中國語文"文言分離"的批判，皆有鮮明的現實指向。他以"己既生而無目""遂乃憎人之明""己則陷于潢洿""因復援人入水""無愧無慚""如羹如沸""驢鳴狗吠""强事飾詞"等一系列詞語痛斥不已，厭憎之意躍然紙上。

值得注意的是，黃侃對新文化運動進行抵抗的關鍵，亦在於"學"。《札記》援用《左傳》"原伯魯不悅學"之典，認爲學術傳統的淪喪爲亡國滅種之根源。因此，"積學能文"不僅具有深厚的學理內涵，更具有激烈憤慨的"應世"之意。這些激烈表述是《札記》中鮮活的時代印記，在通行本中多爲删除，體現出某種公允、平和的面貌，只能讓研究者在字裡行間發掘黄侃隱然以新文學爲論敵的態度。通過手批本的吉光片羽，我們看到了當年在北大課堂上睥睨當世、痛罵不休的黄侃形象。在中國文學新舊之變的大潮之中，《札記》的文學思想體現出緊張的内部張力，既深入地批判傳統，又興奮地迎接新變，更對新文化運動帶來的中國文學的根本轉折充滿憂患、深表厭憎。這種時代印記展現出黄侃學術思想的不同側面，對我們認識民國學術的豐富面向與複雜生態頗有啓示價值。

　　搜集與整理黄侃的未刊手稿，是一個讓人振奮、歡欣又充滿傷感的過程。黄季剛先生是一位天才式的人物，也是用心血澆灌典籍、不斷追求"高明廣大"之境的第一流學者。在章黄學術的傳承中，他深刻而全面地繼承了太炎先生的學術世界，展現出廣闊的學術格局與自覺的義理高度。他曾説道："讀書人當以四海爲量，以千載爲心。"這種貫通天下古今的"通人"氣象，斷非囿於學科畛域的"專家"之學所能及。就其傳世的重要著作而言，至少涵括了"小學"、經學與文學三大領域，而非僅僅停留於語言文字研究。由於黄侃的人生悲劇，他來不及展現自己的全部學術，後人更無緣見其學術之全。在現代學科化的過程中，黄侃學術被逐漸界定爲"專家"之學，他捍衛"國故"的文化保守主義態度，也被狹隘地闡釋爲對學科壁壘的堅守。某種意義上，這是黄侃英年早逝帶來的最大遺憾。

　　2019 年以來，隨著黄侃未刊手稿的大量流出，我看到了黄侃學術中更爲豐富、開闊的面向,發現了他著述中被後人整理時"刪削"掉的義理痕迹,瞭解了黃侃在《易》學、佛學等領域的思索與積累,打破了對黃侃學術的刻板印象。這種學術上的突破,當然是令人振奮的。由於人微言輕,囊中羞澀,我當時只能與陳子昊、張禪昀、賀垣智幾位賢弟,奔走於京滬兩地。在拍賣會上,我們用電話溝通,儘量用有限的資金購買更具學術意義的文獻。那種彼此之間的興奮與志忐,以及買下手批《文心雕龍札記》時的歡欣雀躍,都讓我永難忘記。在上海,我們還認識了武漢的陳琦先生,他對章黃之學的熱忱與支持,讓我們深深感激。博古齋的吳曉明兄,也與我們成爲了很好的朋友。

與此同時,我也深深感受到人生中的命運感與無力感。學者的"實力"還是太弱小了,我們錯過了太多的學術文獻,這也許意味著,我們錯過了全面理解黃侃學術的最後一次機遇。這幾年來,我時常會埋怨自己,當時爲什麼不再多想想辦法,再多籌些錢來,哪怕是再多拍一些文獻照片呢。當然,人生的遺憾遠不止於此。曾經共同懷抱的理想與事業,有些竟不免成爲了學術宗法的獻祭;鍾情於章黃學術的少年們,遭受了各種各樣的生活磨礪,更有人已經永遠離開了我們……

儘管如此,黃侃手批《文心雕龍札記》最終還是整理出版了,這是對內心遺憾的最大補償。這本書的整理者是尹夢博士與李聰博士,他們是我做大學本科班主任時帶的第一批學生,尹夢還是我的第一個碩士研究生,後來兩人都跟隨王寧先生攻讀博士,又成了我的師弟師妹。他們不辭辛苦,高品質地完成了整理工作。我在策劃全書並撰寫前言之外,也參與了一定的校訂整理,並對整理稿進行了審訂。這本書是對我們十餘年來情誼的見證。本書的整理體例多蒙俞國林師兄、董婧宸師妹的指點,前言中的版本源流圖即出自婧宸之筆。本書的責任編輯張鈺翰兄,更進行了大量細緻認真的工作。此外,本書前言承蒙陳斐兄垂青,刊於《文藝研究》2023年第 3 期。初稿之後,謝琰兄、成瑋兄提出了修改意見,陳斐兄亦多有斧正,特別是針對版本源流的問題,不厭其煩地對我這個外行進行微信語音指導。在本書出版之前,蒙周興陸先生指教,得以在北大圖書館獲睹《筆記》本全貌,在此一併致謝!

　　最後要說的是,本書能夠在"蒓漢叢書"中出版,由衷感謝章念馳先生的大力支持!

壬寅夏日初稿於隨求室
甲辰秋日定稿於北京大學静園二院

凡　例

一、參校本簡稱

北京大學講義本—北大本

《文心雕龍筆記》—《筆記》本

《晨報副刊》—《晨報》本

《華國月刊》—《華國》本

《新中國》—《新中國》本

文化學社本—學社本

《文藝叢刊》本—《叢刊》本

四川大學本—川大本

中華書局本—中華本

文史哲出版社本—文史哲本

二、整理原則

1. 總體原則：以黃侃手批本《文心雕龍札記》（武昌高等師範學校講義）爲底本，盡量呈現底本原貌，以各本校之。改誤，存有價值的異文。無關宏旨，亦不影響理解之處，不一一録入。

2. 校本順序：北大本、《筆記》本、早期報刊（《新中國》《華國》《晨報》）、學社本、《叢刊》本、川大本、中華本、文史哲本、他校本。

3. 底本獨有大段正文、引文內容，於脚注中説明。其他底本獨有正文或小注,或正文底本獨是、參校本無或誤者,不出注。

4. 引文底本與他校本同,而其他參校本皆異者,不出注。

5. 底本明顯誤字不出校,徑據參校本改。避諱字,徑改。

6. 某參校本獨作某,如有參考價值,則出注,否則不出注。

7. 手批本個別篇目有句讀,整理時參考,不在各篇中一一注明。

三、校訂體例

1. 底本有誤:某,原作"某",據某本改。

2. 底本有闕:某,據某本補。

3. 異文情況:

(1) 字有異文:某,某本作"某"。

(2) 句有異文:某,某本作"某";"某"至"某",某本作"某"。

4. 手批以脚注形式放入相應内容後,根據底本位置情況,注明眉批或批注。

5. 小字自注:正文(自注)。

6. 著重號:手批中圈點用加重號;《華國》本著重號用下劃波浪線標注;《新中國》著重號用雙橫下劃線標注;北大本著重號用下劃斷續小橫線標注。

題辭①及略例

論文之書，尟有專籍。自桓譚《新論》、(見嚴可均《全文》中。)王充《論衡》，雜論篇章。繼此以降，作者間出，然文或湮闕，有如《流別》《翰林》之類；語或簡括，有如《典論》《文賦》之儕。其敷陳詳覈，徵證豐多，枝葉扶疏，原流粲然者，惟劉氏《文心》一書耳。雖所引之文，今或亡佚，而三隅之反，政在達材。自唐而下，文人踊(騰躍，甚也，多也。)多，論文者至有標榘〔1〕門法，自成部區，然細②察其善言，無不本之故記。文氣、文格、文德諸端，蓋皆老生之常談，而非一家之眇論。若其悟解殊術，持測異方③，雖百喙④爭鳴，而要歸無二。世人忽遠而崇近，遺實而取名，則夫陽剛陰柔⑤之說，起承轉合之談，吾儕所以爲難循，而或者方矜爲勝義。夫飲食之道，求其可口，是故鹹酸大苦，味異而皆容於舌函⑥；文章之嗜好，亦類是矣，何必盡同？今爲講說計，自宜依用劉氏成書，加之詮釋；引申觸類，既任學者之自爲，曲暢旁推，亦因⑦版業而散見。如謂劉氏去今已遠，不足誦說，則如劉子玄《史通》以後，亦罕嗣音，論史法者，未聞庋〔2〕閣其作；故知滯于迹者，無向而不滯，通於理者，靡適而不通。自愧迁謹，不敢肆爲論文之言，用是依旁舊文，聊資啓發，雖

---

〔1〕 眉批：榘，《廣韻》："楬榘，所以表識也。"
〔2〕 眉批：庋，藏食物，上，過委切。

1

無卓爾之美，庶幾以免戾爲賢⑧。若夫補苴罅漏，張皇幽眇，是在吾黨之有志者矣⑨。

《文心》舊有黃注，其書大抵成於幕⑩客之手，故紕繆弘多，所引書往往爲今世所無，展轉取載，而不著⑪其出處，此是大病。今于黃注遺挩⑫處，偶加⑬補苴，亦不能一一徵舉也。

瑞安孫君《札迻》(詒讓，字仲容。)有校《文心》之語，並皆精美，兹悉取以入録。今人李詳審言有《黃注補正》，時有善言，間或疏漏，兹亦采取而別白之。

《序志》篇云："選文以定篇。"然則諸篇所舉舊文，悉是彦和所取以爲程式者，惜多有殘佚，今凡可見者，並皆繕録，以備稽考。唯除《楚辭》《文選》《史記》《漢書》所載，(四書皆非難得之書，亦學人所宜常以真側者，緐尋自易，講授時宜挾以登席。)其未舉篇名，但舉人名者，亦擇其佳篇，隨宜迻寫。若有彦和所不載，而私意以爲可作楷櫽者，偶爲抄撮便講談⑭，非敢謂愚所去取盡當也。

校勘記

① 辭，北大本、《筆記》本、學社本、中華本同。《華國》本、《叢刊》本、川大本、文史哲本作"詞"，《晨報》本作"解"。

② 細，《晨報》本同。北大本、《筆記》本、《華國》本、學社本、《叢刊》本、川大本、中華本、文史哲本作"紃"。

③ 悟解殊術，持測異方，原作"悟解殊持，術測異方"，手批改作此，《筆記》本同。《華國》本、《叢刊》本、文史哲本作"悟解殊特，術測異方"，北大本、《晨報》本、學社本、川大本、中華本作"悟解殊術，持測異方"。

④ 喙，北大本、《筆記》本、《華國》本、學社本、《叢刊》本、川大本、中華本同。《晨報》本作"啄"，文史哲本作"家"。

⑤ 陽剛陰柔，北大本、《筆記》本、《華國》本、學社本、《叢刊》本、川大本、中華

本、文史哲本同。《晨報》本作"陰陽剛柔"。

⑥ 函，原作"矜"，手批改作"函"，北大本、《筆記》本、學社本同。《華國》本、《叢刊》本、川大本、中華本、文史哲本作"胗"，《晨報》本作"聆"。

⑦ 因，《華國》本、《晨報》本同。北大本、《筆記》本、學社本、《叢刊》本、川大本、中華本、文史哲本作"緣"。

⑧ 庶幾以免戾爲賢，北大本、《華國》本、《晨報》本同。《筆記》本、學社本作"庶幾以弗畔爲賢"，《叢刊》本、川大本、中華本、文史哲本作"庶以免戾爲賢"。

⑨ 自"若夫補苴罅漏"以下，《華國》本、《叢刊》本、川大本、中華本、文史哲本同。《筆記》本、學社本作"如其弼違糾謬，以俟雅德君子"。

⑩ 幕，《筆記》本、《華國》本、《晨報》本、《叢刊》本、川大本、文史哲本同。學社本、中華本作"賓"。

⑪ 著，《筆記》本、《晨報》本、學社本、中華本同。《華國》本、《叢刊》本、川大本、文史哲本作"注"。

⑫ 捝，《華國》本、《晨報》本、《叢刊》本、川大本、文史哲本同。《筆記》本、學社本、中華本作"脱"。

⑬ 加，北大本、《筆記》本、《華國》本、學社本、《叢刊》本、川大本、中華本、文史哲本同。《晨報》本作"取"。

⑭ 偶爲抄撮便講談，北大本、《筆記》本作"偶爲抄撮，以便講談"，《華國》本、《叢刊》本、川大本、中華本、文史哲本作"偶爲抄撮，以便講説"，《晨報》本作"偶爲撮鈔便講談"。

原　道　第　一

　　原道　《序志》篇云："《文心》之作也，本乎道。"案彦和之意，以爲文章本由自然而①生，故篇中數言自然，一則曰："心生而言立，言立而文明，自然之道也。"再則曰："夫豈外飾，蓋自然耳。"三則曰："誰其尸之，亦神理而已。"尋繹其旨，甚爲平易。蓋人有思心，("思心"二字見《尚書·洪範》。)即有言語，既有言語，即有文章，言語以表思心，文章以代言語，惟聖人爲能盡文之妙，所謂道者，如此而已。此與後世言"文以載道"者，截然不同。詳《淮南王書》有《原道》篇，高誘注曰："原，本也。本道根生眞②，包裹天地，以歷萬物，故曰原道，用以題篇。"此則道者，猶佛説之"如"，其運無乎不在，萬物之情，人倫之傳，孰非道之所寄乎？《韓非子·解老》篇曰："道者，萬物之所然也，萬理之所稽也。理者，成物之文也；道者，萬物之所以成也。(道，公相。理，私相。)故曰：道，理之者也，物有理不可以相薄。物有理不可以相薄，故理之爲物之制。萬物各異理，而道盡稽萬物之理，故不得不化。不得不化，故無常操。無常操，是以死生氣稟焉，萬智斟酌焉，萬事廢興焉。"《莊子·天下》篇曰："古之所謂道術者，果惡乎在？曰：無乎不在。"案：莊、韓之言道，猶言萬物之所由然。文章之成，亦由自然，故韓子又言"聖人得之以成文章"。韓子之言，正彦和所祖也。道者，玄名也，非著名也，玄名故通于萬理。而莊子且言道在矢溺。今曰文以載道，則未知所載者，即此萬物之所由然乎？抑別有所謂一家之道乎？如前之説，本文章之公理，無庸標揭，以自殊於人；如後之説，則亦道其所道而已，文章之事，不如此狹隘也。夫堪輿（天地之道。）之内，號物之數曰萬，其條理紛紜，雖人髮蠻絲，猶將不足方物③。今置一理以爲道，而曰文非此不可作，非獨昧于語言之本，其亦膠滯而罕通矣。察其表則爲諛言〔1〕，察其裏初無勝義，使文章之事，愈瘠愈削，寖成爲一種枯槁之形，而世之爲文者，亦不復撢究學術，研尋真知，而惟此窾言（空言。）之尚，然則隑之厲者，非文以載道之説而又誰乎？通儒顧寧人生平篤信文以載道之言，至不肯爲李二曲之母作誌，斯則矯枉之過，而非通方之談，方④來君子，庶無憬⑤焉。

俯察含章　《易上經·坤》六三爻辭："含章可貞。"王弼説爲"含美而可正"，是以美釋章。

草木賁華　《易釋文》引傅氏云："賁，古斑（辦。）字，文章貌。王肅符文反。（此類隔切，音如虎賁之賁。）云：有文飾，黄白貌。"

和若球鍠　《書·皋陶謨》曰："戛擊鳴球。"球，玉磬也。鍠，《説文》曰："鐘聲。"《廣韻》作鎤，云大鐘。（户盲切。）

形立則章成矣，聲發則文生矣　故知文章之事，以聲采爲本。彦和之意，蓋爲⑥聲采由自然生，其雕琢過甚者，則寖失其本，故宜絶之，非有專隆樸質之語。

肇自太極　《易·繫辭上》韓注曰："太極者，無稱之稱，不可得而名，取有之所極，況之太極者也。"據韓義，則謂形氣未分以前爲太極，而衆理之歸，言思俱斷〔2〕，亦曰太極，非陳摶半明半昧之太

〔1〕　眉批：諛，況袁切。詐也，欺也。
〔2〕　批注：不可思議也。

極圖。

乾坤兩位，獨制文言，言之文也，天地之心哉　《周易音義》曰：
"《文言》，文飾卦下之言也。"《正義》引莊氏曰："文謂文飾，以乾坤
德大，故特⑦文飾以爲文言。"案：此二説與彥和意正同。儀徵阮君
因以推衍爲《文言説》，而本師章氏非之。今並陳二説於左⑧，決之
以己意。

文言説(《揅經室三集》二)

　　古人無筆硯紙墨之便，往往鑄金刻石，始傳久遠。其著之
簡策者，亦有漆書刀削之勞，非如今人下筆千言，言事甚易也。
許氏《説文》："直言曰言，論難曰語。"《左傳》曰："言之無文，行
之不遠。"此何也？古人以簡策傳事者少，以口舌傳事者多，以
目治事者少，以口耳治事者多。故同爲一言，轉相告語，必有
愆誤。(原注："《説文》：言，從口從辛。辛，愆也。")是必寡其詞，協
其音，以文其言，使人易于記誦，無能增改；且無方言俗語雜於
其間，(案：此語誤。)始能達意，始能行遠。此孔子于《易》所以
著《文言》之篇也。古人歌詩、箴銘、諺語，凡有韻之文，皆此道
也。(謹案：音韻與言語並興，而文字尚在其後。)《爾雅·釋訓》主于
訓蒙，子子孫孫以下，用韻者三十二條，亦此道也。(案：陳伯弢
先生謂"訓"即《大司樂》"以樂語教國子與⑨道諷誦言語"之道，又即"道
盛德至善"之道，此義真精確無倫。)孔子於乾坤之言自名曰文，此
千古文章之祖也。　爲⑩文章者，不務協音以成韻，修詞以達
遠，使人易誦易記，而惟以單行之語，縱橫恣肆，動輒千言萬
字，不知此乃古人所謂直言之言，論難之語，非言之有文者也，
(案：此數言，可證阮君此文，實具救弊之苦心。惟古人言語亦有音節，

亦須潤色修飾,故《大司樂》稱以樂語教言語,而仲尼亦曰:言之無文,行而不遠也。)非孔子之所謂文也。《文言》數百字,幾于句句用韻。孔子于此發明乾坤之蘊,詮釋四德之名,幾費修詞之意,冀達意外之言。(原注:"《說文》曰:'詞,意内言外也。'蓋詞亦言也,非文也。《文言》曰:'修辭立其誠。'《說文》曰:'修,飾也。'詞之飾者乃得爲文,不得以詞即文也。"案:此語亦稍誤。言語有修飾,文章亦有修飾,而皆稱之文。其修飾者,雖言亦文也⑪;其不修飾者,雖名曰文,而實非文也。)〔1〕要使遠近易誦,古今易傳,公卿大夫⑫皆能記誦,以通天地萬物,以警國家身心,不但多用韻,抑且多用偶。(案:此數語⑬誠爲精諦。)即如樂行、憂違,偶也。長人、合禮,偶也。利⑭義、幹事,偶也。庸言、庸行,偶也。閑邪、善世,偶也。進德、修業,偶也。知至、知終,偶也⑮。上位、下位,偶也。同聲、同氣,偶也。水濕、火燥,偶也。雲龍、風虎,偶也。本天、本地,偶也⑯。无位、无民,偶也。勿用、在田,偶也。潛藏、文明,偶也。道革、位德,偶也。偕極、天則,偶也。隱見、行成,偶也。學問、聚辨⑰,偶也。寬居、仁行,偶也。合德、合明、合序、合吉凶,偶也。先天、後天,偶也。存亡、得喪,偶也。餘慶、餘殃,偶也。直内、方外,偶也。通理、居體,偶也。凡偶皆文也,於物兩色相偶而交錯之,乃得名爲⑱文,文即象其形也。(原注:"《考工記》曰:'青與白謂之文,赤與黑謂之章。'《說文》曰:'文,錯畫也,象交文。'")然則千古之文,莫大於孔子之言《易》。(案:此論又信矣。)孔子以用韻比偶之法,錯綜其言,而自名之曰文,何後人之必欲反孔子之道,而自命曰文,且尊之曰古也!

---

〔1〕 眉批:誠。

案：阮君尚有《書梁昭明太子〈文選序〉後》及《與友人論古文書》，皆推闡其説。又其子福有《文筆對》。《文筆對》太長，兹節録二文於左。（並見《揅經室三集》二。）

書梁昭明太子《文選序》後

昭明所選，名之曰文，蓋必文而後選也，非文則不選也。經也，史也，子也，皆不可專名之爲文也。（案：此言亦微誤，經、史、子亦有文有質，其文者安得不謂之文也[19]?）故昭明《文選序》後三段，特明其不選之故，必沈思翰藻，始名之爲文，始以入選也。或曰：昭明必以沈思翰藻爲文，于古有徵乎？曰：事當求其始。凡以言語著之簡策，不必以文爲本者，皆經也，史也，子也。（案：此語亦未諦，韻語不必著簡策。又經史皆有文，《尚書·堯典》偶語甚多，《詩》三百篇全爲文事，《老子》亦用韻用偶。）言必有文，專名之曰文者，自孔子《易·文言》始。（案：此[20]不如用莊、陸之説爲正，取于文飾，以爲《文言》，非《文言》以前竟無文飾。）《傳》曰："言之無文，行之不遠。"故古人言貴有文。孔子《文言》，實爲萬世文章之祖，（此語又不誤。）[1]此篇奇偶相生，音韻相和，如青白之成文，如咸韶之合節，非清言質説者比也，非振筆縱書者比也，非佶屈澀語者比也。是故昭明以爲經也，史也，子也，非可專名之爲文也。專名爲文，必沈思翰藻而後可也。自齊梁以後，溺于聲律。（案：此語最爲分明，駢體之革爲古文，以此致之。）彦和《雕龍》，漸開四六之體，至唐而四六更卑，然文體不可謂之

---

[1] 眉批：凡古經籍以偶爲言者，豈獨《文言》？何必定以《文言》爲證？又何必獨以《文言》爲證乎？

不卑,而文統不可㉑謂之不正。自唐宋韓蘇諸大家,以奇偶相生之文爲八代之衰而矯之。(按:奇偶相生,文之正體,八家謂爲衰,此語未確。)于是昭明所不選者,反皆爲諸家所取,故其所著者,非經即子,非子即史,(案:以此評八家,攻之反以譽之矣。)求其合于昭明《序》所謂文者,鮮矣。(案:以下有數語略之。)如必以比偶非文之古者而卑之,則孔子自名其言曰文者,一篇之中,偶句凡四十有八,韻語凡三十有五,豈可以爲非文之正體而卑之乎?(下略㉒。)

與友人論古文書

夫勢窮者必變,(案:此上有數行略去㉓。)情弊者務新。文字㉔矯厲,每求相勝,其間轉變,實在昌黎。昌黎之文,矯《文選》之流弊而已。(案:此語亦有疵。文起八代之衰,乃後人以譽昌黎者,昌黎未嘗以此自任也。天監以還〔1〕,文漸浮詭,昌黎所革,祇此而已。阮云矯《文選》之流弊,與文起八代之衰,皆非知言。○案:以下尚有數行略去。)

案:阮氏之言,誠有見於文章之始,而不足以盡文辭之封區㉕。本師章氏駁之,(見《國故論衡・文學總略》篇。)以爲《文選》乃裒次總集,體例適然,非不易之定論;又謂文筆、文辭之分,皆足自陷,誠中其失矣。竊謂文辭封略,本可弛張,推而廣之,則凡書以文字、著之竹帛者,皆謂之文,非獨不論有文飾與無文飾,抑且不論有句讀與無句讀,此至大之範圍也。故《文心・書記》篇,雜文多品,悉可入

---

〔1〕 眉批:天監,梁武帝年號。

錄。再縮小之，則凡有句讀者皆爲文，而不論其文飾與否。純任文飾，固謂之文矣，即樸質簡拙，亦不得不謂之文。此類所包，稍小於前，而經傳諸子，皆在其籠罩。若夫文章之初，實先韻語；傳久行遠，實貴偶詞；修飾潤色，實爲文事；敷文摛采，實異質言；則阮氏之言，良有不可廢者。即彦和泛論文章，而《神思》篇已下之文，乃專有所屬，非泛爲著之竹帛者而言，亦不能遍通于經傳諸子。然則拓其疆宇，則文無所不包，揆其本原，則文實有專美。特雕飾逾甚，則質日以漓〔1〕，淺露是崇，則文失其本。又況文辭之事，章采爲要，盡去既不可法，太過亦足召譏，必也酌文質之宜而不偏，盡奇偶之變而不滯，復古以定則，裕學以立言，文章之宗，其在此乎？

《河圖》孕乎八卦，《洛書》韞乎九疇　《漢書・五行志》曰："劉歆以爲虙㉖羲氏繼天而王，受《河圖》，則而畫之，八卦是也。禹治洪水，賜《雒書》，法而陳之，《洪範》是也。"又曰："'初一曰五行'以下，凡此六十五字，皆《雒書》本文。"彦和云"《洛書》韞乎九疇"，正同此説。紀氏謂彦和用《洛書》配九宮，説同于盧辯〔2〕，是又不詳考之言。

　　唐虞文章　案：彦和以"元首載歌""益稷陳謨"屬之文章，則文章不用禮文之廣誼。

　　業峻鴻績　案：業、績同訓功，峻、鴻皆訓大，此句位字，殊違常軌。

　　剬詩緝頌　李詳云："案張守節《史記正義・論字例》云：'制字作剬。緣少古字㉗，通共用之。《史》《漢》本有此古字者，乃爲好

---

〔1〕　眉批：漓音離，水滲入地也。
〔2〕　批注：北朝人。

本。'據此則劖即制字,既不可依《説文》訓劗爲齊,亦不必辨制劖相似之訛。"謹按:李説是也。

觀天文以極變 《易·賁·象傳》曰:"觀乎天文,以察時變;觀乎人文,以化成天下。"

發輝事業 《周易·乾》《音義》曰:"發揮音輝,本亦作輝,義取光輝也。"

道沿聖以垂文,聖因文而㉘明道 物理無窮,非言不顯,非文不傳,故所傳之道,即萬物之情。人倫之傳,無大無小㉙,靡不並包。紀氏又傅會載道之言,殊爲未諦[1]。

道心惟微 此《荀子》引道經之言,而枚頤僞古文栞㉚以入《大禹謨》,其辯詳見太原閻君《尚書古文疏證》。

校勘記

① 而,底本、《華國》本、《叢刊》本、川大本、中華本、文史哲本無。據黃侃手批補,《晨報》本有。

② 本道根生真,黃侃手批作此。《華國》本、《叢刊》本、川大本、中華本、文史哲本、《淮南子集釋》作"本道根真",《晨報》本作"本道根生"。

③ 方物,《晨報》本同。《華國》本、《叢刊》本、川大本、中華本、文史哲本作"仿佛"。

④ 方,《華國》本、《晨報》本同。《叢刊》本、川大本、中華本、文史哲本作"後"。

⑤ 幍,《晨報》本同。《華國》本、《叢刊》本、川大本、中華本、文史哲本作"曹"。

⑥ 爲,《晨報》本同。《華國》本、《叢刊》本、川大本、中華本、文史哲本作"謂"。

⑦ 特,《華國》本、《晨報》本、《周易正義》同。《叢刊》本、川大本、中華本、文史哲本作"皆"。

---

〔1〕 批注:《説文》:宗也。

⑧ 左,《晨報》本同。《華國》本、《叢刊》本、川大本、中華本、文史哲本作“後”。

⑨ 興,原作“與”,《晨報》本作“與”,《叢刊》本、川大本、中華本作“之”,據《華國》本、文史哲本、《周禮·大司樂》改。

⑩ 爲,據《華國》本、《叢刊》本、川大本、中華本、文史哲本、《鞏經室集》補。

⑪ 其修飾者,雖言亦文也,《華國》本、《晨報》本、文史哲本同。《叢刊》本、川大本作“不得文,其修飾者,雖言亦文”,中華本作“言曰文,其修飾者,雖言亦文”。

⑫ 大夫,《華國》本、《叢刊》本、川大本、中華本、文史哲本同。《鞏經室集》作“學士”。

⑬ 語,《華國》本同。《叢刊》本、中華本、文史哲本作“言”。

⑭ 利,《叢刊》本、川大本、文史哲本同。《華國》本、《晨報》本、中華本、《鞏經室集》作“和”。

⑮ 閑邪、善世,偶也。進德、修業,偶也。知至、知終,偶也。據中華本、《鞏經室集》補。

⑯ 本天、本地,偶也。據《華國》本、《叢刊》本、川大本、中華本、文史哲本、《鞏經室集》補。

⑰ 學問、聚辨,《晨報》本、《叢刊》本、川大本、文史哲本同。《華國》本、中華本、《鞏經室集》作“學聚、問辨”。

⑱ 爲,《華國》本、《晨報》本、《叢刊》本、川大本、文史哲本同。中華本、《鞏經室集》作“曰”。

⑲ 也,《華國》本、《晨報》本、《叢刊》本、川大本、中華本、文史哲本作“哉”。

⑳ 案此,《華國》本同。《晨報》本作“此案”,《叢刊》本、川大本、中華本、文史哲本作“案”。

㉑ 可,《華國》本、《晨報》本、《叢刊》本、川大本、文史哲本同。中華本、《鞏經室集》作“得”。

㉒ 下略,《晨報》本同。《華國》本、《叢刊》本、川大本、中華本、文史哲本作“案已下有數行刪去。”

㉓ 案此上有數行略去,《晨報》本、文史哲本同。《華國》本、中華本作"案以上有數行删去",《叢刊》本、川大本作"案此上有數行删去"。

㉔ 字,《華國》本、《晨報》本、《叢刊》本、川大本、文史哲本同。中華本、《挈經室集》作"家"。

㉕ 區,《晨報》本同。《華國》本、《叢刊》本、川大本、中華本、文史哲本作"域"。

㉖ 慮,《華國》本、《叢刊》本、川大本、中華本同。《晨報》本作"庿",文史哲本作"伏"。

㉗ 緣少古字,《華國》本、《晨報》本同。《叢刊》本、川大本、中華本、文史哲本作"緣古字少",《史記正義》作"緣古少字"。

㉘ 而,原作"以",《華國》本、《晨報》本同。據《叢刊》本、川大本、中華本、文史哲本、《文心雕龍》改。

㉙ 無大無小,《晨報》本同。《華國》本、《叢刊》本、川大本、中華本、文史哲本作"無小無大"。

㉚ 棐,《華國》本同。《晨報》本作"刊",《叢刊》本、川大本、中華本、文史哲本作"采"。

徵　聖　第　二

　　徵聖　此篇所謂宗師仲尼，以重其言。紀氏謂爲裝點門面，不悟宣聖①贊《易》、序《詩》、制作《春秋》，所以繼往開來，唯文是賴。後之人將欲隆文術②于既穨，簡群言而取正，微孔子復安歸乎？且諸夏文辭之古，莫古于《帝典》，文辭之美，莫美于《易傳》，一則經宣尼之刊著〔1〕，一則爲宣尼所自修。研論名理，則妙③萬物而爲言；董正史文，則先百王以垂範，此乃九流之宗極，諸史之高曾，求之簡編，明證如此。至于微言所寄，及門所傳，貴文之辭，尤難悉數。詳自古文章之名，所包至廣，或以言治化，或以稱政典，或以目學藝，或以表辭言，必若局趣④篇章，乃名文事，則聖言於此爲隘，文術有所未宏。周監二代，郁郁乎文，此以文言治化也。文王既歿⑤，文不在兹，此以文稱政典也。餘力學文，此以文目學藝也。（馬注文謂“古之遺文”。）文以足言，此以文表辭言也。論其經略，宏大如此，所以牢籠記傳⑥，亭毒〔2〕百家，譬之溟渤之寬，衆流所赴，機⑦衡之運，七政攸齊，徵聖立言，固文章之上業也。近代唯阮君伯元，知尊奉《文言》，以爲萬世文章之祖，猶不悟經、史、子、集，一概皆名爲文，無一不本於聖，徒欲援引孔父，以自寵光，求爲隆高，先自減削，

---

〔1〕　眉批:宣尼，左思詩曰：“言論準宣尼，詞賦擬相如。”漢平帝追思孔子爲褒成宣尼公，魏稱孔子廟爲宣尼廟。

〔2〕　眉批:亭毒，《老子》“亭之毒之”注：“亭謂品其形，毒謂成其質。”謂化育之也。

此固千慮之一失。然以⑧校空言理氣,肕〔1〕論典禮,以爲明道,實殊聖心者,貫三光而洞九泉,曾何足以語其高下也!

辭欲巧 鄭曰:"巧謂順而説也。"孔疏:"言辭欲得和順美巧,不違逆于理,與巧言令色之巧異。"案:此《詩》所謂"有倫有脊"者也。(《毛傳》:"倫,道也。脊,理也。")

或簡言以達旨四句 文術雖多,大要不過繁簡隱顯而已,故彥和徵舉聖文,立四者以示例。

喪服舉輕以包重 黄注〔2〕:"所謂'緦不祭',《曾子問》篇文。'小功不税',《檀弓》篇文。鄭注曰:'日月已過,乃聞喪而服曰税,大功以上然,小功輕不服。'"(《喪服小記》注:"税者,喪與服不相當之言。")

邠詩聯章以積句 《七月》一篇八章,章十一句,此《風》詩之最長者也。

儒行縟説以繁辭 據鄭注,則《儒行》所舉十有五儒,加以聖人之儒,爲十六儒也。

昭晰 孫君云:元本晰作哲。哲爲晰之假借,晰乃晳之訛⑨。《説文·日部》:"昭⑩晳,明也。"《易》曰:"明辯晳也。"《釋文》云:"晳又作哲。"後《正緯》《明詩》《總術》篇昭晰字,元本皆⑪作哲。按:彥和用經字多異於今本,如發揮作發輝是也。

四象 彥和之意,蓋與莊氏同,故曰四象精義以曲隱。《正義》引莊氏曰:"四象,謂六十四卦之中有實象、有假象、有義象、有用象。"

---

〔1〕 眉批:肕,於力切。智骨也,氣滿也。或作臆。
〔2〕 批注:此注不塙。

辭尚體要，弗惟好異　《僞古文尚書·畢命》篇："政貴有恒，辭尚體要，不惟好異。"梅氏傳："辭以體實爲要，故貴尚之，若異于先王，君子所不尚。"

雖精義曲隱　案：自"《易》稱辨物正言"，至"正言共精義並用"，乃承四象二語，以辨⑫隱顯之宜，恐人疑聖文明著，無宜有隱晦之言，故申辨之。蓋正言者，求辨之立⑬，而淵深之論⑭，適使辨理堅强。體要者，制辭之成，而婉妙之文，益令⑮辭致姱美。非獨隱顯不相妨礙，惟其能隱，所以爲顯也。然文章之事，固有宜隱而不宜顯者，《易》理邃微，自不能如⑯《詩》《書》之明莉〔1〕，《春秋》簡約，自不能如傳記之周詳。必令繁詞⑰稱説，乃與體製相乖。聖人爲文，亦因其體而異。《易》非典要，故多陳幾深之言，史本策書，故簡立褒貶之法，必通此意，而後可與談經；不然，視《易》爲卜筮之廋〔2〕辭，謂《春秋》爲斷爛之朝報，惑經疑孔之弊，滋多於是矣。

銜華佩實　此彦和《徵聖》篇之本意。文章本之聖哲，而後世專尚華辭，則離本浸遠，故彦和必以華實兼言。孔子曰："質勝文則野，文勝質則史，文質彬彬，然後君子。"包咸注曰："野如野人，言鄙略也。史者，文多而質少。彬彬者，文質相半之貌。"審是則文多者固孔子所譏，鄙略更非聖人所許，奈之何後人欲去華辭而專隆⑱樸陋哉⑲？如舍人者，可謂"得尚于中行"〔3〕者矣。

校勘記

① 聖，《華國》本、《叢刊》本、川大本、中華本、文史哲本作"尼"。

―――――――――

〔1〕 眉批：莉，竹角切。草大貌。
〔2〕 眉批：廋辭，師謳切，隱語也。《國語》："有廋辭于朝，卿大夫不知也。"
〔3〕 批注：《易經》語。

② 術，《叢刊》本、川大本、中華本、文史哲本同。《華國》本作"字"。

③ 妙，《華國》本、《叢刊》本、川大本、中華本、文史哲本作"眇"。

④ 趣，《華國》本、《叢刊》本、川大本、中華本、文史哲本作"促"。

⑤ 殁，《華國》本、《叢刊》本、川大本、中華本、文史哲本作"没"。

⑥ 記傳，《華國》本、《叢刊》本、川大本、中華本、文史哲本作"傳記"。

⑦ 機，《華國》本同。《叢刊》本、川大本、中華本、文史哲本作"璣"。

⑧ 以，《華國》本、《叢刊》本、川大本、中華本、文史哲本作"持"。

⑨ 哲爲晳之假借，晳乃晰之訛，原作"晳爲哲之假借，哲乃晳之訛"，據《華國》本、《叢刊》本、川大本、中華本、文史哲本改。《札迻》作"哲或作晳，晳即晰之訛體，此書多作哲者，用通借字也。"

⑩ 昭，據《華國》本、《叢刊》本、川大本、中華本、文史哲本、《說文解字》補。

⑪ 皆，據《華國》本、《叢刊》本、川大本、中華本、文史哲本補。

⑫ 辨，《華國》本、中華本同。《叢刊》本、川大本、文史哲本作"辯"。

⑬ 立，《華國》本、《叢刊》本、川大本、中華本、文史哲本作"正"。

⑭ 論，文史哲本同。《華國》本、《叢刊》本、川大本、中華本作"理"。

⑮ 令，《華國》本、《叢刊》本、川大本、中華本、文史哲本作"使"。

⑯ 如，據《華國》本、《叢刊》本、川大本、中華本、文史哲本補。

⑰ 詞，《華國》本、《叢刊》本、川大本、中華本、文史哲本作"辭"。

⑱ 隆，《華國》本同。《叢刊》本、川大本、中華本、文史哲本作"崇"。

⑲ 哉，據《華國》本、《叢刊》本、川大本、中華本、文史哲本補。

宗 經 第 三

  宗經　《漢書·儒林傳序》：“六藝者，王教之典籍，先王致邦①治之成法也。”蓋古之時，道術未裂，學皆統②於王官；王澤既竭，學亦分散，其在於詩書禮樂者，唯宣尼能明之。宗經者，則古昔稱先王而折衷于孔子也。夫六藝所載，政教學藝耳。文章之用，隆之至于能載政教學藝而止。挹〔1〕其流者，必撢〔2〕其原，攬其末者，必循其柢〔3〕。此爲文之宜宗經一矣。經體廣大，無所不包，其論政事③典章，則後世史籍之所從出也；其論學術名理，則後世九流之所④從出也；其言技藝數度⑤，則後世術數方技〔4〕之所從出也。不睹六藝，則無以見古人之全，而識其離合之理。此爲文之宜宗經二矣。雜文之類，名稱繁穰，循名責實，則皆可得之于古。彥和此篇所列，無過舉其大端。（紀氏謂强爲分析，非是。）若夫九能〔5〕之見於《毛詩》，六辭之見于《周禮》，尤其淵源明白者也。此爲文之宜宗經三矣。文以字成，則訓故爲要；文以義立，則體例居先。此二者

---

  〔1〕　眉批：挹，酌也，與抑通，退也，又引也。又推重曰挹，猶吸引之義也。

  〔2〕　眉批：撢，與探同。

  〔3〕　眉批：柢，根也。華菜之根曰蒂，木之根曰柢。

  〔4〕　眉批：術數，師古注《漢》曰：“占卜之書。”方技，師古注《漢》曰：“醫藥之書。”

  〔5〕　眉批：九能，《毛傳》：“建邦能命龜，田能施命，作器能銘，使能造命，升高能賦，師旅能誓，山川能説，喪紀能誄，祭祀能語。君子能此九者，可謂有德音，可以爲大夫矣。”

又莫備于經，莫精于經。欲得師資，舍經⑥何適？此爲文之宜宗經
四矣。謹推劉旨，舉此四端，至於經訓之博厚高明，蓋非區區短言
所能揚確⑦也。

皇世三墳至大寶咸耀（一段）　此數語用僞孔《尚書序》義。彼
文曰："《春秋左氏傳》曰：'楚左史倚相能讀《三墳》《五典》《八索》
《九丘》'，即謂上世帝王遺書也。先君孔子生於周末，睹史籍之煩
文，懼覽者之不一，遂乃定禮樂，明舊章，删《詩》爲三百篇，約史記
而修《春秋》，讚《易》道以黜《八索》，述職方以除《九丘》。"

《書》標七觀　案：七觀所屬之篇，皆在伏生二十九篇內，若信
爲孔子之語，何以不及百篇？疑此爲伏生傅益之言，非今古文之通
說也。

《詩》列四始　《詩序》舉《風》《雅》《頌》之後，即云"是爲⑧四始，
詩之至也。"鄭云："始謂王教興衰所由。"則始即指《風》《雅》《頌》，非
謂《關雎》爲《風》始等也。《齊詩》四始，尤與《毛詩》四始不同。

旨遠辭文二句　《正義》曰："其旨遠者，近道此事，（事也。）遠明
彼事，（理也。）是其旨意深遠。若龍戰于野，近言龍戰，（事也。）乃遠
明陰陽鬥爭，聖人變革，（理也。）是其旨遠也。其辭文者，不直言所
論之事，乃以義理明之，是其辭文飾也。若黃裳元吉，不直言得中
居職，乃云黃裳，是其辭文也。"韓康伯注曰："變化無恒，不可爲典
要，故其言曲而中也。'其事肆而隱'者，事顯而理微也。"

《書》實記言四句　《藝文志》曰："《書》者，古之號令。號令于
衆，其言不立具〔1〕，則聽受施行者弗曉。古文讀應〔2〕《爾雅》，故

〔1〕　眉批：立，猶言成也。具，猶言備也。
〔2〕　眉批：讀，抽也，言紬繹其義蘊。應，猶合也，言號令之詞，要使聽受者曉然明
喻，然後施行無訛，不然言不順則事不成矣。

19

通⑨古今語而可知也。"

詁訓同《書》　《詩》疏曰:"毛以《爾雅》之作,多爲釋《詩》,而篇有《釋詁》《釋訓》,故依《爾雅》訓詁而爲《詩》立傳⑩。"據此,則《詩》亦須通古今語而可知,故曰詁訓同《書》〔1〕。

婉章志晦　此《左氏》義。上文"五石六鷁"之辭,乃《公羊》說。其實《春秋》精誼⑪,並不在此。欲詳其說,宜覽杜元凱《春秋經傳集解序》。

覽文如詭　案:《尚書》所記,即當時語言,當時固無所謂詭也。彦和此說⑫,稍欠斟酌。然韓退之亦云"周《誥》殷《盤》,佶屈聱牙"矣。

論説辭序,則《易》統其首　謂《繫辭》《説卦》《序卦》諸篇,爲此數體之原也。尋其實質,則此類皆論理之文。

詔策章奏,則《書》發其原　謂《書》之記言,非上告下,則下告上也。尋其實質,此類皆論事之文。

賦頌歌贊⑬,則《詩》立其本　謂《詩》爲韻文之總匯。(後變爲小名。)尋其實質,此類皆敷情之文。

銘誄箴祝,則《禮》總其端　此亦韻文,但以行禮所用,故屬《禮》。

紀傳銘(朱云:當作移。)**檄,則《春秋》爲根**　紀傳乃紀事之文,移檄亦論事之文耳。

稟經以製式二句　此二句爲《宗經》篇正意。(學經之效在此。)

體有六義　此乃文能宗經之效。六者之中,尤以事信體約二者爲要。折衷群言,俟解百世,事信之徵也。芟夷煩亂,剪截浮辭,體約之故也。

---

〔1〕　批注:同書記也。

校勘記

① 郅，《華國》本、《叢刊》本、川大本、文史哲本同。中華本、《漢書・儒林傳》作"至"。

② 統，手批作此。《華國》本、《叢刊》本、川大本、中華本、文史哲本作"在"。

③ 事，《華國》本、《叢刊》本、川大本、中華本、文史哲本作"治"。

④ 所，據《華國》本、《叢刊》本、川大本、中華本、文史哲本補。

⑤ 數度，《華國》本、《叢刊》本、川大本、中華本、文史哲本作"度數"。

⑥ 經，《華國》本、《叢刊》本、中華本同。川大本、文史哲本作"此"。

⑦ 確，手批作此。《華國》本作"推"，《叢刊》本、川大本、中華本、文史哲本作"榷"。

⑧ 爲，《華國》本、《叢刊》本、川大本同。中華本、文史哲本、《毛詩正義》作"謂"。

⑨ 通，《華國》本、《叢刊》本、川大本、中華本、文史哲本同。《漢書》作"解"。

⑩ 故依《爾雅》訓詁而爲《詩》立傳，手批補"詁"字。《叢刊》本、川大本、中華本、文史哲本作"故依《雅》訓而爲《詩》立傳"，《華國》本、《毛詩正義》作"故依《爾雅》訓而爲《詩》立傳"。

⑪ 誼，《華國》本同。《叢刊》本、川大本、中華本、文史哲本作"義"。

⑫ 說，《華國》本、《叢刊》本、川大本、中華本、文史哲本作"語"。

⑬ 贊，《華國》本、《叢刊》本、川大本、中華本、文史哲本作"讚"。

正　緯　第　四

　　正緯　《說文》云①:"讖〔1〕,驗也。"(本字讖。)案:讖之爲物,皆執後事以驗前文,非由前文以得後事。《老子》所謂前識,《中庸》所謂前知〔2〕,皆持玄理以推測後事,非能明照方來,若數毛髮於盤水也②。左氏所載童謠之應,如鸚鵒來巢,火中取虢,咸由後事比合前文。然謠諺始作之時,必不知有魯、虢之事。(且當時僅聲,其字亦後人爲之耳。)蓋人事雖繁,皆在思慮之内,文義雖衆,皆具因襌之能。展轉分合,雖五經常語,未始不可作百代讖詞用也。古世人神雜糅,故隆于鬾③〔3〕祥,迄周而舊污未滌,春秋史官所記,尚侈陳豫察之言,要之非聖人所作也。讖驗④之隆,始于陰陽家;以明讖之術說經,始于道聽塗說之今文學;以讖爲緯,殽⑤亂經文,始于哀平以來曲學阿世之儒。何以明其然也? 晚周學派六家〔4〕,老子言:"有道⑥之國,其鬼不神。"(不信鬼神也。)又言:"前識者,道之華而愚之首也。"(宋人刻鵠,核實證理,韓非言之矣,見門外之牛色,即而視

---

　　〔1〕　眉批:讖音寸。
　　〔2〕　眉批:《中庸》:"至誠之道可以先知。善必知之,不善必先知之。"案:《中庸》作"至誠之道可以前知。善必先知之,不善必先知之"。
　　〔3〕　眉批:鬾,渠希切,音祈。《類篇》云:"南方之鬼曰鬾。"《淮南傳》:"吳人鬼,越人鬾。"同魖。
　　〔4〕　批注:太史談所説。

之,瞭然矣。)〔1〕則道家不得言⑦讖。《中庸》言:"索⑧(音素,讀如攻
城攻其所傃之傃)隱行怪,吾不爲之。"子不語怪神⑨,夫子言天道不
可得聞,則儒家不得有讖。墨子雖尊天明鬼而非命,非命者,事不
得前定,則墨家不得有讖。名家(綜核名實。)檢正形名,無譣⑩之言
則絶,亦不得有讖。法家出于老子,而旁取名家,施于人事,而貴隨
時,亦不得有讖。唯獨陰陽家本出司天之官⑪,而末流訾于禩⑫(祭
也。)祥,泥于小數。鄒衍深觀陰陽消息,而作怪迂之變、《終始》《大
聖》之篇十餘萬言,抽巫祝之緒,而下爲方士關利源⑬,瀛(《説文》無
瀛字,當作蠃,語根蠃注,〔池也,天池也。〕青蠃,支注對轉。)海九州之説,令
世主甘心至死而不悟。(燕昭王始求神仙。)秦時方士入海者,還奏
"亡秦者胡"之讖,(讖自周已有之,《淮南子》有。)始皇將死,復有璧遺
鎬⑭〔2〕池之訛言,(明年祖龍死。祖龍,始皇也。)此皆方士之詐僞⑮,
而實濫觴于鄒衍矣。南公之讖曰:"楚雖三户,亡秦必楚。"(證之人
事,怨毒之深久矣。)南公亦陰陽家也。(《藝文志》:陰陽,南公七篇。)張蒼
爲秦柱下史,(君舉必書。柱下史,通稱,美稱也。○自蒼以前無史官,無言
陰陽者。)故不得不從時主所好而治陰陽。賈生傳之,則五曹宮制以
著,顧其致用,獨在五德終始之説耳〔3〕。觀賈生《鵩⑯〔4〕賦》之
辭曰:"命不可説,孰知其極?"是知前知之談,通儒所未篤信也。武
皇好神仙,與秦政異世同蔽。董仲舒既以引經治獄授張湯,又身爲
巫師,作土龍以求雨,彼固工於揣摩人主之情者也。漢主好儒,兼

〔1〕 批注:注删。
〔2〕 眉批:鎬,胡老切。
〔3〕 眉批:漢文帝時公孫臣獻五經終始傳。校案:"經"當作"德"。《漢書·張蒼
傳》:"魯人公孫臣上書,陳終始五德傳,言漢土德時,其符黃龍見,當改正朔,易服色。"
〔4〕 批注:鳥也。

好神仙,儒與神仙雖不合,于陰陽則有可緣飾者,故推陰陽以説《春秋》。今《春秋繁露》有《陰陽位》《陰陽終始》諸篇,明其以鄒子、南公之道迻書於儒籍矣。仲舒不得志⑰,又以大愚見誚於其徒,然其説則已深入于漢主之心。神仙之福未來,而巫蠱之禍踵起,甲兵興於闕下,儲貳縊於窮閭,則仲舒有以致之也。然盛漢之時,談⑱陰陽者,其能不過推灾異、淫鬼神,而猶不敢淆亂先王之典籍,故劉向不見有緯⑲、圖書秘記之目,(此即緯家所謂《河圖》《洛書》本文⑳。)厈㉑在天文家。當時頌美朝廷者,其能事亦盡于稱説符命。自王莽引經作讖,以"伏戎于莽"爲己之應,(《易·大有》:"伏戎于莽,升其高陵,三歲不興。"㉒王莽以莽爲己名之應。)當世阿諛苟合之士,始欲竄亂聖經以投主好,然五經明白近人事,作僞傅會,其事甚難,由是引舊讖而益新文,變其名曰緯,以爲經顯緯隱,而皆出自聖人,斯足以營惑觀者。通人討覈,謂緯候起自哀平,此至塙㉓之言,案以時事人情而合者也〔1〕。光武以劉氏苗裔興,遠同少康之光復,本不待緯候以自崇,然親見王莽假符命四十二章以愚民,故亦欲假符命以明劉氏之當再立,赤伏符之至,適會其時,光武雖心知其僞,而亦不得不端拜以受矣。既以緯興,即宜尊緯,君信于上,臣和於下,于是緯之力超越于經。西漢之儒,説經不過非聖意,而猶近人情。東漢之儒(東漢儒稱緯學曰内學,康成既通今文家之説,而後古文乃得大明。凡自來學

---

〔1〕 眉批:邳郫當王莽爲帝時上書,稱引圖録"孔爲赤制",此爲緯在其前而非莽時人所造明矣。且東漢之初,引圖書引秘記(《楊厚傳》)者甚多,而楊厚之祖春卿身爲公孫述將而戰死,臨命戒子云:綈袠中有秘記,宜以輔漢家。彼以叛漢之人而作斯説,明圖録非僞也。

又鄭君《釋廢疾》(見《禮記·王制》疏)云:緯乃孔子所作,秘而不宣,以避時難。然則夫子之作緯,與制《春秋》同,彼則刺譏當世,此則豫言後來,並在隱匿之料,復何怪也?蓋緯有附益而起原,言不盡誣,昔時攻之過甚,殊自悔耳。

有魄力者,未有深閉固藏而可以斥人之學者也,所謂探虎子者是也。)則直以神道代聖言,以神保待孔子,以圖讖目聖經,於是《春秋》爲漢制法之說昌,微言大義,由此斬矣。雖或有守鰥之士[24],辨論其失,而習俗移人,賢者不免。康成大師,篤信圖讖,至於爲緯作注。《六藝論》云:"六藝皆圖所生。"凡所注書,徵引《易說》《詩說》,(《易》緯、《詩》緯。)皆緯書也。降及宋孝武世,始禁圖讖,然鄭學既行,爲鄭學者不得不兼明圖讖。是故圖讖之學,在漢則用以趨時,而在六朝則資以考古。劉氏生于齊世,其時緯學猶未盡衰,故不可無以正其失,所獻四諍,洵爲閎[25]明。自隋焚圖緯,此學遂亡,縱有殘餘,祇供博覽。近世今文學者,於讖緯亦不能鉤潛發微,徒依阿舊說而已。(今人信緯者,獨有錢塘某氏耳。)因讀劉文,善其精允,復爲推論如上。

《隋書·經籍志》六藝緯類序足備參考,全錄之。[26]

《易》曰:"河出圖,洛出書。"然則聖人之受命也,必因積德累業,豐功厚利,誠著天地,澤被生人,萬物之所歸往,神明之所福饗,則有天命之應。蓋龜龍銜負,出于河洛,以紀易代之徵,其理幽昧,究極神道。先王恐其惑人,秘而不傳(案:《河圖》即八卦,《洛書》即九疇。布在方冊,安有秘理?)說者又云,孔子既敍六經,以明天人之道,知後世不能稽同其意,故別立緯及讖,以遺來世。其書出于前漢,有《河圖》九篇,《洛書》六篇,(案:此即圖書秘記,特篇數略異爾。)云自黃帝至周文王所受本文。又別有三十篇,云自初起至于孔子,九聖之所增演,以廣其意。又有《七經緯》三十六篇,並云孔子所作,并前合爲八十一篇。而又

25

有《尚書中候》〔1〕《洛罪級》《五行傳》《詩推度災》《氾曆樞》《含神務》《孝經勾命決》《援神契》《雜讖》等書。漢代有郤（音郗。）氏、袁氏說，漢末郎中郤萌集㉗圖緯讖雜占爲五十篇，謂之《春秋災異》。宋均、鄭玄並爲讖緯㉘之注，然其文辭淺俗，顛倒舛謬，不類聖人之旨。相傳爲㉙世人造爲之。後或者又加點竄，非其實録。起王莽好符命，光武以圖讖興，遂盛行于世。漢時又詔東平王蒼正五經章句，皆命從讖。俗儒趨時，益爲其學，篇卷第目，轉加增廣。言五經者皆憑讖爲說。唯孔安國、毛公、王璜、賈逵之徒獨非之，相承以爲妖妄，亂中庸之典。（案：讖緯本非儒家之言，故古文家不道。索隱行怪，子所不述，故曰亂中庸之典。）故因漢魯恭王、河間獻王所得古文，參而考之，以成其義，謂之古學。（案：此古文家無讖緯之明證，康成兼雜今古，故信緯也。）當世之儒，又非毀之，竟不得行。魏代王肅推引古學，以難其義，王弼、杜預從而明之，自是古學稍立。至宋大明〔2〕中，始禁圖讖，梁天監以㉚後，又重其制。及高祖〔3〕受禪，禁之踰切。煬帝即位，乃發使四出搜天下書籍，與讖緯相涉者皆焚之，爲吏所糾者至死。自是無復其學，秘府之内，亦多散亡。

緯書今存者，有《乾鑿度》二卷、《稽覽圖》二卷、《辨終備》一卷、《通卦驗》二卷、《是類謀》一卷、《坤靈圖》一卷，皆《易》緯也。明孫

---

〔1〕 眉批：鄭氏作《書論》，依《尚書緯》云：孔子求《書》，得黃帝玄孫帝魁之書，迄于秦穆公，凡三千二百四十篇，斷遠取近，以百二十篇爲《尚書》，十八篇爲《中候》。
〔2〕 批注：孝武帝。
〔3〕 批注：隋文帝。

彀輯《古微書》〔1〕,(無《河》《洛》緯。)清趙在翰輯《七緯》〔2〕,皆甄録佚文,可備參考。説《易》緯者,張惠言有《易緯略義》。

神龜見而《洪範》耀 九疇本於《雒書》,故莊子謂之《九雒》。先儒不言龜負,惟《中候》及諸緯言之,《洪範》僞孔傳(王肅。)乃用其説,劉又用僞孔説也。(孔傳曰:"天與禹洛出書,神龜負文而出,列于背,有數至于九,禹遂因而第之,以成九類。")

孝論 即《孝經》《論語》。六朝人聯稱二物,往往圖省,如《老子》《周易》謂之老易,帝堯、老子謂之堯老㉛。

倍摘千里 孫云:此與下文倍摘字,並與適通。《方言》云:"適,牾㉜也。"倍適,猶背迕矣。

八十一篇,皆託于孔子 據《隋志》,則託于孔子者,爲《七緯》耳㉝。

或説陰陽,或序災異 其端皆開自仲舒,觀《五行志》及《仲舒傳》可見。

桓譚疾其虚僞 《後漢書》載譚論讖事,録之如左:

是時帝方信讖,多以決定嫌疑。(《方術㉞傳序》云:"光武尤信讖言,士之赴趣時宜者,皆馳騁穿鑿爭談之也。故王梁、孫咸,名應圖籙,越登槐鼎之任。")譚後上疏曰㉟:

"凡人情忽于見事,而貴于異聞。觀先王之所記述,咸以仁義正道爲本,非有奇怪虚誕之事。蓋天道性命,聖人所難言也。自子貢以下,不得而聞,況後世淺儒,能通之乎! 今諸巧慧小才伎數之人,增益圖書〔3〕,矯稱讖記,以欺惑貪邪,註誤

---

〔1〕 批注:在《守山閣叢書》中。
〔2〕 批注:有單行。
〔3〕 眉批:伎謂方伎,醫方之家也。數謂數術,明堂羲和史卜之官也。圖書即讖緯符命之謂也。

人主，焉可不抑遠之哉！臣譚伏聞陛下窮折方士黄白之術，甚
爲明矣；而乃欲聽納讖記，又何誤也！其事雖有時合，譬猶卜
數隻偶（意錢之術。〔撺錢也。〕）之類。陛下宜垂明聽，發聖意，屏
群小之曲説，述五經之正義，略雷同之俗語，詳通人之
雅謀。"㊱〔1〕

　　帝省奏，愈不悦。其後有詔會議靈台所處，帝謂譚曰："吾
欲讖決之，何如？"譚默然良久，曰："臣不讀讖。"帝問其故。譚
復極言讖㊲之非經。帝大怒，曰："桓譚非聖無法，將下斬之！"
譚叩頭流血，良久乃得解。

尹敏戲其深瑕　案：戲字不誤。《後漢書・儒林傳》曰："帝以
敏博通經記，令校圖讖，使蠲去崔發所爲王莽箸録次比。敏對曰：
'讖書非聖人所作，其中多近鄙别字，頗類世俗之辭，恐疑誤後生。'
帝不納。敏因其闕文增之曰：'君無口，爲漢輔。'帝見而怪之，召敏
問其故。敏對曰：'臣見前人增損圖書，敢不自量，竊幸萬一。'帝深
非之。"此文所謂戲，即增闕事也。

張衡發其僻謬　案：平子檢核僞迹，至爲精當，兹全㊳録《後漢
書》傳所序于左：

　　初，光武喜㊴讖，及顯宗、肅宗，因祖述焉。自中興以後，
儒者爭學圖緯，兼復附以妖言。衡以圖緯虛妄，非聖人之法，
乃上疏曰㊵：
　　"臣聞聖人明審律歷以定吉凶，重之以卜筮，雜之以九宫，

---

〔1〕　批注：下略。

28

（太乙下行九宮法〔1〕［太乙居中，八宮居下，陳摶《河圖》本此。］見于《乾鑿度》。太乙下行自坎始［依《易·敘卦傳》］行四卦而復于中，又自乾始而終于離。）經天驗道，本盡於此。或觀星辰逆順，寒燠所由，或察龜策之占，巫覡之言，其所因者，非一術也。立言於前，有徵於後，故智者貴焉，謂之讖書。（《淮南子》有讖書。）讖書始出，蓋知之者寡。自漢取秦，用兵力戰，功成業遂，可謂大事，當此之時，莫或稱讖。若夏侯勝〔2〕、眭（古音更，今音雖。）孟〔3〕之徒，以道術立名，其所述著，無讖一言。劉向父子領校秘書，閱定九流，亦無讖錄。（圖書秘記不名讖也。）成哀之後，乃始聞之。《尚書》堯使鯀理（治也。）洪水，九載績用不成，鯀則殛（本字爲極，放流也，非誅也。）死，禹乃嗣興。而《春秋讖》云'共工理水'。凡讖皆云黃帝伐蚩尤，而《詩讖》獨云㊶'蚩尤敗，然後堯受命'。《春秋元命苞》中有公輸班（《禮記·檀弓》有公輸班，蓋七十子所記也。）與墨翟，事見戰國，非春秋時也。又言'別有益州'，益州之置，在於漢世。其名三輔諸陵，世數可知。至于圖中訖于成帝。一卷之書，互異數事，聖人之言，勢無若是，殆必虛僞之徒，以要世取資。往者侍中賈逵摘（音剔。）讖互異三十餘事，諸言讖者，皆不能説。至於王莽篡位，漢世大禍，八十篇何爲不戒？則知圖讖成於哀平之際也。且《河洛》《六藝》，

---

〔1〕　眉批：太乙下行九宮。

二	九	四
七	五	三
六	一	八

〔2〕　眉批：夏侯勝，東平人，號《洪範五行傳》説，宣帝時爲太子太傅。

〔3〕　眉批：眭弘，字孟，魯國蕃人也，以明經爲議郎。

篇録已定,(注引《衡集》上事云:《河洛》五九,《六蓺》四九。)後人皮
傅,無所容篡。永元中,清河宋景遂以歷紀推言水災,而僞稱
洞視玉版。(洞視玉版,蓋宋景稱託書名,注未諦。)或者至於棄家
業,入山林,後皆無效,而後采前事㊷,以爲證驗。至於永建
(順帝。)復統,則不能知。此皆欺世罔俗,以昧執位,情僞較然,
莫之糾禁。且律歷、卦候、九宮、風角,數有徵效,世莫肯學,而
競稱不占之書。譬猶畫工,惡圖犬馬,而好作鬼魅〔1〕,誠以
實事難形,而虛僞不窮也。宜收藏圖讖,一禁絶之,則朱紫無
所眩,典籍無瑕玷矣。"㊸

無益經典,而有助文章 此言誠㊹諦。然如《易緯》所說,有足
以證明漢師說《易》(同京房説。)者,《書緯》亦有可以考古歷法者,未
可謂于說經毫無所用也。

校勘記

① 云,《華國》本、《叢刊》本、川大本、中華本、文史哲本作"曰"。

② 若數毛髮於盤水也,《華國》本、《叢刊》本、川大本、中華本同。文史哲本作
"若數毛髮散於盤水也"。

③ 覽,《華國》本、《叢刊》本、川大本、中華本同。文史哲本作"機"。

④ 駭,《華國》本、文史哲本同。《叢刊》本、川大本、中華本作"諱"。

⑤ 觳,《華國》本同。《叢刊》本、川大本、中華本、文史哲本作"淆"。

⑥ 道,《華國》本、《叢刊》本、中華本同。川大本、文史哲本作"道德"。

⑦ 言,《華國》本、《叢刊》本、川大本、中華本、文史哲本作"有"。

⑧ 索,《華國》本、《叢刊》本、川大本、中華本、文史哲本作"素"。

---

〔1〕 批注:語出《韓子》。

⑨ 怪神,《華國》本、《叢刊》本、川大本、中華本、文史哲本作“怪力亂神”。

⑩ 譣,原作“譣”,手批改作“譣”。《華國》本、《叢刊》本、川大本、中華本、文史哲本作“譣”,文史哲本作“驗”。

⑪ 唯獨陰陽家本出司天之官,《華國》本、《叢刊》本、川大本、中華本、文史哲本作“唯獨陰陽家本出於司天之官。”

⑫ 覽,《華國》本、《叢刊》本、川大本、中華本同。文史哲本作“機”。

⑬ 源,《華國》本、《叢刊》本、川大本、中華本、文史哲本作“原”。

⑭ 鎬,《華國》本同。《叢刊》本、川大本、中華本、文史哲本作“滈”。

⑮ 僞,《華國》本、《叢刊》本、川大本、中華本、文史哲本作“譌”。

⑯ 鵬,原作“服”,手批改作“鵬”。《華國》本、中華本、文史哲本同。《叢刊》本、川大本作“鵬”。

⑰ 仲舒不得志,《華國》本、《叢刊》本、川大本、中華本、文史哲本作“仲舒雖不得志”。

⑱ 談,據《華國》本、《叢刊》本、川大本、中華本、文史哲本補。

⑲ 故劉向不見有緯,《華國》本、《叢刊》本、川大本、中華本、文史哲本作“故劉向校書不見有緯”。

⑳ 此即緯家所謂《河圖》《洛書》本文,《華國》本、《叢刊》本、中華本同。川大本、文史哲本作“此即所謂《河圖》《洛書》本文”。

㉑ 厓,《華國》本同。《叢刊》本、川大本、中華本、文史哲本作“厓”。

㉒ 校案:此爲《易·同人》九三爻辭。

㉓ 塙,《華國》本、《叢刊》本、川大本同。中華本、文史哲本作“確”。

㉔ 雖或有守鯁之士,《華國》本作“雖或有骨鯁之士”,《叢刊》本、川大本、中華本、文史哲本作“雖有骨鯁之士”。

㉕ 閱,《華國》本、《叢刊》本、川大本、中華本、文史哲本作“剬”。

㉖ “《隋書·經籍志》六蓺緯類序足備參考,全録之”及所引《隋書·經籍志》之文,《華國》本、《叢刊》本、川大本、中華本、文史哲本皆無。

㉗ 集,據《隋書·經籍志》補。

㉘ 緯,原作"律",手批改作"緯",《隋書·經籍志》作"律"。

㉙ 爲,《隋書·經籍志》作"疑"。

㉚ 以,《隋書·經籍志》作"已"。

㉛ "六朝"至"堯老",《華國》本、《叢刊》本、川大本、中華本、文史哲本皆無。

㉜ 悟,據《華國》本、《叢刊》本、川大本、中華本、文史哲本補。

㉝ 爲《七緯》耳,《華國》本、《叢刊》本、川大本、中華本、文史哲本作"只七經緯耳"。

㉞ 術,原作"伎",《華國》本、《叢刊》本、川大本、文史哲本同。據中華本、《後漢書·方術傳》改。

㉟ 譚後上疏曰,《華國》本、《叢刊》本、川大本、中華本、文史哲本作"譚復上疏曰云云"。

㊱ 此段引文,《華國》本、《叢刊》本、川大本、中華本、文史哲本皆無。

㊲ 讖,原作"緯",據《華國》本、《叢刊》本、川大本、中華本、文史哲本、《後漢書》改。

㊳ 兹全,《華國》本、《叢刊》本、川大本、中華本、文史哲本節選其文,改作"今"。

㊴ 喜,《華國》本、《叢刊》本、川大本、中華本、文史哲本、《後漢書·張衡傳》作"善"。

㊵ 乃上疏曰,《華國》本、《叢刊》本、川大本、中華本、文史哲本作"乃上疏曰云云"。

㊶ 云,《後漢書·張衡傳》作"以爲"。

㊷ 前事,《後漢書·張衡傳》作"前世成事"。

㊸ 此段引文,《華國》本、《叢刊》本、川大本、中華本、文史哲本皆無。

㊹ 誠,《華國》本同。《叢刊》本、川大本、中華本、文史哲本作"甚"。

辨 騷 第 五

　　班固曰：“賦者，古詩之流也。”自變風終陳夏〔1〕，而六詩不見采於國史。然歌詠匃①懷，本于民性，聲詩之作，未遽廢頹。尋檢左氏內外《傳》文，所載當世謳詋，不一而足：若南蒯之歌，（辭曰：“我有圃，生之杞乎！從我者子乎？去我者鄙乎？倍其鄰者恥乎？已乎已乎！非吾黨之士乎！”○《左》昭十二年②。）萊人之歌，（辭曰：“景公死乎不與埋，三軍之事③不與謀。師乎師乎，何黨之乎？”○哀五年④。）齊人之歌，（辭曰：“魯人之皋，數年不覺，使我高蹈，惟其儒書，以爲二國憂。”○哀廿一年⑤。）申叔儀之歌，（辭曰：“佩玉蕊兮，余無所繫之。旨酒一盛兮，余與褐之父睨之。”○哀十三年⑥。）以及魯人之譏臧孫，鄭人之誦子產，其結言位句，與三百篇固已小殊，而大體無別。是知詩句有時而變通，詩體相承而無革。降及戰代，楚國多材，屈子誕生于舊郢，孫卿退老於蘭陵，（《史記正義》：“蘭陵縣屬東海郡。”案：今山東兗州府嶧縣東五十里。）並爲辭人之宗，開賦體之首。（孫卿子有《賦篇》。《藝文志》有孫卿賦。《史記》：“屈原放逐，乃賦《離騷》。”又“屈原既死之後，楚有唐勒、宋玉之徒，皆好辭而以賦見稱。”《藝文志》有屈原賦，又云“大儒孫卿及楚臣屈原，離讒憂國，皆作賦以風”，此則孫屈之作，並稱爲賦明矣。）觀孫卿所作賦及佹詩，是四言爲多，而《成相》之辭，則句度長短傔互。屈子《天問》《大招》

---

　　〔1〕　眉批：變風起自《邶風》。

及《九章》諸亂辭，亦盡四言，惟《離騷》《遠遊》之類，織以長句，而間以語詞，後世遂以此體爲《楚辭》所獨具。檢《國語》載晉惠公改葬共世子，臭（本字殠。）達於外，國人誦之曰："貞之無報也。孰是人斯，而有是臭也！貞爲不聽，信爲不誠，國斯無刑，媮居幸⑦生。不更厥貞，大命其傾！威兮懷兮，各聚爾有，以待所歸兮。猗兮違兮，心之哀兮！歲之二七，其靡有違⑧兮。若翟⑨公子，吾是之依兮。鎮撫國家，爲王妃兮。"此先于屈子二百餘年，而其句度已長于舊式。《史記》載優孟歌孫叔敖事，亦先于屈子，又南土之舊音也。（優孟歌用韻，或不能憭，兹錄而釋之。歌辭曰：山居耕田，〔句。〕苦難以得食。〔韻，德部。〕起爲吏，〔韻，咍部，與德平入韻。〕貪鄙者餘財，〔韻，咍部。〕不顧恥辱，〔韻，侯部轉叶韻。〕身死家室富。〔韻，咍部。〕又恐受贓⑩枉法爲姦觸大辠，〔韻，没部，別爲韻。〕身死而家滅。〔韻，曷部，旁轉叶韻。〕貪吏安可爲也。〔句。〕念爲廉吏，〔韻，咍部。〕奉法守職，〔韻，德部。〕竟死，〔韻，灰部，別爲韻。〕不敢爲非，〔韻，灰部。〕廉吏安可爲也。〔句，爲字與上爲字遥爲韻，皆歌部。〕）<u>然則屈子之作，其意等于《風》《雅》，</u>（《史記》："《國風》好色而不淫，《小雅》怨誹而不亂，若《離騷》可謂兼之。"）<u>而其體沿自謳謡。上</u>⑪<u>承宣尼删訂之緒餘，而下作宋、賈、馬、楊</u>⑫<u>之矩矱。論其大名，則併之於詩，察其分流，則別稱爲賦。</u>班固之論，可謂深察名號，推見原流者已。自彦和論文，別騷于賦，蓋欲以尊屈子，使《離騷》上繼《詩經》，非謂騷賦有二。觀《詮賦》篇云："靈均唱騷，始廣聲兒⑬。"是仍以《離騷⑭》爲賦矣。《隋書·經籍志》集部別《楚辭》于總集，意蓋亦同舍人。觀其序辭云：王逸集屈原已⑮下迄劉向云云，是仍以《楚辭》爲總集矣。惟《昭明文選⑯》以《楚辭》所録爲騷，斯則⑰大失，後之覽者，宜悉其違戾矣⑱。（《楚辭》是賦，不可別名爲騷。《離騷》二字，亦不可截去一字，但稱爲騷。紀評至諦。）

淮南作傳 案："《國風》好色而不淫"已下至"與日月爭光可也"數語，今見《史記·屈原傳》。知史公作傳，即取《離騷傳序》之文。

羿澆二姚，與左氏不合 案：班孟堅《序》譏淮南王安作《傳》，說羿、澆、少康、二姚、有娀、佚女，皆各以所識，有所增損，非譏屈子用事與左氏不合。彥和此語蓋有誤。

漢宣嗟歎 見《漢書·王褒傳》。

孟堅謂不合傳 誤如前舉。

雖取鎔經意，亦自鑄偉詞 二語最諦。異於經典者，固由自鑄其詞；同於《風》《雅》者，亦再經鎔湅，非徒貌取而已。

《招魂》《招隱》 《招隱》宜從《楚辭》⑲補注》本作《大招》。

《卜居》標放言之致 李云：陳星南云：《論語·微子》篇："隱居放言。"《集解》引包曰："放，置也，不復言世務。"案：《卜居》有云："吁嗟默默兮，誰知吾之廉貞?"故彥和以放言美之。侃案：《卜居》命龜之辭，繁多不翄〔1〕，(翄字見《考工記》，即殺之本字。)故曰放言。放言猶云縱言，陳解未諦。

中巧者獵其艷辭 中巧猶言心巧。

酌奇而不失其真，翫華而不墜其實 彥和論文，必以存真實爲主，亦鑑于楚艷漢侈之流弊而立言。其實屈宋之辭，奇⑳華者其表儀，真實者其骨骹。學之者遺神取貌，所以有偽體之譏。試取賈生《惜誓》、枚乘《七發》、相如《大人》、楊㉑雄《河東》諸篇細翫之，可以悟摹擬屈宋之法。(明人好作騷體，無一篇佳者。)蓋此諸篇，莫不工于

---

〔1〕眉批：殺，古文爲殺。

變化，非夫沿襲聲調，剽剝采藻者所叙㉒〔1〕叩跂也。（宋玉《九辨》，
气體與原不同。）

　　贊　《文心》諸贊，以此與《物色》篇贊爲最佳㉓。

　　彦和以前，論《楚辭》之文，有淮南王《離騷傳序》、太史公《屈原
傳》、《漢書・藝文志・詩賦略序》、班孟堅《離騷序》《離騷贊序》、王
逸《楚辭章句序》及諸篇小序。其《史記》《漢書》所載不録，録孟堅、
叔師序文于後。以佐研撢。（《楚辭》諸篇小序不録。）㉔

離騷贊序（《楚辭補注》一。○班固《離騷章句》，
《文選・西京賦》注引之。）

　　《離騷〔2〕》者，屈原之所作也。屈原初事懷王，甚見信
任。同列上官大夫妒害其寵，讒之王，王怒而疏屈原。屈原以
忠信見疑，憂愁幽思而作《離騷》。離，猶遭也。騷，憂也。明
己遭憂作辭也。是時周室已滅，七國並爭。屈原痛君不明，信
用群小，國將危亡，忠誠之情，懷不能已，故作《離騷》。上陳
堯、舜、禹、湯、文王之法，下言羿、澆、桀、紂之失，以風懷王。
終不覺悟，信反間之説，西朝于秦。秦人拘之，客死不還。至
于襄王，復用讒言，逐屈原在野。又作《九章》賦以風諫，卒不
見納。不忍濁世，自投汨羅。原死之後，秦果滅楚。其辭爲衆
賢所悼悲，故傳於後。（《漢書・地理志》：“長沙郡有羅縣。”《荆州
記》云：“縣北帶汨水，水出豫章艾縣界，西流注湘。”汨從冥省聲，即潣。
冥、溟、買古一聲。《春秋》：“莒殺其君密州。”《公羊》作“買朱鉏”。）

────────

　　〔1〕　眉批：叙，敢本字。
　　〔2〕　眉批：離騷即牢騷也。騷正作慅。楊雄《反離騷》謂之《畔牢愁》，即以證明離
騷爲今日常語牢騷，本疊韻字。騷正作慅。

離騷序（《楚辭補注》王逸《章句序》注引。）

昔在孝武，博覽古文。淮南王安敘《離騷傳》，以《國風》好色而不淫，《小雅》怨誹而不亂，（發乎情，止乎禮義。）若《離騷》者，可謂兼之。蟬蛻（二字合爲動詞，雙聲字，一語之轉。）濁穢之中，浮游（疊韻字。）塵埃之外，皭（子小切。）然泥而不滓。（涅而不緇。）推此志，雖與日月爭光可也。斯論似過其眞。又説五子以失家巷，謂五子胥也。（伍胥，古作五。）及至羿、澆、少康、二姚、有娀佚女，皆各以所識，有所增換㉕，然猶未得其正也。故博采經書傳記本文，以爲之解。且君子道窮，命矣，故潛龍不見是而無悶，《關雎》哀周道而不傷，蘧瑗持可懷之智，甯武保如愚之性，咸以全命避害，不受世患。故《大雅》曰："既明且哲，以保其身。"斯爲貴矣。今若屈原，露才揚己，競乎危國群小之間，以離（遭也。）讒賊。然責數（數，責也。）懷王，怨惡椒蘭，愁神苦思，强非其人，忿懟不容，沈江而死，亦（又也。）貶絜狂狷、景（高山仰止，景行行止。）行之士。（貶絜，猶言貶約也。）多稱昆侖冥婚虙㉖妃虛無之語，皆非法度之政，經義所載。謂之兼《詩》風雅，而與日月爭光，過矣！然其文弘博麗雅，爲辭賦宗。後世莫不斟酌其英華，則象其從容。（從容猶言舉動也。）自宋玉、唐勒、景差之徒，漢興，枚乘〔1〕、司馬相如、劉向、楊雄，騁極文辭，好而悲之，自謂不能及也。雖非明智之器，可謂妙才者也。

楚辭章句序

敘曰：昔者孔子叡（睿之正字。）聖明哲，天生不群，定經術，

---

〔1〕 批注：亦可讀平聲。

删《詩》《書》，正禮樂，制作《春秋》，以爲後王法。門人三千，罔不昭達。臨終之日，則大義乖而微言絶。其後周室衰微，戰國並爭，道德陵遲，（夌徲。）譎詐萌生。於是楊、墨、鄒、（郫衍。）孟、孫、韓之徒，各以所知著造傳記，或以述古，或以明世。而屈原履忠被譖，（王逸意以《離騷》配經，故以孔子起。）憂悲愁思，獨依詩人之義而作《離騷》，上以諷諫，下以自慰。遭時闇亂，不見省納，不勝憤懑，遂復作《九歌》以下凡二十五篇。（《離騷》一，《九歌》十一，《天問》一，《九章》九，《遠遊》一，《卜居》一，《漁父》一。）楚人高其行義，瑋其文采，以相教傳。至于孝武帝，恢廓道訓，使淮南王安作《離騷經章句》，則大義粲然。後世雄俊，莫不瞻慕，舒肆（陳也。）妙慮，纘述其詞。逮至劉向典校經書，分爲十六卷。孝章即位，深弘道蓺，而班固、賈逵復以所見改易前疑，各作《離騷經章句》。其餘十五卷，闕而不説。又以壯爲狀，義多乖異，事不要括。今臣復以所識所知，稽之舊章，合之經傳，作十六卷。章句雖未能究其微妙，然大恉（恉趣同誼。）之趣，略可見矣。且人臣之義，以忠正爲高，以伏節爲賢。故有危言以存國，殺身以成仁。是以伍子胥不恨于浮江，比干不悔于剖心，然後忠立而行成，榮顯而名著。若夫懷道以迷國，詳（佯。）愚而不言，顛則不能安㉗，婉娩以順上，逡巡以辟患，雖保黄耇，終壽百年，蓋志士之所耻，愚夫之所賤也。今若屈原，膺忠貞之質，體清潔之性，直若砥矢，（砥字連類而用。）言若丹青，進不隱其謀，退不顧其命，此誠絶世之行，俊彦之英也。而班固謂之"露才揚己，競於群小之中，怨恨懷王，譏刺椒蘭，苟欲求進，强非其人，不見容納，忿恚自沈"，是虧其高明而損其清潔者也。昔伯夷、叔齊讓國，守分不食周粟，遂餓而死，豈可復謂有求于世而怨望（望，責言也。）哉？且詩人怨主刺上曰："嗚呼！小子，（君也。）未知臧否。匪面命之，言提其耳。"風諫之語，于斯爲切。然仲尼論之，以爲大雅。引此比彼，屈原之辭，優游婉順，寧以其君不智之故，欲提攜其耳乎？而論者以爲"露才揚己""怨刺其上""强非其人"，殆失厥中矣。夫《離騷》之文，依託五經以立義焉："帝高陽之苗裔"，（以下附會，漢人之習。）則"厥初生民，時惟姜嫄"也；"紉秋蘭以爲佩"，則"將翱將翔，佩玉瓊琚"也；"夕攬洲之宿莽"，則《易》"潛龍勿用"也；"駟玉虬而乘鷖"，則"時乘六龍以御天"也；"就重華而陳詞"，則《尚書》咎繇之謀謨也；"登昆侖而涉流沙"，則《禹貢》之敷土也。故智彌盛者其言博，才益多者其識遠。屈原之辭，誠博遠矣。自終没以來，名儒博達之士，著造辭賦，莫不擬則其儀表，祖式其模範，取其要妙，竊其華藻。所謂金相（相亦質也。）玉質，百世無匹，名垂罔極，永不刊滅者矣。（原文止此。）

《楚辭章句》十六卷。自屈原賦二十五篇爲七卷，其餘爲《九辨》《招魂》（並宋玉。）《大招》（景差。）《惜誓》（賈誼。）《招隱士》（淮南小山。）《七諫》（東方朔。）《哀時命》（嚴忌。）《九懷》（王襃。）《九歎》（劉向。），附以王逸自作《九思》，爲十七卷。宋洪興祖《補注》最善。朱熹《集注》改竄㉘舊章，不爲典要。清世惠定宇、戴東原二君並有《屈原賦注》。戴注曾見之，惠注未見。言《楚辭》音者，《隋志》録五家，又云："隋時有釋道騫，善讀之，能爲楚聲，音韻清切，至今傳《楚辭㉙》者，皆祖騫公之音。"尋《漢書》言九江（壽州。）被公能爲《楚辭》，召見誦讀。爾則《楚辭》之重楚音〔1〕，其來舊矣。五家之音雖佚，然犹

---

〔1〕 批注：楚夏對言。楚，南也。夏，北也。淮以南爲楚。

商遺響，(《大招》："楚勞商只。")激楚餘音㉚，千載下可㉛于方語中得之。

校勘記

① 匈，《華國》本、《叢刊》本、川大本、文史哲本同。中華本作"胸"。

②《左》昭十二年，《華國》本、《叢刊》本、川大本、中華本、文史哲本作"昭公十二年"。

③ 事，原作"士"，據《左傳正義》改。

④ 哀五年，《華國》本、《叢刊》本、川大本、中華本、文史哲本作"哀公五年"。

⑤ 哀廿一年，《華國》本、《叢刊》本、川大本、中華本、文史哲本作"哀公二十一年"。

⑥ 哀十三年，《華國》本、《叢刊》本、川大本、中華本、文史哲本作"哀公十三年"。

⑦ 幸，《華國》本、《叢刊》本、川大本、文史哲本同。中華本作"倖"。

⑧ 違，文史哲本同。《華國》本、《叢刊》本、川大本、《國語正義》作"微"，中華本作"徵"。

⑨ 翟，《華國》本、《叢刊》本、川大本、文史哲本同。中華本作"狄"。

⑩ 臟，《史記·滑稽列傳》作"賕"。

⑪ 上，文史哲本同。《華國》本、《叢刊》本、川大本、中華本作"自"。

⑫ 楊，《華國》本、《叢刊》本、川大本、文史哲本同。中華本作"揚"。

⑬ 兒，《華國》本、《叢刊》本、川大本、中華本、文史哲本作"貌"。

⑭ 離騷，原作"楚辭"，據《華國》本、《叢刊》本、川大本、中華本、文史哲本改。

⑮ 已，《華國》本同。《叢刊》本、川大本、中華本、文史哲本作"以"。

⑯《昭明文選》，《華國 》、《叢刊》本、川大本、中華本、文史哲本作"昭明選文"。

⑰ 則，《華國》本、《叢刊》本、川大本、中華本、文史哲本作"爲"。

⑱ 矣，《華國》本、《叢刊》本、川大本、中華本、文史哲本作"焉"。

⑲ 辭，中華本同。《華國》本、《叢刊》本、川大本、文史哲本作"詞"。校案：全

書"辭""詞"多混用,校對中除《楚辭》、宋詞等加以嚴格區分,其餘皆保留
底本原貌,並注明各參校本異文。

⑳ 奇,《華國》本同。《叢刊》本、川大本、中華本、文史哲本作"辭"。

㉑ 楊,《華國》本、《叢刊》本、川大本、文史哲本同。中華本作"揚"。

㉒ 敘,《華國》本、《叢刊》本、川大本、中華本、文史哲本作"敢"。

㉓ "贊"至"最佳",文史哲本同。《華國》本、《叢刊》本、川大本、中華本皆無。

㉔ "其《史記》《漢書》所載不録"至"《楚辭》諸篇小序不録",及下文所引《離騷
贊序》《離騷序》《楚辭章句序》,《華國》本、《叢刊》本、川大本、中華本、文史
哲本皆無。

㉕ 換,《楚辭補注》作"損"。

㉖ 慮,《楚辭補注》作"宓"。

㉗ 顛則不能安,《楚辭補注》作"顛則不能扶,危則不能安"。

㉘ 改竄,原作"改良",手批改爲"改竄",《華國》本、《叢刊》本、川大本、中華
本、文史哲本作"改易"。

㉙ 辭,原作"詞",據《華國》本、《叢刊》本、川大本、中華本、文史哲本、《隋書·
經籍志》改。

㉚ 音,《華國》本、《叢刊》本、川大本、中華本、文史哲本作"聲"。

㉛ 可,手批作此。《華國》本、《叢刊》本、川大本、中華本、文史哲本無。

明 詩 第 六

　　古昔篇章，大別之爲有韻、無韻二類，其有韻者，皆詩之屬也。其後因事立名，支庶蕃^①滋，而本宗日以痟削，詩之題號，由此隘矣。彦和析論文體，首以《明詩》，可謂得其統序。然篇中所論，亦但局於雅俗所稱爲詩者，則時序所拘，雖欲復古而不可得也。品物詞人，盡於劉宋之季，自爾迄今，更姓十數，詩體屢變，好尚亦隨世而殊。談詩之書，充盈篇軸^②，遡觀舍人之論，殆無不以爲已陳之芻狗者。傍有記室《詩品》，班弟《詩才》，祇限梁武之世，所舉諸人，今日或不存隻字。此與彦和之書^③，皆運而往矣。自我觀之，詩體有時而變遷，詩道無時而可易。欲求上繼風雅，下異謳訕〔1〕，革下里之庸音，紹詞人之正轍，則固有共循之術焉。曰：本之情性，協之聲音，振之以文采，齊之以法度而已矣。疏^④觀古今詩人成名者，罔不如此。夫然，故彦和、仲偉之論，雖去今遼邈，而經緯本末，自有其期年者，又烏得而廢之者哉？詩體衆多，源流清濁，誠不可以短言盡。往爲《詩品講疏》，亦未卒業，茲但順釋舍人之文云爾。

　　詩者，持也　《古微書》引《詩緯含神霧》文。

　　黄帝《雲門》，理不空絃　理不空絃者，以其既有^⑤樂名，必有

---

〔1〕　批注：石經作謠。

樂詞也。(《周禮注》曰:"雲門言其德如雲之所出,民得以有族類。")

至堯有《大唐》之歌　　唐一作章。案:《尚書大傳》云:"報事還歸二年,談〔1〕然乃作《大唐》之歌。"鄭注曰:"《大唐》之歌,美堯之禪也。"據此文,是《大唐》乃舜作以美堯,則作《大章》者爲是。《樂記》曰:"《大章》,章之也。"鄭注曰:"堯樂名。"

九序惟歌　　僞《大禹謨》文。

五子咸怨　　僞《五子之歌》文。

順美匡惡　　《詩譜序》:"論功頌德,所以將順其美;刺過譏失,所以匡救其惡。"

秦皇滅典,亦造仙詩　　《史記·秦始皇本紀》:"三十六年,使博士爲《仙真人》詩,及行所遊,天下傳令,樂人歌弦⑥之。"⑦案:上文三十五年盧生説始皇曰:"真人者,入水不濡,入火不爇,陵雲氣,與天地久長。"於是始皇曰:"吾慕真人。自謂真人,不稱朕。"

柏梁列韻　　詩紀其詞如下⑧

日月星辰和四時。(帝)驂駕駟馬從梁來。(梁王)郡國士馬羽林材。(大司馬)總領天下誠難治。(丞相)和撫四夷不易哉。(大將軍)刀筆之吏臣執之。(御史大夫)撞鐘伐鼓聲中詩。(太常)宗室廣大日益滋。(宗正)周衛交戟禁不時。(衛尉)總領衆⑨官柏梁臺。(光禄勳)平理請讞決嫌疑。(廷尉)修飾與馬待駕來。(太僕)郡國吏功差次之。(大鴻臚)乘輿御物主治之。(少府)陳粟萬石揚以箕。(大司農)徼道宮下隨討治。(執金吾中尉)三輔盜賊天下危。(左馮翊)盜阻南山爲民災。(右扶風)外家公

---

〔1〕　眉批:談,不認識,或是諜(音黑)之訛。

主不可治。(京兆尹)椒房率⑩更領其材。(詹事)蠻夷朝賀常會期⑪。(典屬國)柱枅欂櫨〔1〕相支持。(大匠)枇杷橘栗桃李梅。(大官令)走狗逐兔張罘〔2〕罳。(上林令)齧妃女唇甘如飴。(郭舍人)迫窘詰屈幾窮哉。(東方朔)

辭人遺翰至五言之冠冕也　往作《詩品講疏》,於此辨之甚析,茲轉錄如左:

《文心雕龍·明詩》篇曰:"又《古詩》佳麗,或稱枚叔。(徐陵《玉臺新詠》有枚乘詩八首,謂《青青河畔草》一、《西北有高樓》二、《涉江采芙蓉⑫》三、《庭中有奇樹》四、《迢迢牽牛星》五、《東城高且長》六、《明月何皎皎》七、《行行重行行》八⑬,此皆在《十九首》中。《玉臺》又有《蘭若生春陽》一首,亦云枚叔⑭作。)其《孤竹》一篇,則⑮傅毅之辭。(《後漢書》:'傅毅字武仲,當明章時。'《孤竹》謂《十九⑯首》中之《冉冉孤生竹》一篇也。)比采而推,兩漢之作乎?(以枚叔爲西漢人,傅毅爲東漢人故。)"《文選》李善注云:"古詩蓋不知作者,或云枚乘,疑不能明也。詩云:驅車上東門。(阮嗣宗《詠懷詩》注引《河南郡圖經》曰:'東有三門,最北頭有⑰上東門。'案:此東都城門名也,故疑爲東漢人之辭。)又云:游戲宛與洛。(《古詩注》曰:'《漢書》南陽郡有宛縣。洛,東都也。'案:張平子《南都賦》注引摯虞曰:'南陽郡治宛,在京之南,故曰南都。'《南都賦》曰:'夫南陽者,真所謂漢之舊都者也。'詩以宛、洛並言,明在東漢之世。)此則辭兼⑱東都,非盡是乘明

〔1〕　眉批:枅,即欂櫨,今胡北人名膝曰欂櫨骨。
〔2〕　眉批:罘,正作罝。

矣。”尋李注所言，是古有以《十九首》皆枚乘所作者，故云非盡是乘。孝穆撰詩，但以《十九首》之九首爲乘所作，亦因其餘句多與時序不合爾。案：《明月皎夜光》一詩，其稱節序，皆是太初未改曆⑲以前之言，詩云“玉衡指孟冬”，而上云“促織鳴東壁”，下云“秋蟬鳴樹間，玄鳥逝安適”，是此孟冬，正夏正之孟秋，若在改曆⑳以還，稱節序者不應如此，然則此詩乃漢初之作矣〔1〕。又《凜凜㉑歲云暮》一詩，言“涼風率已厲”，涼風之至，候在孟秋，（《月令》：“孟秋之月，涼風至。”）而此云歲暮，是亦太初以前之詞也。推而論之，五言之作，在西漢則歌謠樂府爲多，而辭人文士，猶未肯相率模效。李都尉從戎之士，班婕妤宮閨㉒之流，當其感物興歌，初不殊於謠諺。然風人之旨，感概㉓之言，竟能擅美當時，垂範來世，推其原始，故亦閭里之聲也。按《漢書·藝文志》云：“自孝武立樂府〔2〕而采歌謠，於是有代趙之謳、秦楚之風，皆感於哀樂，緣事㉔而發，亦可以觀風俗，知厚薄云。”歌詩二十八家中，除諸不繫於地者，有吳楚、汝南歌詩，燕、代謳，雁門、雲中、隴西歌詩，邯鄲、河間歌詩，齊、鄭歌詩，淮南歌詩，左馮翊秦歌詩，京兆尹秦歌詩，河東蒲反㉕歌詩，雒陽歌詩，河南周歌詩，（河南周歌聲曲折。）周謠歌詩，（周謠歌詩聲曲折。）周歌詩，南郡歌詩，都凡十餘家，此與陳詩觀風初無二致。然則漢世歌謠之有十餘家，無殊於《詩》三百篇之有十五《國風》也。摯仲洽㉖〔3〕《文章流別論》曰：“古詩有三言、四言、五言、六言、七言、九言，大率以四言爲體，而

〔1〕 眉批：漢武帝以前以十月爲正月。

〔2〕 批注：官名。

〔3〕 眉批：摯虞，字仲文，晉人。校按：《晉書·摯虞傳》：“摯虞，字仲洽。”

時有一句二句雜在四言之間，後世演之，遂以爲篇。古詩之三言者，'振振鷺，鷺於飛'之屬是也，漢郊廟歌多用之。（唐山夫人《安世房中歌詩》"安其所""豐草葽""雷震震"諸篇皆三言㉗，《郊祀歌》"練時日""太乙況""天馬徠"諸篇皆三言。）五言者，'誰謂雀無角，何以穿我屋'之屬是也，（案：當舉《郊特牲》篇伊耆氏《蜡辭》"草木歸其澤"一句，爲詩中五言之始見者〔1〕。）於徘㉘諧倡樂多用之。（凡非大禮所用者，皆徘諧倡樂，此中必㉙有樂府所載歌謠〔2〕。）六言者，'我姑酌彼金罍'之屬是也，樂府亦用之。（如《悲歌》"悲歌可以當泣，遠望可以當歸"二句，《猛虎行》"饑不從猛虎食，暮不從野雀栖"二句，又《上留田行》前四句，皆以六言成句者也。）七言者，'交交黃鳥止於桑'之屬是也，（案：從鳥字斷句亦可，宜舉"昔也日闢㉚國百里"二句。）於徘㉛諧倡樂世㉜用之。（樂府中多以七字爲句，如《鼓吹鐃歌》中"千秋萬歲樂無極""江有香草目以蘭"，此外不能悉舉。）古詩之九言者，'泂酌彼行潦挹彼注茲'之屬是也，（案：此仍從潦字斷句，《詩》三百篇，實無九言。當舉《卜居》之"與波上下偷以全吾軀"，〔句末乎字爲助聲〕《九辯》之"吾固知其齟齬而難入"。）不入歌謠之章。"（按：《烏生》篇有"嗟我秦氏家有遊蕩子"及"白鹿乃在上林西苑中"等句，皆九言。所謂不入歌謠之章者，蓋因其希見爾。）以摯氏之言推之，則五言固徘諧倡樂所多有，《藝文志》所列諸方歌謠，宜㉝在徘諧倡樂之內。而《文心雕龍·明詩》篇猥云："成帝品錄，三百餘篇，（即中歌詩頌詩賦略所載，凡歌詩二十八家，三百一十四篇。）朝章國采，亦云周備，而辭人遺翰，莫見五言。"此以當世

---

〔1〕 眉批：《困學紀聞》云："五言起于《五子之歌》《行露》。"
〔2〕 眉批：《史記》："項王悲歌，美人和之。"《正義》曰："《楚漢春秋》云：漢兵已略地，四方楚歌聲。大王意氣盡，賤妾何聊生。"

文士不爲五言,並疑樂府歌謠㉞亦無五言也。今考西漢之世,爲五言有主名者,李都尉、班婕妤而外,有虞美人《答項王歌》、(見《楚漢春秋》。)㉟卓文君《白頭吟》、李延年歌、(前四語。)蘇武詩四首。其無主名者,樂府有《上陵》、(前數語。)《有所思》、(篇中多五言。)《雞鳴》《陌上桑》《長歌行》《豫章行》《相逢行》《長安有狹斜㊱行》《隴西行》《步出夏門行》《艷歌何嘗行》《艷歌行》《怨詩㊲行》《上留田》(《里中有啼兒》一首。)《古八變歌》《艷歌》《古咄唶歌》。(此中容有東漢所造,然武帝樂府所録,宜多存者。)歌謠有《紫宮謠》、(《漢書》曰:"李延年善歌,能爲新聲,與女弟俱幸,時人爲之語曰:'一雌彼一雄,雙飛入紫宮。'")長安爲尹賞作歌、(見前。)成帝時歌、(見前。)無名人詩八首、(《上山采蘼蕪》一、《四坐且莫諠》二、《悲與親友別》三、《穆穆清風至》四、《橘柚垂華實》五、《十五從軍征》六、《新樹蘭蕙葩》七、《步出城東門》八。以上諸詩㊳,或見《樂府詩集》,或見《詩紀》。)古詩八首,(五言四句,如《采葵莫傷根》之類。)大抵淳厚清婉,其辭近於《國風》,不雜以賦頌,此乃五言之正軌矣。自建安以來,文人競作五言,篇章日富,然閭里歌謠,則猶遠同漢風。試觀樂府所載清商曲辭,五言居其什九,託意造句,皆與漢世樂府共其波瀾,以此知五言之體,肇於歌謠也。彥和云"不見五言",斯㊴乃千慮之一失。唯仲偉斷爲炎漢之製,其鑒審矣。

清典可味 典一作曲。紀云:"曲字是,曲字作婉字解。"李詳云:"梅慶生、凌雲本並作清曲。"《御覽》八百九十三引張衡《怨詩》曰:"秋蘭,嘉美人也,嘉而不獲用,故作是詩也。"此是詩序,詩與黃引同。

47

仙詩緩歌　黃引《同聲歌》當之,紀氏譏之,是也。

暨建安之初至**此其所同也**　此節轉録《詩品講疏》,釋之如左:

　　詳建安五言,毗於樂府。魏武諸作,慷慨蒼涼,所以收束漢音,振發魏響。文帝兄弟[40],所撰樂府最多,雖體有所同[41],而詞貴獨創,句[42]不變古,而采自己舒,其餘雜詩,皆崇藻麗。故沈休文曰:"至於建安,曹氏基命,三祖陳王,咸蓄盛藻,甫乃以情緯文,以文被質。"(《宋書・謝靈運傳論》)言自此以上,質勝於文也。若其述歡宴,愍亂離,敦友朋,篤匹偶,雖篇題雜沓,而同以蘇、李古詩爲原。文采繽紛,而不能離閭里歌謠之質。故其稱景[43]物則不尚雕鏤,敘胸情則唯求誠懇[44],而又緣以雅詞,振其英響,斯所以兼籠前美,作範後來者也。自魏文已往,罕以五言見諸品藻,至文帝《與吳質書》,始稱"公幹五言詩之善者,妙絕時人"。蓋五言始興,惟樂歌爲衆,辭人競效,其風隆自建安。既作者滋多,故工拙之數,可得而論矣。

何晏之徒,率多浮淺　晏詩《詩紀》載其二首,兹録以備考[45]。

擬　古

(《名士傳》曰:"是時曹爽輔政,識者慮有危機。晏有重名,與魏姻戚,内雖懷憂,而無復退也,著五言詩以見志。")

　　雙鶴比翼遊,群飛戲太清。常恐失網羅,憂禍一旦并。豈若集五湖,順流唼浮萍。逍遥放志意,何爲[46]怵惕驚?

失　題

　　轉蓬去其根，流飄從風移。芒芒四海涂，悠悠焉可彌？願爲浮萍草，託身寄清池。且以樂今日，其後非所知。

江左篇製至**挺拔而爲俊矣**　此節轉録《詩品講疏》，釋之如左：

　　《謝靈運傳論》曰："在晉中興，玄風獨盛⑰，爲學窮于柱下，博物止乎七篇，馳騁文辭，義殫乎此。自建武（愍帝年號。）暨於義熙，（安帝年號。）歷載將百，雖比響聯辭，波屬〔1〕雲委〔2〕，莫不寄言上德，（老子曰："上德不德，是以有德。"）託意玄珠，（莊子曰："黃帝將遊乎赤水之北，登昆侖之丘而南望，還歸，遺其玄珠。"郭象注曰："此明得真之所由。"）遒〔3〕麗之辭，無聞焉爾。"《續晉陽秋》（宋永嘉太守檀道鸞撰，書已佚，此見《困學紀聞》及《文選》注引。）曰："自司馬相如、王褒、楊⑱雄諸賢，世尚賦頌，皆體則詩騷，傍綜百家之言。及至建安，而詩章大盛。逮乎西朝之末，潘、陸之徒，雖時有質文，而宗歸不異也。正始中，王弼、何晏好莊老玄勝之談，而俗遂貴焉。至過江，佛理尤盛，故郭璞五言，始會合道家之言而韻之。詢⑲及太原孫綽，轉相祖尚，又加以三世之辭，（禪氏説過去、見在、未來爲三世。）而詩⑳騷之體盡矣。詢、綽並爲一時文宗，自此學者悉體㉑之。"據檀道鸞之説，是東晉玄言之詩，景純實爲㉒前導，特其才氣奇肆，遭逢險艱，故能假玄語㉓以寫中情，非夫鈔録文句者所可擬況。若

---

〔1〕　批注：相連也。
〔2〕　批注：相積也。
〔3〕　批注：緊湊也。

孫、許之詩，但陳要妙，情既離乎比興，體有近於伽陀〔1〕。徒以風會所趨，仿效日衆，覽蘭亭集詩，諸篇共怡，所謂琴瑟專一，誰能聽之？達志抒情，復將㊾焉賴？謂之風騷道盡，誠不誣也。《文心雕龍·時序》篇曰："自中朝貴玄，江左稱㊾盛，因談餘氣，流成文體。是以世極屯㊾邅，而辭意夷泰，詩必柱下之旨歸，賦乃漆園之義疏，（如孫興公《游天台山賦》即多用玄言。）故知文變染乎世情，興廢繫乎時序，原始以要終，雖百世可知也。"此乃推明崇尚玄虛之習，成於世道之艱危。蓋恬憺之言，謬悠之理，所以排除憂患，消遣年涯，智士以之娛生，文人於焉託好，雖曰無用之用，亦時運爲之矣。

又案：袁、孫諸詩，傳者甚罕，《文選》載有江文通《擬孫廷尉》詩，可以知其大概。茲録袁宏《詠史》詩二首、孫綽《秋日》詩一首以備考㊾。

袁宏《詠史》〔2〕

周昌梗概〔3〕臣，辭達不爲訥。汲黯社稷器，棟梁天表骨。陸賈厭解紛，時與酒檮杌〔4〕。婉轉將相門，一言和平勃。趣舍各有之，俱令道不没。

無名困螻蟻，有名世所疑。中庸難爲體，狂狷不及時。楊惲非忌貴，知及有餘辭。躬耕南山下，蕪穢不遑治。趙瑟奏哀

---

〔1〕 批注：偈也，五字一句。
〔2〕 批注：班固亦有詠史詩，袁宏純以之爲祖。
〔3〕 眉批：梗概，即耿介。
〔4〕 眉批：檮杌、斷木，雙聲。檮杌、杌杌，疊韻。

音，秦聲歌新詩。吐音非凡唱，負此欲何之。

孫綽《秋日》

蕭瑟仲秋日，飆唳風雲高。山居感時變，遠客興長謠。疏林積涼風，虛岫結凝霄。湛露灑庭林，密葉辭榮條。撫菌〔1〕悲先落，攀松羨後凋。垂綸在林野，交情遠市朝。澹然懷古心，濠上豈伊遥！

宋初文詠至**此近世之所競也**　此節轉録《詩品講疏》，釋之如左：

《宋書·謝靈運傳》曰：“靈運博覽群書，文章之美，江左莫逮。”論曰：“爰逮宋氏，顔、謝騰聲，（《宋書·顔延之傳》：“延之文章之美，冠絕當時，與謝靈運靈俱以詞采齊名，江左稱顔、謝焉。”）靈運之興會標舉，延年（延之字。）之體裁明密，並方〔2〕軌前秀，垂範後昆。”《文心雕龍·明詩》篇曰：“宋初文詠，體有因革，莊老告退而山水方滋，儷采百字之偶，爭價一句之奇〔3〕，情必極貌以寫物，辭必窮力而追新，此近世之所競也。”案：孫、許玄言，其勢易盡，故殷、謝振以景物，淵明雜以風華，浸欲復㊳規洛京，上繼鄴下。康樂以奇才博學，大變詩體，一篇既出，都邑競傳，所以弁冕當時，扢〔4〕揚雅道。於時俊彦，尚有顔、鮑、二謝之

〔1〕 眉批：菌，朝菌。
〔2〕 眉批：方，並也。
〔3〕 眉批：奇，讀若飢。
〔4〕 眉批：扢，公忽切。

倫,(謝瞻、謝惠連。)要皆取法中朝,辭禁⑤輕淺,雖偶傷刻飾,亦矯枉之理也。夫極貌寫物,有賴於深思,窮力追新,亦資於博學。將欲排除膚語,洗盪庸音,於此假塗,庶無迷路。世人好稱漢魏,而以顏、謝爲繁巧,不悟規摹古調,必須振以新詞,若虛響盈篇,徒生厭倦,其爲蔽害,與剗絕玄語者政復不殊。以此知顏、謝之術,乃五言之正軌矣。

四言正體　五言流調　摰虞《文章流別論》曰:"雅音之韻,四言爲正,其餘雖備曲折之體,而非音之正也。"

詩有恒裁八句　此數語見似膚廓,實則爲詩之道,已具於此。"隨性適分"四字,已將古今家數派別不同之故,包舉無遺矣。

離合之發　茲録孔融《離合詩》一首以備考:

離合作郡姓名字詩〔1〕

漁父屈節,水潛匿方;(離魚字。)與時進止,出行施張。(離日字。二字合成魯。)呂公磯釣,闓口渭旁;(離口字。)九域有聖,無土不王。(離或字。二字合成國。)好是正直,女回於匡;(離子字。)海外有截,隼逝鷹揚。(離乙字。二字合成孔。)六翮將奮,羽儀未⑥彰;(離兩字。)蛇龍之蟄,俾也可忘。(離虫字。二字合成融。)玫璇隱耀,美玉韜光。(去玉成文,不須合。)無名無譽,放言深藏;(離與字。)按轡安行,誰謂路長。(離手字。二字合成舉。)

回文所興二句　李詳云:"《困學紀聞》十八評詩云:《詩苑類

---

〔1〕批注:《吳越春秋》《參同契》。

格》謂回文出於竇滔妻〔1〕所作。《文心雕龍》云㉾：又傅咸有回文反復詩，溫嶠有回文詩，皆在竇妻前。翁元圻注引《四庫全書總目》宋桑世昌《回文類聚》提要㉽，《藝文類聚》載曹植《鏡銘》，回環誦之，無不成文，實在蘇蕙以前。詳案：梅慶生音注本云：宋賀道慶作四言回文詩一首，計十一句，四十八言，從尾至首，讀亦成韻，而道原無可考，恐原爲慶字之誤。"侃案：道慶之前，回文作者已衆，不得定原字爲慶字之誤。

兹録王融《春遊》回文詩一首以備考㉾：

　　枝分柳塞外，葉暗榆關東。垂條逐絮轉，落蕊散花叢。池蓮照曉月，鰻錦拂朝風。低吹雜綸羽，薄粉艷妝紅。離情偶遠道，歎結深閨中。

鍾記室《詩品》上中兩篇，録備參鏡：

《詩品》上〔2〕

　　氣之動物，物之感人，故搖蕩性情，形諸舞詠。照燭三才，暉麗萬有。靈祇待之以致饗，幽微藉之以昭告，動天地，感鬼神，莫近於詩。昔南風之辭，卿雲之頌，厥義敻矣。夏歌曰："鬱陶乎予心。"楚謠曰："名余曰正則。"雖詩體未全，然是五言之濫觴也。逮漢李陵，始著五言之目矣〔3〕。古詩眇邈，人世難詳，推其文體，固是炎漢之製，非衰周之倡也。自王、楊、枚、

---

〔1〕　批注：蘇蕙，若蘭。
〔2〕　批注：專重五言。
〔3〕　眉批：《楚漢春秋》有虞美人五言詩，在李陵之前。

馬之徒，詞賦競爽，而吟詠靡聞。從李都尉迄班婕妤，將百年間，有婦人焉，一人而已。詩人之風，頓已缺喪。東京二百載中，惟有班固詠史〔1〕，質木無文。降及建安，曹公父子，篤好斯文；平原兄弟，鬱爲文棟；劉楨、王粲，爲其羽翼。次有攀龍托鳳，自致於屬車者，蓋將百計。彬彬之盛，大備於時矣〔2〕。是後陵遲衰微，逮於有晉。太康中，三張、（三張，載、協、亢也。）二陸、兩潘〔3〕、一左，勃爾復興，踵武前王，風流未沫，亦文章之中興也。永嘉〔4〕時，貴黄老，稍尚虛談。於時篇什，理過其辭，淡乎寡味。爰及江表，微波尚傳〔5〕，孫綽、許詢、桓、庾諸公，詩皆平典，似道德論，建安風力盡矣。先是，郭景純用雋上之才，變創其體〔6〕；劉越石仗清剛之氣，贊成厥美。然彼衆我寡，未能動俗。逮義熙中，謝益壽（混。）斐然繼作。元嘉中，有謝靈運，才高詞盛，富艷難蹤，固已含跨劉、郭，陵轢潘、左。故知陳思爲建安之杰，公幹、仲宣爲輔；陸機爲太康之英，安仁、景陽爲輔；謝客〔7〕爲元嘉之雄，顏延年爲輔。斯皆五言之冠冕，文詞之命世也。夫四言文約意廣，取效風、騷，便可多得。每苦文繁而意少，故世罕習焉。五言居文詞之要，是衆作之有滋味者也，故通⑥會於流俗。豈不以指事造形，窮情寫

---

〔1〕 眉批：班固詠史詩外尚有數家，獨稱班固，是其疏矣。
〔2〕 眉批：魏。三國時文詞特盛，其以有二，一由漢靈帝之提倡，一由東漢學太質，而行重禮教，魏武欲以文矯之。
〔3〕 批注：岳。
〔4〕 眉批：永嘉，懷帝年號。
〔5〕 眉批：風詩本於民性，後世仍存。
〔6〕 眉批：苟有詩才，用哲理作詩亦可，如景純是。
〔7〕 批注：靈運小名。

物，最爲詳切者邪〔1〕！故詩有六義焉：一曰興，二曰比，三曰賦。文有⑥盡而意有餘，興也；因物喻志，比也；直書其事，寓言寫物，賦也。弘斯三義，酌而用之，幹之以風力，潤之以丹彩，使味之者無極，聞之者動心，是詩之至也。若專用比興，則患在意深，意深則詞躓。若但用賦體，則患在意浮，意浮則文散。嬉成流移，文無止泊，有蕪漫之累矣。若乃春風春鳥，秋月秋蟬，夏雲暑雨，冬月祁〔2〕寒〔3〕，斯四候之感諸詩者也。嘉會寄〔4〕詩以親，離群託詩以怨。至於楚臣去境，漢妾辭⑥宮；或骨橫朔野，或魂逐飛蓬；或負戈外戍，殺氣雄邊，塞客衣單，孀閨淚盡；文士有解佩出朝，一去忘返；女有揚蛾入寵，再盼傾國。凡斯種種，感傷⑥心靈，非陳詩何以展其義，非長歌何以騁其情。故曰⑥：「《詩》可以群，可以怨。」使窮賤易安，幽居靡悶，莫尚於詩矣。故詞人作者，罔不愛好。今之士俗，斯風熾矣。纔能勝衣，甫就小學，必甘心而馳鶩⑥〔5〕焉。於是庸音⑦雜體，人各爲容。至使膏腴子弟，恥文不逮，終朝點綴，分夜呻吟。獨觀謂爲警策〔6〕，衆睹終淪平鈍。次有輕薄之徒，嗤曹、劉爲古拙，謂鮑照羲皇上人，謝朓今古獨步。而師鮑照，終不及「日中市朝滿」（鮑照《結客少年場行》。）；學謝朓，劣得「黃鳥度青枝」。（虞炎《玉階怨》。）徒自棄於高聽，無涉於文流

---

〔1〕 眉批：詩體隨時代而生，無善惡可言。
〔2〕 眉批：祁之言是也。
〔3〕 批注：出《禮記》引《書》。
〔4〕 批注：託也。
〔5〕 眉批：鶩，務。鶩，未。
〔6〕 批注：見《文賦》。

矣。觀王公縉紳之士，每博論之餘，何嘗不以詩爲口實[1]。隨其嗜慾，商榷不同，淄澠[2]並泛，朱紫相奪，喧議競起，準的無依。近彭城劉士章[3]，俊賞之士，疾其淆亂，欲爲當世詩品，口陳標榜，其文不傳，遂感而作焉⑦。昔九品論人，《七略》裁士[4]，校以賓[5]實，誠多未値。至若詩之爲技，較爾可知。以類推之，殆均博弈。方今皇帝[6]，資生知之上才，體沉鬱之幽思，文麗日月，賞究天人。昔在貴遊，已爲稱首。況八紘既奄，風靡雲蒸，抱玉者聯肩，握珠者踵武。已瞰漢魏而不顧，吞晉宋於胸中，諒非農歌轅議，敢致流別。嶸之今錄，庶周旋於閭里，均之於談笑耳。

《詩品》中

夫屬詞比事，乃爲通談。若乃⑦經國文符，應資博古；撰德駁奏，宜窮往烈。至乎吟詠情性，亦何貴於用事？"思君如流水"（徐幹《雜詩》），既是即目；"高臺多悲風"（陳思《雜詩》），亦惟所見；"清晨登隴首"，羌無故實；"明月照積雪"（謝康樂《歲暮》），詎出經史？觀古今勝語，多非補假，皆由直尋。顏延、謝莊，尤爲繁密，於時化之。故大明、泰始中，文章殆同書抄。近任昉、王元長等，辭不貴奇，競須新事。爾來作者，寖以成俗。遂乃句無虛語，語無虛字，拘攣補衲，蠹文已甚。但自然英旨，

---

〔1〕 批注：見《詩經》。
〔2〕 批注：音繩。
〔3〕 批注：名繢。
〔4〕 批注：未詳出處。
〔5〕 批注：名也。
〔6〕 批注：梁武帝。

罕值其人。詞既失高,則宜加事義。雖謝天才,且表學問,亦一理乎!陸機《文賦》,通而無貶;李充《翰林》,疏而不切;王微《鴻寶》,密而無裁;顏延論文,精而難曉;摯虞《文志》,詳而博贍,頗曰知言。觀斯數家,皆就談文體,而不顯優劣。至於謝客集詩,逢詩輒取;張騭《文士》,逢文即書。諸英志錄,並載在文,曾無品第。嶸今所錄,雖止乎五言,然網羅今古,詞文始集,輕欲辨彰清濁,掎摭病利,凡百二十人。預此宗流者,便稱才子。至斯三品升降,差非定制,方申變裁,請寄知者爾。

璇璣圖詩
蘇若蘭

前秦符堅時,秦州刺史扶風竇滔妻蘇氏,陳留令武功蘇道賢第三女也。名蕙,字若蘭。智識精明,儀容妙麗,謙默自守,不求顯揚。年十六,歸於竇氏。滔甚敬之。然蘇氏性近於急,頗傷嫉妒。滔字連波,右將軍于爽之孫,朗之第二子也。神風偉秀,該通經史,允文允武,時論高之。符堅委以心脊之任,備歷顯職,皆有政聞。遷秦州刺史,以忤旨謫戍燉煌。會堅克晉襄陽,慮有危偪,藉滔才略,詔拜安南將軍,留鎮襄陽。初,滔有寵姬趙陽臺,歌舞之妙,無出其右,滔置之別所。蘇氏知之,求而獲焉,苦加捶辱,滔深以為憾。陽臺又專伺蘇氏之短,讒毀交至,滔益忿蘇氏。蘇氏時年二十三。及滔將鎮襄陽,邀蘇氏同往,蘇氏忿之,不與偕行。迺攜陽臺之任,絕蘇氏音問。蘇氏悔恨自傷,因織錦為迴文,五彩相宣,瑩心輝目。縱廣八寸,題詩二百餘首,計八百餘言,縱橫反覆,皆為文章。其文點畫無缺,才情之妙,超今邁古,名曰《璇璣圖》。然讀者不能悉通，蘇氏笑曰："徘徊宛轉，自爲語言，非我家人，莫能解之。"遂發蒼頭，齎至襄陽。滔覽之，感其妙絶，因送陽臺之關中，而具車從，禮迎蘇氏，歸于漢南，恩好愈重。蘇氏所著文詞五千餘言，屬隋季喪亂，文字散落，追求勿獲，而錦字回文，盛傳於世。朕聽政之暇，留心墳典，散帙之次，偶見斯圖。因述若蘭之多才，復美連波之悔過，遂製此文，聊示將來。如意元年五月一日大周天册金輪皇帝製。

仁智懷德聖虞唐真妙顯華重雲章臣賢惟聖配英皇倫匹離
飄浮江湘津傷嗟情家明范榮志庭闈亂作人讒佞奸凶害我
忠貞桑凶慈雍思恭基河慘歎中無鏡紛爲篤明難受膚原禍
因所恃滋極驕盈榆頑孝和淑自爲隔懷懷傷君朗光誰終榮
苟不義姬班女婕妤辭輦漢成薄浸休家貞記孝塞慕所路房
容珠感誓城傾在戒后尊嬖趙氏飛燕實生景讒退遠敦貞敬
殊增離曠悼飾曜思窮熒猶炎盛興漸至大伐用昭青青昭愚
謙危節所是山憂經遐清華英多蒼形未在謹深慮微察遠禍
在防萌西滋蒙疑容持從梁心荒淫忘想感所欽岑幽巖峻嵯
峨深淵重涯經綱羅林光流電逝推生民堂妃闈飛衣誰追何
思情時形寒歲識凋松愆居歎如陽移陂施爲祇差生空后中
奮袞爲相如感傷在勞貞物知終始咎獨懷何潛西不何誰神
無感惟自節能我容聲將顏孜君想顏衰改革容是與女賤曜
日日激與通者曠思興屬不歌冶同情寧孜側夢仁賢別行士
念誰賤鄙翳白無憤將上采悲詠風樊歎發觀羽纏龍旂容衣
詩情明顯怨衰情時傾英殊衰殊身節菲路和周楚長雙華宮
憂虎雕飾繡始璇璣圖義年勞歎寄華年有志飭忘苄長音南
鄭歌商流徵殷繁華觀曜終始心詩興感遠殊浮沈時盛意麗

哀遺身藏召衛詠齊曜情多文曜壯顏無平蘇氏理往憂歲異
浮惟必心華惟下微摧伯女志興榮傷患藻榮麗充端此作麗
辭日思慕世異逝衰達榮感體惆悲窈河遐碩翠感生嬰漫丁
冤詩風興鹿鳴懷悲哀誰遊倏無一俯憂作已聲窕廣路人粲
我艱是漫是何桑翳感孟宣傷感情者頹然盈體仰情者處發
淑思逖其威情惟憂何艱生時盛昭業傾思永戚我流若不中
容何[73]成幽曲姿歸迤頎蕤悲苦懷思苦我章徽恨微玄悼欸
戚知沙馳離儀虧貲辭房秦王懷土眷舊鄉身加兼愁悴少精
神遐幽曠遠離鳳麟龍昭德懷聖皇人商遊桑鳩揚仇傷榮身
我乎集殃愆辜何因備嘗苦辛當神飛文遺分歸賤絃西翳雙
激好摧君深日潤浸愆思罪積怨其根難尋所明經殊孤乖鴈
為激階陰巢水悲容仁均物品育生施天地德貴平均勻專通
身粲妾殊翔女楚步林燕清思發離濱漢之步飄飄離微隔喬
木誰陰一感寄飾散聲應有流東桃飛泉君欸殊心改者惑暝
親間遠離殊我同衾志精浮光離哀傷柔清廌休翔流長愁方
禽伯在誠故遺舊廢故君子惟新貞微雲輝群悲春剛琴芳蘭
凋茂熙陽春墻面殊意惑故新霜冰齊潔志清純望誰思想懷
所親

讀圖內詩括例

依五色所分章次讀之

　仁智至慘傷　　倫四至榆桑　　人賤至聖皇　　春陽至殊方
欽岑至如何

　已上七言四十句，每句為一首，每首反讀之，記八十首。

　詩風至微玄　　人賢至凋松　　充顏至虎龍　　日往至寄傾

已上五言十六句,以每句反讀之,成三十二首。

周南至相迫　年時至無差　讒佞至未形　牽牽至伯禽

已上四言二十四首,作兩句分讀,就成一篇。

寧顏至勞形　懷憂至何冤　念是至如何　悼思至者誰

詩情至終始

已上四言,前四首以每句反讀,後一首每句反讀,成十首。

嗟歎至爲榮　凶頑至爲基　遊西至摧傷　神明至雁歸

已上三言十二首,反讀成二十四首。

佞因至舊新　南鄭至遺身　舊間至佞臣　遠哀至南音

已上七言,凡起頭退一字反讀之,成四首。

廂桃至基津　嗟中至春親　春哀至嗟仁　基自至廂琴

已上七言,自角退一字斜讀之,成四首。

再　敘

回文詩圖,古無悉通者。予因究璇璣之義,如日星之左右行天,故布爲經緯,由中旋外,以旁循四旁,於其交會,皆契韻句。巡還反復,窈窕縱橫,各能妙暢。又原五采相宣之說,傳色以開其篇章。其在經緯者,始於璣蘇詩始四字。其在節會者,右旋而出,隨其所至,各成章什。外經則始於仁真,至於音深;中經自欽深至於身殷;內經自詩情至於終始,皆循方回文者也。四角之方,如仁、真、欽、心四韻,成章而回文者也。至其經緯之圖者,隨色自分,則外之四角,窈窕成文,而文皆六言也。四旁者,相對成文,而文皆六言也。及交手成文,而文皆四言也。在中之四角者,一例橫讀而四言。在中之四旁者,隨向橫讀而五言,惟璇圖平氏四字不入章句。觀其宛轉反復,皆

60

才思精深融徹，如契自然。蓋騷人才子所難，豈必女工之尤哉。詩編《載馳》，史美班扇，才女專靜，用志不分。雖皆擅名，此爲精贍者也。聊隨分篇，掇其一隅，以爲三隅之反。代久傳訛，頗有誤字，亦輒證改一二。其他闕謬，不欲以意足之。雖未能盡達⑭元思，抑庶幾不爲滯塞云。

經緯（始於璣蘇詩始四字。）

璣明別改知識深，峩嵯峻嚴幽岑欽。所感想忘荒淫心，堂空惟思詠和音。

詩興感遠殊浮沈，華英翳曜潛陽林。羅網經涯重淵深，峩嵯峻嚴幽岑欽。

蘇作興感昭恨神，辜罪天離間舊新。霜冰齋潔志清純，望誰思想懷所親。（凡三色讀不可回文。）

外　經

仁智懷德聖虞唐，真妙顯華重雲章。臣賢惟聖配英皇，倫匹離飄浮江湘。（回讀。）

傷慘懷慕增憂心，堂空惟思詠和音。藏摧悲聲發曲秦，商絃激楚流清琴。

中　經

欽岑幽巖峻嵯峩，深淵重涯經網羅。林陽潛曜翳英華，沈浮異遊頹流沙。（回讀。）

何如將情纏憂愍，多患生覲惟苦身。加兼愁悴少精神，遐幽曠遠離鳳麟。

內　經

詩情明顯，怨義興理。辭麗作此，端無終始。（回讀。）

始終無端，此作麗辭。理興義怨，顯明情詩。

四角之方

仁智懷德聖虞唐，真志篤終誓穹蒼。欽所感想忘淫荒，心憂增慕懷慘傷。（回讀。）

四角之間窈窕成文

嗟歎懷，所離經。退曠路，傷中情。家無君，房幃清。華飾容，朗鏡明。（回讀。）

四角在中者一例橫讀

念是咎怨，誰與獨居。賤女懷歎，鄙賤何如。（反讀窈窕成文。）

怨咎是念，誰與獨居。歎懷女賤，鄙賤何如。

四旁相對成文，文皆六言

讒人作亂幃庭，奸凶害我忠貞。禍原膚受難明，所恃滋極驕盈。

四旁相向橫讀而成五言

寒歲識凋松，真物知終始。顏衰改華容，仁賢別行士。（反讀窈窕成文。）

士行別賢仁，容華改衰顏。終始知物真，松凋識歲寒。

交手成文，文皆四言

讒佞奸凶，害我忠貞。禍因所恃，滋極驕盈。（反讀。）

用色分章（止舉一隅，餘皆仿此。）

橫用色

嗟歎懷，所離經。逗曠路，傷中情。（十二字用粉紅。）

家無君，房幃清。華飾容，朗鏡明。（用綠。）

葩紛光，珠耀英。多思感，誰爲榮。（用白。）

周風興，自后妃。楚樊厲，節中闈。（周楚二字用黃，外十字用綠。）

長歎不能奮飛，雙發歌我充衣。（長雙二字用黃，外十字用粉紅。）

華觀冶容爲誰，宮羽同聲相追。（華宮二字用黃，外十字用青。）

已上依此順讀成章。

直用色

庭闈亂作人。　　明難受膚原。（用綠。）

榮苟不義姬。　　城傾在戒后。（用粉紅。）

熒猶炎盛興。　　形未在謹深。（用青。）

已上作兩句，各添下字，倒讀成章。

恩感顏寧，孜孜傷情。時在君側，夢想勞形。（用粉紅順讀。）

龍旐容衣，虎彤飾繡。（八字用綠。）

橫用黃色

奸佞讒人，作亂閨庭。所因禍原，膚受難明。

右舉此爲例，餘可悉通。元祐三年九月，工部何公過麴院，見僕書几有此，驚曰："昨日於屯田陳侯所觀書，唐真本圖，宜皆可求一見。"果得出示。凡六幅，右三爲若蘭所居重樓複屋，户牖間各作著思，練絲、織錦、遣使處。左三幅爲竇滔歸第，外爲車馬相迎，次女妓坐大氍毹，合樂其間，樓閣對飲處。圖中近上作遠水紅橋，竇臨高列騎，擁旌旄以望。橋之西，氍車從數騎排引見滔，盛禮迎蘇。圖中近下，左書武后序，右寫詩圖。徐視果有淡色，分其篇章，正與此同。迺知人心不甚相遠，而尤可怪矣。青紅綠，旋所之方，皆不之差。蓋理之所在，陰陽五行色味，莫不相假，況情識之運，宜自冥合也。元豐四年四月趙郡李公麟伯時[1]再題。

又五色讀法（見《武功縣志》。）

四圍縱橫。初行、八行、十五、廿二、廿九行及仁嗟斜至春親廊，琴斜至基津，以朱畫，其形如圖。按讀法，此色凡九圖，餘四色，色各一圖，共字六百二十五，計詩三千七百五十二首。四隅嗟情至英多，遊桑至長愁，神飛至悲春，凶慈至持從，縱橫皆六字，以墨畫。正面妃閨至葵悲，移陂至觜釄，縱六字、橫十三字；庭闈至防萌，身我至惟新，縱十三字、橫六字，以青畫。

中方正面，龍旂至麗充，衰情至暮世，縱四字、橫五字；兩

---

[1] 批注：名龍眠。
　　眉批：李龍眠即李公麟，宋之大畫家也，與蘇東坡同時。

旁寒歲至行士,詩風至微玄,縱五字、橫四字,以紫畫。

　　中方四隅,思情至側夢,嬰漫至若我,怨居至賤鄙,懷悲至戚知,縱橫皆四字,又中縱各五字;詩情至顯⑦怨,端比至麗辭,橫各五字;詩始至無端,怨義至理辭,空中心圖始平蘇氏詩心九字,以黃畫。

校勘記

① 蕃,《華國》本、《叢刊》本、川大本、中華本、文史哲本作"繁"。

② 軸,《華國》本、《叢刊》本、川大本、中華本、文史哲本作"幅"。

③ 書,文史哲本同。《華國》本、《叢刊》本、川大本、中華本作"詩"。

④ 疏,《華國》本、《叢刊》本、川大本、中華本、文史哲本作"歷"。

⑤ 有,《華國》本同。《叢刊》本、川大本、中華本、文史哲本作"得"。

⑥ 弦,《華國》本、《叢刊》本、川大本、中華本、文史哲本作"絃"。

⑦ "及行所遊,天下傳令,樂人歌弦之"從手批本句讀。《華國》本、《叢刊》本、川大本、中華本、文史哲本、《史記》通行本作"及行所遊天下,傳令樂人歌弦之"。

⑧ "柏梁列韻　詩紀其詞如下"及以下引文,《華國》本、《叢刊》本、川大本、中華本、文史哲本皆無。

⑨ 衆,原作"從",手批改爲"衆",《藝文類聚》卷五十六作"從"。

⑩ 率,原作"卒",據《藝文類聚》卷五十六改。

⑪ 會期,原作"令其",據《藝文類聚》卷五十六改。

⑫ 芙蓉,《華國》本、《叢刊》本、川大本、中華本、文史哲本作"夫容"。

⑬ 八,據《華國》本、《叢刊》本、川大本、中華本、文史哲本補。

⑭ 叔,《華國》本、《叢刊》本、川大本、中華本、文史哲本作"乘"。

⑮ 則,《叢刊》本、川大本、中華本、文史哲本同。《華國》本作"蓋"。

⑯ 九,《華國》本、文史哲本同。《叢刊》本、川大本、中華本作"一"。

⑰ 有,《華國》本、《叢刊》本、川大本、文史哲本同。中華本作"曰"。

⑱ 辭兼,《華國》本、文史哲本同。《叢刊》本、川大本、中華本作"兼辭"。

⑲ 曆,《華國》本同。《叢刊》本、川大本、中華本、文史哲本作"歷"。

⑳ 曆,《華國》本、《叢刊》本、川大本、文史哲本同。中華本作"歷"。

㉑ 凛凛,《華國》本、文史哲本同。《叢刊》本、川大本、中華本作"凜凜"。

㉒ 閨,《華國》本、《叢刊》本、川大本、中華本、文史哲本作"女"。

㉓ 概,《華國》本同。《叢刊》本、川大本、中華本、文史哲本作"慨"。

㉔ 事,《漢書·藝文志》同。《華國》本、《叢刊》本、川大本、中華本、文史哲本作"情"。

㉕ 反,《華國》本、《漢書·藝文志》同。《叢刊》本、川大本、中華本、文史哲本作"阪"。

㉖ 冶,原作"治",《華國》本、中華本、文史哲本同。據《叢刊》本、川大本改。

㉗ 皆三言,據《華國》本、《叢刊》本、川大本、中華本、文史哲本補。

㉘ 徘,《華國》本、《叢刊》本、川大本同。中華本、文史哲本作"俳"。小注同。

㉙ 必,《華國》本、《叢刊》本、川大本、中華本、文史哲本作"兼"。

㉚ 闞,《華國》本、《叢刊》本、川大本、中華本、文史哲本作"蹙"。

㉛ 徘,《華國》本、《叢刊》本、川大本同。中華本、文史哲本作"俳"。

㉜ 世,《華國》本、《叢刊》本、川大本、中華本、文史哲本作"亦"。

㉝ 宜,《華國》本同。《叢刊》本、川大本、中華本、文史哲本作"皆"。

㉞ 謠,《華國》本同。《叢刊》本、川大本、中華本、文史哲本作"詩"。

㉟ 見《楚漢春秋》,據《華國》本、《叢刊》本、川大本、中華本、文史哲本補。

㊱ 斜,《華國》本、《叢刊》本、川大本、中華本、文史哲本作"邪"。

㊲ 詩,《華國》本、《叢刊》本、川大本、中華本、文史哲本作"歌"。

㊳ 詩,《華國》本、《叢刊》本、川大本、中華本、文史哲本作"篇"。

㊴ 斯,《華國》本、《叢刊》本、川大本、中華本、文史哲本作"此"。

㊵ 兄弟,《華國》本同。《叢刊》本、川大本、中華本、文史哲本作"弟兄"。

㊶ 同,《華國》本、《叢刊》本、川大本、中華本、文史哲本作"因"。

㊷ 句，原作"君"，手批改作"句"。《華國》本、《叢刊》本、川大本、中華本、文史哲本作"聲"。

㊸ 景，據《華國》本、《叢刊》本、川大本、中華本、文史哲本補。

㊹ 誠懇，《華國》本、《叢刊》本、川大本、中華本同。文史哲本作"懇誠"。

㊺ "晏詩《詩紀》載其二首，茲録以備考"及所引二詩，《華國》本作"晏《詩紀》載二首，茲録以備考"，僅列"擬古""失題"二題，無引文。《叢刊》本、川大本、中華本、文史哲本作"晏詩《詩紀》載《擬古》《失題》二首"，其後皆無引文。

㊻ 爲，原作"有"，據《詩紀》改。

㊼ 盛，《華國》本同。《叢刊》本、川大本、中華本、文史哲本作"扇"。

㊽ 楊，《華國》本、《叢刊》本、川大本、文史哲本同。中華本、《文選注》作"揚"。

㊾ 詢，《華國》本、《叢刊》本、川大本、文史哲本、《文選注》同。中華本作"許詢"。

㊿ 詩，《華國》本、《叢刊》本、川大本、中華本、文史哲本、《文選注》作"風"。

(51) 體，《華國》本、《叢刊》本、川大本、中華本、文史哲本、《文選注》作"化"。

(52) 爲，《華國》本、《叢刊》本、川大本、中華本、文史哲本作"爲之"。

(53) 語，《華國》本、《叢刊》本、川大本、中華本、文史哲本作"言"。

(54) 復將，《華國》本、《叢刊》本、川大本、中華本、文史哲本作"將復"。

(55) 稱，《文心雕龍》同。《華國》本、《叢刊》本、川大本、中華本、文史哲本作"彌"。

(56) 屯，《華國》本、《叢刊》本、川大本、文史哲本同。中華本作"迍"。

(57) "茲録"至"備考"，《華國》本同。所引《詠史》《秋日》二詩，《華國》、《叢刊》本、川大本、中華本、文史哲本皆無。

(58) 復，《華國》本、《叢刊》本、川大本、中華本、文史哲本作"復"。

(59) 辭禁，《華國》本、《叢刊》本、川大本、中華本、文史哲本作"力辭"。

(60) 未，原作"來"，《華國》本、《叢刊》本、川大本、文史哲本同。據中華本、《堯山堂外紀》卷七改。

(61) 云，原作“云云”，《華國》本同。據《叢刊》本、川大本、中華本、文史哲本、《增訂文心雕龍校注》改。

(62) 提要，《華國》本同。《叢刊》本、川大本、中華本、文史哲本作“四卷”。

(63) “玆録王融《春遊》回文詩一首以備考”至本篇末尾，《華國》本、《叢刊》本、川大本、中華本、文史哲本無。

(64) 通，原作“云”，手批改作“通”。《詩品》作“云”。

(65) 有，《詩品》作“已”。

(66) 離，《詩品》作“辭”。

(67) 傷，《詩品》作“蕩”。

(68) 曰，據《詩品》補。

(69) 鶩，原作“鶩”，手批改爲“鶩”。

(70) 音，據《詩品》補。

(71) 其文不傳，遂感而作焉，《詩品》作“其文未遂，嶸感而作焉”。

(72) 乃，據《詩品》補。

(73) 何，原作“可”，據《古詩紀》改。

(74) 達，據《回文類聚》補。

(75) 顯，據《回文類聚》補。

樂府第七①

古者詩歌不別，覽《虞書》《毛詩序》《樂記》(《樂記》曰："凡音之起，由人心生也。人心之動，物使之然也。感於物而動，故形於聲，聲相應，故生變，變成方，謂之音。比音而樂之，及干戚羽旄，謂之樂。"又曰："詩，言其志②也。歌，詠其聲也，舞，動其容也。三者本於心，然後樂氣從之。"《正義》曰："先心後志，先志後聲，先聲後舞，聲須合於宮商，舞須應於節奏，乃成於樂，是故然後樂氣從之。")則可知矣。《漢書·藝文志》亦云："誦其言謂之詩，詠其聲謂之歌。"《宋書·樂志》云："歌③者樂之始，舞又歌之次，詠哥④舞蹈，所以宣其喜心，喜而無節，則流淫莫反，故聖人以五聲和其性，以八音節其流，而謂之樂。"<u>然則樂以節歌，歌以詠詩，詩雖有不歌者</u>，(《藝文志》引傳曰："不歌而誦謂之賦。")<u>而歌未有非詩者也</u>。劉向校書，以詩賦與六藝異略，故其歌詩亦不得不與六藝之《詩》異類。然觀《藝文志》所載，有樂府所采歌謠，(《吳楚汝南歌詩》已下，至《南郡歌詩》。)有郊廟所用樂章，(《泰一雜甘泉壽宮歌詩》十四篇，《宗廟歌詩》五篇，即郊祀歌十九首。又有《諸神歌詩》《送迎靈頌歌詩》二家。)有歌詠功烈樂章，(《漢興以來兵所誅滅歌詩》十四篇。)有帝者自撰歌詩，(《高祖歌詩》。又《出行巡狩及游歌詩》，蓋武帝作。又《李夫人及幸貴人歌詩》，疑亦是武帝所作。)有材人名倡所作歌詩，(《詔賜中山靖王子噲及孺子妾冰未央材人歌詩》，謂以未央材人所作詩賜噲及冰也。又《黃門倡車忠等歌詩》十五篇。)有雜歌詩，(《雜各有主名歌詩》《雜歌詩》，又《臨江王及愁思節士歌詩》。）此則凡詩皆以入録，以其可歌，故曰歌詩。劉彦和謂子政品文，詩與歌别。殆未詳考也。及後文士撰詩者衆，緣事立體，不盡施於樂府，然後詩之與歌，始分區界。其號稱樂府而不能被管絃者，實與緣事立題者無殊，徒以蒙樂府之名，故亦從之入録。蓋詩與樂府者，自其本言之，竟無區别，凡詩無不可歌，則統謂之樂府可也；自其末言之，則惟賞被管絃者，謂之爲樂，其未詔伶人者，遠之若曹、陸依擬古題之樂府，近之若唐人自撰新題之樂府，皆賞歸之於詩，不宜與樂府淆溷也。《漢書·禮樂志》惟載《房中歌》《郊祀歌》，《宋書·樂志》稍廣之，自郊廟、享宴、大射、鐃歌、相和、舞曲，莫不悉載，然亦限於樂府所用而止。《隋書·經籍志》總集類有《古樂府》八卷、《樂府歌辭鈔》一卷、《歌録》十卷、《古歌録鈔》二卷、《晉歌章》八卷、《吳聲歌辭曲》一⑤卷、《陳郊廟歌辭》三卷、《樂府新歌》十卷、《樂府新歌》二卷，而梁王書復有樂府歌詩以下十餘部，其所收寬狹，今不可知，要之以但載樂府所用者爲正。其有並載因題擬作，若後之《樂府詩集》者，蓋期於博觀，而非所以嚴區畫也。郭茂倩曰：“凡樂府歌辭，有因聲而作歌者，若魏之三調歌詩，因絃⑥管金石造歌以被之，是也。有因歌而造聲者，若清商、吳聲諸曲，始皆徒歌，既而被之管絃⑦，是也。（案：此本《宋書·樂志》文。）有有聲有辭者，若郊廟、相和、鐃歌、橫吹等曲是也。有有辭無聲者，若後人之所述作，未必盡被于金石是也。”案：彦和作《樂府》篇，意主於被管絃⑧之作，然又引及子建、士衡之擬作，則事謝絲管者，亦附録焉。故知詩樂介畫，漫汗難明，適與古初之義相合者已。今略區樂府以爲四種：一、樂府所用本曲，若漢相和歌辭，《江南》《東光乎》之類是也。二、依樂府本曲以製辭，而其聲亦被絃⑨管者，若魏武依《苦寒行》以製《北上》、魏文依《燕歌行》以製

《秋風》是也。三、依樂府題以製辭，而其聲不被管絃⑩者，若子建、士衡所作是也。四、不依樂府舊題，自創新題以製詞⑪，其聲亦不被管絃⑫者，若杜子美《悲陳陶》諸篇、白樂天《新樂府》是也。從詩歌分途之説，則惟前二者得稱樂府，後二者雖名樂府，與雅俗之詩無殊。從詩樂同類之説，則前二者爲有詞⑬有聲之樂府，後二者爲有辭無聲之樂府，如此復與雅俗之詩無殊。要之樂府四類，惟前二類名實相應，其後二類但有樂府之名，無被管絃⑭之實，亦視之爲雅俗之詩而已矣。

彦和此篇大恉，在於止節淫濫。蓋自秦以來，雅音淪喪，漢代常用，皆非雅聲。魏晉以來，陵替滋甚，遂使雅鄭混淆，鐘石斯繆。彦和閔正聲之難復，傷鄭曲之盛行，故欲歸本於正文，以謂詩文樂正⑮，則鄭聲無所附麗。古之雅聲，雖不可復，古之雅詠，固可放依。蓋欲去鄭聲，先爲雅曲。至如魏氏三祖所爲，猶且謂非正響。推此以觀，則簡文賦詠，志在桑中，叔寶耽荒，歌高綺艷，隋煬艷篇，辭極淫綺，彌爲漢魏之罪人矣。彦和生於齊世，獨能抒此正論，以挽澆風，洵可謂卓爾之才矣。然鄭聲之生，亦本自然，而厭雅憙⑯俗，古今不異，故正論雖陳，聽者藐藐，夫惟道古之君子，乃能去奇響以歸中和矣。《周禮·大司樂》：“凡建國，禁其淫聲、過聲、凶聲、慢聲。”（注曰：“淫聲，若鄭衛也。過聲，失哀樂之節。凶聲，亡國之聲，若桑間、濮上。慢聲，惰⑰慢不恭。”）據此，是淫、過、凶、慢之聲，歷代所有，特以政化清明，故抑而不作耳。及後禮樂崩壞，教化陵夷，則雖君子亦耽俗樂。故魏文侯聞古樂則唯⑱恐臥，聽鄭衛之音則不知倦。子夏譏新樂“進俯退俯，姦聲以濫，溺而不止，及優、侏儒，獿雜子女，不知父子。”是知樂音之有奇衺，自上世而已然。（啓子太康之鏘鳴筦磬，已非正聲。至⑲後孔甲好音，殷辛爲淫聲以變正聲，是音之不雅，自古有之矣。）雅頌既亡，彌復狷獗，歷代雖或規陳⑳古樂，而不足以奪時所慕尚者。<u>至於今日，樂器俗，樂聲亦俗，而獨欲爲雅辭，歸於正義，必不可得之數也</u>。君子詠《都人士》之詩，所以寄懷于出言有章之君子也。

自漢魏有雜曲，至於隋唐，其作漸繁。唐之燕樂，尤稱爲盛，後遂稱其歌辭曰詞㉑。宋之燕樂，亦雜用唐聲調而增廣之，於是宋詞遂爲極多，于樂府外又別立題署，實則詞亦樂府之流也。凡填詞但依古調爲之者，與前世擬樂府無異，蓋雖依其平仄，仍未能被諸管弦。正言其體，特長短句之詩耳。以其製篇擇辭，有殊于雅俗之詩，因而別爲區域。然則七言殊於五言，律詩異乎古體，又何不可判畫之有？<u>故凡有聲之詞，宜歸樂府之條，無聲之詞，宜附近體之列，如此則名實俱當矣</u>。

録古樂府之書，史志以《宋書》爲最詳最精。其書所録，自晉、宋郊廟燕㉒享之詩，及晉世所用相和曲、舞曲、鼓吹、鐃歌，莫不備載，《晉書》特依放之耳。《南齊書・樂志》所載樂詞，止於郊廟燕享之詞㉓，其餘不録，蓋以歌辭至繁，難可盡録㉔。至于總集㉕，以宋郭茂倩《樂府詩集》所録爲最備，其推考源流，解釋題號，又至該洽，求古樂府者，未有能捨是書者也。今先順釋舍人之文，次録《樂府詩集》每類序説于後。古樂府部署變遷，蓋可得其較略矣㉖。

塗山歌於候人至**西音以興**　此本《呂氏春秋・音初㉗》篇。案：觀此則後世依古題以製辭，亦昉于古。塗山有候人之歌，其後《曹風》亦有《候人》之篇，則《曹風》依放塗山也。有娀有燕燕之歌，其後《邶風》亦有《燕燕》之篇，則《邶風》依放有娀也。孔甲有破斧之歌，其後《豳風》亦有《破斧》之篇，則《豳風》依放孔甲也。然其製題相同，託意則異。莊子言：《折揚》《皇華》，入于里耳。尋其本，則

《折揚》者,非即《雅》詩之"折柳樊圃"乎?《皇華》者,非即《雅》詩之
《皇皇者華》乎?《漢鼓吹鐃歌》有《朱鷺》,朱鷺,鳥也,而何承天私
造樂府曰《朱路》,朱路,車也。漢有《上邪》,邪,語辭也,何承天曰:
《上邪》,邪曲也。此則但取聲音,不問義恉,用彼舊題,抒我新意,
蓋其法由來久矣。

情感七始　《漢書·律歷志》引《書》曰:"予欲聞六律、五聲、八
音、七始詠。"(古文作"在治忽",鄭作"在治智"。)釋之曰:"七始,天地四
時人之始也。"《大傳》曰:"七始,天統也。"鄭注曰:"七始,謂黃鐘、
太簇㉘、大呂、南呂、姑洗、應鐘、蕤賓也。"(案:《漢志》以林鐘爲地始,鄭
以大呂爲地始。蓋《漢志》以林鐘爲地正,而鄭以大呂爲地統。《隋志》用《漢
志》說。)《房中歌》"七始華始",正用《書》義。此則七音之起,起自虞
時。而《國語》說武王克商,於是乎有七律。韋昭曰:"七律爲音器,
用黃鐘爲宮,太簇㉙爲商,姑洗爲角,林鐘爲徵,南呂爲羽,應鐘變
宮,蕤賓變徵也。"是二變爲武王所加。《左傳·昭二十㉚五年》疏
云:"此二變者,舊樂無之,聲或不會,而以律和其聲,調和其聲,使
與五音㉛諧會,謂之七音由此也。武王始加二變,周樂有七音耳,
以前未有七。"案:七始詠爲今文異文,未可信。據《國語》說,昭明
若此。蓋七音實始于武王,《周禮》曰"文之以五聲",文略故也。

武帝崇禮,始立樂府　此據《漢書·禮樂志》文。《樂府詩集》
則云"孝惠時,夏侯寬爲樂府令,始以名官,至武帝乃立樂府云。"

朱馬以騷體製歌　案:朱馬爲字之誤。《漢書·禮樂志》云:
"以李延年爲協律都尉,多舉司馬相如等數十人,造爲詩賦。"《佞幸
傳》亦云:"是時上欲造樂,令司馬相如等作詩頌,延年輒承意弦歌
所造詩,謂之新聲曲。"㉜據此,朱馬乃司馬之誤。

桂華雜曲　即目《房中歌》。《房中歌》第七曰《桂華》。

赤雁群篇　即目《郊祀歌》。《郊祀歌·象載瑜》十八。太始三年,行幸東海,獲赤雁作。

暨後郊廟四句　案:《後漢書·曹褒傳》:顯宗即位,曹充上言,請制禮樂,帝善之,詔曰:"今且改太樂官曰太予樂,詩歌曲操,以俟君子。"據此,後漢之樂,一仍先漢之舊。《宋書·樂志》:漢明帝初,東平憲王制舞歌一章,薦之光武之廟。(案:《武德舞歌詩》見《樂府詩集》。)又章帝自作食舉詩四篇,後漢樂詞之可考者僅此。

至於魏之三祖至**韶夏之鄭曲**　《宋書·樂志》載《相和歌辭》。《駕六龍》、(當《氣出倡》。)《厥初生》、(當《精列》。)《天地間》、(當《度關山》。)《惟漢二十二世》、(當《薤㉝露》。)《關東有義士》、(當《蒿里行》。)《對酒歌太平時》、(當《對酒》。)《駕虹蜺》,(當《陌上桑》。)皆武帝作。《登山而遠望》、(當《十五》。)《棄故鄉》,(當《陌上桑》。)皆文帝作。又晉荀勖撰《清商三調》,舊詞施用者:《平調》則"周西"、(《短歌行》。)"對酒",(《短歌行》。)爲武帝詞。"秋風"、(《燕歌行》。)"仰瞻"、(《短歌行》。)"別日",(《燕歌行》。)爲文帝詞。《清調》則"晨上"、(《秋胡行》。)"北上"、(《苦寒行》。)"願登"、(《秋胡行》。)"蒲生",(《塘上行》。)爲武帝詞。"悠悠",(《苦寒行》。)爲明帝詞。《瑟調》則"古公"、(《善哉行》。)"自惜",(《善哉行》。)爲武帝詞。"朝日"、(《善哉行》。)"上山"、(《善哉行》。)"朝游",(《善哉行》。)爲文帝詞。"我徂"、(《善哉行》。)"赫赫",(《善哉行》。)爲明帝詞。此外武帝有"碣石"。(《大曲·步出夏門行》。)文帝有"西山"、(《大曲·折楊柳行》。)"園桃㉞"。(《大曲·煌煌京洛行》。)明帝有"夏門"、(《大曲·步出夏門行》。)"王者布大化"(《大曲·櫂歌行》。)諸篇。陳王所作,被于樂府者亦十餘篇,蓋樂詞以曹氏爲最富矣。彦和云"三調正聲"者,三調本周房中曲之遺聲。《隋書》曰:"《清樂》其始即《清商三調》是也,並漢來㉟舊曲。樂器形制,並歌章古詞,與魏三祖所作者,皆被于史籍。""平陳後獲之。高祖聽之,善其節奏,曰:'此華夏正聲也。'"然則三調之爲正聲,其來已久。彥和云三祖所作爲"鄭曲"者,蓋譏其詞之不雅耳。

傅玄曉音三句　案:《晉書‧樂志》曰:武帝受命,泰始二年,詔郊祀明堂,禮樂權用魏儀,但改樂章,使傅玄爲之辭,凡十五篇。又傅玄造《四廂樂歌》三首,《晉鼓吹曲》二十二首,《舞歌》二首,《宣武舞歌》四首,《宣文舞歌》二首,《鼙歌》五首。

張華新篇二句　案:張華作《四廂樂歌》十六首,《晉凱歌》二首。黃注但舉《舞歌》,非也。

然杜夔調律至**後人驗其銅尺**　《魏志‧杜夔傳》曰:"杜夔以知音爲雅樂郎,後以世亂奔荆州。荆州平,太祖以夔爲軍謀祭酒,參太樂事,因令創制雅樂。夔善鍾律,聰思過人。時散郎鄧靜、尹齊㊱善詠雅樂,歌師尹胡能歌宗廟郊祀之曲,舞師馮肅、服養曉知先代諸舞,夔總統研精,遠考諸經,近采故事,教習講肄,備作樂器,紹復先代古樂,皆自夔始也。"《晉書‧律歷志》云:"武帝泰始九年,中書監荀勖校太樂,八音不和,始知後漢至魏尺長于古四分有餘。勖乃部著作郎劉恭依《周禮》制尺,所謂古尺也。依古尺更鑄銅律呂,以調聲韻,以尺量古器,與本銘尺寸無差也。又㊲汲郡盜發六國時魏襄王冢,得古周時玉律及鍾磬,與新律聲韻闇同。于時郡國或得漢時故鍾,吹律命之皆應。勖銘所云此尺者,勖新尺也,今尺者,杜夔尺也。荀勖造新鍾律,與古器諧韻,時人稱其精密,惟散騎侍郎陳留阮咸譏其聲高,聲高則悲,非興國之音,亡國之音哀以思,其人困,今聲不合雅,思非德正至㊳和之音,必古今尺有長短所致也。會咸病卒,武帝以勖律與周漢器合,故施用之。後始平掘地得古銅尺,歲久欲腐,不知所出何代,果長勖尺四分,時人服咸之妙,而莫能厝意焉。史臣案勖于千載之外，推百代之法，度數既宜，聲韻又契，可謂切密，信而有徵也。而時人寡識，據無聞之一尺，忽周漢之兩器，雷同臧否，何其謬哉！《世說》稱‘有田父于野地中得周時玉尺，便是天下正尺，荀勖試以校己所治金石絲竹，皆短校一米云’”。《隋書·律歷志》云：“炎歷將終，而天下大亂，樂工散亡，器法湮滅。魏武始獲杜夔，使定音律，夔依當時尺度，權備典章。及晉武受命，遵而不革。至泰始十年，光禄大夫荀勖奏造新度，更造㊴律呂。”又云：“諸代尺度一十五等，一周尺、《漢志》王莽時劉歆銅斛尺、後漢建武銅尺、晉泰始十年荀勖律尺，爲晉前尺，祖沖之所傳銅尺。祖沖之所傳銅尺，其銘曰：‘晉泰始十年，中書考古器，揳校今尺，長四分半，所校古法有七品：一曰姑洗玉律，二曰小呂玉律，三曰西京銅望臬，四曰金錯望臬，五曰銅斛，六曰古錢，（案：《宋史·律歷志》曰：“古物之有分寸，明著史籍者，惟有古錢而已。”㊵）七曰建武銅尺。姑洗微强，西京望臬微弱，其餘與此尺同。’（已上皆銘文，凡八十二字。）此尺者，勖新尺也，今尺者，杜夔尺也。今以此尺爲本，以考㊶諸代尺云。”謹案：如隋唐《志》言，則勖尺合於周尺，而杜夔尺長於勖尺一尺四分七釐，不合甚明。阮咸譏勖，則《晉㊷志》所謂謬也。荀勖尺不可考，宋王厚之《鐘鼎款識》有《古尺銘》云㊸：“周尺、《漢志》鎦歆銅尺、後漢建弐㊹（阮元云：建下一字，戈旁可辨，蓋武字也。）銅尺、晉前尺並同。”此則依放晉前尺而鑄者，得此以求古律呂㊺，信而有徵。彦和所言，蓋亦《晉㊻志》所云雷同臧否者也。又《隋志》云：“晉時始平掘地得古銅尺，實比晉前尺一尺三分七毫。”

陳思稱李延年閑於增損古辭　案：李延年當作左延年。左延年，魏時之善㊼鄭聲者，見《魏志·杜夔傳》。《晉書·樂志》，增損古辭者，取古辭以入樂，增損以就句度也。是以古樂府有與原本違異者,有不可句度者,或者以古樂府不可句度,遂嗤笑以爲不美,此大妄也。

陳思王植《七哀詩》原文《文選》

明月照高樓,流光正徘徊;上有愁思婦,悲歎有餘哀。借問歎者誰? 言是客子妻⁴⁸;君行逾十年,賤妾常獨棲。君若清路塵,妾若濁水泥;浮沈各異勢,會合當何諧⁴⁹? 願爲西南風,長逝入君懷;君懷良不開,賤妾當何依?

晉樂府所奏楚調《怨詩》"明月"篇東阿王詞七解

(《宋書·樂志》⁵⁰)

明月照高樓,流光正裴回⁵¹。上有愁思婦,悲歎有餘哀。(一解。)

借問歎者誰? 自云客子妻。夫行踰十載,賤妾常獨棲。(二解。)

念君過於渴,思君劇於饑。君爲高山柏,妾爲濁水泥。(三解。)

北風行蕭蕭,烈烈入吾⁵²耳。心中念故人,淚墜⁵³不能止。(四解。)

沈浮各異路,會合當何諧? 願作東北風,吹我入君懷。(五解。)

君懷常不開,賤妾當何依? 恩情中道絕,流止任東西。(六解。)

我欲竟此曲,此曲悲且長。今日樂相樂,別後莫相忘。(七解。)

右古樂府與原本違異者。

《齊書・樂志》載《公莫》辭

(《宋志》亦載,而文相連不别,又與此異。)

吾不見公莫時。　吾何嬰公來。　嬰姥時吾。
思君去時。　吾何零。　子以邪。　思君去時。
思來嬰。　吾去時毋那。　何去吾。

右一曲,晉《公莫舞歌》,二十章,無定句。前是第一解,後是第十九、二十解。雜有三句,並不可曉解。

右古樂不可句度者。

《晉書・樂志》曰:魏《雅樂》四曲,《騶虞》《伐檀》《文王》皆左延年改其聲。晉武泰始五年,張華表曰:"按魏上壽食舉詩及漢氏所施用,其文句長短不齊,未皆合古。蓋以依詠弦節,本有因循,而識樂知音,足以制聲,度曲法用,率非凡近所能改。二代三京,襲而不變,雖詩章詞異,興廢(54)隨時,至其韻逗(55),皆繫于舊,有由(56)然也。"據此,是古樂府韻逗有定,故采詩入樂府者,不得不增損其文,以求合古矣。

子建士衡,並有佳篇　案:子建詩用入樂府者,惟"置酒"、(《大曲・野田黃雀行》。)"明月"(《楚調怨詩》。)及《鼙(57)舞歌》五篇而已,其餘皆無詔伶人。士衡樂府數十篇,悉不被管弦之作也。今案:《文選》所載,自陳思王《美女篇》以下至《名都篇》,陸士衡樂府十七首,謝靈運一首,鮑明遠八首,(謝玄暉《鼓吹曲》,樂府所用。)繆熙伯以下三家挽歌(58),皆非樂府所奏。將以樂音有定,以詩入樂,需有增損。至於當時樂府所歌,又皆體近謳謡,音鄰鄭衛,故昭明屏不入録乎。

軒岐鼓吹，漢世鐃挽　《鐃歌》即《鼓吹》，《挽歌》即相和之辭⑤⑨《蒿里》。戎喪殊事，謂《鐃歌》用之兵戎，《挽歌》以給喪事也。

繆襲所致⑥⑩　按：繆襲作《魏鼓吹曲》十二首，又《挽歌》一首。

子政品文二句　此據《藝文志》爲言，然《七略》既以詩賦與六藝分略，故以歌詩與《詩》異類。如今二略不分，則歌詩之附《詩》，當如《戰國策》《太史公書》之附入《春秋》家矣。此乃爲⑥①部類所拘，非子政果欲別歌於《詩》也。

《樂府詩集》分十二類，每類皆有敘説原流之辭，極爲詳核⑥②，兹特⑥③録之（略有删節。）如左：

郊廟歌辭⑥④

自黄帝已後，至於三代，千有餘年，而其禮樂之備，可以⑥⑤考而知者，唯周而已。兩漢已後，世有制作，其所以用於郊廟朝廷，以接人神之歡者，其金石之響，歌舞之容，亦各因其功業治亂之所起，而本其風俗之所由。武帝時，詔司馬相如等造《郊祀⑥⑥歌》詩等十九章，五郊互奏之，又作《安世歌》詩十七章，薦之宗廟。至明帝乃分樂爲四品：一曰《大予樂》，典郊廟上陵之樂。郊樂者，《易》所謂“先王以作樂崇德，殷薦上帝”。宗廟樂者，《虞書》所謂“琴瑟以詠，祖考來格”，《詩》云“肅雍和鳴，先祖是聽”也。二曰雅頌樂，典六宗社稷之樂。社稷樂者，《詩》所謂“琴瑟擊鼓，以御田祖”，《禮記》曰“樂施于金石，越於音聲，用乎宗廟社稷，事乎山川鬼神”是也。永平三年，東平王蒼造光武廟登歌一章，稱述功德，而郊祀同用漢歌。魏歌辭不見，疑亦用漢辭也。武帝始命杜夔創定雅樂，時有鄧靜、尹商善訓雅歌，歌詩⑥⑦尹胡能習宗廟郊祀之曲，舞師馮肅、服養曉知先代諸舞，夔總領之。魏復先代古樂，自夔始也。晉武受命，百度草創，泰始二年，詔郊廟明堂禮樂權用魏儀，遵周室肇稱殷禮之義，但使傅玄改其樂章而已。永嘉之亂，舊典不存⑱，賀循爲太常，始有登歌之樂。明帝太寧末，又詔阮孚增⑲益之。至孝武太元之世，郊祀遂不設樂。宋文帝元嘉中，南郊始設登歌，廟舞獨⑳闕，乃詔顏延之造天地郊登歌㉑三篇，大抵依仿晉曲，是則宋初又仍晉也。南齊、梁、陳，初皆沿襲，後更創制，以爲一代之典。元魏、宇文，繼有朔漠，宣武以㉒後，雅好胡曲，郊廟之樂，徒有其名。隋文平陳，始獲江左舊樂，乃調五音，爲五夏、二舞、登歌、房中等十四調，賓祭用之。唐高祖受禪，未遑改造，樂府尚用前世舊文。武德九年，乃命祖孝孫修定雅樂，而梁陳盡吳楚之音，周齊雜胡戎之伎，於是斟酌南北，考以古音，作爲唐樂，貞觀二年奏之。安史作亂，咸鎬爲墟，五代相承，享國不永，制作之事，蓋所未暇。朝廷宗廟典章文物，但按故常以爲程式云。

燕射歌辭

《儀禮·燕禮》曰：工歌《鹿鳴》《四牡》《皇皇者華》。笙入，奏《南陔》《白華》《華黍》。乃間歌《魚麗》，笙《由庚》；歌《南有嘉魚》，笙《崇邱》；歌《南山有臺》，笙《由儀》。遂歌鄉樂：《周南》，《關雎》《葛覃》《卷耳》；《召南》，《鵲巢》《采蘩》《采蘋》。此燕享㉓之有樂也。《大司樂》曰：“大射，王出入奏《王夏》。及射，令奏《騶虞》，詔諸侯以弓矢舞。”《樂師》：“燕射，帥射夫以弓矢舞。”《大師》：“大射，帥瞽而歌射節。”此大射之有樂也。《王制》曰：“天子食，舉以樂。”《大司樂》：“王大食，三宥，皆令奏鐘鼓。"漢鮑業曰："古者天子食飲，必順四時五味，故有食舉之樂，所以順天地、養神明、求福應也。"此食舉之有樂也。《隋書·樂志》曰："漢明帝時，樂有四品，其二曰雅頌樂，辟雍饗射之所用。則《孝經》所謂'移風易俗，莫善於樂'。《禮記》曰：'揖讓而治天下者，禮樂之謂也。'三曰黃門鼓吹，天子宴群臣之所用。則《詩》所謂'坎坎鼓我，蹲蹲舞我'者也。"漢有殿中御飯食舉七曲，太樂食舉十三曲，魏有雅樂四曲，皆取周詩《鹿鳴》。晉荀勖以《鹿鳴》燕嘉賓，無取於朝，乃除《鹿鳴》舊歌，更作行禮詩㉔四篇，先陳三朝朝宗㉕之義，又爲王公上壽酒、食舉樂歌詩十二篇。司律陳頏以爲三元肇發，群后奉璧，趨步拜起，莫非行禮，豈容別設一樂，謂之行禮？荀譏《鹿鳴》之失，似悟昔繆，還制四篇，復襲前軌，亦未爲得也。終宋、齊以來，相承用之。梁、陳三朝，樂有四十九等，其曲有《相和》五引及《俊雅》等七曲。後魏道武初，正月上日饗群臣，備列宮縣正樂，奏燕、趙、秦、吳之音，五方殊俗之曲，四時饗會亦用之。隋煬帝初，詔祕書省學士定殿前樂，工歌十四曲，終大業之世，每舉用焉。其後又因高祖七部樂，乃定以爲九部。唐武德初，讌享承隋舊制，用九部樂。貞觀中，張文收造讌樂，於是分爲十部，後更分讌樂爲立坐二部。天寶以後，讌樂西涼、龜兹部著錄者二百餘曲，而清樂天竺諸部不在焉。

鼓吹曲辭

鼓吹曲，一曰短簫鐃歌。劉瓛定軍禮云："鼓吹，未知其始也，漢班壹雄朔野而有之矣，鳴笳以和簫聲，非八音也。騷人曰'鳴篪吹竽'是也。"蔡邕《禮樂志》曰："漢樂四品，其四曰短簫鐃歌,軍樂也。黄帝、岐伯所作,以建威揚德、風敵勸士也。"
《周禮·大司樂》曰:"王師大獻,則令奏愷樂。"《大司馬》曰:
"師有功,則愷樂獻於社。"鄭康成云:"兵樂曰愷,獻功之樂
也。"《宋書·樂志》曰:"雍門周說孟嘗君:'鼓吹于不測之淵。'
説者云:'鼓自一物,吹自竽籟之屬,非簫鼓合奏,別爲一樂之
名也。'然則短簫鐃歌此時未名鼓吹矣。應劭《漢鹵簿圖》唯有
騎執笳,笳即茄,不云鼓吹。而漢世有黄門鼓吹。漢享宴食舉
樂十三曲,與魏世鼓吹長簫同。長簫短簫,《伎錄》並云'絲竹
合作,執節者歌。'又《建初錄》云:'《務成》《黄爵》《玄雲》《遠
期》,皆騎吹曲,非鼓吹曲。'此則列於殿庭者名鼓吹,今之從行
鼓吹爲騎吹,二曲異也。又孫權觀魏武軍,作鼓吹⑯而還,此
應是今之鼓吹。魏、晉世又假諸將帥及牙門曲,蓋鼓吹,斯則
其時方謂之鼓吹矣。"按《西京雜記》:"漢大駕祠甘泉、汾陰,備
千乘萬騎,有黄門前後部鼓吹。"則不獨列於殿庭者名鼓吹也。
漢《遠如期曲》辭,有"雅樂陳"及"增壽萬年"等語,無⑰馬上奏
樂之意,則《遠期》⑱又非騎吹曲也。《晉中興書》曰:"漢武帝
時,南越加置交趾、九真、日南、合浦、南海、鬱林、蒼梧七郡,皆
假鼓吹。"《東觀漢記》曰:"建初中,班超拜長史,假鼓吹麾幢。"
則短簫鐃歌漢時已名鼓吹,不自魏、晉始也。崔豹《古今注》
曰:"漢樂有黄門鼓吹,天子所以宴樂群臣也。短簫鐃歌,鼓吹
之一章爾,亦以賜有功諸侯。"然則黄門鼓吹、短簫鐃歌與橫吹
曲,得通名鼓吹,但所用異爾。漢有《朱鷺》等二十二曲,列於
鼓吹,謂之鐃歌。及魏受命,使繆襲改其十二曲,而《君馬黄》
《雉子班》《聖人出》《臨高臺》《遠如期》《石留》《務成》《玄雲》
《黄爵》《釣竿》十曲,並仍舊名。是時吳亦使韋昭改制十二曲,

其十曲亦因之。而魏、吴歌辭，存者唯十二曲，餘皆不傳。晉武帝受禪，命傅玄製二十二曲，而《玄雲》《釣竿》之名不改舊漢。宋、齊並用漢曲，又充庭十六曲，梁高祖乃去其四，留其十二，更制新歌，合四時也。北齊二十曲，皆改古名，其《黃爵》《釣竿》，略而不用。後周宣帝革前代鼓吹，制爲十五曲，並述功德受命以相代，大抵多言戰陣之事。隋制列鼓吹爲四部，唐則又增爲五部，部各有曲，唯《羽葆》諸曲，備敍功業，如前代之制。齊武帝時，壽昌殿南閣置《白鷺》鼓吹二曲，以爲宴樂。陳後主常遣宮女習北方簫鼓⑦，謂之《代北》，酒酣則奏之，此又施於燕私矣。

橫吹曲辭

橫吹曲，其始亦謂之鼓吹，馬上奏⑧之，蓋軍中㉛之樂也。北狄諸國，皆馬上作樂，故自漢以來，北狄樂總歸鼓吹署。其後分爲二部，有簫笳者爲鼓吹，用之朝會、道路，亦以給賜。漢武帝時，南越七郡皆給鼓吹是也。有鼓角者爲橫吹，用之軍中，馬上所奏者是也。按《周禮》曰㉜：“以鼛鼓鼓軍事。”舊說云，蚩尤氏帥魑魅與黃帝戰於涿鹿，帝乃始命吹角爲龍鳴以禦之。其後魏武帝㉝征烏丸，越沙漠，而軍士思歸，於是減爲半鳴，尤更悲矣。橫吹有雙角，即胡樂也。漢博望侯張騫入西域，傳其法於西京，唯得《摩訶兜勒》一曲，李延年因胡曲更造新聲二十八解，乘輿以爲武樂，後漢以給邊將。和帝時，萬人將軍得用之。魏、晉以來，二十八解不復具存，而世所用者有《黃鵠》等十曲，其辭後亡。又有《關山月》等八曲，後世之所加也。後魏之世，有《簸邏迴歌》，其曲多可汗之辭，皆燕魏之際鮮卑歌,歌辭虜音,不可曉解⑭,蓋大角曲也。又《古今樂録》有《梁鼓角横吹曲》,多敘慕容垂及姚泓時戰爭⑮之事,其曲有《企喻》等歌三十六曲,總六十六曲,未詳時用何篇也。自隋以後,始以横吹用之鹵簿,與鼓吹列爲四部,總謂之鼓吹:一曰棡鼓部,二曰鐃鼓部,三曰大横吹部,四曰小横吹部。唐制,太常鼓吹令掌鼓吹施用調習之節,以備鹵簿之儀,而分五部:一曰鼓吹部,二曰羽葆部,三曰鐃吹部,四曰大横吹部,五曰小横吹部。

相和歌辭

《宋書·樂志》曰:"相和,漢舊曲也。絲竹更相和,執節者歌。本一部,魏明帝分爲二:更遞夜宿。本十七曲,朱生、宋識、列和等復合之爲十三曲。"其後晉荀勖又采舊辭,施用於世,謂之清商三調歌詩,即沈約所謂"因管絃⑯金石造歌以被之"者也。《唐書·樂志》曰:"平調、清調、瑟調,皆周房中曲之遺聲,漢世謂之三調,又有楚調、側調。楚調者,漢房中樂也。高帝樂楚聲,故房中樂皆楚聲也。側調者,生於楚調,與前三調總謂之相和調。"《晉書·樂志》曰:"凡樂章古辭之存者,並漢世街陌謳謡,《江南可采蓮》《烏生十五子》《白頭吟》之屬。"其後漸被於絃管,即相和諸曲是也。魏晉之世,相承用之。永嘉之亂,五都淪覆,中朝舊⑰音,散落江左。後魏孝文、宣武用師淮漢,收其所獲南音,謂之清商樂,相和諸曲,亦皆在焉。所謂清商正聲⑱,相和五調伎也。凡諸調歌辭,並以一章爲一解。《古今樂録》曰:"倫歌以一句爲一解,中國以一章爲一解。"王僧虔啓云:"古曰章,今曰解。解有多少,當時先詩而後聲,詩敘事,聲成文,必使志盡於詩,音盡於曲,是以作詩有豐約,制解有多少,猶詩《君子陽陽》兩解、《南山有臺》五解之類也。”又諸調曲皆有辭、有聲,而大曲又有艷、有趨、有亂。辭者,其歌詩也。聲者,若羊吾夷、伊那何之類也。艷在曲之前,趨與亂在曲之後,亦猶吴聲西曲前有和,後有送也。又大曲十五曲,沈約並列於瑟調,又别敘大曲於其後。唯《滿歌行》一曲,諸調不載,故附見於大曲之後(89)。其曲調先後,亦準《技録》爲次云。

清商曲辭

清商樂,一曰清樂。清樂者,九代之遺聲。其始即相和三調是也,並漢魏以來舊曲。其辭皆古調及魏三祖所作,自晉朝播遷,其音分散。苻堅滅凉得之,傳於前後二秦。及宋武定關中,因而入南,不復存於内地。自時已後,南朝文物,號爲最盛。民俗國謡(90),亦世有新聲,故王僧虔論三調歌曰:“今之清商,實由銅雀。魏氏三祖,風流可懷。京洛相高,江左彌重。而情變聽改,稍復零落。十數年間,亡者將半。所以追餘操而長懷,撫遺器而歎(91)息者矣。”後魏孝文討淮漢,宣武定壽春,收其聲伎,得江左所傳中原舊曲,《明君》《聖主》《公莫》《白鳩》之屬,及江南吴歌、荆楚西聲,總謂之清商樂。至於殿庭饗宴,則兼奏之。遭陳、梁亡亂,存者蓋寡。及隋平陳得之,文帝善其節奏,曰:“此華夏正聲也。”乃微更損益,去其哀怨,考而補之,以新定律吕,更造樂器。因于太常置清商署以管之,謂之清樂。開皇初,始置七部樂,清商伎其一也。大業中,煬帝乃定清樂、西凉等爲九部,而清樂歌曲有《楊伴》,舞曲有《明君》

《并契》，樂器有鐘、磬、琴、瑟、擊琴、琵琶、箜篌、筑、箏、節鼓、笙、笛、簫、篪、塤等十五種，爲一部。唐又增吹葉而無塤。隋室喪亂，日益淪缺，唐貞觀中，用十部樂，清樂亦在焉。至武后時，猶有六十三曲，其後四十四曲存焉。長安以後，朝廷不重古曲，工伎寖缺，能合於管絃者，惟《明君》《楊伴》《驍⑫壺》《春歌》《秋歌》《白雪》《堂堂》《春江花月夜》等八曲，自是樂章訛失，與吳音轉遠。開元中，劉貺以爲宜取吳人，使之傳習，以問歌工李郎子。郎子北人，學於江都人俞才生。時聲調已失，唯雅歌曲辭，辭典而音雅。後郎子亡去，清樂之歌遂闕。自周、隋已來，管絃雅歌⑬將數百曲，多用西涼樂，鼓舞曲多用龜玆樂，唯琴工猶傳楚、漢舊聲及清調。蔡邕五弄，楚調四弄，謂之九弄，雅聲獨存。

舞曲歌辭

《通典》曰："樂之在耳者曰聲，在目者曰容。聲應乎耳，可以聽知，容藏於心，難以貌觀。故聖人假干戚羽旄以表其容，發揚蹈厲以見其意，聲容選和，而後大樂備矣。《詩序》曰：'詠歌之不足，不知手之舞之，足之蹈之。'然樂心內發，感物而動，不覺手之自運，欲⑭之至也，此舞之所由起也。"舞亦謂之萬。《禮記外傳》曰："武王以萬人同滅商，故謂舞爲萬。"《商頌》曰："萬舞有奕⑮。"則殷已謂之萬矣。《魯頌》曰："萬舞洋洋。"衛詩曰："公庭萬舞。"然則萬亦舞之名也。《春秋·魯隱公五年》："考仲子之宮，將萬焉。因問羽數於眾仲。眾仲對曰：'天子用八，諸侯六，大夫四，士二，舞所以節八音而行八風，故自八而下，於是初獻六羽，始用六佾也。'"杜預以爲六六三十六人，而沈約非之，曰："八音克諧，然後成樂，故必以八人爲列，自天子至士，降殺以兩，兩者，減其二列爾。預以爲一列又減二人，至士止餘四人，豈復成樂？服虔謂：天子八八，諸侯六八，大夫四八，士二八⑯，於義爲允也。"周有六舞：一曰帗舞，二曰羽舞，三曰皇舞，四曰旄舞，五曰干舞，六曰人舞。帗舞者，析五彩繒，若漢靈星舞子所持是也。羽舞者，析羽也。皇舞者，雜⑰五彩羽如鳳凰色，持之以舞也⑱。旄舞者，氂牛之尾也。干舞者，兵舞，持盾而舞也。人舞者，無所執，以手袖爲威儀也。《周官·舞師》："掌教兵舞，帥而舞山川之祭祀；教帗舞，帥而舞社稷之祭祀；教羽舞，帥而舞四方之祭祀⑲。教皇舞，帥而舞旱暵之事。"樂師亦掌教國子小舞。自漢以後，樂舞寖盛，故有雅舞，有雜舞。雅舞用之郊廟朝饗⑳，雜舞用之宴會。晉傅玄又有十餘小曲，名爲舞曲。故《南齊書》載其辭云："獲罪於天，北徙朔方。墳墓誰掃，超若流光。"疑非宴樂之辭，未詳其所用也。前世樂飲酒酣，必自起舞，《詩》云"屢舞僛僛"是也。故知宴樂必舞，但不宜屢爾。譏在屢舞，不譏舞也。漢武帝樂飲，長沙定王起舞是也。自是以㉑後，尤重以舞相屬，所屬者代起舞，猶世飲酒以杯相屬也。灌夫起舞以屬田蚡，晉謝安舞以屬桓嗣是也。近世以來，此風絕矣。

琴曲歌辭

琴者，先王所以修身、理性、禁邪、防淫者也，是故君子無故不去其身。《唐書·樂志》曰："琴，禁也。夏至之音，陰氣初動，禁物之淫心也。"《世本》曰："琴，神農所造。"《廣雅》曰："伏羲所造㉒，長七尺二寸而有五絃。"揚雄《琴清英》曰："舜彈五絃之琴而天下化。"《琴操》曰:"琴長三尺六寸六分,象三百六十日;廣六寸,象六合也。文⑩³上曰池,池,水也,言其平;下曰濱,濱,賓也,言其服也。前廣後狹,尊卑象也。上圓下方,法天地也。五絃,象五行也。文王、武王加二絃,以合君臣之恩。"《古今樂錄》曰:"今稱二絃爲文武絃是也。"應劭《風俗通》曰:"七絃,法七星也。"《三禮圖》曰:"琴第一絃爲宮,次絃爲商,次爲角,次爲羽,次爲徵,次爲少宮,次爲少商。"桓譚《新論》曰:"今琴四尺五寸,法四時五行也。"崔豹《古今注》曰:"蔡邕益琴爲九絃,二絃大,次三絃小,次四絃尤小。"梁元帝《纂要》曰:"古琴名有清角,黄帝之琴也。鳴鹿、循况、濫脅、號鐘、自鳴、空中,皆齊桓公琴也。繞梁,楚莊王⑩⁴琴也。綠綺,司馬相如琴也。焦尾,蔡邕琴也。鳳凰,趙飛燕琴也。自伏羲制作之後,有瓠巴、師文、師襄、成連、伯牙、方子春、鍾子期,皆善鼓琴。而其曲有暢、有操、有引、有弄。"《琴論》曰:"和樂而作,命之曰暢,言達則兼濟天下,而美暢其道也。憂愁而作,命之曰操,言窮則獨善其身,而不失其操也。引者,進德修業,申達之名也。弄者,情性和暢,寬泰之名也。其後西漢時有慶安世者,爲成帝侍郎,善爲《雙鳳離鸞之曲》,齊人劉道疆能作《單鳧寡鶴之弄》,趙飛燕亦善爲《歸風送遠之操》,皆妙絶當時,見稱後世。若夫心意感發,聲調諧應,大絃寬和而温,小絃清廉而不亂,攫之深,釋之愉,斯爲盡善矣。古琴曲有五曲、九引、十二操。五曲:一曰《鹿鳴》,二曰《伐檀》,三曰《騶虞》,四曰《鵲巢》,五曰《白駒》。九引:一曰《烈女引》,二曰《伯妃引》,三曰《貞女引》,四曰《思歸引》,五曰《霹靂引》,六曰《走馬引》,七曰《箜篌引》,八曰《琴引》,九曰《楚引》。十二操:一曰《將歸操》,

二曰《猗蘭操》，三曰《龜山操》，四曰《越裳操》，五曰《拘幽操》，六曰《岐山操》，七曰《履霜操》，八曰《朝飛操》，九曰《別鶴操》，十曰《殘形操》，十一曰《水僊操》，十二曰《襄陵操》。自是以後，作者相繼，而其義與其所起⑩，略可考而知，故不復備論。"《樂府解題》曰："《琴操》紀事，好與本傳相違，存之者以廣異聞也。"

雜曲歌辭

《宋書·樂志》曰："古者天子聽政，使公卿大夫獻詩，耆艾修之，而後王斟酌焉。"然後被于聲，于是有采詩之官。周室下衰，官失其職。漢魏之世，歌詠雜興，而詩之流乃有八名：曰行，曰引，曰歌，曰謠，曰吟，曰詠，曰怨，曰歎，皆詩人六義之餘也。至其協聲律，播金石，而總謂之曲。若夫均奏之高下，音節之緩急，文辭之多少，則繫乎作者才思之淺深，與其風俗之薄厚。當是時，如司馬相如、曹植之徒，所爲文章，深厚爾雅，猶有古之遺風焉。自晉遷江左，下逮隋唐，德澤寖微，風化不競，去聖逾遠，繁音日滋。艷曲興于南朝，胡音生于北俗，哀淫靡曼之辭，迭作並起，流而忘返，以至陵夷。原其所由，蓋不能制雅樂以相變，大抵多溺于鄭衛，由是新聲熾而雅音廢矣。昔晉平公說新聲，而師曠知公室之將卑。李延年善爲新聲變曲，而聞者莫不感動，其後元帝自度曲被聲歌，而漢業遂衰。曹妙達等改易新聲，而隋文不能救。嗚呼，新聲之感人如此，是以爲世所貴。雖沿情之作，或出一時，而聲辭淺迫，少復近古。故蕭齊之將亡也，有《伴侶》；高齊之將亡也，有《無愁》；陳之將亡也，有《玉樹後庭花》；隋之將亡也，有《泛龍舟》。所謂煩手淫聲，爭新怨衰，此又新聲之弊也。雜曲者，歷代有之，或心志之所存，或情思之所感，或宴游歡樂之所發，或憂愁憤怨之所興，或敍離別悲傷之懷，或言征戰行役之苦，或緣于佛老，或出自夷虜，兼收備載，故統⑩謂之雜曲。自秦漢以來，數千百歲，文人才士，作者非一。干戈之後，喪亂之餘，亡失既多，聲辭不具，故有名存義亡，不見所起。而有古辭可考者，則若《傷歌行》《生別離》《長相思》《棗下何纂纂》之類是也。復有不見古辭，而後人繼有擬述，可以概見其義者，則若《出自薊北門》《結客少年場》《秦王卷衣》《半渡溪》《空城雀》《齊謳》《吳趨》《會吟》《悲哉》之類是也。又如漢阮瑀之《駕出北郭門》，曹植之《惟漢》《苦思》《欲遊南山》《事君》《車已駕》《桂之樹》等行，《磐石》《驅車》《浮萍》《種葛》《吁嗟》《鰕䱇》等篇，傅玄之《雲中白子高》《前有一樽酒》《鴻雁生塞北行》《昔君》《飛塵》《車遥遥篇》，陸機之《置酒》，謝惠連之《晨風》，鮑照之《鴻雁》，如此之類，其名甚多，或因意命題，或學古敍事，其辭具在，故不復備論。

近代曲辭

　　荀子曰"久則論略，近則論詳"，言世近而易知也。兩漢聲詩著於史者，唯《郊祀》《安世》之歌而已。班固以巡狩福應之事，不序郊廟，故餘皆弗論。由是漢之雜曲，所見者少，而相和、鐃歌，或至不可曉解。非無傳也，久故也。魏晉已後，訖於梁陳，雖略可考，猶不若隋唐之爲詳。非獨傳者加多也，近故也。近代曲者，亦雜曲也，以其出於隋唐之世，故曰近代曲也。隋自開皇初，文帝置七部樂：一曰西涼伎，二曰清商伎，三曰高麗伎，四曰天竺伎，五曰安國伎，六曰龜茲伎，七曰文康伎。至大業中，煬帝乃立清樂，西涼、龜茲、天竺、康國、疏勒、安國、高麗、禮畢，以爲九部，樂器工衣，於是大備。唐武德初，因隋舊制，用九部樂。太宗增高昌樂，又造讌樂，而去禮畢曲。其著令者十部：一曰讌樂，二曰清商，三曰西涼，四曰天竺，五曰高麗，六曰龜茲，七曰安國，八曰疏勒，九曰高昌，十曰康國，而總謂之燕樂。聲辭繁雜，不可勝紀。凡燕樂諸曲，始於武德、貞觀，盛於開元、天寶。其著録者十四調二百二十二曲。又有梨園，別教院法歌樂十一曲，雲韶樂二十曲。肅、代以降，亦有因造。僖、昭之亂，典章亡缺，其所存者，概可見矣。

雜歌謠辭

　　言者，心之聲也；歌者，聲之文也。情動于中，而形于言，言之不足，故嗟歎之，嗟歎之不足，故永歌之。歌之爲言也，長言之也。夫欲上如抗，下如墜，曲如折，止如槁木，倨中矩，句中鈎，纍纍乎連如貫珠，此歌之善也。《宋書·樂志》曰：“黄帝、帝堯之世，王化下洽，民樂無事，故因擊壤之歡，慶雲之瑞，民因以作歌。其後風衰雅缺，而妖淫靡曼之聲起。周衰，有秦青者善謳，而薛談學謳於秦青，未窮青之伎而辭歸。青餞之於郊，乃撫節悲歌，聲震林木，響遏行雲。薛談遂留不去，以卒其業。又有韓娥者，東之齊，至雍門匱糧，乃鬻歌假食。既去，而⑩餘響繞梁，三日不絶，左右謂其人不去也。過逆旅，逆旅人辱之⑩，韓娥因曼聲哀哭，一里老幼悲愁垂涕相對，三日不食。遽追之，韓娥還，復爲曼聲長歌，一里老幼喜躍抃舞，不能自禁，忘向之悲也，乃厚贈遣之。故雍門之人善歌哭，效韓娥之遺聲。衛人王豹處淇川，善謳，河西之民皆化之。齊人綿駒處⑩高唐，善歌，齊之各⑩地亦傳其業。前漢有魯人虞公者，善歌，能令梁上塵起。若斯之類，並徒歌也。《爾雅》曰：'徒歌謂之謠。'"《廣雅》曰："聲比于琴瑟曰歌。"《韓詩章句》曰："有章曲曰歌，無章曲曰謠。"梁元章（一作帝。）《纂要》曰："齊歌曰謳，吳歌曰歈，楚歌曰艷，淫歌曰哇，振旅而歌曰凱歌，堂上奏樂而歌曰登歌，亦曰升歌。"故歌曲有《陽陵》《白露》《朝日》《魚麗》《白水》《白雪》《江南》《陽春》《淮南》《駕辯》《淥水》《陽阿》《采菱》《下里巴人》，又有長歌、短歌、雅歌、緩歌、浩歌、放歌、怨歌、勞歌等行。漢世有相和歌，本出於街衢⑪謳謠，而吳歌雜曲，始亦徒歌，復有但歌四曲，亦出於⑫漢世，無弦節作伎，最先一人唱，三人和，魏武帝尤好之。時有宋容華者，清徹好聲，善唱此曲，當時特妙。自晉以後不復傳，遂絕。凡歌有因地而作者，《京兆》《邯鄲歌》之類是也；有因人而作者，《孺子》《才人歌》之類是也；有傷時而作者，微子《麥秀歌》之類是也；有寓意而作者，張衡《同聲歌》之類是也。甯戚以困而歌，項籍以窮而歌，屈原以愁而歌，卞和以怨而歌，雖所遇不同，至于發乎其情則一也。歷世以來，歌謠雜出，今並采錄，且以謠讖繫其末云。

新樂府辭

樂府之名，起於漢魏。自孝惠帝時夏侯寬爲樂府令，始以名官。至武帝，乃立樂府，采⑬詩夜誦，有趙、代、秦、楚之謳。則采歌謠，被聲樂，其來蓋亦遠矣。凡樂府歌辭，有因聲而作歌者，若魏之三調歌詩，因絃管金石造歌以被之是也。有因歌而造聲者,若清商、吳聲諸曲,始皆徒歌,既而被之絃管是也。有有聲有辭者,若郊廟、相和、鐃歌、橫吹等曲是也。有有辭無聲者,若後人之所述作,未必盡被於金石是也。新樂府者,皆唐世之新歌也。以其辭實樂府,而未嘗被於聲,故曰新樂府也。元微之病後人沿襲古題,唱和重複,謂不如寓意古題,刺美見事,猶有詩人引古以諷之義。近代唯杜甫《悲陳陶》《哀江頭》《兵車》《麗人》等歌行,率皆即事名篇,無復倚傍。乃與白樂天、李公垂輩,謂是為當,遂不復更擬古題。因劉猛、李餘賦樂府詩,咸有新意,乃作《出門》等行十餘篇。其有雖用古題,全無古義,則《出門行》不言離別,《將進酒》特書列女。其或頗同古義,全創新詞,則《田家》止述軍輸,《捉捕》請先螻蟻。如此之類,皆名樂府。由是觀之,自風雅之作以至於今,莫非諷興當時之事,以貽後世之審音者。儻采歌謠以被聲樂,則新樂府其庶幾焉。

校勘記

① 原在《聲律》篇之後,篇名作《樂府》,手批補"第七"二字。

② 志,中華本、《禮記·樂記》同。《叢刊》本、川大本、文史哲本作"意"。

③ 歌,原作"哥",手批改作"歌"。《華國》本作"哥",《叢刊》本、川大本、中華本、文史哲本作"歌"。

④ 詠哥,《宋書·樂志》同。《華國》本作"詠歌",《叢刊》本、川大本、中華本、文史哲本作"歌詠"。

⑤ 一,《華國》本、中華本、《隋書·經籍志》同。《叢刊》本、川大本、文史哲本作"二"。

⑥ 絃,《華國》本、《叢刊》本、川大本、中華本、文史哲本作"弦"。

⑦ 管絃,《華國》本、《叢刊》本、川大本、中華本、文史哲本作"弦管"。

⑧ 管絃,《華國》本作"管弦",《叢刊》本、川大本、中華本、文史哲本作"弦管"。

⑨ 絃,《華國》本、《叢刊》本、川大本、中華本、文史哲本作"弦"。

⑩ 管絃,《華國》本作"管弦",《叢刊》本、川大本、中華本、文史哲本作"弦管"。

⑪ 詞,《華國》本、《叢刊》本、川大本、中華本、文史哲本作"辭"。

⑫ 管絃,《華國》本、《叢刊》本、川大本、中華本、文史哲本作"弦管"。

⑬ 詞,《華國》本、《叢刊》本、川大本、中華本、文史哲本作"辭"。

⑭ 絃,《華國》本、《叢刊》本、川大本、中華本、文史哲本作"弦"。

⑮ 以謂詩文樂正,《華國》本、《叢刊》本、川大本、中華本、文史哲本作"以爲詩文果正"。

⑯ 意,原作"惡",據《華國》本、《叢刊》本、川大本、中華本、文史哲本改。

⑰ 惰,原作"侮",據《華國》本、《叢刊》本、川大本、中華本、文史哲本、《周禮正義》改。

⑱ 唯,《華國》本同。《叢刊》本、川大本、中華本、文史哲本作"惟"。

⑲ 至,《華國》本同。《叢刊》本、川大本、中華本、文史哲本作"在"。

⑳ 陳,《華國》本、《叢刊》、川大本、中華本、文史哲本作"存"。

㉑ 後遂稱其歌辭曰詞,《華國》本、文史哲本作"後遂稱其歌詞曰詞",《叢刊》本、川大本、中華本"後遂稱其歌詞者曰詞"。

㉒ 燕,《華國》本同。《叢刊》本、川大本、中華本、文史哲本作"宴"。

㉓ 詞,《華國》本、《叢刊》本、川大本、中華本、文史哲本作"辭"。

㉔ 難可盡録,《華國》本、《叢刊》、川大本、中華本、文史哲本作"難可盡録乎"。

㉕ 至于總集,原作"于總集",手批補"至"字。《華國》本、《叢刊》本、川大本、中華本、文史哲本作"總集"。校案:各本或以"于"爲"乎"之訛,屬上句。

㉖ "今先順釋舍人之文"至"蓋可得其較略矣",據《華國》本、《叢刊》本、川大本、中華本、文史哲本補。

㉗ 音初,原作"本音",《華國》本、《叢刊》本、川大本、文史哲本同。據中華本、《吕氏春秋》改。

㉘ 簇,川大本、文史哲本同。《華國》本、《叢刊》本、中華本作"蔟"。

㉙ 簇,川大本、文史哲本同。《華國》本、《叢刊》本、中華本作"蔟"。

㉚ 二十,《華國》本、《叢刊》本、川大本、中華本、文史哲本作"廿"。

㉛ 音,《華國》本、《左傳正義》同。《叢刊》本、川大本、中華本、文史哲本作"者"。

㉜ 校案:此爲《漢書·李延年傳》文,非《佞幸傳》。

㉝ 薤,據《華國》本、《叢刊》本、川大本、中華本、文史哲本補。

㉞ 桃,原作"洛",據《華國》本、《叢刊》本、川大本、中華本、文史哲本、《宋書·樂志》改。

㉟ 來,原作"末",《華國》本、《叢刊》本、川大本、文史哲本同。據中華本、《隋書·音樂志》改。

㊱ 齊,《華國》本、《叢刊》本、川大本、文史哲本、《三國志·魏書·杜夔傳》同。中華本、《晉書·樂志》作"商"。

㊲ 又,據中華本、文史哲本、《晉書·律歷志》補。

㊳ 至,《華國》本、中華本、《晉書·律歷志》同。《叢刊》本、川大本、文史哲本作"在"。

㊴ 造,《華國》本、《叢刊》本、川大本、文史哲本同。中華本、《晉書·律歷志》作"鑄"。

㊵ 校案:《宋史·律歷志》:"夫古物之有分寸,明著史籍,可以酬驗者,惟有法錢而已。"

㊶ 考,《華國》本、《叢刊》本、川大本、文史哲本同。中華本、《隋書·律歷志》作"校"。

㊷ 晉,原作"唐",《華國》本、《叢刊》本、川大本、中華本同。據文史哲本改。

㊸ 云,《華國》本同。《叢刊》本、川大本、中華本、文史哲本作"曰"。

㊹ 戭,原闕,手批補"戭"字。《華國》本、《叢刊》本、川大本、中華本、文史哲本此字均闕。

㊺ 吕,《華國》本、文史哲本同。《叢刊》本、川大本、中華本作"名"。

㊻ 晉,原作"唐",《華國》本、《叢刊》本、川大本、中華本同。據文史哲本改。

㊼ 善,《華國》本、《魏志·杜夔傳》同。《叢刊》本、川大本、中華本、文史哲本作"擅"。

㊽ 借問歎者誰? 言是客子妻,據中華本、文史哲本、《文選》補。

㊾ 會合當何諧,《叢刊》本、川大本同。中華本、文史哲本、《文選》作"會合何時諧"。

㊿ 《宋書·樂志》,據文史哲本補。

(51) 裴回,《叢刊》本、川大本、《宋書·樂志》同。中華本、文史哲本作"徘徊"。

(52) 吾,《宋書·樂志》同。《叢刊》本、川大本、中華本、文史哲本作"我"。

(53) 墜,手批作此。《叢刊》本、川大本、中華本、文史哲本、《宋書·樂志》作"墮"。

(54) 興廢,《華國》本、《晉書·樂志》同。《叢刊》本、川大本、中華本、文史哲本作"廢興"。

(55) 至其韻逗,《華國》本同。《叢刊》本、川大本、中華本、文史哲本、《晉書·樂志》作"至其韻逗留曲折"。

(56) 由,據《華國》本《叢刊》本、川大本、中華本、文史哲本、《晉書·樂志》補。

(57) 鞞,原作"鼙",《叢刊》本、川大本、中華本同。據《華國》本、文史哲本改。校案:《宋書·樂志》載曹植《鞞舞歌》五篇。

(58) 挽歌,《華國》本同。《叢刊》本、川大本、中華本、文史哲本作"挽詩"。《文選》作"挽歌"。

(59) 相和之辭,原作"相和辭之",手批改爲"相和之辭"。《華國》本、《叢刊》本、川大本、中華本、文史哲本作"相和辭之"。

(60) 致,《華國》本、中華本、文史哲本、《文心雕龍·樂府》同。《叢刊》本、川大本作"教"。

(61) 爲,據《華國》本、《叢刊》本、川大本、中華本、文史哲本補。

(62) 核,《叢刊》本、川大本、中華本、文史哲本作"賅"。

(63) 特,《叢刊》本、川大本、中華本、文史哲本作"迻"。

(64)《郊廟歌辭》《燕射歌辭》《鼓吹曲辭》原有錯版,《郊廟歌辭》“詔郊廟明堂禮樂權用魏儀”接《宴射歌辭》“帥射夫以弓矢舞”以下;《燕射歌辭》“樂師燕射”接《鼓吹曲辭》“羽葆諸曲”以下;《鼓吹曲辭》“唐則又增爲五部,部各有曲”後接《郊廟歌辭》“遵周室肇稱殷禮之義”以下。據《叢刊》本、川大本、中華本、文史哲本、《樂府詩集》改。

(65) 以,據《叢刊》本、川大本、中華本、文史哲本、《樂府詩集》補。

(66) 祀,原作“廟”,據《叢刊》本、川大本、中華本、文史哲本、《樂府詩集》改。

(67) 詩,《樂府詩集》同。《叢刊》本、川大本、中華本、文史哲本、《宋書・樂志》作“師”。

(68) 存,原作“行”,據《叢刊》本、川大本、中華本、文史哲本、《樂府詩集》改。

(69) 增,據《叢刊》本、川大本、中華本、文史哲本、《樂府詩集》補。

(70) 獨,《叢刊》本、川大本同。中華本、文史哲本、《樂府詩集》作“猶”。

(71) 天地郊登歌,《樂府詩集》同。《叢刊》本、川大本、中華本、文史哲本作“天地郊廟登歌”。

(72) 以,《叢刊》本、川大本、中華本、文史哲本、《樂府詩集》作“已”。

(73) 享,《叢刊》本、川大本、中華本、文史哲本、《樂府詩集》作“饗”。

(74) 詩,據《叢刊》本、川大本、中華本、文史哲本、《樂府詩集》補。

(75) 朝宗,原作“三宗”,據《叢刊》本、川大本、中華本、文史哲本、《樂府詩集》改。

(76) 鼓吹,《樂府詩集》同。《叢刊》本、川大本、中华本、文史哲本作“鼓吹曲”。

(77) 無,據中華本、文史哲本補。

(78) 遠期,《叢刊》本、川大本、《樂府詩集》同。中華本、文史哲本作“遠如期”。

(79) 鼓,中華本、《樂府詩集》同。《叢刊》本、川大本、文史哲本作“歌”。

(80) 奏,原作“吹”,《叢刊》本、川大本、文史哲本作“作”,據中華本、《樂府詩集》改。

(81) 軍中,原作“軍”,《叢刊》本、川大本、文史哲本作“行軍”,據中華本、《樂府詩集》改。

㉒ 曰,《叢刊》本、川大本、中華本、文史哲本同。《樂府詩集》作"云"。

㉓ 帝,《叢刊》本、川大本、文史哲本同。中華本、《樂府詩集》作"北"。

㉔ 皆燕魏之際鮮卑歌,歌辭虜音,不可曉解,文史哲本、《樂府詩集》同。《叢刊》本、川大本、中華本作"皆燕魏之際鮮卑歌辭,虜音不可曉解"。

㉕ 爭,《叢刊》本、川大本、中華本、文史哲本、《樂府詩集》作"陣"。

㉖ 管絃,《叢刊》本、川大本、中華本、文史哲本同。《樂府詩集》作"絃管"。

㉗ 舊,原作"歸",據《叢刊》本、川大本、中華本、文史哲本、《樂府詩集》改。

㉘ 正聲,據中華本、文史哲本、《樂府詩集》補。

㉙ 後,《叢刊》本、川大本、中華本、文史哲本、《樂府詩集》作"下"。

㉚ 民俗國謠,《叢刊》本、川大本、中華本、文史哲本同。《樂府詩集》作"民謠國俗"。

㉛ 歎,《叢刊》本、川大本、中華本、文史哲本作"太"。

㉜ 驍,文史哲本、《樂府詩集》同。《叢刊》本、川大本、中華本作"曉"。

㉝ 歌,《叢刊》本、川大本、文史哲本同。中華本、《樂府詩集》作"曲"。

㉞ 欲,原闕,手批補"欲"字。《叢刊》本、川大本、中華本、文史哲本、《樂府詩集》作"歡"。

㉟ 奕,據《樂府詩集》補。

㊱ 天子八八,諸侯六八,大夫四八,士二八,原作"天子八人,諸侯六人,大夫四人,士二人",《叢刊》本、川大本同。據中華本、文史哲本、《樂府詩集》改。

㊲ 雜,原作"折",文史哲本作"析"。據《叢刊》本、川大本、中華本、《樂府詩集》改。

㊳ 持之以舞也,《樂府詩集》同。《叢刊》本作"持以舞者",川大本、中華本、文史哲本,作"持以舞也"。

㊴ 教羽舞,帥而舞四方之祭祀,據《叢刊》本、川大本、中華本、文史哲本、《樂府詩集》補。

㊵ 朝饗,據《叢刊》本、中華本、文史哲本、《樂府詩集》補。

⑩ 以，《叢刊》本、川大本、中華本、文史哲本同。《樂府詩集》作"已"。

⑩ 伏羲所造，《叢刊》本、川大本、中華本、文史哲本、《樂府詩集》作"伏羲造琴"。

⑩ 文，《樂府詩集》同。《叢刊》本、川大本、中華本、文史哲本作"其"。

⑩ 王，據《叢刊》本、川大本、中華本、文史哲本、《樂府詩集》補。

⑩ 起，據《叢刊》本、川大本、中華本、文史哲本、《樂府詩集》補。

⑩ 統，《叢刊》本、川大本、中華本、文史哲本、《樂府詩集》作"總"。

⑩ 而，據文史哲本、《樂府詩集》補。

⑩ 逆旅人辱之，原作"人辱之"，手批加"逆旅"二字，文史哲本、《樂府詩集》同。《叢刊》本、川大本、中華本作"人辱之"。

⑩ 處，《叢刊》本、川大本、中華本、文史哲本同。《樂府詩集》作"居"。

⑩ 各，《叢刊》本、川大本、文史哲本同。中華本、《樂府詩集》作"右"。

⑪ 衢，《叢刊》本、川大本、中華本、文史哲本、《樂府詩集》作"陌"。

⑪ 於，《叢刊》本、川大本、中華本、文史哲本、《樂府詩集》作"自"。

⑪ "至武帝乃立樂府采"之後，據《叢刊》本、川大本、中華本、文史哲本、《樂府詩集》補。

詮 賦 第 八

　　自淮南作《離騷傳》以來，論賦之言，略可見者數家。宣帝好《楚辭》，徵被公，召見誦讀。又云："辭賦大者與古詩同義，小者辯麗可喜，辟如女工有綺縠，音樂有鄭衛，今世俗猶以此虞説耳目。辭賦比之，尚有仁義風諭、鳥獸草木多聞之觀，賢於倡優①博弈遠矣。"此贊揚辭賦之詞最先者。其後劉向、(《藝文志》所載詩賦類論語。)揚雄、(《法言》所載凡數條。)桓譚、(《新論》有《道賦》篇，其他篇載揚子雲論賦語數則。)班固、(《兩都賦序》。)②王充、(《論衡》所載。)魏文帝、(《典論·論文》。)陸機、(《文賦》。)③皇甫謐、(《三都賦序》。)④摯虞，(《文章流別》。)⑤皆有論賦之詞，<u>而以虞所論爲最，明暢綜切，可以與舍人之説互證</u>。其言曰："賦者，敷陳之稱，古詩之流也。""前世爲賦者，有孫卿、屈原，尚有古詩之義，至宋玉，則多浮淫⑥之病矣。(謂《高唐》《神女》《登徒子好色》。)⑦楚詞之賦，賦之善者也，故揚子稱賦莫深於《離騷》；賈誼之作，則屈原儔也。"又曰："古之作詩者，發乎情，止乎禮義。情之發，因辭以形之，禮義之恉，須事以明之，故有賦焉，所以假象盡辭，敷陳其志。""古詩之賦，以情義爲主，以事類爲佐；今之賦，以事形爲主，以義正爲助。情義爲主，則言省而文有例矣，事形爲本，則言當而事⑧無常矣。文之煩省，辭之險易，蓋由於此矣。假象過大，則與類相遠；選辭過壯，則與事相違；辯言過理，則與義相失；麗靡過美，則與情相浮⑨。此四過者，所以悖⑩大德⑪而害政教，是以司馬遷割相如之浮説，揚雄疾辭人之賦麗以淫。"觀彦和此篇，亦以麗詞雅義，符采相勝，風歸麗則，辭翦美稗爲要，蓋與仲治同其意恉。然自魏晉以降，賦體漸趨整練，而齊梁益之以妍華，江、鮑、徐、庾之作，蓋已不逮古處。自唐迄宋，以賦取士，創爲律賦，用便程式，命題貴巧，選⑫韻貴險，其規矩則有破題領接之稱，其精采限於聲律對仗之内，故或謂賦至唐而遂絶，由其體盡變，非復古義也。今之作者，亦惟取法摯、劉之言，以合六義之恉，斯可矣。

論賦原流，以本師所説爲核；評古之作者，以張皋文氏之言爲精。兹⑬並録之。

《國故論衡·辨詩篇》(一節。)

《七略》次賦爲四家：一曰屈原賦，二曰陸賈賦，三曰孫卿賦，四曰雜賦。屈原言情，孫卿效物，陸賈賦不可見，其屬有朱建、嚴助、朱買臣諸家，蓋縱橫之變也。(楊雄賦本擬相如賦，與屈原同次⑭，班生以楊雄賦隸陸賈下，蓋誤也。)然言賦者多本屈原。漢世自賈生《惜誓》上接《楚辭》，《鵩鳥》亦方物《卜居》。而相如《大人賦》自《遠遊》流變，枚乘又以《大招》《招魂》散爲《七發》。其後漢武帝悼李夫人，班婕好自傷⑮，外及淮南、東方朔、劉向之倫，未有出屈、宋、唐、景外者也。孫卿五賦，寫物效情，《蠶》《箴》諸篇，與屈原《橘頌》異狀。其後《鸚鵡》《焦鷯》，時有方物。及宋世《雪》《月》《舞鶴》《赭白馬》諸賦放焉。《洞簫》《長笛》《琴》《笙》之屬，宜法孫卿，其辭義咸不類。徐幹有《玄蝯》《漏卮》《圓扇》《橘賦》諸篇，雜書徵引，時見一端，然勿能得其⑯全賦，大抵孫卿之體微矣。陸賈不可得從迹，雖然，縱横者⑰賦之本。古者誦詩三百，足以專對，七國之際，行人胥附，折衝於尊俎間，其説恢張譎宇，紬繹無窮，解散賦體，易人心志。魚豢稱魯連、鄒陽之徒援譬引類，以解締結，誠文辯之雋也。武帝以後，宗室削弱，藩臣無邦交之禮，縱横既黜，然後退爲賦家，時有解散。故用之符命，即有《封禪》《典引》；用之自述，而《答客》《解嘲》興。文辭之繁，賦之末流爾也。雜賦有《隱書》者，傳曰"談言微中，亦可以解紛"，與縱横稍出入。淳于髡《諫長夜飲》一篇，純爲賦體，優孟諸家顧少耳。東方朔與郭舍人爲隱，依以譎諫，世傳《靈棋經》誠僞書，然其後漸流爲占繇矣。管輅、郭璞爲人占，皆有韻，斯亦賦之流也。自屈、宋以至鮑、謝，賦道既極，至於江淹、沈約，稍近凡俗。庾信之作，去古踰遠。世多慕《小園》《哀江南》輩，若以上擬《登樓》《閒居》《秋興》《蕪城》之儕，其靡已甚。賦亡蓋先於詩，繼隋而後，李白賦《明堂》，杜甫賦《三大禮》，誠欲爲揚雄臺隸，猶幾弗及。世無作者，二家亦足以殿。自是賦遂泯絕，近世徒有張惠言，區區修補《黄山》諸賦，雖未至，庶幾李、杜之倫，承千年之絕業，欲以一朝復之，固難能也。然自詩賦道分，漢世爲賦者多無詩，自枚乘外，賈誼、相如、楊雄諸公不見樂府五言。其道與故訓相儷，故小學亡而賦不作。

七十家賦鈔序

　　凡⑱賦七十家，二百六⑲篇，通人碩士先代所傳，奇辭奧旨備於此矣。其離章斷句，闕佚不屬者，與其文不稱辭⑳者，皆不與是。論曰：賦烏乎統？曰：統乎志。志烏乎歸？曰：歸乎正。夫民有感於心，有慨於事，有達於性，有鬱於情，故有不

得已者，而假於言。言，象也，象必有所寓，其在物之變化。天
之㴀㴀，地之囂囂，日出月入，一幽一昭，山川之崔蜀杳伏，畏
佳㉑林木，振砅溪谷，風雲霧霺，霆震寒暑，雨則爲雪，霜則爲
露，生殺之代新而嬗故，鳥獸與魚，草木之華，蟲走蝪趨，陵變
谷易，震動薄蝕，人世㉒老少，生死傾植，禮樂戰鬬，號令之紀，
悲愁勞苦，忠臣孝子，羈臣㉓寡婦，愉佚愕駭。有動於中，久而
不去，然後形而爲言，於是錯綜其辭，回牾其理，鏗鎗其音，以
求理其志。其在六經則爲《詩》，《詩》之義六：曰風、曰賦、曰
比、曰興、曰雅、曰頌。六者之體主於一，而用其五，故風有雅
頌焉，《七月》是也；雅有頌焉、有風焉，《烝民》《崧高》是也。周
澤衰，禮樂缺，《詩》終三百，文學之統熄。古聖人之美言，規矩
之奧趣，鬱而不發，則有趙人荀卿，楚人屈原，引辭㉔表旨㉕，
譬物連類，述三五之道，以譏切當世，振塵滓之澤，發芳香之
㠯，不謀同偶，並名爲賦。故知賦者，詩之體也。其後藻麗之
士，祖述憲章，厥製益繁，然其能之者爲之，愉暢輸寫，盡其物，
和其志，變而不失其宗；其淫宕佚放者爲之，則流遁忘反，壞亂
而不可紀，譎而不觚，盡而不斂，肆而不衍。比物而不醜，其志
潔，其物芳，其道杳冥而有常，此屈平之爲也，與風雅爲節，渙
乎若翔風之運輕叔，灑乎若元泉之出乎蓬萊而注渤澥。及其
徒宋玉、景差爲之，其質也華，然其文也縱而後反，雖然，其與
物椎拍宛轉，泠汰其義，轂輮於物，苃苃乎古之徒也。剛志決
理，乾斷以爲紀，內而不污，表而不著，則荀卿之爲也，其原出
於《禮經》，樸而飾，不斷而節。及孔臧、司馬遷爲之，章約句
制，嬴不可理，其辭深而旨文，確乎其不頗者也。其趣不兩，其
於物無甹㉖，若枝葉之附㉗其根本，則賈誼之爲也，其原出於

屈平，斷以正誼，不由其曼，其氣則引。費而不可執，循有樞，執有廬，頡滑而不可居，開決宦突，而與萬物都，其終也苂莫，而神明爲之橐，則司馬相如之爲也，其原出於宋玉，楊雄恢之，脅入竅出，緣督以及節，其超軼絕塵而莫之控也，其波駭石咢而没乎其無垠也，張衡盱盱，塊若有餘，上與造物爲友，而下不遺埃墟㉘，雖然，其神也充，其精也茶。及王延壽、張融爲之，杰格拮搩，鉤子蔪悟，而俶傀可睹，其於宗也無蛻也。平敞通洞，博厚而中，大而無瓠，孫而無弧，指事類情，必偶其徒，則班固之爲也，其原出於相如，而要之使夷，昌之使明，及左思爲之，博而不沈，贍而不華，連犿焉而不可止。言無端厓，傲倪以爲質，以天下爲郭郭㉙，入其中者，眩震而謬悠之，則阮籍之爲也，其原出於莊周，雖然，其辭也悲，其韻也迫，憂患之辭㉚也。塗澤律切，芺蘝紛悦，則曹植之爲也，其端自宋玉，而栟其角，摧其牙，離其本而抑其末，浮華之學者相與尸之，率以變古，曹植則可謂才士矣㉛。撊撊乎改繩墨，易規矩，則佞之徒也。不揖於同，不獨於異，其來也首首，其往也曳曳，動靜與適，而不爲固植，則陸機、潘岳之爲也，其原出於張衡、曹植，矯矯乎振時之儁也。以情爲裏，以物爲禩，鑴雕雲風，琢削支鄂，其懷永而不可忘也。坌乎其氣，煊乎其華，則謝莊、鮑昭之爲也，江淹爲最賢，其原出於屈平《九歌》，其掩抑沈怨，泠泠輕輕，其縱脱浮宕而歸大常，鮑昭、江淹，其體則非也，其意則是也。逐物而不反，駘蕩而駁舛，俗者之圍而古是抗，其言滑滑而不背於塗奥，則庾信之爲也，其規步矱骤，則揚雄、班固之所引銜而控轡，惜乎拘於時而不能騁，然而其志達，其思哀，其體之變則窮矣，後之作者，概乎其未之或聞也。（乾隆五十有七年四月日武進張惠言。)

鋪采摛文二句　李云：《詩·關雎》《正義》云："賦者，鋪陳今之政教善惡，其言通正變，兼美刺。"又云："直陳其事不譬喻者皆賦辭。"案：彥和鋪采二語，特指辭人之賦而言，非六義之本原也。

傳云三句　李云：此《毛詩·定之方中》傳文。《毛傳》登作升。《傳》言九能，能賦居第五。

結言捘韻　捘即短之譌別字。《逢盛碑》："命有悠捘。"悠捘即修短也。《廣韻》上聲二十四："緩，短，都管切。捘同上。"

荀況《禮》《智》　《荀子·賦篇》所載六首，《禮》《知》《雲》《蠶》《箴》及篇末《佹詩》是也。茲錄《禮》《知》二篇於左：

荀卿《禮賦》

爰有大物，非絲非帛，文理成章；非日非月，爲天下明。生者以壽，死者以葬，城郭以固，三軍以强。粹而王，駮而伯，無一焉而亡。臣愚不識，敢請之王。（案：此即彥和所云荀結隱語。下《知賦》同。）王曰：此夫文而不采者歟？簡然易知，而致有理者與？君子所敬，而小人所不者與？性不得則若禽獸，性得之則甚雅似者與？匹㉜夫隆之，則爲聖人，諸侯隆之，則一四海者與？致明而約，甚順而體。請歸之禮。　禮。（此一字題目上文，古書題多在文後，如《禮記·樂記》篇"子貢問樂"即其例。）

荀卿《知賦》

皇天隆物，以示下民，或厚或薄，常不齊均。桀紂以亂，湯武以賢。涽涽淑淑，皇皇穆穆，周流四海，曾不崇日。君子以修,跖以穿室。大參乎天,精微而無形。行義以正,事業以成。可以禁暴足窮,百姓待之而後寧泰。(楊注云:"當爲泰寧。")臣愚不識,願問其名。曰:此夫安寬平而危險隘者邪？修潔之爲親而雜污之爲狄者耶？(狄讀爲逖。)甚深藏而外勝敵者邪？法舜禹而能弇迹者邪？行爲動靜待之而後適者邪？血氣之精也,志意之榮也,百姓待之而後寧也,天下待之而後平也,明達純粹而無疵也,夫是之謂君子之知。 知。

宋玉《風》《釣》 宋賦自《楚辭》《文選》所載外,有《諷》《笛》《釣》《大言》《小言》《舞》六篇㉝,皆出《古文苑》。張皋文氏以爲皆五代宋人聚斂假託爲之。今録《釣賦》一篇於左。

宋玉《釣賦》

宋玉與登徒子偕受釣于玄洲。(張皋文云:篇内洲字皆當作淵。案:即蜎淵,亦即蜎蠉也。)止而並見于楚襄王。登徒子曰:"夫玄洲,天下之善釣者也,願王觀焉。"王曰:"其善奈何？"登徒子對曰:"夫玄洲釣也,以三尋之竿,八絲之線,餌若蛆蠕,鉤如細鍼,以出三赤之魚於數仞之水中,豈可謂無術乎？夫玄洲芳水餌,挂繳鉤,其意不可得,退而牽行,下觸清泥,上則波颺,玄洲因水勢而施之,(一作技㉞。)頡之頑之,委縱收斂,與魚沉浮,及其解弛,因而獲之。"襄王曰:"善。"宋玉進曰:"今察玄洲之釣,未可謂能持竿也,又烏足爲大王言乎？"王曰:"子之所謂善釣者何？"玉曰:"臣所謂善釣者,其竿非竹,其綸非絲,其鉤非鍼,其餌非蠕也。"王曰:"願遂聞之。"宋玉對曰:"昔堯、舜、禹、湯之釣也,以賢聖爲竿,道德爲綸,仁義爲鉤,禄利爲餌,四

海爲池，萬民爲魚。釣道微矣，非聖人其孰能察之？"王曰："迅
哉說乎，其釣不可見也。"玉曰㉟："其釣易見，王不可察爾㊱。
昔殷湯以七十里，周文以百里，興利除害，天下歸之，其餌可謂
芳矣。南面而掌天下，歷載數百，到今不廢，其綸可謂紉矣。
群生浸其澤，民氓畏其罰，其釣可謂拘矣。（拘一作善。案：拘當
爲拘㊲。）功成而不驕，名立而不改，其竿可謂强矣。若夫竿折
綸絕，餌墜鈎決，波涌魚失，是則夏桀、殷㊳紂不通夫釣術也。
今察玄洲之釣也，左挾魚罶，右執槁竿，立乎潢污之涯，倚乎楊
柳之間，精不離乎魚喙，思不出乎鮒鰿，形容枯槁，神色憔悴，
樂不役勤，（役，張惠言改爲復。）獲不當費，斯乃水濱之役夫也
已，君王又何稱焉？ 王若見（張改建。）堯舜之洪竿，擴（張改攄。）
湯禹之修綸，投之於瀆，眇之於海，漫漫群生，孰非吾有？ 其爲
大王之釣，不亦樂乎？"

陸賈扣其端 賈賦今無可見。

皋翔已下，品物畢圖 皋賦今無可見。《漢書・枚皋傳》曰：皋
"爲文疾，受詔輒成，故所賦㊴者多。（枚皋賦百二十篇。見《藝文志》。）
司馬相如善爲文而遲，故所作少而善于皋。"

草區 草木賦《文選》無載者，茲錄魏文帝《柳賦》（《西京雜記》載
枚乘《柳賦》一篇，恐非真作。）以示例。

魏文帝《柳賦》（並序）

昔建安五年，上與袁紹戰於官渡，時余從行，始植斯柳，自
彼迄今，十有五㊵載矣，感物傷懷，乃作斯賦，曰：

伊中國㊶之偉木兮，瑰姿妙其可珍；稟靈祇之篤施兮，與

造化乎相因。四氣邁而代運兮,去冬節而涉春;彼庶卉之未動兮,固肇萌而先辰。盛德遷而南移兮,星鳥正而司分;應隆時而繁育兮,揚翠葉之青純。修榦偃蹇以虹指兮,柔條阿那而蛇伸;上扶疏而孛散兮,下交錯以龍鱗。在余年之二七,植斯柳于㊷中庭;始圍寸而高尺,今連拱而九成。嗟日月之逝邁,忽亹亹以遄征;昔周遊而處此,今倏忽而弗形;感遺物而懷故,俛惆悵㊸以傷情。於是曜靈次乎鶉首兮,景風扇而增煖;豐宏陰而博覆兮,躬愷悌而弗倦;四馬望而傾蓋兮,行旅仰而回睠。秉至德而不伐兮,豈簡卑而擇賤;會精靈而寄生兮,保休體之豐衍;惟尺斷而能植兮,信永貞而可羨。(此賦王粲亦同作,而文不全。)

枚乘《兔㊹園》 《古文苑》載有此文,錯脱不可理。今就其所知,校釋如左:

枚叔㊺《梁王菟園賦㊻》

修竹檀欒(均。)夾池水(句。)旋菟園(均。)(旋,回旋之旋。)並馳道(句。)(並,步浪切。)臨廣衍(均。)㊼長冗坂(均。)(長冗二字有誤。)[故](即坂字形近訛。)徑(一作正。)[於]崑崙(均。)(於字疑衍。)貇(即貌字。)觀相物[芴焉](芴即物字之誤。焉字涉下而衍㊽。)子(句。)㊾(兮字之誤也。)有似乎西山(均。)西山隑隑(均。)(企立之貌。)恤(一作卹。)焉嵬嵬(均。)(即隗字。高貌。)巷巷(50)(二字有誤。)嫈嵸(句。)崟巖㠑(即紆字加山爾。)[從](涉上而誤。)巍(均。)[𨇤](即巍字之誤。巍或作歸。歸旁俗書或作來。所謂追來爲歸也,山又訛爲巛。)焉(上有捝(51)。)暴熛(句。)激揚塵埃(均。)蛇(上有捝(52)。)龍

(句。)奏林薄(句。)[竹](疑衍。)游風踊焉(句。)秋風揚焉(句。)滿庶庶焉(句。)㊼紛紛紜紜(句。)㊽騰踊雲亂(均。)枝葉翬散(均。)摩(疑當作麾。)[來](涉上而形誤。)幡幡(均。)焉。溪谷沙石(句。)涸波沸日(句。)㊾湲[浸](即湲之誤。)疾東流(句。)㊿連焉轔轔(均。)㊀陰發緒(此三字有誤。)菲菲(句。)㊁闇闇謹擾(句。)㊂昆(即鵾之省。)鷄蜺(一作弟㊃。)蛙(均。)(即鵾鵒也。)倉庚密切(句。)㊄別鳥相離(均。)㊅哀鳴其中(均。)若乃附巢塞鶯(二字有誤。)之傳於列樹也(句。)㊆欐欐(讀與筵㊇同。)若飛雪之重弗麗(三字有誤。)也(句。)㊈西望西山(句。)㊉山鵲野鳩(均。)白鷺鷎桐(均。)(蓋鵾鵒㊊之誤。)鶹鵯鷗雕(均。)翡翠鴗鵁(均。)守(蓋鴶字之訛。《爾雅》:"鴶,天狗。")狗戴勝(句。)巢枝穴藏(句。)㊋被塘臨谷(均。)聲音相聞(句。)㊌啄(讀爲味㊍。)尾離屬(均。)翱翔群熙(均。)交頸接翼(均。)闔而未至(句。)㊎徐飛㰤䴘(均。)(即颯沓。)往來霞水(句。)㊏離散而没合(均。)疾疾紛紛(均。)若塵埃之間白雲(均。)也。予之幽冥(句。)㊐(予字有誤。)究之乎無端(均。)於是晚春早夏(句。)邯鄲襄國易陽之容麗人及其燕飾子相子(予之譌。讀爲與。)雜遝而往款(均。)焉。車馬接軫相屬(均。)方輪錯轂(均。)㊑接服何(字有誤。)驂(句。)㊒披衡迹蹠(均。)自奮增絶(均。)怵惕騰躍(均。)㊓水(字有誤。)意而未發(均。)因更陰逐心相秩奔(一作奮,一作奪。六字有誤。)隧(與墜字同。)林臨河(句。)怒氣未竭(均。)羽蓋緐(繁字之誤。)起(句。)㊔被以紅沫(均。)濛濛若雨委雪(均。)高冠扁(均。)(即䆠之省。)焉長劍閑(均。)(《文選·宦者傳論》注引作閒。蓋讀爲岸。)焉。左挾彈(均。)焉。右執鞭(均。)焉。日移樂衰(句。)游觀西園(均。)[之芝](二字並涉下衍。)芝成宮闕(句。)㊕枝葉榮茂(均。)選擇純熟(句。)㊖挈取含苴(均。)(讀與咀

同。)復取其次(均。)⑧顧賜從者(均。)於是從容安步(均。)鬭雞走
兎(均。)俛仰釣射(均。)烹⑧敖炮炙(均。)極歡到莫(均。)若乃夫
郊采桑之婦人兮。袿褟錯紆(均。)連褱⑧方路(均。)摩眦(陀之
訛。)長毚(均。)⑧(髮之訛。)便娟數顧(均。)(《文選》謝靈運《會吟行》
注引作"若采桑之女,連褱方路,磨陀長鬐,便娟數顧"。)　芳溫往來
(均。)接(精之訛。)神[連](即神字訛衍。)未⑧結(句。)⑧已諾不分
(均。)　縹併(讀爲艵⑧。)進靖(句。)⑧(請之訛。)儥(讀如嚽。)笑連
便(均。)不可忍視也(均。)⑧於是婦人先稱曰(句。)春陽生兮萋
萋(均。)不才子兮心哀(均。)見嘉客兮不能歸(均。)桑萎蠶飢。
中人望奈何(句。)⑧

偉長博通　徐幹賦,《典論》所稱《玄猿》《漏巵》《圓扇》《橘賦》
四篇,並皆不存,所存賦無一完者。惟《齊都賦》一篇多見徵引,劣
能窺其體勢耳。

彥伯梗概　袁宏賦存者亦無完篇。《晉書·文苑傳》曰:"宏有
逸才,文章絕美","累遷大司馬桓溫府記室,溫重其文筆,專綜書
記。後爲《東征賦》,賦末列稱過江諸名德,而獨不載桓彝。時伏滔
先在溫府,又與宏善,苦諫之,宏笑而不答。溫知之,甚忿,而憚宏
一時文宗,不欲令人顯問。後遊青山飲歸,命宏同載,衆爲之懼。
行數里,問宏云:'聞君作《東征賦》,多稱先賢,何故不及家君?'答
曰:'尊公稱謂,非下官敢專,既未遑啓,不敢顯之耳。'溫疑不實,乃
曰:'君欲爲何辭?'宏即答云:'風鑒散朗,或搜或引。身雖可亡,道
不可隕。宣城之節,信義爲允也。'溫泫然而止。宏賦又不及陶侃,
侃子胡奴嘗於曲室抽刃問宏曰:'家君⑩勳迹如此,君賦云何相
忽?'宏窘急,答曰:'我已盛述尊公,何乃言無?'因曰:'精金百汰,

在割能斷。功以濟時，職思靜亂。長沙之勳，爲史所贊。'胡奴乃止。'""從桓溫北征，作《北征賦》，皆其文之高者。嘗與王珣、伏滔同在溫坐，溫令滔讀其《北征賦》，至'聞所傳於相傳，云獲麟於此野，誕靈物以瑞德，奚授體於虞者，疚尼父之洞（《世說新語·文學》篇注作慟，是也。）泣，似實慟而非假，豈一性（《世說》注作物。）之足傷，乃致傷於天下'，其本至此便改韻。珣云：'此賦方傳千載，無容率爾。今於天下之後，移韻徙事，然於寫送之致，似爲未盡。'滔云：'得益寫韻一句，或爲小勝。'溫曰：'卿思益之。'宏應聲答曰：'感不絕於余心，愬（《世說》作泝。）流風而獨寫。'珣誦味久之，謂滔曰：'當今文章之美，故當共推此生。'"

組織之品朱紫二句　本司馬相如語意。《西京雜記》載相如之詞曰："合綦⑨組以成文，列錦繡以爲質，一經一緯，一宮一商，此賦之迹也。若賦家之心，控引天地，總覽人物，錯綜古今，此得之於內，不可得而言傳。"

辭翦美稗　美當作羡。《孟子·告子上》："不如荑稗。"羡與稜通。

校勘記

① 倡優，據中華本、《漢書·王褒傳》補。

②《兩都賦序》，據《華國》本、《叢刊》本、川大本、中華本、文史哲本補。

③《文賦》，據《華國》本、《叢刊》本、川大本、中華本、文史哲本補。

④《三都賦序》，據《華國》本、《叢刊》本、川大本、中華本、文史哲本補。

⑤《文章流別》，據《華國》本、《叢刊》本、川大本、中華本、文史哲本補。

⑥ 浮淫，《華國》本、《叢刊》本、川大本、文史哲本同。中華本、《全晉文·文章流別論》作"淫浮"。

⑦ 謂《高唐》《神女》《登徒子好色》，據《叢刊》本、川大本、中華本、文史哲本補。

⑧ 事，《華國》本、《叢刊》本、川大本、文史哲本、《四六叢話》同。中華本、《全晉文》作"辭"。

⑨ 浮，《華國》本、《叢刊》本、川大本、文史哲本、《四六叢話》同。中華本、《全晉文》作"悖"。

⑩ 悖，《華國》本、《叢刊》本、川大本、中華本、文史哲本、《四六叢話》、《全晉文》作"背"。

⑪ 德，《華國》本、《叢刊》本、川大本、文史哲本、《四六叢話》同。中華本、《全晉文》作"體"。

⑫ 選，據《華國》本、《叢刊》本、川大本、中華本、文史哲本補。

⑬ 兹，據《華國》本、《叢刊》本、川大本、中華本、文史哲本補。

⑭ 楊雄賦本擬相如賦，與屈原同次，《叢刊》本、川大本、中華本、文史哲本作"揚雄賦本擬相如，《七略》相如與屈原同次"。

⑮ 傷，《叢刊》本、川大本、中華本、文史哲本、《國故論衡》作"悼"。

⑯ 其，據《國故論衡》補。

⑰ 縱橫者，原作"縱橫家者"，文史哲本同。據《叢刊》本、川大本、中華本、《國故論衡》改。

⑱ 凡，中華本同。《叢刊》本、川大本、文史哲本、《茗柯文編》作"右"。

⑲ 二百六，中華本同。《叢刊》本、川大本、文史哲本、《茗柯文編》作"一百八十"。

⑳ 辭，《叢刊》本、川大本、中華本、文史哲本、《茗柯文編》作"詞"。

㉑ 佳，《叢刊》本、川大本、文史哲本、《茗柯文編》同。中華本作"佳"。

㉒ 世，《叢刊》本、川大本、中華本、文史哲本、《茗柯文編》作"事"。

㉓ 臣，《叢刊》本、川大本、中華本、文史哲本、《茗柯文編》作"士"。

㉔ 辭，《叢刊》本、川大本、中華本、文史哲本、《茗柯文編》作"詞"。

㉕ 旨，《叢刊》本、川大本、中華本、文史哲本同。《茗柯文編》作"恉"。

㉖ 劈，原作"疆"，據《叢刊》本、川大本、中華本、文史哲本、《茗柯文編》改。

㉗ 附，《叢刊》本、川大本、中華本、文史哲本同。《茗柯文編》作"坿"。

㉘ 埃墟，原作"涘虛"，據《叢刊》本、川大本、中華本、文史哲本、《茗柯文編》改。

㉙ 郭，《叢刊》本、川大本、中華本作"郛"，文史哲本、《茗柯文編》作"廓"。

㉚ 辭，文史哲本同。《叢刊》本、川大本、中華本、《茗柯文編》作"詞"。

㉛ 曹植則可謂才士矣，據《叢刊》本、川大本、中華本、文史哲本、《茗柯文編》本補。

㉜ 疋，《叢刊》本、川大本、中華本、文史哲本作"匹"。

㉝ 有《諷》《笛》《釣》《大言》《小言》《舞》六篇，原作"有《諷》《笛》《釣》《大言》《小言》五篇"，《華國》本同。據《叢刊》本、川大本、中華本、文史哲本改。校案:《古文苑》卷二載宋玉賦六首。

㉞ 技，原闕，手批補"技"字。《叢刊》本、川大本、中華本作"善"，文史哲本、《古文苑》作"枝"。《文選補遺》卷三十七作"玄洲因水勢而施技"。

㉟ 玉曰，《七十家賦鈔》同。《叢刊》本、川大本、中華本、文史哲本、《古文苑》作"宋玉對曰"。

㊱ 王不可察爾，《七十家賦鈔》同。《叢刊》本、川大本、中華本、文史哲本、《古文苑》作"王不察爾"。

㊲ 案拘當爲拘，《叢刊》本、川大本、中華本、文史哲本作"案當爲竭"。

㊳ 殷，《七十家賦鈔》同。《叢刊》本、川大本、中華本、文史哲本、《古文苑》作"商"。

㊴ 賦，《華國》本、《漢書》同。《叢刊》本、川大本、中華本、文史哲本作"作"。

㊵ 十有五，《七十家賦鈔》同。《叢刊》本、川大本、中華本、文史哲本作"十五"。

㊶ 國，《七十家賦鈔》同。《叢刊》本、川大本、中華本、文史哲本作"域"。

㊷ 于，《叢刊》本、川大本、中華本、文史哲本同。《七十家賦鈔》作"乎"。

㊸ 惆悵，文史哲本、《七十家賦鈔》同。《叢刊》本、川大本、中華本作"怅惆"。

㊹ 免,《華國》本、《叢刊》本、中華本同。川大本、文史哲本作"菟"。

㊺ 叔,《華國》本、《叢刊》本、川大本、文史哲本同。中華本作"乘"。

㊻ 賦,據《華國》本、《叢刊》本、川大本、中華本、文史哲本補。

㊼ 均,據《華國》本、《叢刊》本、川大本、中華本、文史哲本補。

㊽ 焉字涉下而衍,《華國》本、文史哲本同。《叢刊》本、川大本作"焉涉字下而衍",中華本作"焉涉下字而衍"。

㊾ 句,據《叢刊》本、川大本、文史哲本補。

㊿ 蹇蹇,原作"蹇匕",手批改作"蹇蹇"。《華國》本、《叢刊》本、川大本、中華本、文史哲本、《七十家賦鈔》作"蹇路"。

(51) 挩,《華國》本、《叢刊》本、川大本同。中華本作"脱",文史哲本作"脱文"。

(52) 挩,《華國》本同。《叢刊》本、川大本作"挩文",中華本、文史哲本作"脱文"。

(53) 句,據《華國》本、《叢刊》本、川大本、中華本、文史哲本補。

(54) 句,據《華國》本、《叢刊》本、川大本、中華本、文史哲本補。

(55) 句,據《華國》本、《叢刊》本、川大本、中華本、文史哲本補。

(56) 句,據《華國》本、《叢刊》本、川大本、中華本、文史哲本補。

(57) 均,據《叢刊》本、川大本、中華本、文史哲本補,《華國》本作"句"。

(58) 句,據《華國》本、《叢刊》本、川大本、中華本、文史哲本補。

(59) 句,據《華國》本、《叢刊》本、川大本、中華本、文史哲本補。

(60) 弟,《華國》本、文史哲本同。《叢刊》本、川大本、中華本作"鵜"。

(61) 句,據《華國》本、《叢刊》本、川大本、中華本、文史哲本補。

(62) 均,據《華國》本、《叢刊》本、川大本、中華本、文史哲本補。

(63) 句,據《華國》本、《叢刊》本、川大本、中華本、文史哲本補。

(64) 篨,《華國》本、文史哲本同。《叢刊》本、川大本、中華本作"蒢"。

(65) 句,據《華國》本、《叢刊》本、川大本、中華本、文史哲本補。

(66) 句,據《華國》本、《叢刊》本、川大本、中華本、文史哲本補。

(67) 鴅,原作"守",據《叢刊》本、川大本、中華本、文史哲本改。《華國》本"鵑鵑"作"鵖字"。

⑱ 句,據《華國》本、《叢刊》本、川大本、中華本、文史哲本補。

⑲ 句,據《華國》本、《叢刊》本、川大本、中華本、文史哲本補。

⑳ 眛,原作"朱",據《華國》本、《叢刊》本、川大本、中華本、文史哲本改。

㉑ 句,據《華國》本、《叢刊》本、川大本、中華本、文史哲本補。

㉒ 句,據《華國》本、《叢刊》本、川大本、中華本、文史哲本補。

㉓ 句,據《華國》本、《叢刊》本、川大本、中華本、文史哲本補。

㉔ 均,據《華國》本、《叢刊》本、川大本、中華本、文史哲本補。

㉕ 句,據《華國》本、《叢刊》本、川大本、中華本、文史哲本補。

㉖ 均,據《華國》本、《叢刊》本、川大本、中華本、文史哲本補。

㉗ 句,據《華國》本、《叢刊》本、川大本、中華本、文史哲本補。

㉘ 句,據《華國》本、《叢刊》本、川大本、中華本、文史哲本補。

㉙ 句,據《華國》本、《叢刊》本、川大本、中華本、文史哲本補。

㉚ 均,據《叢刊》本、川大本、中華本補。《華國》本、文史哲本作"句"。

㉛ 烹,《華國》本、《叢刊》本、川大本、文史哲本同。中華本作"煎"。

㉜ 褒,川大本、文史哲本同。《華國》本作"褎",《叢刊》本、中華本作"袖"。

㉝ 均,《華國》本、《叢刊》本、川大本、中華本、文史哲本作"句"。

㉞ 未,《華國》本同。《叢刊》本、川大本、中華本、文史哲本作"才"。

㉟ 句,據《華國》本、《叢刊》本、川大本、中華本、文史哲本補。

㊱ 絶,《華國》本、文史哲本同。《叢刊》本、川大本、中華本作"絶"。

㊲ 句,據《華國》本、《叢刊》本、川大本、中華本、文史哲本補。

㊳ 均,據《叢刊》本、川大本、中華本補。《華國》本、文史哲本作"句"。

㊴ 中人望奈何(句。),《華國》本、文史哲本同。《叢刊》本、川大本作"中人望何(句。)",中華本作"中人望(句。)奈何"。

㊵ 君,《華國》本、《叢刊》本、川大本、文史哲本、《晉書》同。中華本作"公"。

㊶ 綦,《華國》本、《叢刊》本、川大本、文史哲本同。中華本作"纂"。

頌贊第九

彦和分序文體，自《明詩》以下凡二十篇，韻文之屬十又一，《明詩》盡《諧讔》加以《封禪》一首是也。詳夫文體多名，難可拘滯，有沿古以爲號，有隨宜以立稱，有因舊名而實與古異，有創新號而實與古同，此唯推迹其本原，診求其旨趣，然後不爲名實玄紐所惑，而收以簡馭繁之功。兹先録本師《辨詩》篇一節，次就《頌贊》當篇釋之①。

辨詩

《春官》：瞽矇"掌九德、六詩之歌"。然則詩非獨六義也，猶有九歌。其隆也，官箴占繇皆爲詩。故《詩序②》，《庭燎》稱箴，《沔水》稱規，《鶴鳴》稱誨，《祈父》稱刺，明詩外無官箴。《辛甲》諸篇悉在古詩三千之數矣。《詩賦略》録《隱書》十八篇，則東方朔、管輅射覆之辭所出。又《成相雜辭》者，徒役送杵，其句度長短不齊，亦悉入録。揚榷道之，有韻者皆爲詩，其容至博。其殺也，孔子删《詩》，求合於《韶》《武》，賦比興不可歌，因以被簡。（其詳在《六詩説》。）屈原、孫卿諸家爲賦多名。孫卿以《賦》《成相》分二篇，題號已别；然《賦篇》復有"佹詩"一章，詩與賦未離也。漢惠帝命③夏侯寬爲樂府令，及武帝采詩夜誦，其辭大備。《七略》序賦爲四家，其歌詩與之别。漢世所謂歌詩者，有聲音曲折可以弦歌。（如《河南周歌聲曲折》七篇，《周謠歌詩聲曲折》七十五篇是也。）故《三侯》《天馬》諸篇，太史公悉稱詩，蓋樂府外無稱歌詩者。自韋孟《在鄒》至《古詩十九首》以下，不知其爲歌詩耶？將與賦合流同號也？要之，《七略》分詩賦者，本孔子刪《詩》意：不歌而誦，故謂之賦；叶於簫管，故謂之詩。其他有韻諸文漢世未具，亦容附於賦録。古者大司樂以樂語教國子，蓋有韻之文多矣。有古爲小名而今爲大，有古爲大名而今爲小者。《周語》曰："公卿至列士獻詩，瞽獻曲，史獻書，師箴，瞍誦。"瞽、師、瞍矇皆掌聲詩，即詩與箴一實也。故自《虞箴》既顯，楊雄、崔駰、胡廣爲《官箴》，氣體文旨皆弗能與《虞箴》異。蓋箴規誨，刺者其義，詩爲之名。後世特以箴爲一種，與詩抗衡，此以小爲大也。賦者，六義④之一家。《毛詩傳》曰："登高能賦，可以爲大夫。"登高孰謂？謂壇堂之上，揖讓之時。賦者孰謂？謂微言相感。歌詩必類，是故"九能"有賦無詩，明其互見。漢世賦爲四種，而詩不過一家，此又以小爲大也。（誄文有韻者古亦似附詩類。漢《北海相景君銘》"乃作誄曰"，後有"亂曰"，則誄亦是詩。）銘者自名，器有題署，若士卒揚徽，死者題旌，下及楬木以記化居，落馬以示毛物，悉銘之屬。楊雄自言"作《繡補》《靈節》《龍骨》之銘詩⑤三章"，又比詩類。今世專以金石韻文爲銘，此以大爲小也。九歌者，與六詩同列，水、火、金、木、土、穀，謂之六府。正德、利用、厚生，謂之三事。此則山川之頌，江海之賦，皆宜在九歌。後世既以題名爲異，九歌獨在屈賦，爲之陪屬，此又以大爲小也。且文章流別，今世或繁於古，亦有古所恒睹今隱没其名者。夫宮室新成則有發，（見《檀弓》。）喪紀祖載則有遣，（《既夕禮》有讀遣之文。）告祀鬼神則有造，（見《春官·大祝》。）原本山川則有説，（見《毛詩傳》。）斯皆古之德音，後生莫有繼作，其題號亦因不著。《文章緣起》所列八十五種，至於今日，亦有廢弛不舉者。夫隨事爲名，則巧歷或不能數，會其有極，則百名而一致者多矣。謂後世爲序錄者，當從《詩賦略》改題樂語，凡有韻者悉著其中。庶幾人識原流，名無棼亂者也。

頌　《周禮·太師》注曰："頌之言誦也，容也；誦今之德，廣以美之。"是頌本兼誦、容二誼。以今考之，誦其本誼，頌爲借字，而形容頌美，又緣字後起之誼也。詳大司樂以樂語教國子，興、道、諷、誦、言、語。注曰："倍文曰諷，以聲節之曰誦。"疏曰："諷是直言之⑥，無吟詠，誦則非直背文，又爲吟詠，以聲節之。"又瞽矇諷誦詩。注曰："謂闇讀之，不依詠也。"蓋不依詠者，謂雖有聲節，而仍不必與琴瑟相應也。然則誦而不依詠，即與歌之依詠者殊，故《左傳·襄十四年》云：衛獻公使太師歌《巧言》之卒章，師曹請爲之，公使歌之，遂誦之。又二十八⑦年《傳》云：叔孫穆子食慶封，使工爲之誦《茅鴟》。又《毛詩·鄭風·子衿》傳云：古者教以詩樂，誦之歌之，弦之舞之。據此諸文，是詩不與樂相依，即謂之誦。故《詩·嵩高》《烝民》曰：吉甫作誦。《國語·周語》曰：瞍賦矇⑧頌。《楚語》曰：宴居有師工之誦。《樂師》先鄭注云：敕爾瞽，率爾衆工，奏爾悲誦。此皆頌字之本誼。及其假借爲頌，而舊誼猶時有存。故《太卜》其頌千有二百，卜繇也而謂之誦。籕章歆幽頌，風也而謂之頌。瞽矇諷誦詩，後鄭曰："諷誦詩，謂廞作柩謚時也。"諷誦王治功之詩以爲謚，則誄也而亦謂之頌。《九夏》之章，後鄭以爲頌之類，則樂曲也而亦可謂之頌。此頌名至廣之證也。厥後《周頌》以容告神明爲體，然《商頌》雖頌德，而非告成功；《魯頌》則與風同流，而特借美名以示異。是則頌之誼，廣之則籠罩成韻之文，狹之則唯取頌美功德。至於後世，二義俱行。屬前義者，《原田》《裘鞸》，屈原《橘頌》，馬融《廣成》，本非頌美，而亦被頌名。屬後義者，則自秦王⑨刻石以來，皆同其致；其體或先序而後結韻，或通篇全作散語。（如王子淵《聖主得賢臣頌》是。）又或變其名而實同頌體，則有若贊，（彥和云："頌家之細條。"）有若祭文，（彥和云："中代祭文，兼贊⑩言行。"）有若銘，（《左傳》論銘云：天子令德，諸侯計功⑪，大夫稱伐。又始皇上泰山刻石頌秦德，而彥和《銘箴》篇稱之曰銘。）有若箴，（《國語》云："工誦箴諫。"）有若誄，（彥和云："傳體而頌文。"）有若碑文，（彥和云："標序盛德""昭紀鴻懿"，此碑之制也。漢人碑文多稱頌，如《張遷碑》名表頌，此施於生⑫者。蔡邕《胡公碑》云：樹石作頌。《胡夫人靈表》稱頌曰：此施於死者。）有若封禪，（彥和云：誦⑬德銘勳，乃鴻績耳。）其實皆與頌相類似。此則頌名至廣，用之者或以爲局，頌類至繁，而執名者不知其同然，故不可以不審察也。《文章流別論》云："頌，詩之美者也。古者聖帝明王功成治定而頌聲興，於是史録其篇，工歌其章，以奏於宗廟，告於鬼神，故頌之所美者，聖王之德也，則以爲律呂，或以頌聲，或以頌形，其細已甚，非古頌之意。昔班固爲《安豐戴侯頌》，史岑爲《出師頌》《和熹鄧后頌》，與《魯頌》體意相類，而文辭之異，古今之變也。楊雄《充國頌》，頌而似雅，傅毅《顯宗頌》，文與《周頌》相似，而雜以風雅之意。若馬融《廣成》《上林》之屬，純爲今賦之體，而謂之頌，失之遠矣。"案：仲治論頌，多爲彥和所取，然於頌之原流變體有所未盡，故今補述之如上云。

秦政刻文 《史記》載泰山、琅邪臺、之罘、東觀、碣石、會稽刻石文凡六篇，獨不載鄒嶧山刻石文。茲録於左⑭：

李斯鄒嶧山刻石文

皇帝立國,維初在昔,嗣世稱王。討伐亂逆,威動四極,武義直方。戎臣奉詔,經時不久,滅六暴強。廿有六年,上薦高號,孝道顯明。既獻泰成,乃降專惠,親巡遠方。登於繹山,群臣從者,咸思攸長。追念亂世,分土建邦,以開爭理。攻戰日作,流血於野,自泰古始。世無萬數,阤及五帝,莫能禁止。迺今皇帝,壹家天下,兵不復起。烖害滅除,黔首康定,利澤長久。群臣誦略,刻此樂石,以箸經紀。

案:秦刻石文多三句用韻,其後唐元結作《大唐中興頌》,每句用韻,而三韻輒易,清音淵淵,如出金石,說者以爲創體,而不知遠效秦文也。兹錄於左⑮:

元次山《大唐中興頌》(並序)

天寶十四年,安禄山陷洛陽。明年,陷長安,天子幸蜀,太子即位於靈武。明年,皇帝移軍鳳翔。其年,復兩京,上皇還京師。於戲! 前代帝王有盛德大業者,必見于歌頌。若今歌頌大業刻之金石,非老于文學,其誰宜爲? 頌曰:

噫嘻前朝,孽臣姦驕,爲昏爲妖。邊將騁兵,毒亂國經,群生失寧。大駕南巡,百僚竄身,奉賊稱臣。天將昌唐,醫睨我皇,匹馬北方。獨立一呼,千麾萬旟⑯,戎卒前驅。我師其東,儲皇撫戎,蕩攘群凶。復服指期,曾不踰時,有國無之。事有至難,宗廟再安,二聖⑰重歡。地闢天開,蠲除妖災,瑞慶大來。凶徒逆儔,涵濡天休,死生堪羞。功勢位尊,忠烈名存,澤流子孫。盛德之興,山高日昇,萬福是膺。能令大君,聲容沄訟[18]，不在斯文。湘江東西，中直浯溪，石崖天齊。可磨可鐫，刊此頌焉，何曾千萬年。

孟堅之序戴侯　文今佚。

武仲之美顯宗　並有上頌表，見《文選·責躬詩》注，而文皆佚。

史岑之述熹后　此史岑字孝山，在和帝時，與王莽時謁者史岑字子孝者爲二人，見《文選·出師頌》注。《和熹頌》今亦佚。

班、傅之《北征》《西巡》　班有《竇將軍北征頌》《東巡頌》《南巡頌》；傅有《竇將軍北征頌》《西征頌》。班之《北征頌》在《古文苑》，今録左[19]：

班孟堅《竇將軍北征頌》

車騎將軍應昭明之上德，該文武之妙姿，蹈佐歷，握輔榮，翼肱聖[20]上，作主光輝。資天心，謨神明，規卓遠，圖幽冥，親率戎士，巡撫疆城。勒邊御之永設，奮轒[21]櫓之遠徑，閔遐黎之騷狄，念荒服之不庭。乃總三選，簡虎校，勒部隊，明誓號。援謀夫於末言，察武毅於俎豆；取可杖於品象，拔所用於仄陋。料資器使，采用先務，民儀響慕[22]，群英影附。羌戎相率，東胡爭騖，不召而集，未令而諭，於是雷震九原，電曜高闕。金光鏡野，武旗胃日。雲黯長霄，麃走黃磧[23]。輕選四縱，所從莫敵。馳飆疾，踔蹊迹，探梗莽，采嶻阤，斷溫禺，分尸逐。電激私渠，星流霣落，名王交手，稽顙請服。乃收其鋒鏑、干鹵、甲冑，積象如邱[24]阜，陳閱滿廣野，戜載連百兩，散數累萬億。放獲驅孚，搹城拔邑，擒戲之倡，九谷謠謠[25]，響聒[26]東夷，埃塵戎域。

然而唱呼鬱憤，未逞厥願。甘平原之酣戰，矜訊捷之累算㉗。何則？上將崇至仁，行凱易，弘濃恩，降溫澤。同庖厨之珍饌，分裂室之纖帛。勞不御輿，寒不施襗，行無偏勤，止無兼役。恇蒙識而愎戾順，二㉘者異而懦夫奮。遂踰涿郡㉙，跨祁連，籍庭蹈就，疆獟崝嵁，轔幽山，趑凶河，臨安候，軑焉居與虞衍。顧衛、霍之遺迹，睨伊袟之所邀，師橫鷟而庶御，士怫愪以爭先。回萬里而風騰，劉殘寇於沂垠。糧不賦而師贍，役不重而備軍。行戎醜以禮教，炘鴻校而昭仁。文武炳其並隆，威德兼而兩信。清乾鈞之攸冒，拓畿略之所順。櫜弓鏃而戢戈，回雙麾以東運。於是封燕然以隆㉚高，禪廣韇以宏㉛曠，銘靈陶以勒崇，欽皇祇之祐覛。宣惠氣，滌殘風，軻泰幽嘉，凝陰飛雪，讓庶其雨，洒淋榛枯一握興。嘉卉始濃㉜，土膏含養，四行分任。於是三軍稱曰：矗矗將軍，克廣德心。光光神武，宏㉝昭德音。超兮眇㉞天潛，眇兮與神參。

馬融之《廣成》《上林》　《廣成頌》見《後漢書》本傳。《上林》無可考，黃注謂《上林》疑作《東巡》。案：《全後漢文》十八有《東巡頌》佚文，其體頗與《廣成》相類。

崔瑗《文學》　案：《南陽文學頌》見《全後漢文》四十五，蓋南陽文學官志之頌也。兹錄於左㉟：

崔子玉《南陽文學頌》（序文不全故不錄。）

民生如何，導以禮樂。乃修禮官，奮其羽籥。我國既淳，我俗既敦。神樂民則，嘉生乃繁。無言不酬，其德宜光。先民既没，賴兹舊章。我禮既經，我樂既馨。三事不敘，莫識其形。

蔡邕《樊渠》 文如左㊱：

蔡伯喈《京兆樊惠渠頌》

《洪範》八政一曰食，《周禮》九職一曰農。有生之本，於是乎出；貨殖財用，於是乎在。九土上沃爲大田，多稌，然而地有堆埪，川有墊下，溉灌之便，行趄不至。明哲君子，創業農事，因高卑之宜，驅自行之勢，以盡水利，而富國饒人，自古有焉。若夫西門起鄴，鄭國行秦，李冰在蜀，信臣治穰，皆此道也。

陽陵縣東，其地衍隩，土氣辛螫，嘉穀不植，草萊焦枯；而涇水長流，溉灌維首。編戶齊氓，庸力不供㊲。牧人之吏，謀不假㊳給。蓋常興役，猶不克成。光和五年，京兆尹樊君諱陵，字德雲，勤恤人隱，悉心政事，苟有可以惠斯人者，無聞而不行焉。遂諮之郡吏，申於政府。僉以爲因其所利之事者，不可已者也。乃命方略大吏麴遂、令伍瓊，揣度計慮，揆程經用，以事上聞，副在三府。司農遂取財於豪富，借力于黎元，樹柱累石，委薪積土，基跂工堅，體勢強壯。折湍流，款曠陂，會之於新渠；疏水門，通窨瀆，灑之於畎畝。清流浸潤，泥潦浮游。昔日鹵田，化爲甘壤，粳㊴黍稼穡之所入，不可勝算。農民熙怡悅豫，相與謳談疆畔，斐然成章，謂之樊惠渠云。其歌曰：

我有長流，莫或遏之；我有溝澮，莫或達之。田疇斥鹵，莫修莫犛；饑饉困悴，莫恤莫思。乃有樊君，作人父母，立我畎畝。黃潦膏凝，多稼茂止。惠乃無疆，如何勿喜。我壤既營，我疆斯成，泯泯我人，既富且盈。爲酒爲釀，蒸彼祖靈。貽福惠君，壽考且寧。

陳思所綴，以皇子爲標　文見《全三國文》十七。茲録於左⑩：

陳思王《皇太子生頌》

於我皇后，懿章前志。克纂二皇，三靈昭事。祇肅郊廟，明德敬惠。潛和積吉，鍾天之釐。嘉月令辰，篤生聖嗣。天地降祥，儲君應祉。慶由一人，萬國作喜。喁喁萬國，炎炎群生。稟命我后，綏之則榮。長爲臣妾，終天之經。仁聖奕世，永戴明明。同年上帝，休祥淑禎。藩臣作頌，光流德聲。吁嗟卿士，祇承予聽。

頌惟典雅至**汪洋以樹義**　陸士衡《文賦》云："頌優游以彬蔚。"李善注云："頌以襃述功美，以辭爲上，故優游彬蔚。"案：彦和此文"敷寫似賦"二句，即彬蔚之説；"敬慎如銘"二句，即優遊之説。

贊　彦和兼舉明、助二義，至爲賅備。詳贊字見經，始於《臯陶謨》。鄭君注曰：明也。蓋義有未明，賴贊以明之。故孔子贊《易》，而鄭君復作《易贊》，由先有《易》而後贊有所施，《書贊》亦同此例。至班孟堅《漢書贊》，亦由紀傳意有未明，作此以彰顯之，善惡並施。故贊非贊美之意。（太史書每紀、傳、世家後稱"太史公曰"，亦同此例。荀悦改名曰論。自是以後，或名序，或名詮，或名評，或名議，或名述，或名奏，要之皆贊體耳。至于歷敍紀傳用意爲韻語，首自太史公《自序》。班孟堅《敍傳》則曰述某紀，范氏則又改用贊名。）而後史或全不用贊，（如《元史》。）或其人非善，則亦不贊。（如《明史·流賊傳》是。）此緣以贊爲美，故歧誤至斯。（劉向《列女傳》亦頌孽嬖。）史贊之外，若夏侯孝若《東方朔畫贊》，則贊爲畫施；（陸士龍《榮啓期贊》亦同。）郭景純《山海經》《爾雅》圖讚，則贊爲圖起，此贊有所附者，專以助爲義者也。若乃空爲贊語以形狀事物,則是頌之細條,故亦與頌互稱[41]。(陸士衡《高祖功臣頌》,與袁彥伯《三國名臣贊》同體。郭景純《山海經圖讚》,與江文通《閩中草木頌》同體。晉左貴嬪有《德柔頌》,又有《德剛贊》,文體如一,而別二名,故知相通。)蓋始自相如贊荊軻,而其文不傳,無以知其結體何若。後之爲贊,則大都四言用韻爲多。又[42]施之於人事,若戴安道《閒遊贊》之屬;施之於技藝,若崔子玉《草書勢》之屬,皆贊之流類矣。贊之精整可法,以范蔚宗《後漢書贊》爲最,自云:"贊自是吾文之杰思,幾無一字虛設。"由今觀之,自陸、袁以降,誠未有美於詹事者也。

伊陟贊於巫咸 《書》序文。

以唱拜爲贊 漢代祝文亦稱讚饗,見《郊祀志》。

託贊褒貶 謂紀傳後《史記》稱"太史公曰",《漢書》稱"贊曰"之類。

紀傳後評 謂太史公《自序》述每篇作意,如云作《五帝本紀》第一之類。《漢書‧敘傳》亦仿其體,而云述《高祖本紀》第一。諸紀傳評皆總萃一篇之中,至范氏《後漢書》始散入各紀傳後,而稱爲贊,其用韻則正馬、班之體也。

景純注雅 案景純《爾雅圖讚》,《隋志》已亡,嚴氏可均輯録得四十八篇。兹擇其茂美者録于左,並録《山海經圖贊》數首于後。(《山海經圖贊》,今亦殘闕,兹依《全晉文》一百二十二鈔。)

郭景純《爾雅圖贊》《山海經圖贊》並略[43]

事生獎歎 案:獎歎即託贊褒貶,非必純爲贊美。

促而不廣 案:四言之贊,大抵不過一韻數言而止,惟東方《畫贊》稍長。《三國名臣序贊》及《漢書》偶一換韻。至崔子玉《草書勢》,蔡伯喈《篆勢》《隸勢》,則又似賦矣。唐世司空圖《二十四詩品》,造語精警,亦贊之美者也。

校勘記

① "兹先録"至"釋之",《華國》本同。《叢刊》本、川大本、中華本、文史哲本皆無。其後《辨詩》引文,《華國》本作"《辨詩》見《國故論衡》",《叢刊》本、川大本、中華本、文史哲本皆無。

② 詩序,原作"序",據《國故論衡》改。

③ 命,原作"名",據《國故論衡》改。

④ 義,原作"藝",據《國故論衡》改。

⑤ 詩,據《國故論衡》補。

⑥ 之,據手批補。《華國》本、《周禮注疏》同。《叢刊》本、川大本、中華本、文史哲本無。

⑦ 二十八,《華國》本、《叢刊》本、川大本、中華本、文史哲本作"廿八"。

⑧ 矇,原作"諸",手批改作"蒙"。《華國》本、《叢刊》本、川大本、中華本、文史哲本、《國語》作"矇",據改。

⑨ 王,《華國》本、《叢刊》本、川大本、文史哲本同。中華本作"皇"。

⑩ 贊,據《華國》本、《叢刊》本、川大本、中華本、文史哲本補。

⑪ 功,據《華國》本、《叢刊》本、川大本、中華本、文史哲本補。

⑫ 生,《華國》本、文史哲本同。《叢刊》本、川大本、中華本作"死"。

⑬ 誦,《華國》本、《叢刊》本、川大本、中華本、文史哲本作"頌"。《文心雕龍·封禪》作"誦德銘勳,乃鴻筆耳"。

⑭ "兹録於左"及《李斯鄒嶧山刻石文》全文,《叢刊》本、川大本、中華本、文史哲本皆無,《華國》本引文略。

⑮ "兹録於左"及《大唐中興頌》全文,《叢刊》本、川大本、中華本、文史哲本皆無,《華國》本引文略。

⑯ 旗,《浯溪考·元結〈大唐中興頌〉》作"旟"。

⑰ 聖,原作"靈",據《浯溪考》改。

⑱ 訞訞,《浯溪考》作"沄沄"。

⑲ "今録左"及班孟堅《竇將軍北征頌》全文,《叢刊》本、川大本、中華本、文史哲本皆無,《華國》本引文略。

⑳ 聖,原作"靈",據《古文苑·竇將軍北征頌》改。

㉑ 轙,原作"憒",據《古文苑》改。

㉒ 慕,原作"暮",據《古文苑》改。

㉓ 武旂霄日,雲黯長霓,鹿走黄磧,原作"武旗彎蜺衝鷄鹿超黄蹟",《古文苑》作"武旗霄蜺衝鷄鹿超黄磧",從《全後漢文》據《藝文類聚》改。

㉔ 邱,《古文苑》作"丘"。

㉕ 諜,《古文苑》作"諗"。

㉖ 眂,原作"眡",《古文苑》作"眡",據《全後漢文》改。

㉗ 算,《古文苑》作"筭"。

㉘ 二,《古文苑》作"貳"。

㉙ 郡,《古文苑》作"邪"。

㉚ 隆,《古文苑》作"降"。

㉛ 宏,《古文苑》作"弘"。

㉜ 濃,《古文苑》作"農"。

㉝ 宏,《古文苑》作"弘"。

㉞ 眇,《古文苑》作"首"。

㉟ "兹録於左"及《南陽文學頌》全文,《叢刊》本、川大本、中華本、文史哲本皆無,《華國》本引文略。

㊱ "蔡邕樊渠"一條及蔡伯喈《京兆樊惠渠頌》全文,《華國》本、《叢刊》本、川大本、中華本、文史哲本皆無。

㊲ 供,原作"俱",據《駢體文鈔》改。

㊳ 假,原作"暇",手批改作"假"。《駢體文鈔》作"假"。

㊴ 梗,《駢體文鈔》作"梗"。

㊵ "兹録於左"及《皇太子生頌》全文,《叢刊》本、川大本、中華本、文史哲本皆無,《華國》本作"陳思王《皇太子生頌》略"。

原本此篇止于"兹録於左",其下正文,據《華國》本、《叢刊》本、川大本、中華本、文史哲本補。《皇太子生頌》全文,依原本體例,據《全三國文》補。

㊶ 稱,《華國》本、《叢刊》本、川大本、中華本作"稱",文史哲本作"解"。

㊷ 又,《華國》本作"又",《叢刊》本、川大本、中華本、文史哲本作"若"。

㊸ "兹擇其茂美者"至"並略",《叢刊》本、川大本、中華本、文史哲本皆無,據《華國》本補。依原注,其後當有引文,惜原本闕,不知季剛先生所擇録者。

議對第二十四

周爰諮謀，是謂爲議 《説文・言部》："議，語也。論，議也。謀，慮難曰謀。"《口部》："謀事曰咨。"然則議亦論事之泛稱。

魯桓務議 李詳云：《十駕齋養新録》引惠學士士奇云："按：文當作魯僖預議，預與與同，傳寫訛爲務耳。"詳案：《史記・酈生陸賈列傳》云："將相調和，則士務附。"《集解》徐廣曰："務一作豫，豫與預通，作務未爲不可。"侃案：惠説是，以通叚説之轉迂。

始立駁議〔1〕 《後漢書・胡廣傳》注引《漢雜事》曰："凡群臣之書通於天子者四品，一曰章，二曰奏，三曰表，四曰駁議。"

劉歆之辨於祖宗 文載《漢書・韋賢傳》。班彪贊曰："考觀諸儒之議，劉歆博而篤矣。"

張敏之斷輕侮 文見《後漢書・張敏傳》。

　　建初中，有人侮辱人父者，而其子殺之，肅宗貰其死刑而降宥之。自後因以爲比。是時遂定其議，以爲輕侮法。敏駁議曰：

　　"夫輕侮之法，先帝一切之恩，不有成科班之律令也。夫死生之決，宜從上下，猶天之四時，有生有殺。若開相容恕，著

---

〔1〕 批注：犹雜議也。

129

爲定法者，則是故設姦萌，生長罪隙。孔子曰：'民可使由之，不可使知之。'《春秋》之義，子不報讎，非子也。而法令不爲之減者，以相殺之路不可開故也。今託義者得減，妄殺者有差，使執憲之吏得設巧詐，非所以導'在醜不爭'之義。又輕侮之比，寖以繁滋，至有四五百科，轉相顧望，彌復增甚，難以垂之萬載。臣聞師言：'救文莫如質。'故高帝去煩苛之法，爲三章之約。建初詔書有改于古者，可下三公、廷尉蠲除其敝。"

議寢不省。敏復上疏曰：

"臣敏蒙恩，特見拔擢；愚心所不曉，迷意所不解，誠不敢苟隨衆議。臣伏見孔子垂經典，皋陶造法律，原其本意，皆欲禁民爲非也。未曉輕侮之法，將以何禁？必不能使不相輕侮，而更開相殺之路，執憲之吏復容其姦枉。議者或曰：'平法當先論生。'臣愚以爲天地之性，唯人爲貴，殺人者死，三代通制，今欲趣生，反開殺路，一人不死，天下受敝。記曰：'利一害百，人去城郭。'夫春生秋殺，天道之常，春一物枯即爲災，秋一物華即爲異。王者承天地，順四時，法聖人，從經律。願陛下留意下民，考尋利害，廣令平議，天下幸甚。"

和帝從之。

郭躬之議擅誅　事見《後漢書·郭躬傳》。

永平中，奉車都尉竇固出擊匈奴，騎都尉秦彭爲副。彭在別屯，而輒以法斬人。固奏彭專擅，請誅之。顯宗乃引公卿朝臣平其罪科。躬以明法律召入議。議者皆然固奏。躬獨曰："於法，彭得斬之。"帝曰："軍征，校尉一統於督。彭既無斧鉞，可得專殺人乎？"躬對曰："一統於督者，謂在部曲也。今彭專軍別將，有異於此。兵事呼吸，不容先關督帥；且漢制，棨戟（章懷注：有衣之戟曰棨。）即爲斧鉞，于法不合罪。"帝從躬議。

程曉之駁校事　文見《魏志·程昱傳》。

時校事放橫。（俞正燮《癸巳存稿》七《校事考》曰：魏、吳有校事官[1]，似北魏之候官[2]，明之廠[3]衛。《徐邈傳》云："邈爲尚書郎，私飲沈醉。校事趙達問以曹事。邈曰：'中聖人。'達白之太祖。"《高柔傳》云："宜陽典農劉龜于禁地内射兔，功曹張京詣校事言之，帝匿京名，收龜付獄。"《衛臻傳》云："殿中監擅收蘭臺令史。臻言校事侵官，類皆[4]如[5]此。"《高柔傳》云："太祖置校事盧洪、趙達等，使察群下。柔言達等擅作威福。太祖曰：'要使刺舉而辨衆事，使賢人君子爲之，則不能也。'"其言任人，可云至暢。《常林傳》注："《魏略》云[6]：'沐並爲成皋令，校事劉肇出過縣，遣人呼縣吏，求索棗穀。未具之間，肇入，從人之並閤下，呴呼罵詈。並怒，躧履提刀而出，多從吏卒收肇。肇覺，驅[7]走，具以狀聞。有詔：肇爲牧司爪牙吏。收並，欲殺之。'"是黄初中事，其制未革也。）曉上疏曰：

"《周禮》云：'設官分職，以爲民極。'《春秋傳》曰：'天有十日，人有十等。'愚不得臨賢，賤不得臨貴，於是並建聖哲，樹之風聲，明試以功，九載考績，各修厥業，思不出位。故欒書欲拯晉侯，其子不聽；死人横於街路，邴吉不問。上不責非職之功，下不務分外之賞，吏無兼統之勢，民無二事之役，斯誠爲國要道，治亂所由也。遠覽典志，近觀秦漢，雖官名[8]改易，職司不同，至於崇上抑下，顯分明例，其致一也。初無校事之官干與庶政者也。昔武皇帝大業草創，衆官未備，而軍旅勤苦，民心

不安，乃有小罪，不可不察，故置校事，取其一切耳。然檢御有
方，不至縱恣也。此霸世之權宜，非帝王之正典。其後漸蒙見
任，復爲疾病，轉相因仍，莫正其本，遂令上察官廟，下攝衆司，
官無局業，職無分限，隨意任情，唯心所適。法造于筆端，不依
科詔，獄成于門下，不顧覆⑨訊。其選官屬，以謹慎爲粗疏，以
謥詷爲賢能；其治事，以刻暴爲公嚴，以循理爲怯弱。外則託
天威以爲聲勢，內則聚群姦以爲腹心。大臣恥與分勢，含忍而
不言；小人畏其鋒芒，鬱結而無告。至使尹模⑩公於目下肆其
姦慝，罪惡之著，行路皆知，纖惡之過，積年不聞⑪。既非《周
禮》設官之意，又非《春秋》十等之義也。今外有公卿將校總統
諸署，內有侍中尚書綜理萬機，司隸校尉督察京輦，御史中丞
董攝宮殿，皆高選賢才以充其職，申明科詔以督其違。若此諸
賢猶不足任，校事小吏，益不可信；若此諸賢各思盡忠，校事區
區，亦復無益。若更高選國士以爲校事，則是中丞司隸重增一
官耳。若如舊選，尹模⑫之奸今復發矣。進退推算，無所用
之。昔桑弘羊爲漢求利，卜式以爲獨烹弘羊，天乃可雨。若使
政治得失必感天地，臣恐水旱之災，未必非校事之由也。曹恭
公遠君子、近小人，《國風》託以爲刺；衛獻公舍大臣與小臣謀，
定姜謂之有罪。縱令校事有益於國，以禮義言之，尚傷大臣之
心。況姦回暴露，而復不罷，是袞闕不補，迷而不反也。"

　　於是遂罷校事官。(裴注引曉別傳云⑬："曉大著文章，多亡失，
今之存者不能十分之一。"案：如此言，則本文士，故其文峻利允當若
是矣。)

司馬芝之議貨錢　　黄注引《司馬芝傳》，今傳無其文，蓋妄引

也。《晉書·食貨志》云：魏文帝黃初二年，以穀貴，始罷五銖錢⑭，使百姓以穀帛爲市買。至明帝代，錢廢穀用既久，人間巧僞漸多，競濕穀以要利，作薄絹以爲市，雖處以嚴刑，而不能禁也。司馬芝等舉朝大議，以爲用錢非徒豐國，亦所以省刑也，今若更鑄五銖，於事爲便。帝乃更立五銖錢。案：芝議可見者，僅此數言而已。

何曾蠲出女之科　案：曾使程咸上議，非曾自撰。全文如左：（見《晉書·刑法志》。）

　　夫司寇作典，建三等之制；甫侯修刑，通輕重之法。叔世多變，秦立重辟，漢又修之。大魏承秦漢之弊，未及革制，所以追戮已出之女，誠欲殄醜類之族也。然則法貴得中，刑慎過制。臣以爲女人⑮有三從之義，無自專之道。出適他族，還喪父母，降其服紀，所以明外成之節，異在室之恩。而父母有罪，追刑已出之女；夫黨見誅，又有隨姓之戮。一人之身，内外受辟。今女既嫁，則爲異姓之妻，如或産育，則爲他族之母，此爲元惡之所忽，戮無辜之所重，於防則不足懲姦亂之源，於情則傷孝子之心。男不得罪于他族，而女獨嬰戮于二門，非所以哀矜女弱，蠲明法制之本分也。臣以爲在室之女，從父母之誅；既醮之婦，從夫家之罰。宜改舊科，以爲永制。

秦秀定賈充之謚　見《晉書·秦秀傳》。

　　充位冠群后，惟民之望，舍宗族弗授⑯，而以異姓爲後，悖禮溺情，以亂大倫。昔鄫養外孫莒公子爲後，《春秋》書"莒人滅鄫"。聖人豈不知外孫親邪？但以義推之，則無父子耳。又案詔書，"自非功如太宰，始封無後如太宰，所取必已自出如太宰，不得以爲比"。然則以外孫爲後，自非元功顯德，不之得也。天子之禮，蓋可然乎？絕父祖之血食，開朝廷之禍門。案《諡法》，"昏亂紀度曰荒"，請諡荒公。

秀又有何曾諡議，尤鋭利，文繁不備録。

應劭爲首　《後漢書·劭傳》載有《駁韓卓募兵鮮卑議》及《追駁尚書陳忠活尹次史玉議》二首。

傅咸爲宗　《晉書·禮志》載有咸議二社表，及駁成粲議太社，又本傳載咸爲司隸校尉，劾王戎，御史中丞解結以咸爲違典制，越局侵官。咸上書自辨，其辭甚繁。李充《翰林論》曰：(嚴輯。)"世以傅長虞每奏駁事，爲邦之司直矣。"

陸機斷議　案：此謂士衡議《晉書》限斷也。李充《翰林論》曰：在朝辨政而議奏書[17]，宜以遠大爲本。陸機議晉斷，亦名其美矣。諛辭正謂詔諛之辭。紀云諛當作腴，未知何據。陸文已闕，《全晉文》(九十七。)録其數語：

三祖實終爲臣，故書爲臣之事，不可不如傳，此實録之謂也。而名同帝王，故自帝王之籍，不可以不稱紀，則追王之義。

郊祀必洞于禮四句　論議之文，無一可以陵虚搆[18]造，必先習其事，明其委曲，然後可以建言。虚張議論，而無當于理，此乃對策八面鏟[19]之技，非獨不能與於文章之數，亦言政者所憎棄[20]也。彥和此四語，真扼要之言。

晁錯仲舒公孫杜欽　各見《漢書》本傳。

及後漢魯丕，辭氣質素　袁宏《後漢紀》十六載丕舉賢良方正，對策文如左：

> 政莫先于從民之所欲，除民之所惡，先教後刑，先近後遠。君爲陽，臣爲陰；君子爲陽，小人爲陰；京師爲陽，諸夏爲陰；男爲陽，女爲陰；樂和爲陽，憂苦爲陰。各得其所，則調和。精誠之所發，無不感浹。吏多不良，在於賤德而貴功欲速，莫能修長久之道。古者貢士，得其人者有慶，不得其人者有讓。是以舉者務力行。選舉不實，咎在刺史、二千石。《書》曰："天工，人其代之。"觀人之道，幼則觀其孝順而好學，長則觀其慈愛而能教。設難以觀其謀，煩事以觀其治。窮則觀其所守，達則觀其所施，此所以核之也。民多貧困者急，急則致寒，寒則萬物多不成，去本就末，奢所致也。制度明則民用足。刑罰不中，則于名不正。正名之道，所以明上下之稱，班爵號之制，定卿大夫之位也㉑。獄訟不息，在爭奪之心不絕。法者，民之儀表也，法正則民愨。吏民凋弊，所從久矣，不求其本，浸以益甚。吏政多欲速，又州官秩卑而任重，競爲小功，以求進取，生凋弊之俗。救弊莫若忠，故孔子曰："孝慈則忠。"治姦詭之道，必明慎刑罰。孔子曰："導之以禮樂，而民和睦，説以犯難，民忘其死。"死且忘之，況使爲禮義乎！

斷理必綱　此句與下句一意相足，下云摛詞無懦，則此綱字爲剛字之訛。《檄移》篇贊："三驅弛剛。"彼文本作綱，訛爲綱，又訛爲剛，此則剛反訨網矣。

校勘記

① 官，原作"宧"，據《叢刊》本、川大本、中華本、文史哲本、《癸巳存稿》改。

② 候官，原作"侯宧"，《叢刊》本、川大本、文史哲本作"侯官"。據中華本、《癸巳存稿》改。

③ 廠，據《叢刊》本、川大本、中華本、文史哲本、《癸巳存稿》補。

④ 皆，據《叢刊》本、川大本、中華本、文史哲本、《癸巳存稿》補。

⑤ 如，原作"爲"，據《叢刊》本、川大本、中華本、文史哲本、《癸巳存稿》改。

⑥ 云，據《叢刊》本、川大本、中華本、文史哲本、《癸巳存稿》補。

⑦ 驅，原作"馳"，《叢刊》本、川大本、文史哲本同。據中華本、《癸巳存稿》改。

⑧ 名，《三國志·魏書》同。《叢刊》本、川大本、中華本、文史哲本作"民"。

⑨ 覆，原作"復"，《叢刊》本、川大本、中華本、文史哲本同。據《三國志·魏書》改。

⑩ 模，原作"摸"，《叢刊》本、川大本、中華本、文史哲本同。據《三國志·魏書》改。

⑪ 聞，原作"問"，據《叢刊》本、川大本、中華本、文史哲本、《三國志·魏書》改。

⑫ 模，原作"摸"，《叢刊》本、川大本、中華本、文史哲本同。據《三國志·魏書》改。

⑬ 云，《叢刊》本、川大本、中華本、文史哲本作"曰"。

⑭ 以穀貴，始罷五銖錢，原作"罷五銖錢"，據《叢刊》本、川大本、中華本、文史哲本、《晉書·食貨志》補。

⑮ 女人，據《叢刊》本、川大本、中華本、文史哲本、《晉書·刑法志》補。

⑯ 充位冠群后，惟民之望，舍宗族弗授，《太平御覽·禮儀部》同。《叢刊》本、川大本、中華本、文史哲本、《晉書·刑法志》作"充舍宗族弗授"。

⑰ 書，《叢刊》本、川大本、中華本、文史哲本、《全晉文》作"出"。

⑱ 搆,《叢刊》本、川大本、中華本、文史哲本作"構"。

⑲ 鏠,《叢刊》本、川大本、中華本、文史哲本作"鋒"。

⑳ 棄,原作"弃",《叢刊》本、川大本同。據中華本、文史哲本改。

㉑ 也,據中華本、《後漢紀》補。

書記第二十五

聖賢言辭,總謂之書,書之爲體,主言者也　案:箸之竹帛謂之書,故《説文》曰:"箸也。"(《聿部》。)傳其言語謂之書,故《説文》曰:"如也。"(《序》。)是則古代之文,一皆稱之曰書。故外史稱三皇五帝之書;又小史以書敍昭穆之俎簋。又小行人及其萬民之利害爲一書;其禮俗、政事、教治、刑禁之逆順爲一書;其悖逆、暴亂、作慝、猶(與欲同。)犯順者爲一書;其札喪、凶荒、厄貧爲一書;其康樂、和親、安平爲一書。據此諸文,知古代凡箸簡策者,皆書之類。又"記者,疏也。"(《説文·言部》。)"疋,記也。"(《説文·疋部》。)知記之名,亦緣有文字箸之竹帛,不限於告人。故書記之科,所包至廣。彦和謂"書記廣大,衣被事體,筆札雜名,古今多品",是真能悉文章之原者。紀氏乃欲删其繁文,是則有意狹小文辭之封域,烏足與知舍人之妙誼哉?

文翰頗疏　古者使受辭命而行,且簡牘繁累,故用書者少。其見於傳,與人書最先,實爲鄭子家。

繞朝贈士會以策　此用服義也。《左傳·文十三年》《正義》曰:服虔云:"繞朝以策書贈士會。"若杜注則云:"策,馬撾,臨別授之馬撾,並示己①所察以示情。"《正義》曰:"杜不然者,壽餘請訖,士會即行,不暇書策爲辭;且事既密,不宜以簡贈人。《傳》稱'以書相與',皆云'與書',此獨不宜云贈之以策,知是馬撾。"據此,解作鞭②策正是杜義。而紀氏乃云杜氏誤解爲書策，毋亦勞於攻杜，而逸於檢書乎！

子家與趙宣以③書　見《左傳·文十七年》。

巫臣之遺子反　見《左傳·成七年》。

子産之諫范宣　見《左傳·襄二十四年》。

辭若對面　觀此益知書所以代言語矣。

七國獻書　今可見者，若樂毅《報燕惠王書》、魯連《遺燕將書》、荀卿《與春申君書》、李斯《諫逐客書》、張儀《與楚相書》，皆是也。

漢來筆札　札與牘同，東方朔上書用三千牘，是漢時用素④時少，用木時多。又後稱尺牘，漢稱短書。古詩"袖中有短書，願寄雙飛燕"是也。

史遷之報任安　見《漢書·司馬遷傳》及《文選》。

東方朔之難公孫　李詳云：《御覽》四百六引東方朔《與公孫弘書》：

　　蓋聞爵祿不相貴⑤以禮，同類之游，不以遠近爲是。故東門先生居蓬户空穴之中，而魏公子一朝以百騎日寵⑥之；吕望與文王未嘗同席而坐⑦，一朝讓以天下半。夫丈夫相知，何必以撫塵而游，垂髮齊年，偃伏以日數哉。

玩其辭氣，似與公孫弘不協，疑即此書矣。

楊惲之酬會宗　見《漢書·楊惲傳》及《文選》。

子雲之答劉歆　歆書及子雲答書並見《方言》卷首，兹録於左：

劉子駿與楊子雲書⑧

歆叩頭。昨受詔，宓（當爲案。）五官郎中田儀與官婢陳徵、駱驛等私通，盜刷越巾事，即其夕竟歸府。詔問三代、周、秦軒車使者，遒人使者，以歲八月巡路，求代語、僮謠、謌戲，欲頗得其最目。因從事郝隆求之有日，篇中但有其目，無見文者。歆先君數爲孝成皇帝言：當使諸儒共集訓詁，《爾雅》所及，五經所詁不合《爾雅》者，詁籀爲病；及諸經氏（誤字。）之屬，皆無證驗，博士至以窮世之博學者。偶有所見，非徒無主而生是也。會成帝未以爲意，先君又不能獨集。至於歆身，修軌不暇，何偟更創。屬聞子雲獨采集先代絕言、異國殊語，以爲十五卷，其所解略多矣，而不知其目。非子雲澹雅之才，沉鬱之思，不能積⑨年銳精，以成此書，良爲勤矣。歆雖不遘（當爲逮。）過庭，亦克識先君雅訓，三代之書，蘊藏於家，直不計耳。今聞此，甚爲子雲嘉之已。今聖朝留心典誥，發精於殊語，欲以驗考四方之事，不勞戎馬高車之使，坐知偁俗，適子雲攘意之秋也。不以是時發倉廩以振贍，殊無爲明，將何獨挈之寶⑩？上以忠信明於上，下以置恩於罷朽，所謂知蓄積、善布施也。蓋蕭何造律，張倉推歷，皆成之於帷幕，貢之於王門，功列於漢室，名流乎無窮。誠以隆秋之時，收藏不殆，（當爲怠。）饑春之歲，散之不疑，故至於此也⑪。今謹使密人奉手書，願頗與其最目，得使⑫入錄，令聖朝留明明之典。歆叩頭叩頭。

楊子雲答劉子駿⑬書

雄叩頭。賜書⑭謹至，又告以田儀事。事窮竟白，案顯出，甚厚甚厚。田儀與雄同鄉里，幼稚爲鄰，長艾相更，視覭動精采,似不爲非者,故舉至日⑮,雄之任也。不意淫迹暴於官朝,令舉者懷赧而低眉,任者含聲而宛⑯舌。知人之德,堯猶病諸,雄何慚焉! 叩頭叩頭。又敕以《殊言》十五卷,君何由知之? 謹歸誠底裹,不敢違信。雄少不師章句,亦於五經之訓所不解。嘗聞先代輶軒之使,奏籍之書,皆藏於周秦之室。及其破也,遺棄無見之者。獨蜀人有嚴君平、臨邛林閭翁孺者,深好訓詁,猶見輶軒之使所奏言。翁孺與雄外家牽連之親,又君平過誤,有以私遇,少而與雄也。君平財有千言耳。翁孺梗概之法略有。翁孺往數歲死,婦蜀郡掌氏子,無子而去。而雄始能草文,先作《縣邸銘》《玉佴(當爲王爾。)頌》《階闥銘》及《成都城四隅銘》。蜀人有楊莊者,爲郎,誦之於成帝。成帝好之,以爲似相如,雄遂以此得外見。(《文選·甘泉賦》注無外字。)此數者,皆都水君常見也,故不復奏。雄爲郎之歲,自奏少不得學,而心好沈博絕麗之文,願不受三歲之奉,且休脱直事之縣,得肆心廣意以自克就。有詔可不奪奉,令尚書賜筆墨錢六萬,得觀書於石室。如是後一歲,作《繡補》《靈節》《龍骨》之銘詩三章。成帝好之,遂得盡意。故天下上計孝廉及内郡衛卒會者,雄常把三寸弱翰,齎油素四尺,以問其異語;歸即以鉛摘次之於槧,二十七歲於今矣。而語言或交錯相反,方覆論思,詳悉集之,燕其疑。張伯松不好雄賦頌之文,然亦有以奇之。常爲雄道言其父及其先君(竦祖敞⑰也。)憙典訓,屬雄以此篇目頗示其成者。伯松曰:"是縣諸日月不刊之書也。"又言恐雄爲《太玄經》,曰⑱鼠坻之與牛場也;如其用,則實五稼飽邦民;否則,爲牴糞,棄之於道矣。而雄般(當爲服。)之。伯松與雄獨何德慧,(惠同。)而君與雄獨何譖愬,而當匿乎哉! 其不勞戎馬高車，令人君坐幃幕之中，知絕退異俗之語，典流於後⑲嗣，言列於漢籍，誠雄心所絕極，至精之所想邁也。扶（當爲夫。）聖朝遠照之明，使君寀此。如君之意，誠雄散之之會也⑳。死之日，則今之榮也。不敢有貳，不敢有愛。少而不以行立於鄉里，長而不以功顯於縣官，著訓於帝籍，但言詞博覽，翰墨爲事，誠欲崇而就之，不可以遺，不可以怠。即君必欲脅之以威，陵之以武，欲令入之於此，此又未定，未可以見，令君又終之，則緪死以從命也。而（如也。）可且寬假延期，必不敢有愛。雄之所爲，得使君輔貢於明朝，則雄無恨㉑，何敢有匿。唯執事圖之。長監於規繡之，就死以爲小㉒，雄敢行之。謹因還使，雄叩頭叩頭。

案：子雲所以不與歆書者，以其書未成，且又無副本，子駿索之甚急，不得不以死自誓也。古人自惜其學術如此㉓，不似今人苟自衒價也。

杼軸乎尺素　李詳云：語本《文賦》。

崔瑗尤善　《全後漢文》四十五載其《與葛元甫（龔。）書》佚文，餘無所考。

元瑜文舉休璉　《文選》並載其書牘。

嵇康絕交㉔　見《文選》。

趙至敘離　見《文選》。

陳遵襜翰　書辭並無考。

詳總書體，本在盡言　此數語與"書之爲體，主言者也"相應。條暢任气，優柔懌懷，書之妙盡之矣。自晉而降，邱遲《與陳伯之書》、徐孝穆《在北與楊僕射求還書》，皆其選也。

張敞奏書于膠后 見《漢書·張敞傳》。

公府奏記而郡將奏箋 案：箋之與記，隨事立名，義非有別。觀《文選》所載阮嗣宗《奏記詣蔣公》，誠爲公府所施；而任彥升《到大司馬記室箋》，則亦公府也。故知漢來二體非甚分晰㉕也。

崔實奏記于公府 今無所考。公府蓋謂梁冀，實嘗爲大將軍冀司馬也。《後漢書》本傳云："所箸碑、論、箴、銘、答、七言、祠㉖、文、表、記、書凡十五篇。"是子真之文有記。

黃香奏牋于江夏 無考。但本傳敘其所著有牋。

公幹牋記 李詳云：《魏志·邢顒傳》載楨《諫曹植書》。又《王粲傳》注引《典略》楨《答魏文帝書》，此皆彥和所言麗而規益者。《典論·論文》但以琳、瑀書記爲雋，而云公幹莊而不密，是不重楨之爲文，故言弗論。黃注未悉。案：《全後漢文》六十五尚輯有楨《與曹植書》，又一首，茲並錄于左：

與曹植書

明使君始垂哀憐，意眷日崇。譬之疾病，乃使炎、農分藥，岐伯下鍼，疾雖未除，就沒無恨。何者？以其天醫至神，而營魄自盡也。

蕭以素秋則落。

諫曹植書

家丞邢顒，北土之彥。少秉高節，玄靜澹泊，言少理多，真雅士也。楨誠不足同貫斯人，並列左右。而楨禮遇殊特，顒反疏簡。私懼觀者將謂君侯習近不肖，禮賢不足，采庶子之春華，忘家丞之秋實。爲上招謗，其罪不小，以此反側。

答魏太子丕借廓落帶書

　　楨聞荆山之璞，曜元后之寶；隨侯之珠，燭衆士之好；南垠之金，登窈窕之首；貂貚㉗《御覽》作韠貂。㉘之尾，綴侍臣之幘。此四寶者，伏朽石之下，潛污泥之中，而揚光千載之上，發采㉙疇昔之外，亦皆未能初自接于至尊也。夫尊者所服，卑者所修也；貴者所御，賤者所先也。故夏屋初成，而大匠先立其下；嘉禾始孰㉚，而農夫先嘗其粒。恨楨所帶，無他妙飾，若實殊異，尚可納也。

　　《典略》曰：文帝常賜楨廓落帶，其後師死，欲借取以爲像，因書嘲楨云："夫物因人爲貴，故在賤者之手，不御至尊之側。今雖取之，勿嫌其不反也。"楨答云云。案：公幹之文，正與子桓之言相酬酢，故補錄《典略》之文於此。

劉廙謝恩　　見《魏志·劉廙傳》，文如左：

　　臣罪應傾宗，旣㉛應覆族。遭乾坤之靈，值時來之運，揚湯止沸，使不燋㉜爛。起煙於寒灰之上，生華於已枯之木。物不答施於天地，子不謝生於父母。可以死效，難用筆陳。

　　案：劉廙文，《魏志》目之爲疏。

陸機自理　　黃注以《謝平原內史表》當之。案：表文有云："崎嶇自列，片言隻字，不關其間，事蹤筆迹，皆可推校，而一朝翻然，更以爲罪。"是士衡本先有自理之文。檢《全晉文》九十七載有《與吳王表》佚文二條，則真自理之詞也。文如左㉝：

臣以職在中書，詔命所出。臣本以筆札見知。

禪文本草，見在中書，一字一迹，自可分別。

第二條與《謝表》所舉"崎嶇^㉞自列"之辭相應。

蓋牋記之分也 謂敬而不懾，所以殊于表；簡而無傲，所以殊于書。

牋 《藝文志》雜家有解子牋書。

制 《史記·封禪書》《索隱》引劉向《七録》云："文帝所造書有《本制》《兵制》《服制》篇。"

列 案：陸機文有自列之言。又任彦升《奏彈劉整》云："輒攝整亡父舊使到臺辨問，列稱云云。"沈休文《奏彈王源》云："輒攝媒人劉嗣之到臺辯問，嗣之列稱云云。"是列與辭同，即今世讞獄之供招也。

飛伏 《晉·天文志》自下而上曰飛。案：伏者，匿不見也。

末代從省，易以書翰矣 案：南朝稱被臺符、被尚書符。其時已用紙，今則稱爲票。符之與票，非奉音轉。

王褒髯奴 即《僮約》，見《全漢文》四十二。《古文苑》有章樵注，訛字亦衆，今校定如左，文爲俳諧之作，非當時果有此約契也。

王子淵《僮約》

蜀郡王子淵以事到湔，止寡婦楊惠舍。惠有夫時奴名便了，子淵倩奴行酤酒，便了拽大杖上夫冢^㉟顛^㊱，曰："大夫買便了時，但要守冢^㊲，不要爲他人男子酤酒。"子淵大怒，曰："奴寧欲賣耶？"惠曰："奴大忓人，人無欲者。"子淵即決買券云云。奴復曰："欲使皆上券，不上券，便了不能爲也。"子淵曰：

"諾。"券文曰：

神爵元[38]年正月十五日，資中男子王子淵從成都安志里女子楊惠買亡夫時户下髯奴便了，決賈萬五千。奴當從百役使，（句。）不得有二言。晨起早掃，食了洗滌（掃、滌爲韻。）。居當穿臼縛篲，截竿鑿斗。浚渠縛落，鉏園斫陌。杜陂地，（句。）刻大枷，屈竹作杷，削治鹿盧。出入不得騎馬載車，踑（其同。）坐大呶。下床振頭，捶鉤刈芻，結葦躐纑。（孟子曰："妻辟纑。"）汲水絡，（句。）佐酤釀。織履作粗，黏雀張烏。結網捕魚，繳雁彈鳧。登山射鹿，入水捕龜。（與魚部字爲均，今吳音猶然矣。）後園縱養雁鶩百餘，驅逐鴟鳥，持稍[39]牧豬。種薑養芋，長育豚駒。糞除堂廡，餧食（讀爲飼）[40]馬牛。鼓四起坐，（句。）夜半益芻。二月春分，被堤杜疆，落桑皮椶。（謂取椶皮也[41]。）種瓜作瓠，別落（當爲茗。）披葱。（椶、葱爲韻。）焚槎發芋，壠集破封。日中早饙，雞鳴起春。調治馬户，兼落三重。舍中有客，提壺行酤，汲水作餔[42]。（餔、酤爲韻。）滌杯整案，園中拔蒜，斷蘇切脯。築肉臛芋，膾魚炰鼈，烹茶盡具。（據此知漢時已飲茶。）已而蓋藏，關門塞竇。餧豬縱犬，勿與鄰里爭鬭。奴但當飯豆飲水，（句。）不得嗜酒。欲飲美酒，唯得染唇漬[43]口，不得傾盂[44]覆斗。不得晨[45]出夜入，交關伴[46]偶。舍後有樹，當裁作船。上至江州下至湔，（句。）主爲府掾求用錢。推訪聖，（訪當爲紡之訛。）販椶索。（聖、索爲均。）縣亭買席，往來都洛。（洛當爲落，謂村落也。）當爲婦女求脂澤，販于小市，歸都擔枲，轉出旁蹉。牽犬販鵝，武都買茶[47]。（即茶也。）楊氏擔荷，往市聚，（句。）慎護奸偷。（聚、偷爲均。）入市不得夷蹲旁卧，惡言醜罵。（卧、罵爲韻。）多作刀矛，持入益州，貨易羊牛。奴自教精慧，不得痴愚。

（矛、州、牛、愚爲韻。）持斧入山，斷輮裁轅。若有餘殘，（句。）當作
俎几木屐及犬彘盤。（句。）焚薪作炭，壘石薄岸。治舍蓋屋，削
書代牘。日暮欲歸，當送乾柴兩三束。（句。）四月當披，九月當
穫。十月收豆，穮（即櫟字也。）麥窖芋。南安拾栗采橘，持車載
轅。（穫、芋、轅爲韻。）多取蒲苧，益作繩索。雨隋 ⁴⁸ 無所爲，當
編蔣織簿。（當作薄 ⁴⁹。）種植桃李，梨柿柘桑，三丈一樹，八尺
爲行。果類相從，縱橫相當。果熟收斂，不得吮嘗。犬吠當
起，驚告鄰里。桹門柱戶，上樓擊鼓。荷盾曳矛，還（讀爲環。）
落三周。勤心疾作，不得敖游。奴老力索，種莞織席。事訖休
息，當舂一石。夜半無事，浣衣當白。若有私錢，主給賓客。
奴不得有奸私，（句。）事事當關白。奴不聽教，當笞一百。（索、
席、石、白、客、白、百爲韻。）

　　讀券文適 ⁵⁰ 訖，詞窮咋索。仡仡 ⁵¹ 叩頭，兩手自搏。目淚
下落，鼻涕長一尺。"審如王大夫言，不如早歸黃土陌，丘蚓鑽
額。早知當爾，（句。）爲王大夫酤酒，真不敢作惡。"（索、搏、落、
尺、陌、額、惡爲韻。）

籤　籤之名蓋起於魏。魏文帝爲諸王置典籤，猶中朝之有尚
書爾。

弔亦稱諺　案：弔唁之唁，與諺語之諺異字。《説文》："唁，弔
生也。""諺，傳言也。"音近相假，彥和乃合爲一矣。

囊滿儲中　滿當依汪本作漏。儲，今《賈子》作貯，作儲者當爲
褚，本字當爲𥫱。《説文》曰："𥫱也，所以盛米也。""𥫱，載米𥫱也"。
（𥫱，陟倫切。）《莊子》曰："褚小不可以懷大"，即此𥫱字。囊漏𥫱中
者，遺小而存大也。作貯者亦借字。

　　掌珠　掌珠不見潘文。（傅玄《短歌行》：“昔君視我，如掌中珠。”蓋當世常諺矣。）或全任質素，或雜用綺麗㊿。觀此言，故知文質無常，視其體所宜耳。

　　既馳金相，亦運木訥　上句謂宜文者，下句謂宜質者。

校勘記

① 己，原作“已”，據中華本、文史哲本、《左傳正義》改。

② 鞭，《叢刊》本、川大本、中華本、文史哲本作“馬”。

③ 以，《叢刊》本、川大本、中華本、文史哲本作“子”。《文心雕龍·書記》作“以”。

④ 素，《叢刊》本、川大本、文史哲本作“書”，中華本作“紙”。

⑤ 貴，《叢刊》本、川大本、文史哲本、《太平御覽》同。中華本作“弘”。

⑥ 日寵，《叢刊》本、川大本、《太平御覽》同。中華本作“日造”，文史哲本作“尊寵”。

⑦ 呂望與文王未嘗同席而坐，《叢刊》本、川大本作“呂望與文王嘗同席而坐”，中華本、文史哲本、《太平御覽》作“呂望未嘗與文王同席而坐”。

⑧ 劉子駿與揚子雲書，《叢刊》本、川大本、中華本、文史哲本作“劉子駿與揚雄書從取《方言》”。

⑨ 積，《叢刊》本、川大本、中華本、文史哲本、《方言校箋》作“經”。

⑩ 不以是時發倉廩以振贍，殊無爲明，將何獨挈之寶。《叢刊》本作“不以是時發倉廩以振贍殊無，爲明語將何獨挈之寶”。中華本作“不以是時發倉廩以振贍，殊無爲明語。將何獨挈之寶”。文史哲本作“不以是時發倉廩以振贍，殊無爲明。將何（將，持也。何即負荷字。）獨挈之寶”。《方言校箋》作“不以是時發倉廩以振贍，殊無爲明，語將何獨挈之寶”。

⑪ 也，據《叢刊》本、川大本、中華本、文史哲本、《方言校箋》補。

⑫ 得使，中華本同。《叢刊》本、川大本、文史哲本、《方言校箋》作“使得”。

⑬ 劉子駿,《叢刊》本、川大本、中華本、文史哲本作"劉歆"。

⑭ 書,《叢刊》本、川大本、中華本、文史哲本、《方言校箋》作"命"。

⑮ 曰,文史哲本、《方言校箋》同。《叢刊》本、川大本、中華本作"之"。

⑯ 宛,《方言校箋》同。《叢刊》本、川大本、中華本、文史哲本作"宛"。

⑰ 敞,原作"廠",據《叢刊》本、川大本、中華本、文史哲本、《漢書·張敞傳》改。

⑱ 由,原作"曰",手批改作"曰"。《叢刊》本、川大本、中華本、文史哲本、《方言校箋》作"由"。

⑲ 後,原作"昆",手批改作"後"。《叢刊》本、川大本、中華本、文史哲本、《方言校箋》作"昆"。

⑳ 也,據《叢刊》本、川大本、中華本、文史哲本、《方言校箋》補。

㉑ 恨,《方言校箋》同。《叢刊》本、川大本、中華本、文史哲本作"憾"。

㉒ 長監於規繡之,就死以爲小,《叢刊》本、中華本、文史哲本作"長監於規繡之就,死以爲小",從《方言校箋》句讀。

㉓ 古人自惜其學術如此,文史哲本同。《叢刊》本、川大本、中華本作"古人自視其學問如此"。

㉔ 交,文史哲本同。《叢刊》本、川大本、中華本作"友",《文心雕龍·書記》作"交"。

㉕ 晰,《叢刊》本、川大本、中華本、文史哲本作"析"。

㉖ 祠,《叢刊》本、川大本、《後漢書·崔寔傳》同。中華本、文史哲本作"詞"。

㉗ 貚,中華本、文史哲本同。《叢刊》本、川大本作"貚"。

㉘ 《御覽》作顊貌,據《叢刊》本、川大本、中華本補,文史哲本作"《御覽》作貚貌"。校案:《御覽》六八八作"貌顊",六八七作"貌蟬",六九六作"顊貙"。

㉙ 采,《叢刊》本、川大本、中華本、文史哲本、《全後漢文》作"彩"。

㉚ 孰,《叢刊》本、川大本、中華本、文史哲本、《全後漢文》作"熟"。

㉛ 旤,《叢刊》本、川大本、中華本、文史哲本、《三國志·魏書·劉廙傳》作"禍"。

㉜ 燋,《三國志・魏書・劉廙傳》同。《叢刊》本、川大本、中華本、文史哲本作“焦”。

㉝ 左,《叢刊》本、川大本、文史哲本同。中華本作“下”。

㉞ 崎嶇,原作“畸嶇”,《叢刊》本、中華本作“踦躯”。依前文,據川大本、文史哲本改。

㉟ 冢,據《叢刊》本、川大本、中華本、文史哲本、《全漢文》補。

㊱ 顛,《叢刊》本、川大本、中華本、文史哲本作“巔”,《全漢文》作“嶺”。

㊲ 家,文史哲本、《全漢文》同。《叢刊》本、川大本、中華本作“冢”。

㊳ 元,《叢刊》本、川大本、中華本、文史哲本、《全漢文》作“三”。

㊴ 稍,《叢刊》本、川大本、中華本、文史哲本、《全漢文》作“梢”。

㊵ 讀爲飼,原在“餧”下,據《叢刊》本、川大本、中華本、文史哲本改。

㊶ 謂取椶皮也,《叢刊》本、中華本、文史哲本作“謂取椶木皮也”,川大本作“謂取椶及木也”。

㊷ 餔,原作“醂”,據《叢刊》本、川大本、中華本、文史哲本、《全漢文》改。

㊸ 漬,原作“瀆”,據《叢刊》本、川大本、中華本、文史哲本、《全漢文》改。

㊹ 盂,據《叢刊》本、川大本、中華本、文史哲本、《全漢文》補。

㊺ 晨,文史哲本同。《叢刊》本、川大本、中華本、《全漢文》作“辰”。

㊻ 伴,文史哲本同。《叢刊》本、川大本、中華本作“併”,《全漢文》作“侔”。

㊼ 荼,《叢刊》本、川大本同。中華本、文史哲本、《全漢文》作“荼”。

㊽ 隋,《叢刊》本、川大本、中華本、文史哲本、《全漢文》作“墮”。

㊾ 薄,《叢刊》本、川大本、中華本、文史哲本作“箔”。

㊿ 適,原作“通”,《叢刊》本、川大本同。據中華本、文史哲本、《全漢文》改。

(51) 仡仡,原作“泣泣”,據《叢刊》本、川大本、中華本、文史哲本、《全漢文》改。

(52) 麗,據《叢刊》本、川大本、中華本、文史哲本補。

神思第二十六

　　神思〔1〕　　自此至《總術》及《物色》篇,析論爲文之術,《時序》及《才略》已下三篇,綜論循省前文之方。比于上篇,一則爲提挈綱維之言,一則爲辨章衆體之論。詮解上篇,惟在探①明徵證,摧②舉規繩而已,至于下篇以下,選辭簡練而孕③理閎深,若非反覆疏通,廣爲引喻,誠恐精義等於常理,長義屈于短詞;故不避駢枝,爲之鋪辭④,如有獻替,必細加思慮,不敢以瓶蠡之見,輕量古賢也。

　　文之思也,其神遠矣　　此言思心之用,不限于身觀,("身觀"二字出《墨子·經說》。)或感物而造耑⑤,或憑心而構象,無有幽深遠近,皆思理之所行也。尋心智之象,約有二耑⑥:一則緣此知彼,有斟量之能;一則即異求同,有綜合之用。由此二方,以馭萬理,學術之原,既⑦從此出,文章之富,亦職兹之由矣。

　　神與物游　　此言内心與外境相得⑧也。内心與外境,非能一往相符會⑨,當其窒塞,則耳目之近,神有不周;及其怡懌,斯⑩八極之外,理無不浹。然則以心求境,境足以擾⑪心;取境赴心,心難于照境。必令心境相得,見相交融,斯則成連所以移情,庖丁所以滿志也。

　　陶鈞文思,貴在虛靜　　此與《養氣》篇參看⑫。《莊子》之言曰:

"惟道集虚。"《老子》之言曰："三十幅共一轂,當其無,有車之用。"爾則宰有者無,制實者虚,物之常理也。文章之事,形態蕃變,條理紛紜,如令心無天游,適令萬狀相攘。故爲文之術,首在治心,遲速縱殊,而心未嘗不靜,大小或異,而氣未嘗不虚。執璇璣⑬以運大象,處户牖而得天倪,惟虚與靜之故也。

積學以儲寳 此下四語,其事皆立于神思之先,故曰:"馭文之首術,謀篇之大端。"言于此未嘗致功,即徒思無益,故後文又曰:"秉心養術,無務苦慮,含章司契,不必勞情。"言誠能秉心養術,則思慮不致⑭有困;誠能含章司契,則情志無用徒勞也。紀氏以爲彦和結⑮字未穩,乃明于解下四字,而未嘗⑯細審上四字之過也。

文章之與學術,猶衣裳之與布帛,酒食之與粱禾也。善炊者不能無待于斗粲,善裁者不能無待于匹繿⑰〔1〕,然則爲文獨可無學乎?古之時道術未裂,文章之所載非王官世傳之法,即學子誦習之編也。歌詩之用,雖與文史稍殊,然選之者不能無材知,習之者不可無方術,故曰"登高能賦,可爲大夫"。誦《詩》三百,授之以政。歌詩者本之情性爲多,而尚不能無學,何況推尋倫理、揚推事物之言乎?自六籍散爲九流,學雖不同,文亦異狀。要之,二者未嘗相離。窾〔2〕言以爲文者,其時所無有也。自漢以來,單篇益衆,然大抵樞紐經典,咨諏故實。魏晉以降,玄言方隆,載其心習以斷經義、辨形名,往往思湊單微,超軼前哲。尚考六代文士,幾無無學之人,謝莊工於辭賦而巧製地圖,徐陵善爲文章而草作陳律,此則學有餘裕,宣被文辭之明驗也。後之人或舍學而言文,或因文而爲

〔1〕 眉批:繿,盧甘切,音藍。《類篇》:"褴或(從)糸作繿,衣名。"
〔2〕 眉批:窾,苦管切,音款。空也。《史記》:"實不中其聲者謂之窾。"

學。舍學而言文，則陳意縱高，成文反拙。此猶但讀丹經，不求藥石，空持斤斧，不入山林，蹈虛之弊，既有然矣。因文而爲學，則但資華采，叵〔1〕見條流，此猶集鷸爲冠，雖美而非衷服；屑玉爲飯，雖貴而異常餐，逐末之弊，又如此矣。是故爲文之道，首在積學。論名理者，不能不窺九流之言。推治道者，不能不考史傳之迹〔2〕。辨禮制者，不能不熟於姬公孔父之籍。正文義者，不能不求之《説文》《爾雅》之書。作賦者須多誦而始工，考古者必博見而定論。若乃言當代之制，措時勢之宜，尤非高語文章、坐憑匈肊者所能辦。是故積學能文，可分三等，上焉者，明於本數，係於末度，精粗小大，罔不合宜。次焉者，亦當篤信好學，則古稱師，持以爲文，庶無大咎。至於餖飣瑣屑，捆拾叢殘，于學于文，兩無足道，斯爲下矣⑱。

　　酌理以富才　凡言理者，必審於形名，檢以法式，虛以待物，而不爲成説所拘，博以求通，而不爲偏智所蔽，如此則所求之理，真信可憑，智力之充，由漸而致。不然，膠守腐論，錮其聰明，此乃賊才⑲，非富才之道也。

　　暨乎篇成，半折心始　半折心始者，猶言僅乃得半耳。尋思與文不能相傳⑳，由於思多變狀，文有定形；加以研文常遲，馳思常速，以遲追速，則文歉於意，以常馭變，則思溢於文。陸士衡云："恒患意不稱物，文不逮意。"與彦和之言若重規疊矩矣。

　　張衡左思　案：二文之遲，非盡由思力之緩。蓋敘述都邑，理資實事，故太沖嘗從蜀㉑土問其方俗山川，是則其緩亦半由儲學所

〔1〕　批注：不可也，漢俗字。
〔2〕　眉批：九通，謂《通典》《通志》《文獻通考》《續通典》《續通志》《續文獻通考》《清通典》《清通志》《清文獻通考》。

致也。

淮南崇朝而賦騷　孫君云：“高誘《淮南子序》云：詔使爲《離騷賦》，自旦受詔，日[22]早食已上[23]。”此彥和所本。《漢書》本傳云“作傳”。王逸《楚辭序》云“作章句”。傳及章句，非崇朝所能就，疑高說得之。

駿發之士至**研慮方定**　此言文有遲速，關乎體性，然亦舉其大概而已。世固有爲文常速，忽窘於數行，爲文每遲，偶利於一首，此由機有通滯，亦緣能有短長，機滯者驟難求通，能長者早有所豫，是故遲速之狀，非可以一理齊也。

博而能一　四字最要。不博，則苦其空疏；不一，則憂其凌雜。於此致意，庶思學不致偏廢，而罔殆之患可以免。

杼軸獻功　此言文貴修飾潤色。拙辭孕巧義，修飾則巧義章[24]；庸事萌新意，潤色則新意出。凡言文不加點，文如宿搆者，其刊改之功，已用之平日，練術既熟，斯疵累漸除，非生而惟[25]然者也。

校勘記

① 探，原作“樿”，據北大本、《筆記》本、學社本、川大本、中華本、文史哲本改。

② 推，北大本作“摧”，《筆記》本、學社本、川大本、中華本、文史哲本作“榷”。

③ 孕，北大本、《筆記》本、學社本、川大本、中華本、文史哲本作“含”。

④ 鋪辭，北大本、《筆記》本、學社本、川大本、中華本、文史哲本作“銷解”。

⑤ 尚，北大本、《筆記》本、學社本、川大本、中華本、文史哲本作“端”。

⑥ 尚，《筆記》本、文史哲本同。北大本、學社本、川大本、中華本作“端”。

⑦ 既，北大本、《筆記》本同。學社本、川大本、中華本、文史哲本作“悉”。

⑧ 得，北大本同。《筆記》本、學社本、川大本、中華本、文史哲本作“接”。

⑨ 文史哲本以"會"屬下句。

⑩ 斯,北大本同。《筆記》本、學社本、川大本、中華本、文史哲本作"則"。

⑪ 擾,北大本同。《筆記》本、學社本、川大本、中華本、文史哲本作"役"。

⑫ 此與《養氣》篇參看,據北大本、《筆記》本、學社本、川大本、中華本、文史哲本補。

⑬ 璣,北大本、《筆記》本、學社本、川大本、中華本、文史哲本作"機"。

⑭ 致,原作"至",手批改作"致"。北大本、《筆記》本、學社本、川大本、中華本、文史哲本作"至"。

⑮ 結,北大本、中華本同。《筆記》本、學社本、川大本、文史哲本作"練"。

⑯ 嘗,北大本、《筆記》本、學社本、川大本、中華本、文史哲本作"遑"。

⑰ 纆,原作"繿",手批改作"纆"。

⑱ "文章之與學術"至"斯爲下矣",北大本同。《筆記》本、學社本、川大本、中華本、文史哲本皆無。

⑲ 此乃賊才,北大本、《筆記》本同。學社本、川大本、中華本、文史哲本作"此賊其才"。

⑳ 傳,北大本、《筆記》本同。學社本、川大本、中華本、文史哲本作"傅"。

㉑ 蜀,北大本、《筆記》本同。學社本、川大本、中華本、文史哲本作"文"。

㉒ 日,北大本同。《筆記》本、學社本、川大本、中華本、文史哲本作"至"。

㉓ 校案:高誘《淮南子序》作"孝文皇帝甚重之,诏使爲《离骚赋》,自旦受诏,日早食已。上爱而秘之。"季剛先生誤以"上"屬上句。

㉔ 章,北大本同。《筆記》本作"棄",學社本、川大本、中華本、文史哲作"顯"。

㉕ 惟,北大本、《筆記》本、學社本、川大本、中華本、文史哲本作"能"。

體性第二十七

　　體性　體斥〔1〕文章形狀,性謂人性氣有殊,緣性氣之殊,而所爲之文異狀。然性由天定,亦可以人力補①助之,是故慎於所習。此篇大恉在斯。中間較論前世文士情性,皆細覘其文辭而得之,非同影響之論。紀氏謂不必皆塙②,不悟因文見人,非必視其義理之當否,須綜其意言氣韻而察之也。安仁《閒③居》《秋興》,雖託詞恬淡④,迹其讀史至司馬安廢書而歎,稱他人之已工,恨己事之過拙,躁競之情,露於辭表矣。心聲之語,夫豈失之於此乎?原言語所以宣心,因言觀人之法,雖聖哲無以易。《易》曰:"將叛者其辭〔2〕慚,中心疑者其辭枝,吉人之辭寡,躁人之辭多,誣善之人其辭游,失其守者其辭屈。"是則以言觀人,其來舊矣。惟是人情萬端,文體亦多遷變,拘者或執一文而定人品,則其說⑤又窒碍而不通。其倒植之甚,則謂名德大賢,文宜則傲,神姦巨憝,文宜棄捐,是則劉歆《移讓太常》,必不如茂叔〔3〕《通書》、橫渠兩銘之美,而宋明語録,其可模式等於九流之書也,是豈通論乎?唐人柳冕有言:"以揚、馬之才,則不知教化,以荀、陳之道,則不知文章,以孔門之教評之,皆非君子也。"其說雖過,然猶愈於頌美大儒,謂道高即

---

〔1〕　批注:指也。
〔2〕　眉批:辭,《易》爻辭也。
〔3〕　批注:周。

156

文美者⑥。今謂人之賢否，不關⑦於文之工拙，而因文實可以窺測其性情，雖非若影⑧之附形，響之隨聲，而其大齊不甚相遠，庶幾契中之論，合於彥和因內符外之旨者歟。

才有庸俊四句　才氣本之情性，學習並歸陶染，括而論之，性習而已⑨。

筆區雲譎二語　李詳云：楊雄《甘泉賦》：「於是大廈，雲譎波詭。」孟康曰：「言廈屋變巧，乃爲雲氣水波相譎詭也。」

風趣剛柔，寧或改其氣　風趣即氣⑩，或稱風氣，或稱氣力⑪，或稱體氣，或稱風辭，或稱意氣，皆同一義。氣有清濁，亦有剛柔，誠不可力強而致，爲文者欲練其氣，亦惟於用意裁篇致力而已。《風骨》篇云：「深乎風者，述情必顯。」又云：「思不環周，索莫乏氣，無風之驗。」可知情顯爲風深之符，思周乃氣足之證，彼舍情思而空言文氣者，盪盪如係風捕影⑫，焉⑬可得哉？（《養氣》篇所云乃養神氣以助思理⑭，與此氣殊。）

體式雅鄭，鮮有反其習　體式全由研閱而得，故云「鮮有反其習」。

數窮八體　八體之成，兼因性習〔1〕，不可指若者屬辭理，若者屬風趣也。又彥和之意，八體並陳，文狀不同，而皆能成體，了無輕重之見存於其間。下文云：「雅與奇反，奧與顯殊，繁與約舛，壯與輕乖。」然此處序列⑮，未嘗依其次第，故知途轍雖異，樞機實同，略舉畛封，本無軒輊⑯〔2〕也。

典雅者，鎔式經誥，方軌儒門者也　義歸正直，辭取雅馴，皆入

---

〔1〕　眉批：以一可以通八，皆由習而來。

〔2〕　眉批：輊同輕。

此類。若班固《幽通賦》、劉歆《讓太常博士》之流是也。

遠奧者，馥采典文，經理玄宗者也　理致淵深，辭采敿⑰妙，皆入此類。若賈誼《鵩⑬賦》、李康《運命論》之流是也。

精約者，覈字省句，剖析豪釐者也　斷義務明，練辭務簡，皆入此類。若陸機《文賦》、范曄《後漢書》諸論之流是也。

顯附者，辭直義暢，切理厭心者也　語貴丁寧，義求周浹，皆入此類。若諸葛亮《出師表》、曹冏《六代論》之類是也。

繁縟者，博喻釀采，煒燁枝派者也　辭采紛紜⑲，意義稠複，皆入此類。若枚乘《七發》、劉峻《辨命論》之流是也。

壯麗者，高論宏裁，卓爍異采者也　陳義俊偉，措辭雄瑰，皆入此類。揚雄《河東賦》、班固《典引》之流是也。

新奇者，擯古競今，危側趣詭者也　詞必研新，意必矜創，皆入此類。潘岳《射雉賦》⑳、顏延之《曲水詩序》之流是也。

輕靡者，浮文弱植，縹渺附俗者也　辭須蒨秀，意取優柔㉑，皆入此類。江淹《恨賦》、孔稚圭《北山移文》之流是也。

八體屢遷　此語甚爲明憭。人之爲文，難拘一體，非謂工爲典雅者，遂不能爲新奇，能爲精約者，遂不能爲繁縟。下文云："八體雖殊，會通合數，得其環中，則輻湊相成。"此則撢㉒本之談，通變之術，異夫膠柱鍥舟之見者矣。

功以學成　此句已下至"才氣之大略"句，皆言學習之功，雖可自致，而情性所定，亦有大齊，故廣舉前文以爲證。

賈生俊發　《史記·屈賈列傳》："廷尉乃言賈生年少，頗通諸子百家之書。文帝召以爲博士。是時賈生年二十餘，最爲少，每詔令議下，諸老先生不能言，賈生盡爲之對。"此俊發之徵。

長卿傲誕　《文選》謝惠連《秋懷詩》注引嵇康《高士傳贊》曰：

"長卿慢世，越禮自放；犢鼻[1]居市，不耻其狀；託疾避患，蔑此卿相；乃至仕人㉓，超然莫尚。"此傲誕之徵。

子雲沈寂 《漢書·揚雄傳》曰："默而好深湛之思，清靜無爲，少嗜欲㉔。"此沈寂之徵。

子政簡易㉕ 《漢書·劉向傳》曰："向爲人簡易㉖，無威儀，廉靖樂道，不交接於世俗㉗。"此簡易㉘之徵。

孟堅雅懿 《後漢書·班固傳》曰："及長，遂博貫載籍，九流百家之言，無不窮究。性寬和容衆，不以才能高人。"此雅懿之徵。

平子淹通 《後漢書·張衡傳》曰："通五經，貫六藝，雖才高於世，而無驕尚之情。常從容淡靜，不好交接俗人。"此淹通之徵。

仲宣躁銳 《程器》篇亦曰："仲宣輕脆以躁競。"《魏志·王粲》篇曰："之荆州，依劉表，表以粲貌寢而體弱通倪[2]，不甚重也。"案：此彦和所本。

公幹氣褊 《魏志·王粲》篇注引《先賢行狀》曰："輕官忽禄，不耽世榮。"又引《典略》載楨平視太子夫人甄氏事。謝靈運《擬鄴中集詩序》曰："楨卓犖偏人。"此氣褊之徵。

嗣宗俶儻 《魏志·王粲》篇曰："籍才藻艷逸而倜儻放蕩，行己寡欲，以莊周爲模則。"此俶儻之徵。

叔夜儁俠 《魏志·王粲》篇曰："康[3]文辭壯麗，好言老莊而尚奇任俠。"注引《康別傳》曰："孫登謂康曰：君性烈而才儁。"此儁㉙俠之徵。

安仁輕敏 《晉書·潘岳傳》曰："岳性輕躁，趨世利，與石崇等

---

〔1〕 批注：短脚褲子。
〔2〕 眉批：倪音脱，輕也。
〔3〕 批注：嵇。

諂事賈謐，每候其出，輒望塵而拜。構愍懷文，岳之辭也。"此輕敏
之徵。

士衡矜重　《晉書·陸機傳》曰："機服膺儒術，非禮不動。"此
矜重之徵。

才氣之大略　此語甚明，蓋謂因文觀人，亦但得其大端而已。

才有天資，學慎始習〔1〕　自此以㉚下，言性非可力致，而爲學
則在人。雖才性有偏，可用學習以相補救。如令所習紕繆，亦足以
賊其天性，縱姿淑而無成。貴在省其所短，因其所長，加以陶染之
功，庶成器服之美。若習與性乖，則勤苦而罕效，性爲習誤，則廢
棄㉛而鮮成，性習相資，不宜或異㉜。求其無弊，惟有專練雅文。
神而明之者，因能曲盡變通，謹守典則者，亦可不愆矩矱，此固定習
之正術，性雖異而可共宗者也。

習亦凝真　一作疑。作疑者，是疑讀如比儗之儗，非疑似之疑
也。贊末二句，申言以習補性之旨也㉝。

校勘記

① 補，北大本、《筆記》本同。學社本、川大本、中華本、文史哲本作"輔"。

② 塙，北大本、《筆記》本、學社本、川大本、中華本同。文史哲本作"確"。

③ 閒，北大本、《筆記》本、學社本、川大本、中華本、文史哲本作"閑"。

④ 淡，北大本、《筆記》本、學社本、川大本、中華本、文史哲本作"澹"。

⑤ 説，北大本、中華本同。《筆記》本、學社本、川大本、文史哲本作"語"。

⑥ "唐人柳冕有言"至"謂道高即文美者"，據北大本、《筆記》本、學社本、川大
本、中華本、文史哲本補。

⑦ 關，北大本、《筆記》本同。學社本、川大本、中華本、文史哲本作"係"。

〔1〕　眉批：張華《勵志詩》："如彼梓材，弗勤丹漆，雖勞樸斲，終負素質。"

⑧ 影,北大本、《筆記》本、學社本、川大本、中華本、文史哲本作"景"。

⑨ 性習而已,北大本、《筆記》本、學社本、川大本、中華本、文史哲本作"性習二者而已"。

⑩ 氣,北大本、《筆記》本、學社本、川大本、中華本、文史哲本作"風氣"。

⑪ 氣力,北大本、《筆記》本、學社本、川大本、中華本、文史哲本作"風力"。

⑫ 影,北大本、《筆記》本、學社本、川大本、中華本、文史哲本作"景"。

⑬ 焉,北大本同。《筆記》本作"爲",學社本、川大本、中華本、文史哲本作"烏"。

⑭ 《養氣》篇所云乃養神氣以助思理,北大本、《筆記》本、學社本、川大本、中華本、文史哲本作"《養氣》篇説乃養神氣以助思理"。

⑮ 序列,北大本、《筆記》本同。學社本、川大本、中華本、文史哲本作"文例"。

⑯ 蟄,北大本作"輕",《筆記》本、學社本、川大本、中華本、文史哲本作"輕"。

⑰ 敳,北大本、《筆記》本、學社本、川大本、中華本、文史哲本作"微"。

⑱ 鵬,原作"服",《筆記》本、學社本、川大本同。據中華本、文史哲本改。

⑲ 紽,北大本同。《筆記》本作"枚",學社本、川大本、中華本、文史哲本作"披"。

⑳ 賦,據中華本補。

㉑ 優柔,北大本同。《筆記》本、學社本、川大本、中華本、文史哲本作"柔靡"。

㉒ 撢,北大本、《筆記》本、學社本、川大本、中華本同。文史哲本作"探"。

㉓ 乃至仕人,北大本、《筆記》本、學社本、川大本、文史哲本同。中華本作"乃賦《大人》"。文史哲本有"重規案:據《世説》注,'至仕'當作'賦大'。"

㉔ 清靜無爲,少嗜欲,北大本、《筆記》本同。學社本、川大本作"清靜而爲,少嗜欲",中華本作"清靜亡爲,少嗜欲",文史哲本作"清靜而少嗜欲",《漢書·揚雄傳》作"清靜亡爲,少耆欲"。

㉕ 易,北大本、文史哲本同。學社本、川大本、中華本作"傷"。

㉖ 易,北大本、文史哲本、《漢書·劉向傳》同。《筆記》本、學社本、川大本、中華本作"傷"。

㉗ 不交接於世俗，北大本、《筆記》本、學社本、川大本、文史哲本同。中華本、《漢書・劉向傳》作"不交接世俗"。

㉘ 易，北大本、文史哲本同。《筆記》本、學社本、川大本、中華本作"傷"。

㉙ 俊，《筆記》本、學社本作"任"，北大本、川大本、中華本、文史哲本作"儁"。

㉚ 以，北大本、《筆記》本、學社本、川大本、中華本、文史哲本作"已"。

㉛ 廢棄，北大本、《筆記》本作"勤苦"，學社本、川大本、中華本、文史哲本作"劬勞"。

㉜ 異，北大本、《筆記》本同。學社本、川大本、中華本、文史哲本作"廢"。

㉝ "習亦凝真"至"旨也"，北大本同。《筆記》本、學社本、川大本、中華本、文史哲本皆無。

風骨第二十八

風骨〔1〕 二者皆假於物以爲喻。文之有意，所以宣達思理，綱維全篇，譬之於物，則猶風也。文之有辭，所以攄寫中懷，顯明條貫，譬之於物，則猶骨也。必知風即文意，骨即文辭，然後不蹈空茫①之弊。或者舍辭意而別求風骨，言之愈高，即之愈渺，彥和本意不如此也。紬誦斯篇之辭，其曰"怊悵述情，必始於風，沈吟鋪辭，莫先於骨"者，明風緣情顯，辭緣骨立也。其曰"辭之待②骨，如體之樹骸，情之含風，猶形之包氣"者，明體恃骸以立，形恃氣以生。辭之於文，必如骨之於身，不然則不成爲辭也。意之於文，必若氣之於形，不然則不成爲意也。其曰"結言端直，則文骨成焉，意氣駿爽，則文風清焉"者，明言外無骨，結言之端直者，即文骨也；意外無風，意氣之駿爽者，即文風也。其曰"豐藻克贍，風骨不飛"者，即徒有華辭，不關實義者也。其曰"綴慮裁篇，務盈守氣"者，即謂文以命意爲主也。其曰"練於骨者，析辭必精，深乎風者，述情必顯"者，即謂辭精則文骨成，情顯則文風生也。其云"瘠義肥辭，無骨之徵，思不環周，無氣之徵"者，明治文氣以運思爲要，植文骨以修辭爲要也。其曰"情與氣偕，辭共體並"者，明氣不能自顯，情顯則氣具其中，骨不能獨章，辭章則骨在其中也。綜覽劉氏之論，風骨與意辭，

---

〔1〕 眉批：求風之高必用力於命意，求骨之高必用力于選辭。

初非有二。然則察前文者，欲求其風骨，不能舍意與辭也；自爲文者，欲健其風骨，不能無注意於命意與修辭也。風骨之名，比也；意辭之實，所比也。今舍其實而求其名，則實③令人迷罔而不得所歸宿。太空之雲氣，可以爲棋局乎？病眼之毛輪，可以致千里乎④？彼舍意與辭而別求風骨者，其亦雲氣、毛輪之類也⑤。彦和既明言風骨即辭意，復恐學者失命意修辭之本，而以奇巧爲務也，故更揭示⑥其術曰："鎔鑄經典之範，翔集子史之術⑦，洞曉情變，曲昭文體，然後能孚甲新意，雕畫奇辭。昭體故意新而不亂，曉變故辭奇而不黷。"明命意修辭，皆可⑧法式，合於法式者，以新爲美，不合法式者，以新爲病。推此言之，風藉意顯，骨緣辭章，意顯辭章，皆遵軌轍，非夫弄虛響以爲風，結奇辭以爲骨者矣。大抵舍人論文，皆以循實反本、酌中合古爲貴，全書精⑨意，必與此符。《風骨》篇之語⑩易於凌虛，故首則詮釋其實質，終⑪則指明其徑途，仍令學者不致迷罔，其斯以爲文術之圭臬者乎。

捶字堅而難迻⑫　此修辭合法之效。大抵翦截浮詞之法，宜令篇無盈句，句無贅字，字在句中，必有其用，非苟以足句也；句在篇中，必有其用，非苟以充篇也。然唐以前，文有不工之文⑬，少不工之句；唐以後之文或工矣，而句或不工。此其故，關於文體者有之，關於捶字之術，亦有之也。

結響凝而不滯　此緣意義充足之故，故聲律暢調，凝者不可轉迻。聲律以凝爲貴，猶捶字以堅爲貴也。不滯者，由思理圓周，天機駿利，所以免於滯澀之病也。

潘勗錫魏　此贊其選辭之美。

相如賦仙三句　此贊其命意之高。李云："《漢書·敘傳》述：司馬相如，蔚爲辭宗，賦頌之首。"

魏文稱文以氣爲主至**殆不可勝**　案：文帝所稱氣，皆氣性之氣，此隨人而殊，不可力强者，惟爲文命意，則可以學致。劉氏引此以見文因性氣，發而爲意，往往與氣相符耳。黃氏謂氣是風骨之本，未爲大謬⑭，蓋專以性氣立言也。紀氏駁之，謂氣即風骨，更無本末。今試演⑮其辭曰：風骨即意與辭，氣即風骨，故氣即意與辭，斯不可通矣。

風骨乏采　紀曰：“風骨乏采，是隨筆開合以盡意⑯。”此評是也。骨即指辭，選辭果當，烏⑰有乏采之患乎？

鎔鑄經典之範至**紕繆而成經矣**　此乃研練風骨之正術，必如此而後意真辭雅，雖新非病。紀氏謂：“補此一段，以防縱橫踰法之弊。”非也。

文術多門已下　此言命意選辭，好尚各異，惟有師古酌中，庶無疵咎也。“能研諸慮，何遠之有？”指明風骨之即辭意，欲美其風骨者，惟有致力於修辭命意也。

校勘記

① 茫，北大本、《筆記》本、學社本、川大本、中華本、文史哲本作“虛”。

② 待，中華本、文史哲本同。北大本、《筆記》本、學社本、川大本作“持”。

③ 實，北大本、《筆記》本、學社本、川大本、中華本、文史哲本作“適”。

④ 太空之雲氣，可以爲棋局乎？病眼之毛輪，可以致千里乎？北大本、《筆記》本、學社本、川大本、中華本、文史哲本作“海氣之樓臺，可以踐歷乎？病眼之空花，可以把玩乎？”

⑤ 雲氣、毛輪，北大本、《筆記》本、學社本、川大本、文史哲本作“海氣、空華”，中華本作“海氣、空花”。

⑥ 示，據北大本、《筆記》本、學社本、川大本、中華本、文史哲本補。

⑦ 術，中華本同。北大本、《筆記》本、學社本、川大本、文史哲本作“衢”。

⑧ 可，北大本、《筆記》本、學社本、川大本、中華本、文史哲本作“有”。

⑨ 精，北大本作“情”，《筆記》本、學社本、川大本、中華本、文史哲本作“用”。

⑩ 語，北大本、《筆記》本同。學社本、川大本、中華本、文史哲本作“説”。

⑪ 終，北大本、《筆記》本同。學社本、川大本、中華本、文史哲本作“繼”。

⑫ 迻，北大本、《筆記》本、學社本、川大本、中華本、文史哲本作“移”。

⑬ 然唐以前，文有不工之文，北大本、《筆記》本、學社本、中華本、文史哲本作“然唐以前文，有不工之文”。

⑭ 謬，北大本、《筆記》本、學社本、川大本、中華本、文史哲本作“繆”。

⑮ 演，北大本、《筆記》本同。學社本、川大本、中華本、文史哲本作“釋”。

⑯ 風骨乏采，是隨筆開合以盡意，北大本、《筆記》本、學社本、川大本同。中華本作“風骨乏采，是陪筆開合以盡意”，文史哲本作“風骨乏采是陪筆，開合以盡意”，《紀曉嵐評文心雕龍》作“風骨乏采是陪筆開合以盡意耳”。

⑰ 烏，北大本作“爲”，《筆記》本、學社本、川大本、中華本、文史哲本作“焉”。

通變第二十九

通變　此篇大指，示人勿爲循俗之文，宜反之於古。其要語曰："矯訛翻淺，還宗經誥，斯斟酌乎質文之間，而櫽①括乎雅俗之際，可與言通變矣。"此則彥和之言通變，猶救②偏救弊云爾。文有可變革者，有不可變革者。可變革者，遣辭捶字，宅句安章，隨手之變，人各不同。不可變革者，規矩法律是也，雖歷千載，而粲然如新，由之則成文，不由之而師心自用，苟作聰明，雖或要譽一時，徒黨猥盛，曾不轉胸③而爲人唾棄矣。拘者規摹古人，不敢或失，放者又自立規則，自以爲救患起衰。二者交譏，與不得已，拘者猶可取也④。彥和此篇，既以通變爲言⑤，而章內乃歷舉古人轉相因襲之文，可知通變之道，惟在師古，所謂變者，變世俗之文，非變古昔之法也。自世人誤會昌黎韓氏之言，以爲文必己出；不悟文固貴出於己，然亦必求合於古人之法，博覽往載，熟精文律，則雖自有造作，不害於義，用古人之法，是亦古人也。若夫小智自私，訐言欺世，既違⑥故訓，復背文條，於此而欲以善變成名，適爲識者所嗤笑耳。彥和云："誇張聲貌，漢初已極，自茲厥後，循環相因，雖軒翥出轍，而終入籠內。"明古有善作，雖工變者，不能越其範圍，知此，則通變之爲復古，更無疑義矣。陸士衡曰："收百世之闕文，采千載之遺韻，謝朝華於已披，啓夕秀於未振。"此言通變也。"普辭條與文律，良余膺之所服，練世情之常尤，識前脩之所淑。"此言師古也。

抽繹其意,蓋謂法必師古,而放言造辭,宜補苴古人之闕遺。究之美自我成,術由前授,以此求新,人不厭其新,以此率舊,人不厭其舊。天動星回,辰極無改;機旋輪轉,衡軸常中;振垂弛之文統,而常爲後世師者,其在斯乎?

文辭氣力,通變則久　放言遣辭,運思致力,即一身前後所作,亦不能盡同。前篇云,"八體雖殊,變通會適,得其環中,則輻湊相成",是也。況於規摹昔⑦文,自宜斟酌損益,非如契舟膠柱者之所爲明矣。

數必酌於新聲　新舊之名無定,新法使人厭觀,則亦舊矣;舊法久廢,一旦出之塵薶之中,加以拂拭〔1〕之事,則亦新矣。變古亂常而欲求新,吾未見其果能新也。

通變之術　其術詳在後文,所謂"規略文統,宜宏大體,先博覽以精閱,總綱紀以攝契,然後憑情以會通,負氣以適變"是也。體統既昧,雖有巧心,亦謂之不善變矣。

黄歌《斷竹》　《斷竹歌》見《吳越春秋》,不云作於黄世。彦和《章句》篇又云:"《斷竹》黄歌,乃二言之始。"以爲本於黄世,未知何據。今不可考也。

唐歌在昔　案:上文"黄歌《斷竹》",下文"虞歌《卿雲》〔2〕""夏歌《雕墙》"。"斷竹""卿雲""雕墙"皆歌中字,此云"在昔",獨無所徵,疑"在昔"當作"在蜡"⑧。《禮記》載伊耆氏蜡辭。伊耆氏,或云堯也。

夏歌《雕牆》　此僞古文《五子之歌》辭。

---

〔1〕　批注:音式。
〔2〕　批注:去聲。

序志述時，其揆一也 據此，知質文之變，獨在文辭。至於實際，古今所均也。

黃唐淳而質六句 此數句猶《禮記》云："虞夏之文，不勝其質；商周之質，不勝其文⑨。"乃比較之詞，意謂後遜於前，非謂楚漢以下，必無可師也。且彥和之所謂侈艷、淺綺、訛新，今日視之，皆爲佳製，故知所謂侈者，由漢望周⑩之言，所謂訛者，由宋望魏⑪之言。彥和生當齊世，故欲矯當時習尚，反之于古，豈知文術隨世益衰，後世又不逮宋遠甚。或據彥和此言，以爲楚漢尚不能無弊，於是侈言旁搜遠紹，自東京以下，鮮有不遭攻射者，此則誤會前旨之過，彥和不爲痴人⑫任咎也。

參伍因革，通變之數也 彥和此言，非教人直錄古作，蓋謂古人之文，有能變者，有不能變者，有須因襲者，有不可因襲者，在人斟酌用之。大抵初學作文，於摹擬昔文，有二事當知：第一，當取古今相同之情事而試序之。譬如序山川，寫物色，古今所同也。遠視黃山，氣成葱翠，適當秋日，草盡萎黃，古作此言，今亦無能異也。第二，當知古今情事有相殊者，須斟酌而爲之。或古無而今有，則不宜強以古事傅會，施床垂腳，必無危坐之儀，髡首戴帽，必無免冠之禮，此一事也。或古有而今無，亦不宜以今事比合，古上書曰"死罪"，而今⑬但曰"跪奏"，古允奏稱"制曰可"，而今但曰"知道了"⑭，(今指清世而言。)若改以就古〔1〕，則於理甚乖，此二事也。必於古今同異之理，名實分合之原，旁及訓故文律，悉能諳練，然後擬古無優孟之譏，自作無刻楮之誚，此制文之要術也。

---

〔1〕 眉批：改以就古，有時而可。如《元史·泰定帝紀》載即位詔，原文爲以漢語譯蒙古語，俚俗殊甚，清世刻二十一史乃改爲文言，是爲古人改就古矣。

　　唐劉子玄《模擬》篇，謂"模擬之體，厥途有二：一曰貌同而心異，二曰貌異而心同"。貌異心同，模擬之上，貌同心異，模擬之下，卒之以擬古不類爲難之極。（詳見《史通》。）竊以⑮模擬自以脫化爲貴，次之則求其弔⑯當，雖使心貌俱同，固無譏也。若乃貌同心異，固不可謂之模擬，但能謂之紕繆。子玄所舉"殺大夫""稱我""襲忘亡〔1〕""書帝正""稱何以書"數條，要皆先於昔文未嘗細覈，率爾放效，固宜其被誚也。

　　先博覽以精閱　　博精二字最要，不博則師資不廣，不精則去取不明，不博不精而好變古，必有陷溘之憂矣。

　　齟齬於偏解，矜激於一致　　彥和此言，爲時人而發，後世有人高談宗派，壟斷文林，據其私心以爲文章之要止此，合之則是，不合則非，雖士衡、蔚宗，不免攻擊，此亦彥和所譏也。嘉定錢君有《與人書》⑰，足以解拘攣，攻頑頓，錄之如左：

錢曉徵《與友人書》（《潛研堂文集》三十三⑱）

　　前晤吾兄，極稱近日古文家以桐城方氏爲最。予取方氏文讀之，其波瀾意度，頗有韓、歐陽、王之規模，視世俗冗蔓糅雜⑲之作，固不可同日語，惜乎其未喻古文之義法爾。夫古文之體，奇正、濃淡、詳略，本無定法，要其爲文之旨有四：曰明道，曰經世，曰闡幽，曰正俗。有是四者，而後以法律約之，夫然後可以羽翼經史，而傳之天下後世。至於親戚故舊，聚散存沒之感，一時有所寄託，而宣之於文，使其姓名附見集中者，此

---

〔1〕　眉批：《左傳》"晉國忘亡"，人襲之爲"江外忘亡"。校案：《左傳·閔公二年》："衛國忘亡。"

其人事迹，原無足傳，故一切闕而不載，非本有所紀而略之，以爲文之義法如此也。方氏以世人誦歐公王武恭㉑、杜祁公諸誌，不若黄夢升、張子野諸誌之熟，遂謂功德之崇，不若情辭之動人心目。然則使方氏援筆而爲王、杜之誌，亦將舍其勳業之大者，而徒以應酬之空言了之乎？六經、三史之文，世人不能盡好，間有讀之者，僅以供場屋餖飣之用，求通其大義者罕矣。至於傳奇之演繹，優伶之賓白〔1〕，情辭動人心目，雖里巷小夫婦人，無不爲之歌泣者，所謂曲彌高，則和彌寡〔2〕，讀者之熟與不熟，非文之有優劣也。以此論文，其與孫鑛〔3〕、林雲銘〔4〕、金人瑞之徒何異〔5〕？文有繁有簡，繁者不可減之使少，猶之簡者不可使之增多；《左氏》之繁，勝於《公》《穀》之簡〔6〕，《史記》《漢書》，互有繁簡，謂文未有繁而能工者，非通論也。太史公，漢時官名，司馬談父子爲之，故《史記·自序》云："談爲太史公。"又云："卒三歲，而遷爲太史公。"《報任安書》亦自稱太史公。公非尊其父之稱，而方以爲稱"太史公曰"者，皆褚少孫所加。《秦本紀》《田單傳》別出它説，此史家存類之法，《漢書》亦間有之，而方以爲後人所附綴。韓退之撰《順宗實録》，載陸贄《陽城傳》，此實録之體應爾，非退之所創，方亦不知而妄譏之。蓋方所謂古文義法者，特世俗選本之古文，

---

〔1〕 眉批：唱者是主，説者爲賓，故曰賓白。
〔2〕 眉批：曲，元時一人唱一曲，明時則多人共唱一曲。今日戲曲之所本也。
〔3〕 批注：即月峰。
　　　眉批：鑛，礦正字。古猛切。
〔4〕 批注：即西仲。
〔5〕 批注：聖嘆。本來是張采，明人。
〔6〕 眉批：《左氏》本記事，《公》《穀》本解經。

未嘗博觀而求其法也。法且不知，而義於何有！昔劉原父譏
歐陽公不讀書，原父博聞誠勝於歐陽，然其言未免太過。若方
氏乃真不讀書之甚者。吾兄特以其文之波瀾意度近于古而喜
之，予以爲方所得者，古文之糟魄，非古文之神理也。王若霖
言："靈皋以古文爲時文，邻以時文爲古文。"方終身病之。若
霖可謂洞中垣一方癥結者矣。泥濘不及面質，聊述所懷，吾兄
以爲然否？

案：此文於近世所謂文章正派之元祖，攻擊至中窾要。觀此，
知八股既廢，與八股相類之文，自無必存之理。引之末簡，亦令同
好知今日所處，亦通變復古之時，毋爲虛聲所奪可也[21]。

校勘記

① 儽，北大本、《筆記》本、學社本、川大本、中華本、文史哲本作"隱"。

② 救，北大本、《筆記》本同。學社本、川大本、中華本、文史哲本作"補"。

③ 眗，北大本、《筆記》本、學社本、川大本、中華本、文史哲本作"瞬"。

④ 拘者猶可取也，北大本、《筆記》本、學社本、川大本、中華本、文史哲本作
"拘者猶爲上也"。

⑤ 言，原作"旨"，手批改作"言"，北大本、《筆記》本、學社本、川大本、中華本、
文史哲本作"旨"。

⑥ 違，原作"迷"，北大本、《筆記》本作"建"，據學社本、川大本、中華本、文史
哲本改。

⑦ 昔，北大本、《筆記》本同。學社本、川大本、中華本、文史哲本作"往"。

⑧ 疑"在昔"當作"在蜡"，北大本、《筆記》本同。學社本、川大本、中華本、文
史哲本作"倘昔爲蜡之譌與"。

⑨ "虞夏之文"至"不勝其文"，原作"虞夏之質，不勝其文；商周之文，不勝其

質",北大本、《筆記》本、學社本、川大本、中華本、文史哲本同。據《禮記·
表記》改。

⑩ 由漢望周,北大本、《筆記》本同。學社本、川大本、中華本、文史哲本作"視
漢於周"。

⑪ 由宋望魏,北大本、《筆記》本同。學社本、川大本、中華本、文史哲本作"視
宋於魏"。

⑫ 痴人,北大本、《筆記》本、學社本、川大本、中華本、文史哲本作"此曹"。

⑬ 而今,北大本、《筆記》本同。學社本、川大本、中華本、文史哲本作"後世"。

⑭ 而今但曰"知道了",北大本、《筆記》本同。學社本、川大本、中華本、文史
哲本作"而後世但曰照所請"。

⑮ 以,北大本、《筆記》本、學社本、川大本、中華本、文史哲本作"謂"。

⑯ 弔,北大本、《筆記》本、學社本、川大本、中華本、文史哲本作"的"。

⑰ 《與人書》,北大本、《筆記》本、學社本、川大本、中華本、文史哲本作"《與人
書》一首"。

⑱ 三十三,原作"三十五",北大本、《筆記》本、學社本、川大本、中華本、文史
哲本同。據《潛研堂文集》改。

⑲ 糅雜,北大本、《筆記》本、學社本、川大本、中華本、文史哲本作"揉集",《潛
研堂文集》作"獿雜"。

⑳ 王武恭,原作"王恭武",北大本、《筆記》本、學社本、川大本、中華本、文史
哲本、《潛研堂文集》同。校案:北宋王德用謚武恭,歐陽修有《忠武軍節度
使同中書門下平章事武恭王公神道碑銘》,方苞《與程若韓書》:"足下喜誦
歐公文,試思所熟者,王武恭、杜祁公諸誌乎?抑黃夢升、張子野諸誌乎?"

㉑ "案"至"可也",北大本、《筆記》本、學社本、川大本、中華本、文史哲本
皆無。

定勢第三十[①]

古今言文勢者，提封有三焉：其一以爲文之有勢，取其盛壯，若飄風之旋，奔馬之馳，長江大河[②]之傾注，此專標慨忼[③]以爲勢，然不能盡文而有之。其次以爲勢有紆急，有剛柔，有陰陽向背，此與徒崇忼慨者異撰矣。然執一而不通，則謂受其成形[④]，不可變革；爲春温者，必不能爲秋肅，近彊陽者，必不能爲慘陰，爲是取往世之文，分其條品，曰：此陽也，彼陰也，此純剛而彼略柔也。一夫倡之，衆人和之。噫！自文術之衰，竊言文勢者，何其紛紛耶！吾嘗取劉舍人之言，審思而熟察之矣。彼標其篇曰《定勢》，而篇中所言，則皆言勢之無定也。其開宗也，曰："因情立體，即體成勢。"明勢不自成，隨體而成也。申之曰："機發矢直，澗曲湍回，自然之趣；激水不漪，槁木無陰，自然之勢。"明體以定勢，離體立勢，雖玄宰哲匠有所不能也。又曰："循體成勢，因變立功[⑤]。"明文勢無定，不可執一也。舉桓譚已下諸子之言，明拘固者之有所謝短也。終譏近代辭人以效奇取勢，明文勢隨體變遷，苟以效奇爲能，是使體束於勢，勢或可觀[⑥]，而體因之弊，不可爲訓也。贊曰："形生勢成，始末相承。"明物不能有末而無本，末又必自本生也。凡若此者，一言蔽之曰，體勢相須而已。爲文者信喻乎此，則知定勢之要，在乎隨體，譬如水焉，盤[⑦]圓則圓，盂方則方；譬如雪焉，因方成[⑧]珪，遇圓成璧，烏[⑨]有執一定之勢，以御數多之體，趨[⑩]捷狹之徑，以偭往舊之規，而陽陽然自以爲能得文勢,妄則⑪前修以自尉荐者乎！是故彦和之説,視夫專標文勢、妄分條品者,若山頭之與井底也,視徒知崇忼慨者,相去乃不可以道里計也。雖然,勢之爲訓隱矣。不顯言之,則其封略不憭,而空言文勢者,得以反唇而相稽。《考工記》曰:"審曲面勢。"鄭司農以爲審察五材曲直、方面、形勢之宜。是以曲、面、勢爲三,於詞不順。蓋匠人置槷以懸,其形如柱,傅⑫之平地,其長八尺以測日景,故勢當爲槷,槷者臬之假借。《説文》:"臬,射準的也。"其字通作藝。《上林賦》"弦矢分,藝殪仆"是也。本爲射的,以其端正有法度,則引申爲凡法度之稱。《書》:"汝陳時臬事⑬。"《傳》曰:"陳之藝極。"作臬、作槷、作埶,(埶即執之後出字。)一也。言形勢者,原於臬之測遠近,視朝夕,苟無其形,則臬無所加,是故勢不得離形而成用。言氣勢者,原於用臬者之辨趣向,決從違,苟無其臬,則無所奉以爲準,是故氣勢亦不得離形而獨立。文之有勢,蓋兼二者之義而用之。知凡勢之不得⑭離形,則文勢亦不能離體也;知遠近朝夕非勢⑮所能自爲,則陰陽剛柔亦非文勢所能自爲也;知趣⑯向從違隨乎物形而不可橫雜以成見,則爲文定勢,一切率乎文體之自然,而不可橫雜以成見也。惟彦和深明勢之隨體,故一篇之中,數言自然,而設譬於織綜之因於本地,善言文勢者,孰有過於彦和者乎？若乃拘一定之勢,馭無窮之體,在彦和時則有厭黷舊式,顛倒文句者;其後數百年,則有磔裂章句,隳廢聲均者。彼皆非所明而明之,知文勢之説者所不予也。要之文有坦塗而無門户,彼矜言文勢,拘執虚名,而不究實義,以出於己爲是,以守舊爲非者,盍亦研摚彦和之説哉。

　　並總文勢至**剛柔雖殊,必隨時而適用**　此明言迭用柔剛,勢必加以銓別,相其所宜,既非執一而鮮通,亦非雜用而不次。

宮商朱紫,隨勢各配 宮商謂聲律,朱紫謂采藻。觀此,知文質之用,都無定準。

章表奏議已下六句 《典論·論文》與《文賦》論文體所宜,與此可以參觀。

劉楨語 "文之體指實强弱"句有誤。細審彦和語,疑此句當作"文之體指貴强",下衍弱字。

陸雲語 尚勢,今本《陸士龍集》作尚潔,蓋草書勢、絜形近,初訛爲絜,又訛爲潔也。

校勘記

① 《定勢》篇原爲手抄,至"而不可橫雜以成"止,其後内容據北大本、《筆記》本、學社本、川大本、中華本、文史哲本補。

② 長江大河,北大本、《筆記》本、學社本、川大本、中華本、文史哲本作"長河大江"。

③ 慨忼,北大本、《筆記》本作"慷慨",學社本、川大本、中華本、文史哲本作"忼慨"。

④ 受其成形,北大本、《筆記》本同。學社本、川大本、中華本、文史哲本作"既受成形"。

⑤ 功,北大本、《筆記》本同。學社本、川大本、中華本、文史哲本作"巧"。《文心雕龍·定勢》:"此循體而成勢,隨變而立功者也。"

⑥ 勢或可觀,北大本、《筆記》本同。學社本、川大本、中華本、文史哲本作"勢雖若奇"。

⑦ 盤,北大本、《筆記》本、學社本、川大本、中華本、文史哲本作"槃"。

⑧ 成,北大本、《筆記》本、學社本、川大本、中華本、文史哲本作"爲"。

⑨ 烏,北大本同。《筆記》本、學社本、川大本、中華本、文史哲本作"焉"。

⑩ 趨,北大本、《筆記》本、學社本、川大本、中華本、文史哲本作"趣"。

⑪ 則，北大本、《筆記》本、學社本、川大本、中華本、文史哲本作“引”。

⑫ 俌，據《筆記》本、學社本、川大本、中華本、文史哲本補，北大本作“揮”。

⑬ 汝陳時臬事，原作“汝陳時臬”，北大本、《筆記》本同。據學社本、川大本、
中華本、文史哲本、《尚書·康誥》、《黄侃手批白文十三經》改。

⑭ 得，北大本、《筆記》本同。學社本、川大本、中華本、文史哲本作“能”。

⑮ 勢，北大本、《筆記》本同。學社本、川大本、中華本、文史哲本作“埶”。

⑯ 趣，北大本、《筆記》本、學社本、川大本、中華本作“趣”，文史哲本作“去”。

情采第三十一^①

　　舍人處齊梁之世，其時文體方趨於縟麗，以藻飾相高，文勝質病^②，是以不得無救正之術。此篇指^③歸，即在挽爾日之頹風，令循其本，故所議獨在采溢於情，而於淺露樸陋之文未遑多責，蓋揉曲木者未有不過其直者也。雖然，彥和之言文質之宜，亦甚明憭矣。首推文章之稱，緣於采繢^④，次論文質相待，本於神理，上舉經子以證文之未嘗質，文之不棄多^⑤，其重視文采如此，曷嘗有偏畸之論乎？然自義熙以來，力變過江玄虛沖淡之習而振以文藻，其波流所蕩，下至陳隋，言既隱於榮華，則其弊復與淺露樸陋相等，舍人所議重於此而輕於彼，抑有由也。綜覽南國之文，其文質相劑，情韻相兼者，蓋居泰半，而蕪音^⑥濫體，足以召後來之謗議者，亦有三焉：一曰繁，二曰浮，三曰晦。繁者，多徵事類，意在鋪張；浮者，緣文生情，不關實義；晦者，竄易故訓，文理迂回。此雖篤好文采者不能爲諱。愛而知惡，理固宜爾也。或者因彥和之言，遂謂南國之文，大抵侈艷居多，宜從屏棄，而別求所謂古者，此亦失當之論。蓋侈艷誠不可崇^⑦，而文采則不宜去；清真固可爲範，而樸陋則不足多。若引前修以自張，背文質之定律，目質野爲淳古，以獨造爲高奇，則又墮入邊見，未爲合中。方乃標樹風聲，傳詒來葉，借令彥和生於此^⑧際，其所議當又在此而不在彼矣。故知文質之中，罕能不越，或失則過質，或失則過文。救質者不得不多其文，救文者不得不隆其質,芻狗有時而見棄,洴澼⑨有時而利師,善學者高下在心,進退可法,何必以井黿夏蟲自處,而妄誚於冰海⑩也哉?若夫言與志反,劉氏所呵,察此過怨,非昔文所獨具。夫志深軒冕而泛詠皋壤,心纏幾務而虛述人外,此之謏詐,誠可笑歟⑪,指笑⑫後賢,豈無其比?博弈飲酒而高言性道,服食煉藥而呵罵浮屠,乞丐權門而誇張介操,不窺章句而傅會六經,從政無聞而空言經濟,行才中人而力肩道統,此雖其文過於顏、謝、庾、徐百倍,猶謂之采浮華而棄忠信也。焉得謂文勝之世,士有夸言;質勝之時,人皆篤論哉?蓋聞修辭立誠,大《易》之明訓,無文不遠,古志之嘉謨。稱情立言,因理擒⑬藻,亦庶幾彬彬君子。孰謂中庸不可能哉?

校勘記

① 《情采》篇原爲手抄。

② 瘠,北大本、《筆記》本同。學社本、川大本、中華本、文史哲本作"衰"。

③ 指,學社本作"旨",北大本、《筆記》本、川大本、中華本、文史哲本作"恉"。

④ 繢,北大本、《筆記》本同。學社本、川大本、中華本、文史哲本作"繪"。

⑤ 多,北大本、《筆記》本、學社本、川大本、中華本、文史哲本作"美"。

⑥ 音,北大本同。《筆記》本作"預",學社本、川大本、中華本、文史哲本作"辭"。

⑦ 崇,北大本、《筆記》本、學社本、川大本、中華本、文史哲本作"宗"。

⑧ 此,北大本、《筆記》本同。學社本、川大本、中華本、文史哲本作"斯"。

⑨ 洴澼,北大本、《筆記》本同。學社本、川大本、中華本、文史哲本作"澼絖"。

⑩ 妄誚於冰海,北大本、《筆記》本同。學社本、川大本、中華本、文史哲本作"妄誚冰海"。

⑪ 歟,北大本、《筆記》本同。學社本、川大本、中華本、文史哲本作"嗤"。

⑫ 指笑,北大本、《筆記》本作"持校",學社本、川大本、中華本、文史哲本作"還視"。

⑬ 擒,北大本同。《筆記》本作"擒",學社本、川大本、中華本、文史哲本作"舒"。

鎔裁第三十二

　　作文之術，誠非一二言能盡，然挈其綱維，不外命意修詞二者而已。意立而詞從之以生，詞具而意緣之以顯，二者相倚，不可或離。意之患二：曰竭，曰雜①。竭者，不能自宣；雜者，無復統序。辭之患二：曰枯，曰繁。枯者，不能求達；緐者，徒逐浮蕪。枯竭之弊，宜救之以博覽；緐雜之弊，宜納之於鎔裁。舍人此篇，專論其事。尋鎔裁之義，取譬於范金製服；范金有齊，齊失則器不精良；製服有制，制謬而衣難被御。洵令多寡得宜，修短合度，酌中以立體，循實以敷文，斯鎔裁之要術也。然命意修詞，皆本自然以爲質，必知駢拇縣疣，誠爲形累，尻脛鶴膝，亦由性生。意多者未必盡可誓詧②，辭衆者未必盡堪刪剗；惟意多而雜，詞衆而蕪，庶將施以鑪錘，加之剪截③耳。又鎔裁之名，取其合法，如使意鬱結而空簡，辭枯槁而徒略，是乃以銖黍之金鑄半兩之幣，持尺寸之帛爲逢掖之衣，必不就矣。或者誤會鎔裁之名，專以簡短爲貴，斯又失自然之理，而趨狹隘之途者也。

　　"草創鴻筆"已下八語，亦設言命意謀篇之事，有此經營。總之意定而後敷辭，體具而後取勢，則其文自有條理。舍人本意，非立一術以爲定程，謂凡文必須循此所謂始中終之步驟也，不可執詞以害意。舍人妙達文理，豈有自制一法，使古今之文必出於其道者哉？近世有人論文章命意謀篇之法，大旨謂一篇之内，端緒不宜〔1〕繁多，譬如萬山旁薄，必有主峰，龍袞九章，但挈一領〔2〕，否則首尾衡④決，陳義蕪雜，其言本於舍人而私據以爲戒律，蔽者不察，則謂文章格局皆宜有定〔3〕，譬如案譜著棋，依物寫貌，戕賊自然以爲美，而舉世莫敢非之，斯未可假借舍人以自壯也。章實齋《古文十弊》篇有一節論文無定格，其論閎通，足以藥拘攣之病，與劉論相補苴，兹録於左：

古人文成法立，未嘗有定格也。傳人適如其人，述事適如其事〔4〕，無定之中有一定焉。知其意者旦莫遇之，不知其意，襲其形貌，神弗肖也。往余撰《和州志·故給事成性傳》，性以建言著稱，故采録其奏議。然性少遭亂離，全家被害，追悼先世，每見文辭，而《猛省》〔5〕之篇，尤沈痛可以教孝，故於終篇全録其文〔6〕。其鄉有知名士〔7〕賞余文曰："前載如許奏章，若無《猛省》之篇，譬如行船，鷁首重而柁樓輕矣，今此斄尾〔8〕，可謂善謀篇也。"余戲詰云："設成君本無此篇，此船終不行耶？"蓋塾師講授四書文義，謂之時文，必有法度以合程式；而法度難以空言，則往往取譬以示蒙學〔9〕：擬於房室，則

〔1〕 眉批：宜字有大病，以不能繁多，非不宜繁多也。
〔2〕 批注：譬語亦不甚的確，論理極幼稚，命意則不甚非也，終以任自然爲是。
〔3〕 批注：八股則有定。
　　　　眉批：今之古文家多精八股，而以八股之法作古文。
〔4〕 批注：實齋未能至此，蓋有所聞也。
〔5〕 批注：詩名。
〔6〕 眉批：性以建言著，故載其奏議以徵之。《猛省》篇雖與建言無關，然其餘美自當附載。
〔7〕 批注：姚姬傳。
〔8〕 眉批：斄尾即闌尾，春盡日也。
〔9〕 眉批：今教中小學不能言文法，但解其章句文字可耳。

有所謂間架結構；擬於身體，則有所謂眉目筋節；擬於繪畫，則有所謂點睛畫毫；擬於形家，則有所謂來龍結穴；隨時取譬，然爲初學示法，亦自不得不然[1]，無庸責也。惟時文結習，深錮腸府，進窺一切古書古文，皆此時文見解，動操塾師啓蒙議論，則如用象棋枰布圍棋子，必不合矣[2]。

士衡才優已下一段，極論文之不宜繁，自是正論。然士龍所云"清新相接，不以爲病"，士衡所云"榛楛勿翦，蒙茸集翠"，固亦有此一理。古人文傷繁者，不羞士衡一人，閱之而不以繁爲病者，必由有新意清氣[3]以彌縫之也。患專在辭，故其疵猶小，若意辭俱濫，斯真無足觀采矣。

校勘記

① 曰竭，曰雜，北大本、《筆記》本同。學社本、川大本、中華本、文史哲本作"曰雜，曰竭"。
② 謷呰，原作"呰謷"，手批改爲"謷呰"，北大本、《筆記》本、學社本、川大本、中華本、文史哲本作"呰謷"。
③ 剪截，原作"翦戮"，北大本作"剪戮"，據《筆記》本、學社本、川大本、中華本、文史哲本改。
④ 衡，北大本、《筆記》本、學社本、川大本、中華本、文史哲本作"衝"。

---

〔1〕 批注：可不如此。
〔2〕 眉批：數語極酷。
〔3〕 眉批：古調新意清氣可以盖魂，然魂究未能去也。

聲律第三十三

爲文須論聲律，其説始於魏晉之際，而遺文粲然可見者，惟士衡《文賦》數言。其言曰："暨音聲之迭代，若五色之相宣；雖逝止之無常，固崎錡①而難便；苟達變而識次，猶開流以納泉；如失機而後會，恒操〔1〕末以續顛；謬玄黃之秩敘，故淟涊而不鮮。"（齊陸厥《與沈約書》云："自魏文屬論，深以清濁爲言，劉楨奏書，大明體勢之致。"是韓卿以聲律之説，宜祖曹、劉。《典論·論文》但云氣之清濁有體，非謂音律清濁，陸論似不無差失。至公幹明體勢者，今無可見，故但舉士衡之言爲首。）細審其旨，蓋謂文章音節須令諧調，本之《詩傳②》"情發於聲，成文爲音"之説，稽之《左氏》"琴瑟專壹，誰能聽之"之言，故非士衡所創獲也。其後范蔚宗自謂"識宮商，別清濁，能適艱難，濟輕重"，遂乃譏訶古今文人，謂其多不全了此處。沈約作《宋書》，於《謝靈運傳》後爲論云："靈均以來，此秘未睹。或暗與理合，匪由思至。"其説③勇於自崇，而皆忘士衡導其先路，所以來韓卿之議也。然聲④之論，實以永明〔2〕爲極盛之時。《南史·陸厥傳》云："時盛爲文章，吳興沈約、陳郡謝朓、琅邪王融，以氣類相推轂，汝南周顒善識音韻。（封演《聞見記》："周顒好爲體語，因此切字皆有紐，紐有平上去入之異。"戴君《聲韻考》曰："顒無書。梁武帝不解四聲，以問周捨，捨即顒之子。蓋周、沈諸

---

〔1〕 批注：捲。
〔2〕 批注：南齊武帝。

184

人同時治聲韻，各有創識，議論各出，而沈⑤爲尤盛。")約等文皆用宮商，將平上去入四聲以此制韻，有平頭、上尾、蜂腰、鶴膝，五字之中，輕重悉異，兩句之内，角徵不同，不可增減，世呼爲永明體。"夫王、謝諸賢，身皆貴顯，佐以詞華，宜其致士流之景慕，爲文苑別闢術阡。即實論之，文固以音節諸適爲宜，至於爨積細微，務爲瑣屑，笑古人之未工，詫此秘爲獨得，則亦賢哲之過也。彦和生於齊世，適當王、沈之時，又《文心》初成，將欲取定沈約，不得不枉道從人，以期見譽。觀《南史》舍人傳，言約既取讀，大重之，謂深得文理，知隱侯所賞，獨在此一篇矣。當時⑥獨持己說，不隨波而靡者，惟有鍾記室一人，其《詩品》下篇詆訶王、謝、沈三子，皆平心之論，非由於報宿憾而爲之。(《南史·嶸傳》："嶸嘗求譽於約，約拒之，及約卒，嶸品古今詩爲評，言其優劣云云，蓋追宿憾，以此報之也。"今案記室之言，無傷直道，《南史》所言，非篤論也。)若舉此一節而言，記室固優於舍人無算也。嗟乎！學貴隨時，人忌介立，舍人亦誠有不得已者乎！自梁以來，聲律之學，愈爲精至⑦，至於唐世，文則漸成四六，詩則別有近體，推原其朔⑧，不能不歸其績於隱侯，此韓卿所云質文時異，今古好殊，謂積重難反則可，謂理本宜然則不可也。紀昀於《文心》它篇，往往無故而加攻難，其於此篇則曰："齊梁文格卑靡，獨此學獨有千古，(兩獨字不詞。)鍾記室以私憾排之，未爲公論也。"夫言聲韻之學，在今日誠不能廢四聲，至於言文，又何必爲此拘忌？紀氏蓋以聲韻之學與聲律之文並爲一談，因以獻諛於劉氏。元遺山詩云："少陵自有連城璧，爭奈微之識碔砆。"紀氏之於《文心》亦若此矣。詳文章本⑨於言語，疾徐高下，本自天倪，宣之於口而順，聽之於耳而調，斯已矣。典樂教胄子以詩歌，成均教國子以樂語，斯並文貴聲音之明驗⑩。觀夫虞夏之籍，姬孔之書，諸子之文，辭人之作，雖高下洪細，判然有殊，至於便籀誦、利稱説者，總歸一揆，亦何必拘拘於浮切，斷斷於宮徵，然後爲貴乎？至於古代詩歌，皆先成文章，而後被聲樂，諧適與否，斷以匈懷，亦非若後世之詞曲，必按譜以爲之也。自聲律之論興，拘者則留情於四聲八病，而矯之者則務欲隳廢之，至於佶屈塞吃而後已，斯皆未爲中道。善乎鍾記室之言曰："文製本須諷讀，不可塞礙，但令清濁通流，口吻調利，斯爲足矣。"斯可謂曉音節之理，藥聲律之拘。《莊子》云："市南宜僚弄丸，而兩家之難解。"惟鍾君其足以與此哉。今仍順釋舍人之文，附沈、陸、鍾三君之説於後。

夫音律所始至**聲非學器者也**　《詩·大序》疏云："原夫作樂之始，樂寫人音，人音有小大高下之殊，樂器有角⑪徵商羽之異，依人音而制樂，託樂器以寫人，是樂本效人，非人效樂。"案：沖遠此論，與彥和有如合符矣。

故言語者，文章神明樞機，吐納律呂，唇吻而已　案：彥和此數語之意，即云言語已具宮商。"文章"下當挩二字，"者"下一豆，"神明樞機"四字一豆，"吐納律呂"四字一豆。

古之教歌四句　《韓非子·外儲説右上》曰："夫教歌者，使先呼而詘之，其聲反清徵者乃教之。一曰，教歌者先揆以法，疾呼中宮。徐呼中徵，疾不中宮，徐不中徵，不可謂（與爲同。）教。"案：韓非之言，乃驗聲之術，彥和引用以爲聲音自然之準，意與《韓子》微異。

商徵響高，宮羽聲下　案：此二句有訛字。當云"宮商響高，徵羽聲下"。《周語》曰："大不踰宮，細不踰羽。"《禮記·月令》鄭注云："凡聲尊卑取象五行，數多者濁，數少者清。"案：宮數八十一，商數七十二，角數六十四，徵數五十四，羽數四十八，（詳見《律歷志》。）是宮商爲濁，徵羽爲清，角清濁中。彥和此文爲誤無疑。

抗喉二句　此言聲所從發，非蒙上爲言。

　　廉肉　《樂記》云："使其曲直、繁瘠、廉肉、節奏，足以感動人之善心而已矣。"注曰："曲直，歌之曲折也，繁瘠廉肉，聲之鴻殺也；節奏，闋作進止所應也。"《正義》曰："曲謂聲音回曲，直謂聲音放直，繁謂繁多，瘠謂省約，廉謂廉稜，肉謂肥滿。"案：據⑫鄭注，廉肉屬樂器言，不屬人聲言。

　　內聽難爲聰　言聲樂不調，可以聞而得之，獨於文章聲病往往不憭。

　　凡聲有飛沈至**亦文家之吃也**　此即隱侯所云"前有浮聲，後須切響""兩句之中，輕重悉異"者也。飛謂清聲⑬，沉謂濁聲⑭。雙聲者二字同紐⑮，疊韻者二字同韻。一句之內，如用⑯兩同聲之字，或用二同韻之字，則讀時不便，所謂"雙聲隔字而每舛，疊韻雜句而必睽"也。一句純用濁聲⑰，或一句純用清音⑱，則讀時亦不便，所謂"沉則響發而斷，飛則聲颺不還"也。"轆轤交往"二語，言聲勢不順。黃注引《詩評》釋之，大謬。

　　左礙而尋右二句　此與士衡"音聲迭代，五色相宣"之說同恉，究其治之之術，亦在以口耳治之而已⑲，無他繆⑳巧也。記室云："清濁通流，口吻調利。"蓋亦有尋討之功焉，非得之自然也。

　　聲畫　即謂文。楊子《法言》曰："言心聲也，書心畫也。"

　　寄在吟咏，吟咏滋味　案：下"吟咏"二字衍。

　　異音相從謂之和　案：一句之內，聲病悉祛，抑揚高下，合於唇吻，即謂之和矣。沈約云"十字之文，顛倒相配"，正謂此耳㉑。

　　宮商大和至**可以類見**　案：此謂能自然合節與不能自然合節之分。曹、潘能自然合節者也，陸、左不能自然合節者也。紀評未憭。

　　詩人綜韻　此詩人對下《楚辭》而言，則指三百篇之詩人。

　　知楚不易　案：《文賦》云："亮功多而累寡，故取足而不易。"彥和蓋引其言以明士衡多楚，不以張公之言而變。"知楚"二字乃涉上文而訛。

凡切韻之動四句　此言文中用韻，取其諧調，若雜以方音，反成詰詘。今人作文雜以古音㉒者，亦不可不知此。

南郭之吹竽　南，原作東。孫云："《新論·審名》篇：'東郭吹竽而不知音。'袁孝政注亦以齊宣王、東郭處士事爲釋。是古書南郭亦㉓有作東郭者，不必盡㉔依《韓子》，但濫竽事終與文義不相應。"侃謹案：彦和之意，正同《新論》，亦云不知音而能妄成音，故與長風過籟連類而舉。章先生云："當作'南郭之吹于耳'，正與上文相連。《莊子》'前者唱于而隨者唱喁'，此本南郭子綦語，而彦和遂以爲南郭事，儷語之文，固多此類，後人不明吹于之義，遂誤加竹耳。"侃謹案：如師語亦得，但原文實作東郭，自以孫説爲長。

響滑榆槿　槿，《禮記》作堇。《釋文》曰："菜也。"

割棄支離二句　言聲病既袪，宮商自正也。

沈約《宋書·謝靈運傳論》㉕

史臣曰：民稟天地之靈，含五常之德，剛柔迭用，喜愠分情。夫志動於中，則歌詠外發，六義所因，四始攸繫，升降謳謠，紛披風什。雖虞夏以前，遺文不睹，稟氣懷靈，理或無異。然則歌詠所興，宜自生民始也。周室既衰，風流彌著，屈平、宋玉，導清源於前，賈誼、相如，振芳塵於後，英辭潤金石，高義薄雲天。自兹以降，情志愈廣，王褒、劉向、楊、班、崔、蔡之徒，異軌同奔，遞相師祖。雖清辭麗曲，時發乎篇，蕪音累氣，固亦多矣。若夫平子艷發，文以情發，絕唱高蹤，久無嗣響。至於建安，曹氏基命，三祖、陳王，咸蓄盛藻，甫乃以情緯文，以文被質㉖。自漢至魏,四百餘年,辭人才子,文體三變:相如巧㉗爲形似之言,二班長於情理之説,子建、仲宣以氣質爲體,並標能擅美,獨映當時。是以一世之士,各相慕習,源其飆流所始,莫不同祖《風》《騷》,徒以賞好異情,故意製相詭。降及元康,潘、陸特秀,律異班、賈,體變曹、王,縟旨星稠,繁文綺合,綴平臺之逸響,采南皮之高韻,遺風餘烈,事極江右㉘。有晉中興,玄風獨扇,爲學窮於柱下,博物止乎七篇,馳騁文辭,義殫乎此。自建武暨於義熙,歷載將百,雖比響聯辭,波屬雲委,莫不寄言上德,託意玄珠,道麗之辭,無聞焉爾。仲文始革孫、許之風,叔源大變太元之氣。爰逮宋氏,顏、謝騰聲,靈運之興會標舉,延年之體裁明密,並方軌前秀,垂範後昆。若夫敷衽論心,商榷前藻,工拙之數,如有可言。夫五色相宣,八音協暢,由乎玄黃律呂,各適物宜。欲使宮羽相變,低昂舛節,若前有浮聲,則後須切響,一簡之内,音韻盡殊,兩句之中,輕重悉異,妙達此旨,始可言文。至於先士茂製,諷高歷賞,子建函京之作,仲宣灞岸㉙之篇,子荆零雨之章,正長朔風之句,並直舉胸情,非傍詩史,正以音律調均,取高前式。自靈均以來,多歷年代,雖文體稍精,而此秘未睹,至於高言妙句,音韻天成,皆暗與理合,匪由思至。張、蔡、曹、王,曾無先覺,潘、陸、顏、謝,去之彌遠,世之知音者,有以得之,此言非謬。如曰不然,請待來哲。

陸厥《與沈約書》

范詹事《自序》:"性別宮商,識清濁,特能適輕重,濟艱難,古今文人,多不全了斯處。縱有會此者,不必從根本中來。"尚書〔1〕

---

〔1〕 批注:稱沈約。

亦云："自靈均以來，此秘不③睹。"或"暗與理合，匪由思至，張、蔡、曹、王，曾無先覺，潘、陸、顏、謝，去之彌遠"。大旨要③使"宮羽相變，低昂舛節，若前有浮聲，則後須切響，一簡之內，音韻盡殊，兩句之中，輕重悉異"。辭既美矣，理又善焉。但觀歷代衆賢，似不都闇此，而云"此秘未睹"，近於誣乎。案：范云"不從根本中來"，尚書云"匪由思至"，斯可謂揣情謬於玄黃，摘句差其音律也。范又云"時有會此者"，尚書云"或暗與理合"，則雅③詠清謳，有辭章調韻者，雖有差謬，亦有會合。推此以往，可得而言。夫思有合離，前哲同所不免，文有開塞，即事〔1〕不得無之。子建所以好人譏彈③，士衡所以遺恨③終篇，既曰遺恨，非盡美之作，理可詆訶。君子執其詆訶，便謂合理為闇，豈如指其合理，而寄詆訶為遺恨邪！自魏文屬論，深以清濁為言，劉楨奏書，大明體勢之致，岨峿妥帖之談，操末續顚之説，興玄黃於律呂，比五色之相宣，苟此秘未睹，茲論為何所指邪？故愚謂前英已早識宮徵，但未屈曲指的若今論所申，至於掩瑕藏疾，合少謬多，則臨淄所云"人之著述不能無病"者也。非知之而不改，謂不改則不知，斯曹、陸又稱竭情多悔不可力彊者也〔2〕。今許以有病有悔為言，則必自知無悔無病之地，引其不了不合為闇，何獨誣其一了一合③之明乎！意者亦質文時異，古今好殊，將急在情物而緩於章句。情物文之所急，猶且美惡相半③，章句意之所緩，故合少而謬多，義兼於斯，必非不知明矣。《長門》《上林》，殆非一家之賦，《洛神》《池雁》，便成二體之作；孟堅精整，《詠史》無虧於東主〔3〕，平子

〔1〕 批注：現在之意。
〔2〕 批注：曹語。
〔3〕 批注：東郡主人。

恢富,《羽獵》不累於憑虛;王粲《初征》,他文未能稱是,楊修敏捷,《暑賦》彌日不獻。率意寡尤[1],則事促乎一日,翳翳愈伏,而理賒[2]於七步。一人之思,遲速天懸,一家之文,工拙壤隔,何獨宮商律呂,必責其如一邪?論者乃可言未窮其致,不得言曾無先覺也。(《全齊文》二十四。)

沈約《答陸厥書》

宮商之聲㊲有五,文字之別累萬,以累萬之繁,配五聲之約,高下低昂,非思力所舉㊳。又非止若斯而已也。十字之文,顛倒相配,字不過十,巧歷已不能盡,何況復過於此者乎?靈均以來,未經用之於懷抱,固無從得其髣髴矣。若斯之妙而聖人不尚,何邪?此蓋曲折聲韻之巧,無當於訓義,非聖哲立言之所急也。是以子雲譬之雕蟲篆刻,云壯夫不爲。自古辭人,豈不知宮羽之殊,商徵之別。雖知五音之異,而其中參差變動,所昧實多,故鄙意所謂此秘未睹者也。以此而推,則知前世文士便未晤㊴此處。若以文章之音韻,同弦管之聲曲,則美惡妍蚩,不得頓相乖反,譬猶子野操曲,安得忽有闡緩失調之聲。以《洛神》比陳思他賦,有如異手之作。故知天機啓則律呂自調,六情滯則音律頓舛也。士衡雖云炳若縟錦,寧有濯色江波,其中復有一片是衛文之服,此則陸生之言,即復不盡者矣。韻與不韻,復㊵有精粗,輪扁不能言,老夫亦不盡辨此。(《全梁文》二十八。)

---

〔1〕 批注:《文賦》語。
〔2〕 批注:緩也。

《詩品》下

昔曹、劉殆文章之聖,陸、謝爲體貳之才。銳精研思,千百年中,而不聞宫商之辨,四聲之論。或謂前達偶然不見,豈其然乎！嘗試言之曰:古詩頌皆被之金竹[41],故非調五音無以諧會。若"置酒高堂上""明月照高樓"爲韻之首。故三祖之詞,文或不工,而韻入歌唱,此重音韻之義也,與世之言宫商者異矣。今既不備[42]管絃,亦何取於聲律[43]耶？齊有王元長者,嘗謂余云:"宫商與二儀俱生,自古詞人不知之,唯顔憲子[1]乃云'律吕音調',而其實大謬。唯見范曄、謝莊頗識之耳。常欲造[44]《知音論》,未就。"王元長創其首,謝朓、沈約揚其波,三賢咸[45]貴公子孫,幼有文辨,於是士流景慕,務爲精密,襞積細微,轉相凌架,故使文多拘忌,傷其真美。余謂文製本須諷讀,不可蹇礙,但令清濁通流,口吻調利,斯爲足矣。至於平、上、去、入,則余病未能,蜂腰鶴膝,則[46]閭里已具。

沈休文酷裁八病,令人苦之。所謂八病者,平頭、上尾、蜂腰、鶴膝、大韻、小韻、旁紐、正紐是也。記室云:"蜂腰鶴膝,閭里已具。"蓋謂雖尋常歌謠,亦自然不犯之,可毋嚴設科禁也。兹檃括《詩紀》别集二所説釋八病如次。

平頭。(第一字不宜與第六字同聲,第二字不宜與第七字同聲,如"(今)(日)良宴會,(歡)(樂)難具陳"。一説句首二字並是平聲,如"(朝)(雲)晦初景,(丹)(池)晚飛雪"。)

上尾。(第五字不得與第十字同聲,如"西北有高(樓),上與浮雲(齊)"。)

---

〔1〕 批注:延子謚號。

峰腰。(第二字不得與第五字同聲,如"遠(與)君別(者),乃至雁門關"。一説第三字不得與第七字同韻,如"徐步(金)門旦,言(尋)上苑春"。)

鶴膝。(第五字不得與第十五字同聲,如"新製齊紈(素),皎潔如霜雪,裁爲合歡(扇),團團似明月"。)

大韻。(五言詩兩句中除韻外,餘九字不得有字與韻犯,如"(胡)姬年十五,春日獨當(壚)"。)

小韻。(五言兩句中除韻外,餘九字有自相同韻者,如"薄帷鑒(明)月,(清)風吹我衿"。)

旁紐。(雙聲同聲兩句雜用,如"田夫亦知禮,(寅)賓(延)上坐"。)

正紐。(一紐四聲兩句雜用,如"我本漢(家)子,來(嫁)單于庭"。)

校勘記

① 崎錡,中華本、《文選》同。北大本、《筆記》本、學社本、川大本、文史哲本作"錡崎"。

② 詩傳,北大本、《筆記》本作"傳",學社本、川大本、中華本、文史哲本作"詩序"。

③ 其説,據北大本、《筆記》本、學社本、川大本、中華本、文史哲本補。

④ 聲,北大本同。《筆記》本、學社本、川大本、中華本、文史哲本作"聲律"。

⑤ 沈,北大本、《筆記》本、學社本、川大本、中華本、文史哲本作"約"。

⑥ 當時,北大本、《筆記》本同。學社本、川大本、中華本、文史哲本作"當其時"。

⑦ 至,北大本同。《筆記》本、學社本、川大本、中華本、文史哲本作"密"。

⑧ 朔,北大本、《筆記》本、學社本、川大本、文史哲本同。中華本作"溯"。

⑨ 本,北大本、《筆記》本同。學社本、川大本、中華本、文史哲本作"原"。

⑩ 驗,中華本同。北大本、《筆記》本、學社本、川大本、文史哲本作"譣"。

⑪ 角,北大本、《筆記》本、學社本、川大本、文史哲本同。中華本、《毛詩正義》作"宮"。

⑫ 據,北大本、《筆記》本、學社本、川大本、中華本、文史哲本作"從"。

⑬ 清聲,北大本、《筆記》本同。學社本、川大本、中華本、文史哲本作"平清"。

⑭ 濁聲,北大本、《筆記》本同。學社本、川大本、中華本、文史哲本作"仄濁"。

⑮ 紐,據《筆記》本、學社本、川大本、中華本、文史哲本補。

⑯ 用,北大本、《筆記》本同。學社本、川大本、中華本、文史哲本作"雜用"。

⑰ 濁聲,北大本、《筆記》本同。學社本、川大本、中華本、文史哲本作"仄濁"。

⑱ 清音,北大本、《筆記》本同。學社本、川大本、中華本、文史哲本作"平清"。

⑲ 亦在以口耳治之而已,北大本、《筆記》本同。學社本、川大本、中華本、文史哲本作"亦用口耳而已"。

⑳ 繆,北大本、《筆記》本、學社本、川大本、文史哲本同。中華本作"妙"。

㉑ "沈約云"至"正謂此耳",北大本、《筆記》本亦無,據學社本、川大本、中華本、文史哲本補。

㉒ 音,北大本、《筆記》本、學社本、川大本、中華本、文史哲本作"韻"。

㉓ 亦,北大本誤作"匈",《筆記》本、學社本、川大本、中華本、文史哲本、《札迻》作"自"。

㉔ 盡,北大本誤作"宋",《筆記》本、學社本、川大本、中華本、文史哲本、《札迻》作"定"。

㉕ 此篇原未附,據北大本、《筆記》本、學社本、川大本、中華本、文史哲本補。

㉖ 質,《筆記》本、學社本、川大本作"資",從北大本、中華本、文史哲本、《宋書·謝靈運傳》。

㉗ 巧,北大本、《筆記》本、學社本、川大本、中華本、文史哲本作"工",據《宋書》改。

㉘ 右,中華本作"左",從北大本、《筆記》本、學社本、川大本、文史哲本、《宋書》。

㉙ 岸,北大本、《筆記》本、學社本、川大本、中華本作"上",從文史哲本、《宋書》。

㉚ 不,北大本、《筆記》本、學社本、川大本、中華本、文史哲本、《全齊文》作"未"。

㉛ 要,北大本、《筆記》本、學社本、川大本、中華本、文史哲本作"欲",《全齊文》作"鈞"。

㉜ 雅,原作"其",手批改爲"雅"。北大本作"其",《筆記》本、學社本、川大本、中華本、文史哲本、《全齊文》作"美"。

㉝ 譏彈,據北大本、《筆記》本、學社本、川大本、中華本、文史哲本、《全齊文》補。

㉞ 遺恨,據北大本、《筆記》本、學社本、川大本、中華本、文史哲本、《全齊文》補。

㉟ 一了一合,北大本、《筆記》本、學社本、川大本、中華本、文史哲本同。《全齊文》作"一合一了"。

㊱ 猶且美惡相半,北大本、《筆記》本、學社本、川大本、中華本、文史哲本同。《全齊文》作"美惡猶且相半"。

㊲ 聲,北大本、《筆記》本、中華本、《全梁文》同。學社本、川大本、文史哲本作"義"。

㊳ 學,北大本、《筆記》本、學社本、川大本、文史哲本、《全梁文》同。中華本作"舉"。

㊴ 晤,北大本、《筆記》本同。學社本、川大本、中華本、文史哲本、《全梁文》作"悟"。

㊵ 復,據學社本、川大本、中華本、文史哲本、《全梁文》補。

㊶ 嘗試言之曰:古詩頌皆被之金竹,北大本、《筆記》本、學社本、川大本、中華本、文史哲本同。《詩品》作"嘗試言之:古曰詩頌皆被之金竹"。

㊷ 備,北大本、《筆記》本、學社本、川大本、文史哲本同。中華本、《詩品》作"被"。

㊸ 聲律,原作"聲",據《詩品》改。北大本、《筆記》本、學社本、川大本、中華本、文史哲本作"聲韻"。

㊹ 造,原作"進",手批改爲"造"。北大本作"進",《筆記》本、學社本、川大本、中華本、文史哲本作"造"。

㊺ 咸,學社本、川大本、中華本、文史哲本同。北大本、《筆記》本作"或"。

㊻ 則,據手批補。

章句第三十四

　　結連二字以上而成句,結連二句以上而成章,凡爲文辭,未有不辨章句而能工者也;凡覽篇籍,未有不通章句而能識其義者也。故一切文辭學術,皆以章句爲始基。所惡乎章句之學者,爲其煩言碎辭,無當於大體也。若夫文章之事,固非一憭章句而即能工巧,然而捨棄章句,亦更無趨于工巧之途。規矩以馭方圓①,雖刻雕衆形,未有遁于規矩之外者也;章句以馭事義,雖牢籠萬態,未有出於章句之外者也。漢儒②之於經傳,有今文與古文異讀者焉,有後師與前師異讀者焉,凡爲此者,無非疑其義訓之未安,而求其句讀之合術而已。域外之文,梵土則言名句文身,而釋典列爲不相應行,又有離合六釋,求名義者所宜悉。遠西自羅馬以降,則有葛拉瑪之書,其國土殊別,言語佹離者,無不有是物焉。近世有人取其術以馭中國之文,而顓固者以爲詬恥③;不悟七音之理,字母之法,壹皆得之異域,學者言之而不諱,祖之以成書,然則文法之書,雖前世所無,自我④作故可也。彦和此篇,言"句者聯字以分疆"。又曰:"因字而生句。"又曰:"句之清英,字不妄也。"又曰:"句司數字,待相接以爲用。"其於造句之術,言之晰矣。然字之所由相聯而不妄者,固宜有共循之途轍焉。前人未暇言者,則以積字成句,一字之義果明,則數字之義亦必無不明,是以中土但有訓詁之書,初無文法之作,所謂振本知末⑤,通⑥一萬畢,非有闕略也。爲文章者,雖無文

196

法之書，而亦能闇與理合者，則以師範古書，俱之相習，能憭古人之文義者，未有不能自正其文義者也。及至丹徒馬君⑦，學於西土，取彼成法，析論此方之文，張設科條，標舉品性，考驗經傳而無不合，駕馭衆製而無不宜⑧。茂矣哉，信前世未之有也⑨。蓋聲律天成，而沈約睹其秘；七音夙有，而鄭譯得其徵；文法本具，而馬良析其理。（《文通》實相伯所爲，署其弟之名爾。）謂之絶學，豈虛也哉⑩。《文通》之書具在，凡致思於章句者，所宜覽省，小有罅漏⑪，亦未足爲疵，蓋創始之難也。今釋舍人之文，加以己意，期於夷易易遵，分爲九章説之：一釋章句之名，二辨漢師章句之體，三論句讀之分有係於音節與係於文義之異，四陳辨句簡捷之術，五約⑫論古書文句異例，六論安章之總術，七論句中字數，八論句末用韻，九詞言通釋。

　　一、釋章句[1]之名　《説文》：“、，⑬[2]，有所絶止，、而識之也。”施於聲音，則語有所稽，宜謂之、；施於篇籍，則文有所介，宜謂之、。一言之遯[3]可以謂之、；數言聯貫，其辭已究，亦可以謂之、。假借爲讀，所謂句讀之讀也，凡一言之停遯者用之。或作句投，或作句豆，或變作句度，其始皆但作、耳。其數言聊貫而辭已究者，古亦同用絶止之義，而但作、。從聲以變則爲章，《説文》“樂竟爲一章”是也。言樂竟者，古但以章爲施於聲音之名，而後世則泛以施之篇籍。舍人言“章者，明也”，此以聲爲訓，用後起之義傅麗之也。句之語原於乚，《説文》：“乚，鈎識也，从反丿。”是乚亦所以爲識別，與、同意。章先生説：《史記·滑稽列傳》，東方朔至

---

〔1〕　眉批：《後漢書·徐防傳》云：“章句始于子夏。”
〔2〕　批注：知庾切。
〔3〕　批注：音住，不行也。

公車上書，公車令兩人共持舉其書，人主從上方讀之。止，輒乙其
處。乙非甲乙之乙，乃鉤識之乚。乚字見於傳記，惟有此耳。聲轉
爲曲，曲古文作凵，正象句曲之形，凡書言文曲，（《荀子》。）言曲折，
（《漢書·藝文志》。）言曲度，（傅毅《舞賦》。）皆言聲音於此稽止也。又
轉爲句。《説文》曰：“句，曲也。”句之名，秦漢以來衆儒爲訓詁者乃
有之，此由諷誦經文，於此小遞，正用鉤識之義。舍人曰：“句者，局
也。”此亦以聲爲訓，用後起之義傅麗之也。《詩疏》曰：古者謂句爲
言，《論語》以思無邪爲一言。《左傳》臣之業在《揚之水》卒章之四
言，謂第四句不敢以告人也。及趙簡子稱⑭大叔遺我以九言。皆
以一句爲一言也。案：古稱一言，非必詞意完具，但令聲有所稽，即
爲一言，然則稱言與稱句無別也。總之，句、讀、章、言四名，其初但
以目聲勢，從其終竟稱之則爲章，從其小有停遞言之則爲句、爲曲、
爲讀、爲言。降後乃以稱文之詞意完具者爲一句，結連數句爲一
章。或謂句讀二者之分，凡語意已完爲句，語意未完語氣可停者爲
讀，此説無徵於古。檢《周禮·宮正》注曰⑮：鄭司農[1]讀火絶之，
云禁凡邦之事蹕。又《御史》注云：鄭司農讀言掌贊書數，玄以爲不
辭，故改之。案：康成言讀火絶之，是則⑯語意已完乃稱爲讀。又
云不辭，不辭者，文義不安之謂，若語勢小有停頓，文義未即不安，
何以必須改破。故知讀亦句之異名，連言句讀者，乃複語而非有異
義也。要之，語氣已完可稱爲句，亦可稱爲讀，前所引先鄭二文是
矣。語氣未完可稱爲讀，亦可稱爲句，凡韻文斷句多此類矣。（《文
通》有句讀之分，取便學者耳，非古義已然。）若乃篇章之分，一著簡册之
實，一著聲音之節，以一篇所載多章皆同一意，由是謂文義首尾相

---

〔1〕 批注：衆。

應爲一篇，而後世或即以章爲篇，則又違其本義。案：《詩》三百篇，有一篇但一章者，有一篇累十六章者，此則篇章不容相混也。其他文籍，如《易》二篇不可謂之二章，《孟子》七篇不可謂之七章，《老子》著書上下篇，不可謂之二章。自雜文猥盛，而後篇章之名相亂。舍人此篇云：“積章成篇。”“篇之彪炳，章無疵也。”又云：“篇有小大。”蓋猶是本古誼以爲言。今謂集數字而顯一意者，謂之一句；集數意以顯一意者，謂之一章。一章已顯則不待煩辭，一章未能盡意則更累數章以顯之，其所顯者仍爲一意，無論⑰其章數多寡。或傳一人，或論一理，或述一事，皆謂之一篇而已矣。

二、辨漢師章句之體　《學記》曰：“古之教者，一年視離經辨志。”鄭曰：“離經，斷句絕也。”詳記文所述學制，鄭皆以《周禮》說之，是則古之教者，謂周代也。其時考校已以離析經理斷絕章句爲最初要務，爾則章句之學，其來已久矣。凡離析文理，必先辨字誼，故六書之學，課於保氏，而周公親勒《爾雅》之文。《詩·烝民》曰：“古訓是式。”孔子告哀公曰：“《爾雅》以觀于古。”蓋未有不憭古訓，而能離析經理者，故知經之有傳訓，凡以爲辨別章句設也。尋《左氏》載春秋時人引《詩》，往往標舉篇章次弟，若楚莊王之述《周頌》，及稱《巧言》之卒章，《楊之水》卒章之四言者，知爾時離析章句，爲學者所習爲矣。子夏序《詩》，於《東山》篇分⑱四章之義，明文炳然，然則毛公故言⑲所分章句，皆子夏傳之也。章句本專施於《詩》，其後離析衆書文句者，亦有章句，《易》則有施、孟、梁丘章句，《書》則有歐陽、大小夏侯章句，《春秋》則有公羊、穀梁章句，《左氏》尹更始章句，班固、賈逵則作《離騷經》章句。章句之⑳始，蓋期於明析經理而止㉑。經有異家，家有異師，訓說不同，則章句亦異，弟子傳師說者，或更增益其文，務令經義敷暢。至其末流，碎義逃難，便辭巧説，破壞形體，而章句之文於是滋多，秦恭延君增師法至百萬言，説《堯典》篇目兩字十餘萬言，但説"曰若稽古"三萬言，此則破析經文，與章句之本義乖矣。桓榮受朱普學章句四十萬言，榮減爲廿三㉒萬言，其子郁後㉓删省成十二萬言，則是章句之文可以損之又損，知其多者皆浮辭也。漢師傳經，亦有不用章句者，如費氏傳《易》㉔，但以《十翼》解經，而申公傳《詩》，亦獨有訓故，然皆以詮明經義爲主，斯有章句之善，而無章句之煩，故足卲也。若其馳逐不反，以多爲貴，學者但記師説，幼童而守一藝，白首而後能言，是以通人耻之，若揚子雲《自傳》，稱不爲章句，訓詁通而已；《班固傳》亦稱其㉕不爲章句，但舉大義；《論衡·超奇篇》目"能説一經者爲儒生，博覽古今者爲通人"。知章句之末流，爲人詬病甚矣，然未可因是而遂廢章句也。經傳章句存者，上有《毛傳》，次有趙岐之於《孟子》，王逸之於《楚詞》，其佗東漢經師章句遺文猶有可考見者，蓋皆雅暢簡易，不如西漢今文諸師之煩，固知章句亦自有可法者在也。詳章句之體，毛公最爲簡潔，其於經文，但舉訓故，又義旨已具《序》中，自非委曲隱約者，不更敷暢其詞。若邠卿、叔師則既作訓故，又重宣本文之義，視毛公已爲繁重矣。案：邠卿《孟子題辭》言爲之章句，具載本文，章別其旨，此則一章之誼，已在章惝之中，而又每句別加注解，斯可謂重出，然本取施于新學，故可宗也。（趙氏《章句》，大抵複衍本文，有類後世講章，如"孟子見梁惠王"句下章句云："孟子適梁，魏㉖惠王禮請孟子見之。"此爲不解而能明者也。）叔師之作《楚詞章句》，亦以明指趣爲急，故文有繁焉。（如"朕皇考曰伯庸"句，既已逐字注解，又特㉗釋之曰："屈原言我父伯庸體有美德，以忠輔楚，世有令名，以及於己。"此亦不待煩言。）漢師説經，於文義難知處，或加疏釋，其文亦不辭繁，觀服子慎《左氏解誼》，釋宣二年《傳》文一則可見。（宣二年

《傳》:"宋、鄭戰於大棘,囚華元。將戰,華元殺羊食士,其御羊斟不與,及戰,與入鄭師,故敗。宋人以兵車百乘,文馬百駟,以贖華元于鄭,半入,華元逃歸,見叔牂,曰:子之馬然也。對曰:非馬也,其人也。既合而來奔。"杜以"子之馬然"爲華元之辭,"對曰"爲羊斟之詞,"既合而來奔",記者之詞。《正義》引服虔載三說,皆以"子之馬然"爲叔牂之語,"對曰"以下爲華元之辭。賈逵云:"叔牂,宋守門大夫,華元既見叔牂,牂謂華元曰:子見獲于鄭者,是由子之馬使然也。華元對曰:非馬自奔,其人爲之也。謂羊斟驅入鄭也,奔,走也,言宋人贖我之事既和合,而我即來奔耳。"鄭衆云:"叔牂即羊斟也,在先得歸,華元見叔牂,牂即誣之曰:奔入鄭軍者,子之馬然也,非我也。華元對曰:非馬也,其人也。言是女驅之耳。叔牂既與華元合語而即來奔魯。"又一說:"叔牂,宋人,見宋以馬贖華元,謂元以贖得歸,謂元曰:子之得歸㉘,當以馬贖故然。華元曰:非馬也,其人也。言已不由馬贖,自以人事來耳,贖事既合,而我即來奔。"詳此三說之殊,皆數言可了,必複引經文,增字爲釋,此章句之體也。)要之章句之用,在使經文之章句由之顯明,是故丁將軍說《易訓故》舉大義,亦稱爲小章句。故知順釋經文,使人因之以得文曲者,雖不名章句,猶之章句也。漢師句讀經文,今古文或殊,前後師或殊,所以違異,必加辨說之辭。康成之注三禮,有屢加改正㉙舊讀者已,何邵公《公羊解詁序》亦閔笑援引他經失其句讀者,故知家法有時而殊,離經彼此不異。降至後世,義疏之作,布在人間,考證之篇,充盈篋笥,又孰非章句之幻形哉?今謂掌撢古籍,必自分析章句始,若其駢枝之辭,漫羨之說,則宜有所裁。

　　三、論句讀有係於音節與係於文義之異　文章與語言本同一物,語言而以吟咏出之,則爲詩歌。凡人語言聲度不得過長,過長則不便於喉嚨㉚,雖詞義未完,而詞氣不妨稽止,驗之恒習,固有然矣。文以載言,故文中句讀,亦有時循㉛詞氣之便而爲節奏,不盡關於文義。至於詩歌，則句度齊同，又本無甚長之句，顏延之譏摯虞《文章流別》以詩有九言爲非，以爲聲度闡緩，不協金石，斯可謂諳製句之原者也。世人或拘執文法，强作分析，以爲意具而後成句，意不具則爲讀，不悟詩之分句，但取聲氣可稽，不問義完與否，如《關雎》首章四句，以文法格之，但兩句耳，"關關雎鳩""窈窕淑女"，但當爲讀，蓋必合下句而義始完也。今則傳家概③²稱爲句，故知詩之句徒以聲氣分析之也。又如《定之方中》篇："樹之榛栗，椅桐梓漆。"《七月》篇："十月納禾稼，黍稷重穋，禾麻菽麥。"自文法言皆一句也，而傳家仍分爲二若三，此又但以聲氣論也。其最長者，如《韓奕》篇："王錫韓侯，淑旂③³綏章，簟茀錯衡，玄袞赤舄，鉤膺鏤錫，鞹鞃淺幭，鞗革金厄。"凡二十八字，使但誦爲一句，不幾令人唇吻告勞矣乎？詩諞既然，無韻之文亦爾，如《書·皋陶謨》曰："予欲觀古人之象日月星辰山龍華蟲作會宗彝藻火粉米黼黻絺繡以五采³⁴彰施於五色作服。"自文法言，亦僅³⁵一句，然當帝舜出言之時，必不能聲氣蟬聯³⁶，中無間斷，故知自聲勢言，謂之數句可也。《左傳》載臧僖伯諫隱公之辭，有曰："鳥獸之肉不登於俎，皮革齒牙骨角毛羽不登於器，則公不射。"又欒武子論楚事之辭，有曰："楚自克庸以來，其君無日不討國人而訓之，于民生之不易，禍至之無日，戒懼之不可以怠。"此皆累數十名而成一辭，當其發語之時，其稽止之節，固已數矣。要之，以聲氣爲句者，不憭文法必待意具而後成辭，則義悋或至離析；以文法爲句者，不憭聲氣但取協節，則辭³⁷言或至失調，或乃曰意完爲句，聲止爲讀，此又混文義聲氣爲一，祇以增其糾紛。今謂句讀二名，本無分別，稱句稱讀，隨意而施，以文義言，雖累百名而爲一句，既不治之以口，斯無嫌於冗長，句中不更分讀可也；以聲氣言，字多則不便諷誦，隨其節奏以爲稽止，雖非句而稱^㊳句可也。學者目治之時，宜知文法之句讀，口治之時，宜知音節之句讀。

文法之句雖長，有時不能中斷，蓋既成一辭，即無從中截削之理。如上舉《左氏》文，但言"楚自克庸以來"，知此六字緣何而發，但言"日討國人而訓之"，知其所訓何事，又或別析"禍至之無日戒懼之不可以怠"爲二句，知其上蒙何文，故此二十五字中，無處可加鉤識，强立讀名，斯無謂也。

四、陳辨句簡捷之術　《馬氏文通》于析句之術，言之綦詳。其言曰："凡有起詞語詞而辭意已全者曰句，凡有起詞語詞而辭意未全者曰讀，凡句讀中字面少長而辭意應少住者曰頓，頓者，所以便誦讀，于句讀之義無涉也。讀之用有三：一用如名字，二用如靜字，三用如狀字。"謹案：馬君^㊴所立三名，特以資講説之便，即實論之，覽文惟須論句而已。頓之名，馬君^㊵自云於句讀之義無涉，今不復辨。至如馬君^㊶所謂讀，實即句中之句，其用于句中，雖累十名等于一字之用，然則憭于成句之理者，未有不能辨字位之所處者也，知數字在句中所處之位，與一字在句中所處之位相同，則讀之名可廢矣。今謂辨句之法，但察其意義完具與否，意具則雖以二字成句可也^㊷，意未具雖累百名成句可也^㊸。蓋今世所謂句，古昔謂之辭，其本字爲詞。《説文》曰："詞，意內而言外也。"此謂以言表意，言具而意顯，然則雖言而意不顯，不得謂之成詞。《易》曰："情見乎辭。"又曰："辭以盡言。"故語言成辭，則情趣可見，文章成辭，則意誼自昭，昔之審諟文義，申説旨趣者，皆視其成辭與否，故漢師于舊解失讀^㊹者謂之不辭，言辭不比敘，意不昭明也。子夏讀《晉史》"三豕渡河"，而知其爲"己亥"之誤，以"三豕渡河"四字不辭也。孟仲子讀《詩》"維天之命，於穆不已"爲"不似"，毛公用其天命無極之説,而不從其讀,以"天命不似"爲不辭也。公羊釋"伯于陽"經文,以爲史記之誤,以"伯于陽〔1〕"三字不辭也。穀梁釋"夏五"經文,以爲傳疑,以"夏五"二字不辭也。故審乎立辭之術,則古書文讀可以理董而無滯矣。《荀子·正名篇》之釋名辭辨説,蓋正名之術,實通于㊺一切文章,固知析句之法,古人言之已憭,後有述者,莫能上也。《荀子》之言曰:"名聞而實喻,名之用也。(楊注㊻:"名之用本在于易知也。")累而成文㊼,名之麗也。("累名而成文辭,所以爲名之華麗,《詩》《書》之言皆是也。或曰:麗曰配偶也㊽。"㊾)用麗俱得㊿,謂之知名。("淺與深俱不失其所,則爲知名也。")51 名也者52,所以期累實也。("名者,期于累數其實以成言語。或曰:累實當爲異實,所以期于使實各異也。"53)辭也者54,兼異實之名以論一意也。("辭者,説事之言辭。兼異實之名,謂兼數異實之名,以成言辭。猶若'元年春,王正月,公即位',兼説亡55實之名,以論公即位之一意也。"56)辨説也者57,不異實名以喻動靜之道也。"("動靜,是非也。言辨説也者,不唯兼異常實之名,所以喻是非之理,辭者論一意,辨者明兩端者也。"58)案:古所謂名,即後世所謂字。(《儀禮》記:"百名以上。"謂百字以上也。)由字得義,故曰名聞實喻。字與字相傅麗,比輯之以成詞59,故曰累而成文。積字以表義,故曰名以期累實。集數字爲一辭,字義雖殊,所詮惟一,故曰兼異實之名以論一意。設辭盡情,辭具而意章,錯綜衆字以闡一事,故曰不異實名以喻動靜之道。夫其解析文理有倫有脊若此,孰謂文法之書,惟西土擅長乎?今即《荀子》所謂辭以辨文句,則凡能成意者皆得謂之句,是故桓公元年經書"春王正月公即位",必連"公即位"三字而後成辭,隱公元年"不書即位",而亦得成辭,以不書即所以見

---

〔1〕 批注:公子陽。

義⑥也，定公元年"春王三月"，不書正月，以正月未行即位禮故，然書"王三月"與隱公三⑥年經之"王二月"，《傳》之"王三月"，詞例正復相同，彼既不得斷"春王"爲句，知此亦不得斷"春王"爲句，而《公》《穀》二家並從"春王"斷句，斯未識"春王"二字不成辭也，（《左氏》于此不釋，杜本亦從二家于"春王"斷句，蓋誤也。）循是推之，凡集數字成文，如其意有所詮，雖文有闕省，亦復成辭，則知字雖多而意不顯，不能謂之成辭也。茲取《史記》文數則釋之，但以集數字論一意者爲句，期令斷句之術，簡捷易知。若夫馬氏之言，自有《文通》之書在，無事剿説於此也。

史記·封禪書

少君者故深澤侯舍人主方（句。）　匿其年及其生長（句。）常自謂七十（句。）　能使物却老（句。）　其游以方遍諸侯（句。）　無妻子（句。）　人聞其能使物及不死更饋遺之（句。）⑥常餘金錢衣食（句。）　人皆以爲不治生業而饒給（句。）　又不知其何人（句。）　愈信爭事之（句。）　少君資好方善爲巧發奇中（句。）　嘗從武安侯飲（句。）　坐中有九十餘老人（句。）　少君乃言與其大父游射處（句。）　老人爲兒時從其大父識其處（句。）　一坐盡驚（句。）　少君見上（句。）　上有古銅器（句。）問少君（句。）　少君曰（句。）　此器齊桓公十年陳于柏寢（句。）
已而案其刻果齊桓公器（句。）　一宮盡駭以爲少君神數百歲人也（句。）　少君言上曰（句。）　祠竈則致物（句。）　致物而丹砂可化爲黃金（句。）　黃金成以爲飲食器則益壽（句。）　益壽而海中蓬萊仙者乃可見（句。）　見之以封禪則不死（句。）黃帝是也（句。）　臣嘗游海上見安期生（句。）　安期生食臣棗大如瓜（句。） 安期生仙者通蓬萊中（句。） 合則見人（句。）
不合則隱（句。） 于是天子始親祠竈遣方士入海求蓬萊安期
生之屬而事化丹砂諸藥齊爲黃金矣（句。）

史記·孔子世家

　　余讀孔氏書想見其爲人（句。） 適魯觀仲尼廟堂車服禮
器諸生以時習禮其家（句。） 余低回留之不能去云（句。） 天
下君王至於賢人衆矣當時則榮没則已焉（句。） 孔子布衣傳
十餘世學者宗之（句。） 自天子王侯中國言六藝者折中于夫
子可謂至聖矣（句。）

　　以上二文，《文通》亦徵引之，而斷句頗有不同。愚今以意分
析，未敢自謂不謬也。

　　《文通·十·象六》釋讀，言讀之別有三：一有接讀代字，如
“者”字“所”字。用“者”字者，《公羊傳》：“天下諸侯宜爲君者，唯魯
侯爾。”用“所”字者，《莊子》云：“無形者數之所不能分也。”案：“天
下”至“爲君”已成句，加“者”字則等於一名詞矣；“數不能分”已成
句，加“所”字則等於一名詞矣。故凡用接讀代字者，無異化數字以
爲一名詞也。二起、語二詞之間，參以“之”字。如《孟子》“北宮黝
之養勇也。”“流水之爲物也。”案：“北宮養勇”已成句，加“之”字則
等一名詞矣。三弁讀之連字，謂若句首用“若即”“如使”“雖縱”等
字。案：此等句以文理言，但作句觀，不視同一字。

　　馬氏又言讀之用三：一用如名詞。二用如靜字，是則讀等於
字，可毋煩言。三用如狀字，謂以讀記處。若《論語》“居是邦也，事
其大夫之賢者。”以讀記時。若《左傳》“昔夏之方有德也，遠方圖

物。"以讀記容。若《左傳》"夫子之在此也,如燕之巢於幕上。"案:讀用如狀字之式,有讀即爲句,如第三式是也;有讀作一字,用前二式是也㉝。

五、約論古書文句異例　恒文句讀,但能辨解字誼,悉其意恉,即可憭然無疑,或專以文法剖判之,亦可以無差忒。惟古書文句駮犖奇佹者衆,不悉其例,不能得其義恉,言文法者,于此又有所未暇也。幸顧、王、俞諸君,有成書在,兹删取其要,分爲五科,科有細目,舉舊文以明之,皆挈㉞審文句之事。若夫訂字誼,正譌文,雖有關于文句,然于成辭之質無所增省,雖有條例,不闌入於此云。

第一,倒文

(一)句中倒字〔1〕

《左傳·昭十九年》:"諺所謂室于怒,市于色。"(順言當云:"怒于室,色于市。")

《孟子·盡心下》:"若崩厥角稽首。"(順言當云:"厥角稽首若崩。")

(二)倒字叶韻

《詩·節南山》篇:"弗問弗仕,勿罔君子,式夷式已,無小人殆。"(順言當云:"無殆小人。")

《墨子·非樂上》引《武觀》曰:"啓乃淫溢,野于飲食,將將銘莧〔2〕磬以力。"(順言當云:"飲食于野。")

(三)倒句

《左傳·閔公二年》:"爲吳太伯不亦可乎!猶有令名,與其及

---

〔1〕　北大本眉批:《史記·樂毅列傳(校案:"傳"原誤"爲")》:"薊丘之植,植于汶篁。"順言之則"汶篁"與"薊"當互易。《書》:"祗台德先。"順言之則爲"先祗台德"。

〔2〕　批注:讀爲筦。音筦。

也。”（順言當云：“與其及也，猶有令名。”）

《禮記·檀弓》篇：“蓋殯也，問于耶[1]曼父之母。”（順言當云：“問于耶曼父之母，蓋殯也。”）

（四）倒序

《周禮·大宗伯職》：“以肆[2]獻祼享先王。”（以次第言，祼在先，獻次之，肆又次之。）

《書·立政》：“或五六年，或四三年。”

第二，省文

（一）蒙上省

《書·禹貢》：“終南惇物至於鳥鼠。”（不言治，蒙上“荆岐既旅”之文。）

《左傳·定四年》：“楚人爲食，吳人及之，奔，食而從之。”（奔不言楚人，食而從之不言吳人，蒙上。）

（二）因下省

《書·堯典》：“朞三百有六旬有六日。”（三百者，三百日也，不言日，因下省。）

《詩·七月》篇：“七月在野，八月在宇，九月在户，十月蟋蟀入我床下。”（在野在宇在户，皆蟋蟀也。不言者，因下省。）

（三）語急省

《左傳·莊二十二年》：“敢辱高位以速官謗。”（敢，不敢也，語急省[3]。）

《公羊傳·隱元年》：“如勿與而已矣。”（如，不如也，語急省。）

---

〔1〕 批注：耶（諏）。
〔2〕 批注：讀如剔。
〔3〕 眉批：《儀禮》：“非禮也，敢。”亦不敢之省。

（四）因前文已具而省

《易·同人·九五》㉞：“同人先號咷而後笑。”《象》曰：“同人之先，以中直也。”〔1〕（《象》意當説“同人之先號咷而後笑，以中直也”，今但曰“同人之先”，蒙上省也。《易傳》此例至多。）

《詩·板》篇：“天之牖民，如壎如篪，如璋如圭，如取如攜，攜無曰益〔2〕，牖民孔易。”（“無曰益”，但承“攜”言。以文不便，省“壎篪”以下也。）

（五）以疏略而省〔3〕

《論語》：“沽酒市脯不食。”（當云“沽酒不飲”，疏略也。）

《左傳·襄二年》：“以索馬牛皆百匹。”（牛當稱頭，疏略也。）

（六）反言省疑辭㉟

《書·西伯戡黎》：“我生不有命在天？”（言有命在天也。）

《老子》七十七章：“是以聖人爲而不恃，功成而弗處，其不欲見賢？”（言其不欲見賢乎。）

（七）記二人之言省“曰”字

《孟子·滕文公》篇：“從許子之道”至“屨大小同則賈相若”。（皆陳相之詞，上省“曰”字。）

《禮記·檀弓》篇：“悼公之喪，季昭子問于孟敬子，曰：‘爲君何食？’敬子曰：‘食粥，天下之達禮也。吾三臣者之不能居公室也，四方莫不聞矣，勉而爲瘠則吾能，毋乃使人疑夫不以情居瘠者乎哉！我則食食。’”（自“吾三臣者”以下㊲皆昭子之詞，而省“曰”字。）

---

〔1〕 批注：《尚書大傳》省文例亦同。

〔2〕 北大本眉批：益易猶言險易，益爲隘之猶字。

〔3〕 北大本眉批：《玉藻》：“大夫不得造車馬。”馬不可造，連車而言。《史記》：“緩急，人之所時有也。”成敗、存亡、雅俗皆多連言。

第三,複文

（一）同義字複用〔1〕

《左傳·襄三十一年》:"繕完葺墻以待賓客。"（"繕完葺"三字同誼。○二字複用不可悉數。）

《左傳·昭十六年》:"庸次比耦以艾殺此地。"（"庸次比耦"四字同義。）

（二）複句

《易·繫辭》:"言天下之至賾而不可惡也,言天下之至賾而不可亂也。"（下"賾"字鄭、虞、王本皆同,今本作"動"。）

《孟子·梁惠王》篇:"故王之不王,非挾泰山以超北海之類也。王之不王,是折枝之類也。"（《詩》中複句極多,不能悉數。）

（三）兩字義類相因牽連用之而複

《禮記·文王世子》篇:"養老幼於東序。"（言養幼者,牽於老而言之。）

《玉藻》篇:"大夫不得造車馬。"（言造馬者,牽于車而言之。）

（四）語詞疊用

《尚書·多方》篇:"爾曷不忱裕之於爾多方? 爾曷不夾介乂我周王享天之命? 今爾尚宅爾宅,畋爾田,爾曷不惠王熙天之命? 爾乃迪屢不靖,爾心未愛,爾乃不大宅天命,爾乃屑播天命,爾乃自作不典圖忱於正。"（十一句中,三"爾曷不"字,四"爾乃"字。）

《詩·大雅·綿》篇:"迺慰迺止,迺左迺右,迺疆迺理,迺宣迺畝。"（四句疊用八"迺"字。）

---

〔1〕 北大本眉批:《三国志》注讃"文艷博富"。"王朝至於商郊牧野,乃誓。"三字同義。

（五）語詞複用〔1〕

《書·秦誓》：“尚猶詢茲黃髮。”（言“尚”又言“猶”。）

《禮記·檀弓》篇：“人喜則斯陶。”（言“則”又言“斯”。）

（六）一人之詞中加“曰”字

《左傳·哀十六年》：“乞曰：不可得也；曰，市南有熊宜僚者，若得之，可以當五百人矣。”（下“曰”字仍爲乞語。〇此記者加以更端。）

《論語》：“懷其寶而迷其邦，可謂仁乎？曰：不可。”（“曰”字陽虎自答。〇此自爲問答之詞。）

第四，變文

（一）用字錯綜〔2〕

《春秋·僖十六年》：“隕石於宋五。是月六鶂退飛過宋都。”〔3〕（上言石五，下言六鶂，錯之耳⑱。）

《論語》：“迅雷風烈。”（即迅雷烈風。）

（二）互文見義〔4〕

《禮記·文王世子》篇：“諸父守貴宮貴室，諸子諸孫守下宮下室……諸父諸兄守貴室，子弟守下室，而讓⑲道達矣。”（鄭曰：“上言父子孫，此言兄弟，互相備也。”）

《祭統》篇：“王后蠶於北郊，以共純⑳服；夫人蠶於北郊，以共冕㉑服。”（鄭曰：“純服亦冕服也，互言之爾。”）

----

〔1〕 北大本眉批：《左傳》：“十年尚（校案：“尚”原誤“當”。）猶有臭。《莊子》“庸詎知”，又“而後乃”，又“闔胡”（闔即曷）。

〔2〕 北大本眉批：《詩》：“克堪顧天。”

〔3〕 北大本眉批：《公羊》言“記聞記見”。《穀（校案：“穀”原誤“報”。）梁》言“散辭聚辭”。

〔4〕 北大本眉批：《孟子》：“禹稷當平世，三過其門而不入。”

（三）連類並稱

《儀禮·少牢饋食禮》：“日用丁己。”（或用丁，或用己。）

《孟子》：“華周杞梁之妻，善哭其夫，而變國俗。”（哭夫爲杞梁妻事，華周妻乃連類言之也。）

（四）兩語平列而實相聯

《論語》：“君子恥其言而過其行。”（言君子恥其言之過其行也。）

《詩·蕩》篇：“侯作侯祝。”（《傳》曰：“作祝，詛也。”）

（五）兩語小殊而實一意

《詩·關雎》：“參差荇菜，左右流之；參差荇菜，左右求之。”（《傳》曰：“流，求也。”）

《禮記·表記》：“仁有數，義有長短小大。”（數即長短小大。）

（六）變文叶韻

《易·小畜·上九》：“既雨既處。”（處，止也，與雨韻，故變言處。）

《詩·鄘風·柏舟》：“母也天只，不諒人只。”（《傳》曰：“天，謂父也。”《正義》曰：“先母後天，取其韻句。”案：變父言天，亦取韻句耳。）

（七）前文隱没至後始顯

《禮記·曲禮》篇：“天子謂之伯父，異姓謂之伯舅。”（下言異姓，則上言同姓明矣。）

《檀弓》篇：“晉獻公之喪，秦穆公使人弔公子重耳。子顯以致命於秦穆公。”（上不言使人爲誰，至後始顯。）

（八）舉此見彼

《易·文言》：“地道也，臣道也，妻道也，地道無成而代有終也。”（不言臣妻。）

《禮記·王制》：“大國之卿不過三命，下卿再命，小國之卿與下大夫一命。”（鄭曰：“不著次國之卿者，以大國之下互明之。”）

（九）上下文語變換

《書·洪範》："金曰從革〔1〕，土爰稼穡〔2〕。"（爰即曰也。）

《論語》："愛之能勿勞乎？忠焉能勿誨乎？"（焉即之也。）

（十）敘論並行

《左傳·僖三十三年》："秦伯素服郊次，向師而哭，曰：'孤違蹇叔以辱二三子，孤之罪也。'不替孟明。'孤之過也，大夫何罪！且吾不以一眚掩大德。'"（"不替孟明"乃記者之詞。）

《史記·周本紀》："尹佚筴祝曰：'殷之末孫季紂，殄廢先王明德，侮蔑神祇不祀，昏暴商邑百姓，其章顯聞於皇天上帝。'於是武王再拜稽首，曰：'膺更大命，革殷受天明命。'武王又再拜稽首。"（"於是武王再拜稽首曰"九字夾敘于祝文之中，"再拜稽首"敘其事，"曰"者，史佚更讀祝文也。）

（十一）録語未竟

《左傳·襄廿五⑫年》："盟國人於大宮，曰：所不與崔慶者。"（下無文。）

《史記·高紀》："諸君必以爲便，便國家。"（下無文。）

第五，足句

（一）間語

《書·君奭》："迪惟〔3〕前人光。"（惟，間語也。）

《左傳·隱十一年》："天而既厭同德矣。"（而，間語也。）

（二）助語用虛字

《詩·車攻》篇："徒御不驚，大庖不盈。"（《傳》："不驚，驚也。不

---

〔1〕 北大本眉批："從（"從"原誤"徒"。）革"即"因革"。

〔2〕 北大本眉批：之即是，爰即於是，亦即於，亦即是。

〔3〕 批注：無意義。

盈,盈也。")

《書·洪範》:"皇建其有極。"(有極,極也。)

(三)以語詞⑦齊句〔1〕

《詩·匏有苦葉》篇:"濟盈不濡軌,雉鳴求其牡。"("不"字所以齊句。)

《無羊》篇:"衆維魚矣。旐維旟矣。"("維"字所以齊句。)

右所甄舉,大抵取之《古書疑義舉例》中。其文與恒用者殊特,不憭其例,則於其義茫然,或因以生誤解。文法書雖工言排列組織之法,而於舊文有所不能施用。蓋俞君有言:"執今人尋行數墨之文法,而以讀周、秦、兩漢之書,猶執山野之夫,而與言甘泉、建章之巨麗也。"斯言諒矣。兹爲講説計,竊取成篇,聊以證古書文句之異,若其詳則先師遺籍具在,不煩羅縷於此云。

六、論安章之總術　　舍人此篇,當與《鎔裁》《附會》二篇互⑦觀,又證以《文賦》所言,則于安章之術灼然無疑矣。此篇云:"句司數字,待相接以爲用;章總一義,須意窮而成體。其控引情理,送迎際會,譬舞容回環,而有綴兆之位;歌聲靡曼,而有抗墜之節也。章句在篇,如繭抽緒,原始要終,體必鱗次。啓行之辭,逆萌中篇之意;絶筆之言,追媵前句之旨;故能外文綺交,内義脈注,跗萼相衡,首尾一體。若辭失其朋,則羈旅而無友,事乖其次,則飄寓而不安。是以搜句忌于顛倒,裁章貴于順序,斯固情趣之指歸,文筆之同致也。"案:此文所言安章之法,要于句必比敘,義必關聯。句必比敘,則浮辭無所容;義必關聯,則雜意不能羼。章者,合句而成,凡句必須成辭,集數字以成辭,字與字必相比敘也,集數句以成章,則句與

─────────────

〔1〕 北大本眉批:《大雅》:"不大聲以色。"

句亦必相比敘也；字與字比敘，而一句之義明，句與句比敘，而一章之義明；知安章之理無殊乎造句，則章法無紊亂之慮矣。《文心》云："引而伸之，則兩句敷爲一章，約以貫之，則一章刪成兩句。"夫句可展爲章，章可刪爲句，知章句之理本無二致矣。）一章所論，必爲一意，一意非一句所能盡，故必累句以明之，而此諸句所言，皆趣以明彼之一意，然則諸句之間，必有相待而不能或離者，是故前句之意，或以啓下文，後句之意，或以足上旨，使去其一句，則義因之以晦，橫增一句，則義因之不安，蓋句中一字之增損，足以累句，章中一句之增損，亦足以累章，若知義必關聯，則二意兩出同辭重句之弊可以袪矣。然臨文安章，每苦龊㱙[75]，操末續顚，勢所不免，是故《鎔裁》篇説安章要在定準，準則既定，奉以周旋，則首尾圓合，條貫統序，文成[76]之後，與意合符，此則先定章法，後乃獻替節文，亦安章之簡術也。凡篇章立意，雖有專主，而枝分條別，賴衆理以成文，操毫時既有牽綴之功，脱槀後復有補苴之事，文不加點，自古所稀，易句改章，文士常習，是以舍人復有《附會》之篇，以明修潤之術，究其要義，亦曰總綱領、求統緒、識膚理、會節文而已。大抵文既成篇，更有增省，必須俯仰審視，細意彌縫，否則刪者有斷鶴之憂，補者有贅旒[77]之誚，尺接寸附，爲功至煩，故曰"改章難於造篇，易字艱於代句，此已然之驗也"。《文賦》曰："或仰逼於先條，或俯侵于後章，或辭害而理比，或言順而義妨，離之則雙美，合之則兩傷，考殿最于錙銖，定去留于毫芒，苟銓衡之所裁，固應繩其必當。"此文所言安章之術雖簡，實足包括舍人三篇之言。至言銓衡所裁，應繩必當。（注云："言銓衡所裁，苟有輕重，雖應繩墨，須必除之。"）則章法謹嚴極矣。統之，安章之術，以句必比敘，義必關聯爲歸，命意于筆先，所以立其準，刪修于成後，所以期其完，首尾周密，表裏一體，蓋安章之上選乎。

七、論句中字數　此篇言句中字數,兼文筆二者言之。無韻之文,句中字數蓋無一定,彥和言“四字密而不促,六字格(案:格爲裕之誤。)而非緩,或變之以三五,蓋應機之權節也。”此謂無韻之文,以四字六字爲適中,(密而不促,裕而非緩,即謂得緩急之中,變以三五,但爲權節,則四字六字爲合中明矣。李詳云:“《十駕齋養新録》據此謂‘駢儷之文,宋人或謂之四六’。梁時文字已多用四字六字矣。”)蓋猶拘于當時文體,其實句中字數,長短無恒,特古人文章即是言語,若遇句中字多,無害中加稽止,觀前所引《詩·大雅》《左傳》文而可明也。至後世之文,則造句不宜過長,若賈誼《過秦論》“於是六國之士有甯越、徐尚、蘇秦、杜赫之屬爲之謀”三句,范蔚宗《宦者傳論》“若夫高冠長劍紆朱懷金者布滿宮闈”六句,皆難于諷誦,必當中加稽止,斯固不必輕於放㉘效者也。自四六體成,反之者變爲古文,有意參差其句法,于是句度之長,有古所未有者,此又不足以譏四六也。(曾鞏《南齊書序》:“是可不謂明足以周萬事之理,道足以適天下之用,智足以通難知之意,文足以敘難顯之情者乎?”又曰:“是豈可不謂明不足以周萬事之理,道不足以適天下之用,智不足以通難知之意,文不足以敘難顯之情者乎?”又曰:“然顧以謂明不足以周萬事之理,道不足以適天下之用,智不足以通難知之意,文不足以敘難顯之情者何哉?”句法奇長若此,令人怪笑。然此猶曰無韻之文也,至歐陽修《祭尹師魯文》,蘇軾《祭歐陽文忠公文》,皆爲韻語,而句法之長,有一句三十四字者,有一句三十二字者,此真古之所未有也。)

夫文之句讀,隨乎語言,或長或短,取其適于聲氣,拘執四六者固非,有意爲長句者亦未足範也。若夫有㉙韻之文,句中字數,則彥和此篇所説,大要本之摯虞。《文章流別論》曰:“古之詩有三言、四言、五言、六言、七言、九言。古詩率以四言爲體,而時有一句二句雜在四言之間。後世演之,遂以爲篇。古詩之三言者,‘振振鷺,鶯于飛’之屬是也，漢《郊廟歌》多用之。五言者，‘誰謂雀無角’之屬是也，于俳諧倡樂多用之。六言者，‘我姑酌彼金罍’之屬是也，樂府亦用之。七言，‘交交黃鳥止于桑’之屬是也，于俳諧倡樂多用之。古詩之九言者，‘泂酌彼行潦挹彼注玆’之屬是也，不入歌謠之章，故世希爲之。(《詩》疏引顏延之云：“詩體本無九言者，將由聲度緩闌，不協金石，仲治言未可據。”)夫詩雖以情志爲本，而以成聲爲節，然則雅音之韻，四言爲正，其餘雖備曲折之體，而非詩之正也。”此彥和說所本。《詩》疏則云：“句者聯字以爲言，則一字不制也，以詩者申志，一字則言蹇而不會，故《詩》之見句，少不減二，即‘祈父’‘肇禋’之類。三字者，‘綏萬邦，屢豐年’之類。四字者，‘關關雎鳩’之類。五字者，‘誰謂雀無角’之類。六字者，‘昔者先王受命’‘有如召公之臣’之類。七字者，‘如彼築室於道謀’之類。八字者，‘十月蟋蟀入我床下’之類。其外更不見九字十字者。”據沖遠之言，則詩無九字，蓋自《楚詞》⑧有之。漢人賦句有十餘字者，以不歌而誦，故無嫌也。然至十餘字止矣，未有若宋人之一句三十餘字者也。

《竹彈》之謠，李詳引黃生《義府》云：“此未知詩理，蓋此必四言成句，語脉緊，聲情始切，若讀作二言，其聲嘽緩而不激揚，恐非歌旨。若昔人讀‘黃絹幼婦外孫齏臼’爲二言四句，此實妙解文章之味。又古人八字用四韻者，《老子》‘知足不辱，知止不殆’；《韓非》‘名正物定，名徙物倚’是也。”侃案：黃歌四句四韻，而黃生以爲二句，黃絹辭八字二韻，而黃生以爲四句，且曰“妙解文章之味”，未知抑揚之所由。

八、論句末用韻　彥和引魏武之言，今無所見。惟士龍說見《與兄平原書》。(《書》云：“亦常云四言轉句，以四句爲佳。”)彥和謂其志同枚、(枚乘。)賈，(賈誼。)觀賈生《弔屈原》及《鵩賦》，誠哉兩韻輒易，

《惜誓》及枚乘《七發》乃不盡然。彦和又謂劉歆、桓譚百韻不遷,子駿賦完篇存者惟《遂初賦》,固亦四句一轉也。其云"折之中和,庶保無咎"者,蓋以四句一轉則太驟,百句不遷則太繁,因宜通㉛變,隨時遷移,使口吻調利,聲調均停,斯則至精之論也。若夫聲有宫商,句中雖不必盡調,至於轉韻,宜令平側相間,則聲音參錯,易於入耳。魏武嫌於積韻,善於資代,所謂善於資代,即善㉜於換韻耳。

前釋漢師章句之體條中,引《禮記》"離經辨志"。但據鄭注,以離經爲斷句。近世黄元同先生更以辨志爲斷章,且極論離經辨志之要,其言甚美,兹迻録如左:

黄以周《離經辨志説》

《學記》:"一年視離經辨志,三年視敬業樂群,五年視博習親師,七年視論學取友。"爲中年考校之法。鄭注"離經辨志"〔1〕,其義本通,後人轉求其深,反失《記》意。初年所視,義毋深説。《易》曰:浚恒之凶,始求深也。(《恒卦》初六象辭。)《記》曰:不陵節而施之謂孫。"〔2〕此之謂也。且如鄭所解"離經辨志",亦甚難矣。古離經有二法,一曰句斷,一曰句絶。句斷又㉝謂之句逗,古亦謂之句投,(《文選·長笛賦》。)斷與逗、投皆音近字,句斷者,其辭於此中斷而意不絶,句絶則辭意俱絶也。鄭注離訓斷絶,兼兩法言,云斷句絶也者,欲句字兩屬之爾。(《禮經》有其例,注亦多用斯意。)離經專以析句言,孔疏章句

〔1〕 北大本眉批:鄭注:"離經(校案:"經"原誤"修"。)斷句絶也,辨志謂别其心意所趣向也。"

〔2〕 北大本眉批:不陵節,謂不教長者以小,教幼者(校案:"幼者"後原衍"長者"。)以大也。施猶教也,孫,順也。

兼説,既非鄭義,俗本作章斷句絶也,更失鄭意。斷章乃辨志
事,志與識通,辨志者,辨其章恉而標識之也。鄭讀志如字,云
别其志意之趣鄉,趣鄉釋志,志者心之所之也,其志意謂經之
志意也。孔疏志屬學者,辨屬考校者,於上視字既觸,於下文
法亦違,鄭意當不爾也。古者教國子以詩書禮樂四術,《詩·
周南》本一什,《關雎》之後即繼《葛覃》,學者以其志趣不同,分
之爲篇,别之以章,題曰《關雎》幾章,《葛覃》幾章,題即標識之
謂也,而云辨者,章法無一定,任學者自分之。《毛詩》云:"《關
雎》五章,章四句,故言三章,其一章四句,二章章八句。"《釋
文》云:"五章是鄭所分,故言以下是毛公本意。"是毛、鄭標識
不同也。《常棣》,《毛詩》分八章,章四句,《中庸》連引"妻子好
合"六句,辨其志趣,後兩章宜合爲一。由是推之,《毛詩》所分
五章六章,亦謂禦侮思兄弟,平安又重友生,辨其志趣亦不必
分爲二,(説詳先君《儆居集》。)是毛公之標識,亦不能無失也。
《閟宫》之分章,至今無定説,然此猶其小㉞焉者也,至《毛詩》
分《周頌·桓》《賚》爲兩篇,據《左傳》,《桓》爲《大武》之六章,
《賚》爲《大武》之三章,是篇第之標識亦有不同矣。此非辨志
有各别而考校者所當視乎?《尚書·汩作》《九共》《槀飫》,皆
述"帝釐下土,方設居方,别生分類"之事,古初當亦同篇;曰
《汩作》,曰《九共》,曰《槀飫》,殆亦後之學者,辨其志趣之異標
識之。《大禹》《皋陶謨》《益稷》亦猶是已。《盤庚》本一篇,今
分上中下,而鄭注亦以上篇《盤庚》爲臣時事,中下篇《盤庚》爲
君時事。《康王之誥》或分"王出"以下爲篇,或分"王若曰"以
下爲篇,亦辨志者之標識之各别也。《禮經》散佚已多,今所傳
《士禮》十七篇,注家於每篇中分别其章,標識其目,亦辨志之

事。《樂經》全亡，而小戴所載《樂記》一篇，劉向《別錄》有《樂本論》十一目，即辨志之遺法也。今諸經章句，注家標識，大半已明。若初學讀《史記》《漢書》用離經辨志法，令之點句畫段，標明大旨，一展視之，便知其用意之淺深，洵良法也。初年講學，宜知是意，小成而後，由所辨而措諸[85]身心，由所志而見諸事業，道德經濟文章，皆由此其選也[86]。

　　九、詞言通釋　　世人或言：語詞多無本字。朱君允倩書遇語詞不得語根者，輒謂為託名標識。或言：語詞多無實義。馬建忠書謂“夫”“蓋”“則”“以”“而”等字無解。夫言語詞無本字，則不知義之所出；言語詞無實義，則不知義之所施。茲故采《說文》及傳注之言，删取二王、俞、黃之書，作此一篇。凡古籍常用之詞，類多通假，維聲音轉化無定，如得其經脉，則秩然不亂，非夫拘滯於常文者所能悟解也。馬氏書以意讀古書，而反斥王君有徵之言，此大失也。尋《爾雅·釋詁》《釋言》之三篇，釋詞言者數十條，《方言》《廣雅》亦放物之，固知昔人訓解書籍，未有不以此為急者。《文心雕龍》云：“夫、惟、蓋、故者，發端之首唱；之、而、於、以者，乃劄句之舊體；乎、哉、矣、也，亦送末之常科。據事似閑，在用實切。”夫語助施於恒文，其要已若此，況於誦籀故書，而可忽之乎？

　　《說文》：“曰，詞也。从口，乙聲。亦象口氣出也。”《廣雅》：“曰，言也。”通作謂。《廣雅》：“謂，說也。”又通作云。《經傳釋詞》：“云，言也。”又通作為。《釋詞》：“為，猶曰也。”謂亦通作為。《釋詞》：“為，猶謂也。”

　　《說文》：“欥，詮詞也。从欠，曰聲。”字亦作聿，亦作聿，亦作遹。

《説文》："粵，亏也，宷慎之詞者。从亏，从宷。"字亦作越。《夏小正》傳："越，於也。"通作爰。《爾雅》："爰，于也，於也，曰也。"

粵又但爲發聲之詞。《爾雅》："粵，曰也。"通作曰。黃以周説："曰亦發聲之詞。"

《説文》："亏，於也，象气之舒，从丂，从一。一者，其气平之也。"字亦作於。通作繇。《爾雅》："繇，於也。"字亦作由，亦作猷。又通作曰。黃説："曰，于也。"又通作爲。《釋詞》："爲，猶於也。"又通作如。《釋詞》："如，猶於也。"又通作那。《爾雅》："那，猶於也。"又通作諸，作都。《儀禮》注曰："諸，於也。"《爾雅》曰："都，於也。"又通作之。《釋詞》："之，猶諸也，於也。"亏又有在誼，字亦作於，通作乎。《吕覽》注："乎，於也。"又通作許。《文選》注："許，猶所也。"又通作所。所本音許，轉爲齒音，其作喉音者，於之借也。又通作可。《禮記》注："可，猶所也。"亏又有於是之義，通作安。《釋詞》："安，猶於是也，乃也，則也。"字亦作案，亦作焉。又通作惟。《文選》注："惟，是也。"又通作侯。《爾雅》："侯，乃也。"又通作一。《吕覽》注："一，猶乃也。"亏又但爲發聲之詞。《左傳》注："于，發聲。"亏又爲歎詞，字亦作於。《詩》傳："於，歎詞。"亦作烏，烏呼即於乎。亦作嗚，通作猗。《詩》傳："猗，歎詞。"又通作噫。《釋詞》曰："噫，歎聲。"亦作意，作懿，作抑。

《説文》："吁，驚語也，从口，亏聲。"通作呼。《左傳》注："呼，發聲。"

《説文》："爲，母猴也，其爲禽好爪。"引申有作爲之誼。通作以。《玉篇》："以，爲也。"又通作用。《釋詞》："用，詞之爲也。"又通作與。《釋詞》："與，猶爲也。"又通作于。《儀禮》注："于，猶爲也。"字亦作於。《釋詞》："於，猶爲也。"又通作曰。《釋詞》："曰，猶爲也。"又通作謂。《釋詞》:"謂,猶爲也。"又通作爰。《玉篇》:"爰,爲也。"又通作惟。《玉篇》:"惟,爲也。"又通作有。《釋詞》:"有,猶爲也。"

爲引申爲人相爲之爲,則讀去聲。亦通作與。《釋詞》:"與,猶爲也。"亦通作于。《釋詞》:"于,猶爲也。"字亦作於。《釋詞》:"於,猶爲也。"亦通作謂。《釋詞》:"謂,猶爲也。"

《説文》:"已,已也。四月陽气已出,陰气已藏,萬物見,成文章。"故引申以爲已止已過之誼,而有似、目二音。其訓過者,又有太誼、甚誼。(《考工記》注。)通作以。《左傳》:"嬴曰以剛。"

《説文》:"目,用也,从反已。"字又作以,或作已。通作用,字亦作庸。通作與。《釋詞》:"與,猶以也。"又通作由。《廣雅》:"由、以,用也。"字亦作猶,亦作攸。又通作允。《釋詞》:"允,猶用也。"又:"猶以也。"又通作爲。《釋詞》:"爲,猶以也。"

《説文》:"矣,語已詞也,从矢,目聲。"字亦作已。《漢書》注:"已,語終辭。"又通作焉。《玉篇》:"焉,語已之辭也。"又通作也。《釋詞》:"也,猶矣也。"又通作云,字亦作員。《詩》疏:"云、員,古今字,助句辭也。"

《説文》:"唉,應也。"通作誒。《説文》:"一曰,誒,然也。"又通作已。《書》傳:"已,發端歎辭。"字亦作熙。《漢書》注:"熙,歎詞。"又通作譆。《釋詞》:"譆,歎辭也。"字亦作嘻。

《説文》:"誒,可惡之辭。"字亦作唉,又作譆。《説文》:"譆,痛也。"字亦作嘻。

《説文》:"㖃,芌惡驚詞也。讀若楚人名多夥。"字亦作夥。

《説文》:"余,語之舒也。从八,舍省聲。"引申爲我之稱,通作予,又通作台。

《説文》：“歟，安气也。”以爲語詞，與余同誼。《玉篇》：“歟，語末詞。”字亦作與。《國語》注：“與，辭也。”通作爲。《禮記》疏曰：“爲是助語。”

《説文》：“與，黨與也。”引申以爲相連及之詞。《禮記》注：“與，及也。”通作以。《廣雅》：“以，與也。”《虞氏易注》曰：“以，及也。”又通作曰。黄以周説：“曰，及也。”字亦作越。《廣雅》：“越，與也。”又通作謂。《釋詞》：“謂，猶與也。”又通作爰。《釋詞》：“爰，猶與也。”又通作于。《釋詞》：“于，猶與也。”又通作爲。《釋詞》：“爲，猶與也。”又通作惟。《釋詞》：“惟，猶與也，及也。”字亦作維。又通作如。《釋詞》：“如，猶與也，及也。”又通作若。《釋詞》：“若，猶與也，及也。”又通作而。《釋詞》：“而，猶與也，及也。”

《説文》：“卤，气行皃。从乃，卤聲。讀若攸。”字變作迺。通作攸。《釋詞》：“攸，語助也。”字亦作猷。

《説文》：“唯，諾也。”通作俞。《爾雅》：“俞，然也。”唯又但爲發聲之詞，字亦作惟，作維，作雖。通作伊。《爾雅》：“伊，維也。”字亦作緊。又通作允。《釋詞》：“允，發語詞。”又通作夷。《周禮》注：“夷，發聲。”又通作有。《釋詞》：“有，語助也。”又通作或。《釋詞》：“或，語助也。”又通作抑。《釋詞》：“抑，發語詞。”字亦作噫，作意。又通作亦。《釋詞》曰：“亦有但爲語助者。”唯又引申而有兩設之詞，字亦作惟，作雖。《玉篇》：“雖，詞兩設也。”唯又有是義，字亦作惟，作維，作雖，引申又訓獨。又通作緊。《詩》箋：“緊，是也。”字亦作伊，又通作一，引申訓皆，實用惟是之義。字亦作壹。

《説文》：“又，手也。”引申爲手所有之誼，凡有無字皆以又爲本字。字亦作有，通作或。《廣雅》：“或，有也。”又通作爲。《孟子》注：“爲，有也。”又通作惟。薛綜《東京賦》注：“惟，有也。”又通作云，字亦作員。《廣雅》：“云、員，有也。”有，又有或義。《穀梁傳》：“一有一無曰有。”通作或。《易傳》：“或之者，疑之也。”又通作抑。《左傳》注：“抑，疑辭。”字亦作意，作噫，作億，作懿。又通作一。《釋詞》：“一，或也。”又通作云。《釋詞》：“云，或也。”又，又爲有繼之辭，見《穀梁傳》。《詩》疏：“又，亞前之辭。”字亦作有。《詩》箋：“有，又也。”又通作或。《釋詞》：“或，猶又也。”又通作亦。《公羊》注曰：“亦者，兩相須之意。”又通作惟。黄以周説：“惟，又也。”又通作猶。《禮記》注曰：“猶，尚也。”《爾雅》：“可也。”《釋詞》：“猶之言由也。”字亦作猷。

《説文》：“因，就也。”引申爲因由之誼，通作由，又通作目。《漢書》注：“目，由也。”又通作用。《釋詞》曰：“用，詞之由也。”

《説文》：“欲，貪欲也。”其於詞聲轉爲爲。《孟子》：“克告於君，君爲來見也。”趙注：“君將欲來。”是以欲釋爲。《史記》：“爲欲置酒。”爲欲複言爾。

《説文》：“兮，語所稽也。”通作殹。《石鼓文》：“汧殹^⑰沔沔。”秦斤以殹爲也字。又通作也。《玉篇》：“也，所以窮上成文也。”《釋詞》：“也，猶兮也。”又云：“也，猶者也。”又通作猗。《釋詞》：“猗，兮也。”又通作邪。《釋詞》：“邪，猶也也。”又通作矣。《釋詞》：“矣，猶也也。”又通作焉。《釋詞》：“焉，語助也。”又：“猶也也。”又通作安。《釋詞》：“安，焉也。”又通作與。《釋詞》：“與，猶也也。”

《説文》：“兄，長也。”引申有兹益誼。《詩》傳：“兄，兹也。”字亦作況。《詩》傳：“況，兹也。”亦作皇。又通作行。《漢書》注：“行，且也。”兄又引申爲匹擬之詞。《廣韻》：“況，匹擬也。”此由矧況誼引申。

《説文》：“曷，何也。”字亦作害。又通作盍。《爾雅》：“曷，盍

也。"《廣雅》:"盍,何也。"字亦作蓋,蓋又引申爲發端之詞。《釋
詞》:"蓋,大略之詞。"又通作何,又通作奚,又通作胡,字亦作遐,作
瑕。《禮記》注:"瑕之言胡也。"又通作侯。《吕覽》注:"侯,何也。"
又通作號。《釋詞》:"號,何也。"又通作安。《易》疏:"安,猶何也。"
又通作焉。《廣雅》:"焉,安也。"又通作庸。《釋詞》:"庸,猶何也,
安也,詎也。"又通作台。《釋詞》:"台,猶何也。"又通作惡,字亦作
烏。《吕覽》注:"惡,安也。"又曰:"烏,安也。"

《説文》:"乎,語之餘。从兮,象聲上越揚之形也。"又通作于。
《吕覽》注:"于,乎也。"又通作歟,字亦作與。《吕覽》注:"歟,邪
也。"《論語》疏:"與,語不定之詞。"又通作邪。《釋詞》:"邪,猶歟
也,乎也。"又通作也。《釋詞》:"也,猶邪也,歟也,乎也。"又通作
如。《釋詞》:"如,猶乎也。"又通作夫。《釋詞》:"夫,乎也。"乎又爲
發聲,字通作侯。《詩》傳:"侯,維也。"《爾雅》:"伊、維,侯也。"又通
作洪。《釋詞》:"洪,發聲。"字亦作鴻。《爾雅》:"鴻,代也。"

《説文》:"号,痛聲也。""號,呼也。"通作皋。《儀禮》注:"皋,長
聲也。"

《説文》:"故,使爲之也。"引申爲申事之詞,發端之詞。又與則
詎通。《釋詞》:"故,猶則也。"則本字爲曾,亦申事之詞;故爲推其
所由,故又有本然之詎。字亦作固,作顧。《釋詞》:"固,必也。"又
通作苟。《釋詞》:"苟,誠也。"

《説文》:"顧,還視也。"引申爲詞之反。許君《淮南》注曰:"顧,
反也。"

《説文》:"夃,秦以市買多得爲夃。从乃,从夊,益至也。"引
《詩》:"我夃酌彼金罍。"今《詩》作姑,字亦作姑,且也。又通作顧。
《釋詞》:"顧,但也。"又通作苟。《釋詞》:"苟,但也,且也。"

《説文》："今，是時也，从亼从ㄱ。ㄱ，古文及字。"今引申但訓是。《釋詞》："今，指事之詞也。"又但訓即。《釋詞》："今，猶即也。"

《説文》："可，肯也。""哿，可也。"通作克，又通作堪，又通作所。所本音許，可本音己，故得相通。《釋詞》："可，猶所也。"

《説文》："及，逮也。从又，从人。""曁，衆與詞也。"《爾雅》："及，與也。"及又爲更端之詞。《釋詞》："及，猶若也。"

《説文》："ㄑ，鉤識也。从反亅，讀若橜。"引申以爲指事之詞，猶、孳乳以爲者是諸字矣。通作厥。《爾雅》："厥，其也。"通作其，又通作汽。《左傳》注："汽，其也。"又通作幾。《易》注："幾，詞也。"又虞注："幾，其也。"又通作豈。《廣韻》："豈，詞之安也，焉也，曾也。"又通作詎。《釋詞》："詎，豈也。"字亦作巨，作距，作鉅，作遽，作渠。又通作祈。《禮記》注："祈之言是也。"又通作既，經傳多以既其互文，既亦其也。

其又但爲語助，或讀如記，字亦作己，作記，作辺，作忌。其又作問詞而讀如姬，字亦作居，作期。ㄑ又通作羌。《廣雅》："羌，乃也。"其有乃訓，故羌亦訓乃。字亦作慶，作卿，作謇。《離騷》："謇吾法夫前修。""謇朝誶而夕替。"謇皆羌也。

《説文》："幾，微也，殆也。"殆之訓，字又通作汽。《詩箋》："汽，幾也。"又通作既，已也，由已引申，又有終誼。黄以周説："經傳以既與初與始連文，既皆訓終。"

《説文》："吾，我自稱也。""我，施身自謂。"又通作言。《爾雅》："言，我也。"

我又但爲語詞，亦通作言。《爾雅》："言，間也。"又通作宜，作儀，作義。《釋詞》云："皆助語詞也。"又通作懘。《左傳》注："懘，發語也。"

《説文》："宜，所安也。"引申爲推測之詞。《釋詞》："宜，猶殆也。"

《説文》："疴，語相訶歫也，从口歫⊗辛。"通作惡。《釋詞》："惡，不然之詞。"字亦作啞。

《説文》："者，別事詞也，从白㫍聲。㫍，古文旅。"通作諸。《儀禮》注："諸，之也。"諸又訓於，又通作都。《爾雅》："都，於也。"又通作之。之，指事之詞。本字皆作者。又通作是。《釋詞》："是，之也。"字亦作氏。又通作時。《爾雅》："時，是也。"又通作寔。《爾雅》："寔，是也。"字亦作實。又通作適。《釋詞》："適，是也。"之又通作旃。《詩》傳："旃，之也。"者又引申爲歎詞，通作都。《書》傳："都，於，歎美⊗之辭⊗。"

《説文》："尚，曾也，庶幾也。从八，向聲。"曾之誼，字通作當。《釋詞》："當，猶則也。"庶幾之誼，字亦作上，又通作當。《釋詞》："當，猶將也。"又爲或然之詞，字亦作黨，作儻。又通作殆。《禮記》注："殆，幾也。"《釋詞》："殆，將然之詞也。"又通作庶。《爾雅》："庶，幸。庶幾，尚也。"字亦作恕。尚又但爲發聲之詞。又通作誕。《釋詞》："誕，發語詞。"又通作迪。《釋詞》："迪，發語詞也。"又通作噬，作逝。《釋詞》："逝，發聲也。"又通作式。《詩》箋："式，發聲也。"尚又有猶誼，由曾誼引申。

《説文》："只，語已詞也。从口，象气下引之形。"字亦作咫，作軹，作旨。又通作止。《詩》傳："止，辭也。"又通作諸。《左傳》服注："諸，辭也。"又通作之。《爾雅》："之，言間也。"《左傳》注："之，語助也。"《釋詞》："之，猶與也。""之，猶若也。"只又訓則，通作是。《釋詞》："是，猶則也。"

《説文》："冬，四時盡也。从仌，夂聲。夂，古文終。"經傳用終爲語詞,既也。

《説文》:"正,是也。从止,一以止。""是,直也。从日,从正。"通作直。《吕覽》注:"直,特也。"《淮南》注:"直,但也。"又通作特,又通作徒。《吕覽》注:"徒,但也。"又通作但,又通作獨,又通作祇。《詩》傳:"祇,適也。"字亦作多。又通作適。《釋詞》:"謂適然也。"又通作屬。《國語解》:"屬,適也。"

《説文》:"啻,語時不啻也。"字亦作翅,作適。

《説文》:"夬,況也,詞也。从矢,引省聲。从矢取詞之所之如矢也。"

《説文》:"曷,誰也[91]。""害,詞也[92]。""誰,何也。"曷亦作疇。《爾雅》:"疇,誰也。"通作孰。《爾雅》:"孰,誰也。"《釋詞》:"孰,何也。"又通作獨。《吕覽》注:"獨,孰也。"曷又但爲發聲,字亦作疇。《禮記》注:"疇,發聲也。"通作誰。《爾雅》注:"誰,發語辭。"

《説文》:"乃,曳詞之難也,象气之出難。""卥,驚聲也。从乃省,卤聲。或曰:卥,往也,讀若仍。"案:乃古亦讀若仍,字亦作仍。《爾雅》:"仍,乃也。"通作而。《禮記》注曰:"而,猶乃也。"又通作然。《釋詞》:"然,猶而也。"又通作如。《釋詞》:"如,猶而也,乃也,則也。"又通作若。顧歡《老子》注曰:"若,而也。"又通作寧。《詩》箋:"寧,猶曾也。"又通作能。《釋詞》:"能,猶而也,乃也。"乃又爲指事之詞,通作若,作汝,作女,作而,作戎,作爾。乃又但爲發聲。《禮記》疏曰:"乃者,言之助也。"通作若。《釋詞》:"若,詞之惟也。"又通作來。《釋詞》:"來,句中語助也。"又通作寧。《釋詞》:"寧,語助也。"乃又爲句絶,字作而。《漢書》:"而者,句絶之辭。"又通作來。《釋詞》:"來,句末語助也。"

《説文》:"寧,願詞也。"《釋詞》:"將也。"

《釋詞》:"尒,詞之必然也。从入丨八,八象气之分散。"字亦作爾。《禮記》注:"語助也。"尒又訓如此,見《釋詞》。通作耳。《釋詞》:"耳,猶而已也。"

《説文》:"嘫,語聲也。"字亦作然。《廣雅》:"然,譍也。"《太玄》范望注:"然,是也。"《禮記》注:"然之言焉也。"通作爾。《釋詞》:"爾,亦然也。"又通作而。《釋詞》:"而,猶然也。"

《説文》:"諾,應也。"字亦作若,用作語詞。《易》注:"若,辭也。"通作如。《易》子夏傳:"如,辭也。"《釋詞》:"如,猶然也。"

《説文》:"如,从隨也。"引申以爲相類相當之誼。通作若。《周禮》注:"若,如也。"《釋詞》:"若,猶或也。"又通作乃。《釋詞》:"乃,若也。"又通作而。《易》虞注:"而,如也。"又通作柰。《釋詞》:"柰,如也。"又通作那。《釋詞》:"那者,柰之轉也。"又通作于,作於。《釋詞》:"于,猶如也。""於,猶如也。"又通作與。《廣雅》:"與,如也。"又通作猶,作猷。《詩》傳:"猶,若也。"《爾雅》:"猷,若也。"又通作因。《釋詞》:"因,猶也。"又通作爲。《釋詞》:"爲,猶如也。"又通作云。《釋詞》:"云,猶如也。"又通作謂。《釋詞》:"謂,猶如也。"

《説文》:"瘳,事有不善言瘳。"又通作僇。《説文》:"一曰且也。"字亦作憀,作聊。《詩》箋:"聊,且略之辭。"

《説文》:"曾,詞之舒也。从八,从曰,囧聲。"《吕覽》注:"曾,則也。"通作則,又通作即。《釋詞》:"即,猶遂也。""即,今也,是也,若也。"又通作斯。《釋詞》:"斯,猶則也。"又通作兹。《釋詞》:"兹,猶斯也。"字亦作兹。曾又訓嘗,嘗本字即尚,而讀曾則小變。

《説文》:"哉,言之間也。"字亦作載。《釋詞》:"載,猶則也。"亦作飺。《廣雅》:"飺,詞也。"通作且。《吕覽》注:"且,將也。"又通作將。《論衡》:"將,且也。"又通作作。《詩》傳:"作,始也。"哉又爲語已詞,通作則,何則即何哉。又通作且。《詩》傳:"且,辭也。"又通作斯。《釋詞》:"斯,語已詞也。"

《説文》:"朁,曾也。"引《詩》曰:"朁不畏明。"字亦作憯,作憯。

《説文》:"嗞,嗟也。""嗟,嗞也。"嗟,字亦作嗟,作傞,嗟嗞連言,或作嗟兹,或作嗟子。嗟又但爲語詞。《釋詞》:"嗟,語助也。"又通作斯。《爾雅》:"斯,此也。"又通作鮮。黄以周説:"鮮,斯也。"此又通作且。《詩》傳:"且,此也。"字亦作徂,又通作已。《爾雅⁹³》:"已,此也。"已本音,詳里切。

《説文》:"呰,苛也。"苛即訶,引申以爲語詞。字亦作訾,作些。《廣雅》:"些,詞也。"通作思。《釋詞》:"思,語已詞也,發語詞也,語助也。"又通作斯。《釋詞》:"斯,語已詞也,語助也。"又通作所。《釋詞》:"所,語詞也。"又通作爽。《釋詞》:"爽,發聲也。"又通作率。《釋詞》:"率,語助也。"

《説文》:"豕,從意也。"亦作遂。通作肆。《爾疋》:"肆,故也。"《釋詞》:"肆,遂也。"又通作率。《釋詞》:"率,詞也。"案:率亦豕也。

《説文》:"比,密也。"皆從比,故比亦爲俱詞。《孟子》注:"比,皆也。"

《説文》:"不,鳥飛上翔不下來也。象形。"通作弗,又通作非。《漢書》服注曰:"非,不也。"字亦作匪。《釋詞》:"匪,不也。"又通作無。薛綜《東京賦》注:"無,不也。"又通作罔。《釋詞》:"罔,猶不也。"又通作蔑。《釋詞》:"蔑,不也。"不又但爲語詞,有發聲,有承上文。《玉篇》:"不,詞也。"字亦作丕,作否,通作薄。《詩》傳:"薄,辭也。"又通作夫,作烦。《禮記》注:"夫,或爲烦,皆發聲。"

《説文》:"否,不也。從口,從不。"

《説文》:"非,違也。從飛下翅,取其相背。"字亦作匪。《詩》

傳：“非，匪也。”通作彼。《釋詞》：“彼，匪也。”又通作不，作否。《釋詞》：“不，否，猶非也。”又通作無。《釋詞》：“無，猶非也。”又通作微。《禮記》注：“微，非也。”又通作勿。《廣雅》：“勿，非也。”

《說文》：“彼，往有所加也。”通作夫。《釋詞》：“夫，猶彼也，此也。”又通作匪。《廣雅》：“匪，彼也。”

《說文》：“凡，最括也。从二，从弓。”通作夫。《孝經》疏引劉瓛曰：“夫，猶凡也。”

《說文》：“未，味也。”案：引申爲未來之未，通作末。《釋詞》：“末，猶未也。”又通作無。《釋詞》：“無，猶未也。”

《說文》：“亡，逃也。”“無，亡也。”通作罔。《釋詞》：“罔，無也。”又通作微。《詩》傳：“微，無也。”又通作末。《釋詞》：“末，無也。”又通作蔑。《釋詞》：“蔑，無也。”又通作不，作否。《釋詞》：“不，否，無也。”

《說文》：“毋，止之也。”通作無。《釋詞》：“無，毋也。”又通作勿。《釋詞》：“勿，莫也，無也。”又通作末。《釋詞》：“末，勿也。”又通作不。《釋詞》：“不，毋也。”毋又爲發聲，通作無。《漢書》孟康注：“無，發聲助也。”又通作勿。《釋詞》：“勿，語助也。”又通作末。《釋詞》：“末，發聲也。”毋又爲轉語詞，字亦作亡，作無，作妄，通作每。《爾雅》：“每，有，雖也。”《詩》傳：“每，雖也。”

綜上所列，詞言條理，有可求者數事：一、詞言之音，大抵同類相轉，如已、于、吁、兮、乎、粵、曰、欨，皆喉音；未、亡、無、毋、非，皆脣音是也。二、詞言本寫聲气，故每由感歎之詞以爲語詞，故雖即唯，若即諾，然即嘫，其初但爲語聲，後乃以爲語助是也。三、詞言之字，本無定性，如乃、者、彼諸字，有時泛爲指事，有時專有所斥是也。四、詞言諸字，有時但以助語而不關誼，故其在句首即爲發端，其在句中即爲間語，其在句末即爲終句，如乎本語之餘，而在句首，則聲轉爲洪；尚訓庶幾，而以爲發端，則聲轉爲逝；我本自稱，而聲轉爲言，則爲間語；其本指事，而聲轉爲幾，則徒以成句；且字本於哉，句首句末，施用無恒；之字本於者，句中句下，位置無定是也。

五、實義之字轉作語詞，必與音同音近之語詞意義不甚相遠，如爲與曰通，曰誼即可包爲；是與者通，者誼即可包是是也。

校勘記

① 圓，北大本、《筆記》本、學社本、川大本、中華本、文史哲本作"員"。

② 漢儒，北大本、《筆記》本、學社本、川大本、中華本、文史哲本作"漢師"。

③ 而顓固者以爲詬耻，北大本、《筆記》本同。學社本、川大本、中華本、文史哲本作"而或者以爲不師古"。

④ 我，原作"君"，手批改作"我"。北大本、《筆記》本、學社本、川大本、中華本、文史哲本作"君"。

⑤ 知末，原作"末從"，北大本作"末泛"，據《筆記》本、學社本、川大本、中華本、文史哲本改。

⑥ 通，原作"知"，北大本同，《筆記》本作"泛"，據學社本、川大本、中華本、文史哲本改。

⑦ 君，北大本、《筆記》本同。學社本、川大本、中華本、文史哲本作"氏"。

⑧ 考驗經傳而無不合，駕馭衆製而無不宜，北大本、《筆記》本同。學社本、川大本、中華本、文史哲本作"考驗經傳而駕馭衆製"。

⑨ 茂矣哉，信前世未之有也，北大本、《筆記》本同。學社本、川大本、中華本、文史哲本作"信前世所未有也"。

⑩ "蓋聲律"至"豈虛也哉"，北大本、《筆記》本同，學社本、川大本、中華本、文史哲本皆無。

⑪ 漏，北大本、《筆記》本、學社本、川大本、中華本、文史哲本作"隙"。

⑫ 約，北大本、《筆記》本同。學社本、川大本、中華本、文史哲本作"略"。

⑬ 、，北大本、學社本、中華本、文史哲本同。《筆記》本作"，"，川大本作
"句"，後皆同。

⑭ 稱，北大本、《筆記》本同。學社本、川大本、中華本、文史哲本作"云"。

⑮ 曰，北大本同。《筆記》本、學社本、川大本、中華本、文史哲本作"云"。

⑯ 則，北大本、中華本同。《筆記》本、學社本、川大本、文史哲本作"時"。

⑰ 論，北大本、《筆記》本、學社本、川大本、中華本、文史哲本作"問"。

⑱ 分，北大本、《筆記》本作娣，學社本、川大本、中華本、文史哲本作"分別"。

⑲ 故言，據北大本、《筆記》本、學社本、川大本、中華本、文史哲本補。

⑳ 之，據北大本、《筆記》本、學社本、川大本、中華本、文史哲本補。

㉑ 止，據北大本、《筆記》本、學社本、川大本、中華本、文史哲本補。

㉒ 廿三，北大本、《筆記》本、學社本、川大本、中華本、文史哲本作"二十三"。

㉓ 後，北大本、《筆記》本同。學社本、川大本、中華本、文史哲本作"復"。

㉔ 《易》，北大本、《筆記》本、學社本、川大本、中華本、文史哲本作"經"。

㉕ 其，北大本、《筆記》本同。學社本、川大本、中華本、文史哲本作"固"。

㉖ 魏，《孟子章句》同。北大本、《筆記》本無，學社本、川大本、中華本作"梁"。

㉗ 特，北大本、《筆記》本、學社本、川大本、中華本、文史哲本作"總"。

㉘ 歸，北大本、《筆記》本、學社本、川大本、文史哲本同。北大本、中華本、《春
秋左傳正義》作"來"。

㉙ 屢加改正，北大本、《筆記》本同。學社本、川大本、中華本、文史哲本作
"屢改"。

㉚ 噲，北大本、《筆記》本作"膾"，學社本、川大本、中華本、文史哲本作"吻"。

㉛ 循，北大本、《筆記》本、學社本、川大本、中華本、文史哲本作"據"。

㉜ 概，北大本、《筆記》本、學社本、川大本、中華本、文史哲本作"並"。

㉝ 斾，《毛詩正義》同。北大本、《筆記》本、學社本、川大本、中華本、文史哲本
作"旗"。

㉞ 采，北大本、《筆記》本、《尚書正義》同。學社本、川大本、中華本、文史哲本

作“彩”。

㉟ 僅，文史哲本同。北大本、《筆記》本、學社本、川大本、中華本作“廑”。

㊱ 必不能聲氣蟬聯，北大本同。《筆記》本、學社本、川大本、中華本、文史哲本作“必不能使聲氣蟬聯”。

㊲ 辭，北大本、《筆記》本、學社本、川大本、中華本、文史哲本作“詞”。

㊳ 稱，北大本、《筆記》本、中華本同。學社本、川大本、文史哲本作“成”。

㊴ 君，北大本、《筆記》本同。學社本、川大本、中華本、文史哲本作“氏”。

㊵ 君，北大本、《筆記》本同。學社本、川大本、中華本、文史哲本作“氏”。

㊶ 君，北大本、《筆記》本同。學社本、川大本、中華本、文史哲本作“氏”。

㊷ 意具則雖以二字成句可也，北大本、《筆記》本同。學社本、川大本、中華本、文史哲本作“有時以二字成句可也”。

㊸ 意未具雖累百名成句可也，北大本、《筆記》本同。學社本、川大本、中華本、文史哲本作“有時累百名成句可也”。

㊹ 讀，北大本、《筆記》本同。學社本、川大本、中華本、文史哲本作“義”。

㊺ 通于，北大本、《筆記》本同。學社本、川大本、中華本、文史哲本作“通”。

㊻ 楊注，北大本、《筆記》本同。學社本、川大本、中華本、文史哲本作“楊注曰”。

㊼ 累而成文，北大本、《筆記》本同。學社本、川大本、中華本、文史哲本前有“又曰”。

㊽ 麗曰配偶也，北大本、《筆記》本作“麗同配偶也”，學社本、川大本、中華本、文史哲本作“麗同儷，配偶也”，《荀子集解》作“麗與儷同，配偶也”。

㊾ “累名而成文辭”至“配偶也”，學社本、川大本、中華本、文史哲本前有“注曰”。

㊿ 用麗俱得，北大本、《筆記》本同。學社本、川大本、中華本、文史哲本前有“又曰”。

(51) “淺與深”至“知名也”，學社本、川大本、中華本、文史哲本前有“注曰”。

(52) 名也者，北大本、《筆記》本同。學社本、川大本、中華本、文史哲本前有

"又曰"。

㊾ "名者"至"各異也",學社本、川大本、中華本、文史哲本前有"注曰"。

㊿ 辭也者,北大本、《筆記》本同。學社本、川大本、中華本、文史哲本前有"又曰"。

㊿ 亡,北大本、《筆記》本、《荀子集解》同。學社本、川大本、中華本、文史哲本作"異"。

㊿ "辭者"至"一意也",學社本、川大本、中華本、文史哲本前有"注曰"。

㊿ 辨說也者,北大本、《筆記》本同。學社本、川大本、中華本、文史哲本前有"又曰"。

㊿ "動靜"至"明兩端者也",學社本、川大本、中華本、文史哲本前有"注曰"。

㊿ 詞,北大本、《筆記》本、學社本、川大本、中華本、文史哲本作"辭"。

㊿ 義,北大本、《筆記》本無,學社本、川大本、中華本、文史哲本作"意"。

㊿ 三,原作"二",北大本、《筆記》本、學社本、川大本、文史哲本同。據中華本、《左傳正義》改。

㊿ 句,據北大本、《筆記》本、學社本、川大本、中華本、文史哲本補。

㊿ "《文通‧十‧象六》釋讀"至"用前二式是也",據《筆記》本、學社本、川大本、中華本、文史哲本補。

㊿ 搴,北大本、《筆記》本同。學社本、川大本、中華本、文史哲本作"辨"。

㊿ 九五,原作"九三",北大本、《筆記》本、學社本、川大本、中華本、文史哲本同。據《周易正義》改。

㊿ 辭,北大本、《筆記》本、學社本、川大本、中華本、文史哲本作"詞"。

㊿ 下,北大本、中華本同。《筆記》本、學社本、川大本、文史哲本作"上"。

㊿ 錯之耳,北大本、《筆記》本同。學社本、川大本、中華本、文史哲本作"錯言之耳"。

㊿ 讓,據中華本、《禮記正義》補。

㊿ 純,北大本、《筆記》本、中華本、《禮記‧祭統》同。學社本、川大本作"冕"。

㊿ 冕,北大本、《筆記》本、中華本、《禮記‧祭統》同。學社本、川大本作"純"。

⑫ 廿五，北大本、《筆記》本、學社本、川大本、中華本、文史哲本作"二十五"。

⑬ 語詞，中華本同。北大本、《筆記》本、學社本、川大本、文史哲本作"語"。

⑭ 互，北大本、《筆記》本、學社本、川大本、中華本、文史哲本作"合"。

⑮ 麤脆，北大本、《筆記》本同。學社本、川大本、中華本、文史哲本作"杌隉"。

⑯ 成，中華本同。北大本、《筆記》本、學社本、川大本、文史哲本作"行"。

⑰ 旎，北大本、《筆記》本、學社本、川大本、中華本、文史哲本作"胏"。

⑱ 放，北大本、《筆記》本、學社本、川大本、文史哲本同。中華本作"仿"。

⑲ 有，原作"無"，北大本、《筆記》本、學社本、川大本、文史哲本同。據中華本改。

⑳ 詞，北大本、《筆記》本、學社本、川大本、文史哲本同。中華本作"辭"。

㉑ 通，北大本、《筆記》本、學社本、川大本、中華本、文史哲本作"適"。

㉒ 善，北大本、《筆記》本、學社本、川大本、中華本、文史哲本作"工"。

㉓ 又，北大本作"人"，《筆記》本、學社本、川大本、中華本、文史哲本、《群經說》作"今"。

㉔ 小，北大本、《筆記》本、《群經說》同。學社本、川大本、中華本、文史哲本作"大"。

㉕ 諓，原作"指"，北大本、《筆記》本作"諸"，學社本、川大本、中華本、文史哲本作"措"，據《群經說》改。

㉖ 手批本本章止於此，以下據北大本、《筆記》本、學社本、川大本、中華本、文史哲本補。

㉗ 殹，北大本、《筆記》本、學社本、川大本、文史哲本作"毆"，從中華本、《說文解字注》。

㉘ 距，北大本、《筆記》本、學社本、川大本、中華本、文史哲本作"距"，從《說文解字》。

㉙ 歎美，北大本、《筆記》本作"歡美"，從學社本、川大本、中華本、文史哲本。

㉚ 辭，北大本、《筆記》本、學社本、川大本、中華本、文史哲本作"詞"，從《尚書正義》。

(91) 誰也，北大本、《筆記》本、學社本、川大本、中華本、文史哲本作“詞也”，從《説文解字》。

(92) 詞也，北大本、《筆記》本、學社本、川大本、中華本、文史哲本作“誰詞也”，從《説文解字》。

(93) 雅，中華本同。《筆記》本、北大本、學社本、川大本、文史哲本作“疋”。

麗辭第三十五

　　文之有駢儷，因於自然，不以一時一人之言而遂廢。然奇偶之用，變化無方，文質之宜，所施各別。或鑒於對偶之末流，遂謂駢文爲下格；或懲於俗流之恣肆，遂謂非駢體不得名文；斯皆拘滯於一隅，非閎通之論也。惟彥和此篇所言，最合中道。一曰"高下相須，自然成對"。明對偶之文依於天理，非由人力矯揉而成也。次曰"豈營麗辭，率然對爾"。明上古簡質，文不飾珮，而出語必雙，非由刻意也。三曰"句字或殊，偶意一也"。明對偶之文，但取配儷，不必比其句度，使語律齊同也。四曰"奇偶適變，不勞經營"。明用奇用偶，初無成律，應偶者不得不偶，猶應奇者不得不奇也。終曰"迭用奇偶，節以雜佩"。明綴文之士，於用奇用偶，勿師成心，或捨偶用奇，或專崇儷對，皆非爲文之正軌也。舍人之言，明白如此，真可以息兩家之紛難，總殊軌而齊歸者矣。原夫古之爲文，初無定術，所可識者，文質二端，奇偶偏畸，即由此起。蓋文言藻飾，用偶必多，質語簡淳，用奇必衆，《尚書》《春秋》，同爲國史，而一則麗辭盈卷，一則儷語無聞；《周官》《禮經》，同出周公，而一則列數陳文，一則簡辭述事；至於《易傳》《書序》，皆宣聖親撰之書，《易傳》純用駢詞，《書序》皆爲奇句，斯一人之作無定者也；《洪範》《大誥》，同爲外史所掌之籍，《洪範》分臚名數，《大誥》直舉詞言，斯一書之體無定者也。此皆舉六藝爲徵，而奇偶無定已若此。至於子史之作，更無一成之規，老、莊同爲道家，而柱史之作，盡爲對語，園吏之籍，不盡駢言；左、馬同屬史官，而《春秋外傳》捶詞多偶，《太史公書》敘語皆奇，此則子史之文用奇用偶絶無定準者矣。總之，偏於文者好用偶〔1〕，偏於質者善用奇，文質無恒，則偶奇亦無定，必求分畛，反至拘墟。歷考前文，差堪商榷：自漢魏以來，迄于兩晉，雅俗所作，大半駢詞爲多，於時聲病之説未起，對偶之法亦寬，又有文筆之分途，幸存文質之大介。降至齊梁以下，始染沈、謝之風，致力宮商，研精對偶，文已馳於新巧，義又乖於典則，斯蘇綽所以擬典謨，隋煬所以非輕側，魏徵所以譏流宕，子昂〔2〕所以革浮侈，而退之於文，或至比之於武事，有摧陷廓清之功，則駢儷之末流，亦誠有以致譏召謗者乎？觀彦和所言，“氣無奇類，文乏異采，碌碌麗辭，昏睡耳目”，則駢文之弊，自彼時而已然。至劉子玄作《史通》，乃言“史道陵夷，蕪音累句，雲蒸泉湧，其爲史也，大抵編字不隻，捶句皆雙，修短取均，奇偶相配，故應以一言蔽之者，輒足爲二言，應以三句成文者，必分爲四句，彌漫重沓，不知所裁”。此其弊又及於史矣。文質之介，漫汗不分，駢偶之詞，用之已濫，然則麗辭之末流，不亦誠有當節止者乎？唐世復古之風，始於伯玉〔3〕而大於昌黎，其後遂別有所謂古文者，其視駢文以爲衰敝之音。蘇子瞻至謂昌黎起八代之衰，直舉漢、魏、晉、宋而一切澰歿①（《周禮》作“末殺”。）之。宋子京修《唐書》，以爲對偶之文，不可以入史策，斯又偏滯之見，不可以適變者也。觀唐世裴度、李翱之言，知彼時固未嘗盡以對偶之文爲非法而棄之，其以是自張標志者，特一方之私見，非舉世之公談也。

---

〔1〕 批注：非言人性。

〔2〕 批注：陳。

〔3〕 批注：陳子昂。

裴與李翶書曰："觀弟近日制作，大旨常以時世之文，多偶對儷句，屬綴風雲，覊束聲韻，爲文之病甚矣，故以雄詞遠致一以矯之，則是以文字爲意也。且文者，聖人假之以達其心，達則已，理窮則已，非故高之下之詳之略之也。""昔人有見小人之違道者，耻與之同形貌，共衣服，遂思倒置眉目，反易冠帶以異之，不知其倒之反之非也；雖失於小人，亦異於君子矣。故文之異，在氣格之高下，思致之深淺，不在碟裂章句，隳廢聲韻也。人之異，在風神之清濁，心志之通塞，不在於倒置眉目，反易冠帶也。"李翶之答王載言書亦曰："溺於時者曰文章必當對，其病於是者曰文章不當對，此皆情有所偏，滯而不流，未識文章之所生也。古之人能極於工而已，不知其辭之對與否也。《詩》曰：'憂心悄悄，慍於群小。'此非對也。又曰：'遘閔既多，受侮不少。'此非不對也。學者不知其方，而稱説云云，如前所陳者，非吾之所敢聞也。"案：翶方以古文自矜，而其言乃若此，知其服膺晉公所誨矣。今觀唐世之文，大抵駢散皆有，若敬輿之《翰苑集》，皆屬駢體，而肫摯暢遂，後世誦法不衰；即退之集中，亦有駢文；樊南〔1〕之文，別稱四六，則爲古文者亦不廢斯體也。宋世歐、蘇、王三子，皆爲古文大家，其於四六，亦復脱去恒蹊，自出機軸，謂之變古則可，謂其竟廢斯體則不可也。近世褊隘者流，競稱唐宋古文，而於前此之文，類多譏誚，其所稱述，至於晉宋而止。不悟唐人所不滿意，止於大同已後輕艷之詞，宋人所詆爲俳優，亦裁上及徐庾，下盡西崑，初非舉自古麗辭一概廢閣之也。自爾以後，駢散竟判若胡秦，爲散文者力避對偶，爲駢文者又自安於聲韻對仗，而無復迭用奇偶之能。以愚意論之，彼以古文自標榘者，誠可

〔1〕 批注：李商隱。

無與爭②難，獨奈何以復古自命者，亦自安於駢文之號，而不一審究其名之不正乎。阮伯元云："沈思翰藻始得爲文，而其餘皆經史子。"是以駢文爲文，而反尊散文爲經史子也。李申耆選晚周之文以訖於隋，而名之曰《駢體文鈔》，是以隋以前文爲駢文，而唐以後反得爲古文也。何其於彥和此篇所説通局相妨至於如是耶！

今録阮、李二君文四篇於後，以備考鏡：

阮伯元《與友人論古文書》

（前《原道》篇札記只節取，兹全録之。）

讀足下之文，精微峻潔[1]，具有淵源。甚善甚善。顧蒙來問，謹陳陋識焉。元謂古人於籀史奇字，始稱古文，至於屬辭成篇，則曰文章，故班孟堅曰："武、宣之世，崇禮官，考文章。"又曰："雍容揄揚，著於後嗣，大漢之文章，炳焉與三代同風。"是故兩漢文章，著於班、范，體制和正，氣息淵雅，不爲激音，不爲客氣。若云後代之文，有能盛於兩漢者，雖愚者亦知其不能矣。近代古文名家，徒爲科名時藝所累，於古人之文，有益時藝者，始競趨之。元嘗取以置之兩漢書中誦之，擬之，淄澠不能同其味，宫徵不能壹其聲，體氣各殊，弗可强已。若謂前人樸拙，不及後人，反覆思之，亦未敢以爲然也。夫勢窮者必變，情弊者務新，文家矯厲，每求相勝，其間轉變[2]，實在昌黎。昌黎之文，矯《文選》之流弊而已。昭明《選序》，體例

---

[1] 批注：美也。
[2] 批注：此於文學史有誤。

甚明，後人讀之，苦不加意。《選序》之法，於經子史三家不加
甄録，爲其以立意紀事爲本，非沈思翰藻之比也。今之爲古文
者，以彼所棄〔1〕，爲我所取，立意之外，惟有紀事，是乃子史
正流〔2〕，終與文章有別。千年墜緒，無人敢言，偶一論之，聞
者掩耳，非聰穎特達深思好問如足下者，元未嘗少爲指畫也。
嗚呼！修塗具在，源委遠分，古人可作，誰與歸歟？惟足下
審之。

阮伯元《四六叢話序》

　　昔《考工》有云③："青與白謂之文，赤與白謂之章。"良以
言必齊偕，事歸鏤繪。天經錯以地緯，陰偶繼以陽奇。故虞廷
采色，臣鄰施其璪火；文王壽考，詩人美其追琢。以質雜文，尚
曰彬彬，以文被質，乃稱馘馘。文之與質，從可分矣。懿夫人
文大著〔3〕，肇始六經。典墳邱索，無非體要之辭；禮樂詩書，
悉著立誠之訓。商瞿觀象於文言，邱明振藻於簡策，莫不訓
辭《爾雅》，音韻相諧。至於命成潤色，禮舉多文，仰止尼山，
益知宗旨。使其文章正體，質實無華，是犬羊虎豹，反追棘
子之談，黼黻青黃，見斥莊生之論矣。周末諸子奮興，百家
並騖，老、莊傳清淨之旨，孟、荀析善惡之端，商、韓刑名，吕、
劉雜體，若斯之類，派別子家，所謂以立意爲宗，不以能文爲
本者也〔4〕。至於縱橫極於戰國，春秋紀於楚、漢，馬、班創

---

〔1〕　批注：此亦誣罔之辭。
〔2〕　批注：此句愚極。
〔3〕　批注：此調不可用。
〔4〕　批注：用《文選》。

體,陳、范希蹤,是爲史家,重於序事,所謂傳之簡牘[1],而事異篇章者也[2]。夫以子若彼,以史若此,方之篇翰,實有不同。是惟楚國多才,靈均特起,賦繼孫卿之後,詞開宋玉之先,隱耀深華,驚采絕艷。故聖經賢傳,六藝於此分途,文苑詞林,萬世應歸圍範④。賈生、枚叔,並轡漢初,相如、子雲,聯鑣西蜀。中興以後,文雅尤多,孟堅、季長之倫,平子、敬通之輩[3],綜兩京文賦諸家,莫不洞穴經史,鑽研六書,耀采騰文,駢音麗字。故雕蟲繡帨,擬經者雖改修塗;月露風雲,變本者妄執笑柄也。建安七子,才調輩興,二祖、陳王,亦儲盛藻,握徑寸之靈珠,享千金於荆玉。至於三張、二陸、太沖、景純之徒,派雖弱於當塗,音尚聞夫正始[4]焉。文通、希範,並具才思,彥升[5]、休文[6],肇開聲韻[7];輕重之和,擬諸金石,短長之節,雜以咸韶,蓋時會使然,故元音盡泄也。孝穆[8]振采於江南,子山遷聲於河北。昭明勒選,六代範此規模,彥和著書,千古傳茲科律。迄於陳、隋,極傷靡敝[9],天監、大業之間,亦斯文升降之會哉。唐初四杰,並駕一時,式江、薛之靡音,追庾、徐之健筆。若夫燕、許之宏裁,常、楊之巨製,《會昌一品》之集,元、白《長慶》之編,莫不並掞龍文,聯登鳳閣。至

---

[1] 批注:引《文選》有誤。
[2] 批注:又用《文選》。
[3] 批注:此助韻,蓋平子非在敬通之後。
[4] 批注:齊王芳年號。
[5] 批注:任昉。
[6] 批注:沈約。
[7] 批注:有小錯。
[8] 批注:徐陵。
[9] 批注:不妥。

於宣公《翰苑》之集，篤摯曲暢，國事賴之，又加一等矣。義山、飛卿，以繁縟相高，柯古、昭諫，以新博領異，駢儷之文，斯稱極致。趙宋初造，鼎臣、大年，猶沿唐舊，歐、蘇、王、宋，始脫恒蹊，以氣行則機杼大變，驅成語則光景一新。然而衣襭綿繡，布帛傷其無華；工謝雕幾，簠業呈其樸鷔。南渡以還，《浮溪》首倡，《野處》《西山》，亦稱名集，《渭南》《北海》，並號高文，雖新格別成，而古意寖失。元之袁、揭，冕弁一世，則又揚南宋餘波，非復三唐雅調也。載稽往古，統論斯文，日月以對待曜采，草木以錯比成華，玉十穀而皆雙，錦百兩而名匹，明堂斧藻，視畫繢以成文，階阤〔1〕笙鏞，聽鏗鋐而應節，自周以來，體格有殊，文章無異。若夫昌黎肇作，皇、李從風，歐陽自興，蘇、王繼軌，體既變而異今，文乃尊而稱古，綜其議論之作，並升荀、孟之堂〔2〕，核其敘事之辭，獨步馬、班之室〔3〕，拙目妄譏其紕繆，儉腹徒襲爲空疏，此沿子史之正流，循經傳以分軌也。考夫魏文《典論》，士衡賦文，摯虞析其流別，任昉溯其原起，莫不謹嚴體制，評騭才華，豈知古調已遥，矯枉或過，莫守彥和之論，易爲真氏之宗矣。我師烏程孫司馬，職參書鳳，心擅雕龍，綜覽萬篇，博稽千古，文人之能事，已攬其全，才士之用心，深窺其秘。王銍《選話》，惟紀兩宋，謝伋《談麈》，略有萬言，雖創體裁，未臻美備。況夫學如滄海，必沿委以討原，詞比鄧林，在揣本而達末。百家之雜編別集，盡得遺珠，七閣之秘笈奇書，更吹藜火。凡此評文之語，勒成講藝之書。四駢六儷，觀其會

通，七曜五雲，考其沈博。而且體分十八，已括蕭、劉，序首二篇，特標《騷》《選》；比青麗白，卿雲增繡黼之輝，刻羽流商，天籟遏笙簧之響；使非胸羅萬卷，安能具此襟期？即令下筆千言，未許臻茲醞釀也。元才圍陋質，心好麗文，幸得師承，側聞緒論，妄執丹管而西行，願附驥尾而千里。固知盧、王出於今時，流江河而不廢[1]，子雲生於後世，懸日月而不刊者矣。

阮伯元《文韻説》

　　福問曰："《文心雕龍》云：'今之常言，有文有筆。以爲無韻者筆也，有韻者文也。'據此，則梁時恒言有韻者，乃可謂之文，而《昭明文選》所選之文，不押韻脚者甚多，何也？"曰："梁時恒言所謂韻者，固指押脚韻，亦兼謂章句中之音韻，即古人所言之宫羽，今人所言之平仄也。"福曰："唐人四六之平仄，似非所論於梁以前。"曰："此不然，八代不押韻之文，其中奇偶相生，頓挫抑揚，詠歎聲情，皆有合乎音韻宫羽者。《詩》《騷》而後，莫不皆然。而沈約矜爲創獲，故於《謝靈運傳論》曰：'夫五色相宣，八音協暢，由乎玄黄律吕，各適物宜，欲使宫羽相變，低昂舛節，若前有浮聲，則後須切響，一簡之内，音韻盡殊，兩句之中，輕重悉異，妙達此旨，始可言文。'又曰：'自靈均以來，此秘未睹，至於高言妙句，音韻天成，皆暗與理合，匪由思至。'又沈約《答陸厥書》云：'韻與不韻，復有精粗，輪扁不能言之，老夫亦不盡辨。'休文此説，乃指各文章句之内有音韻宫羽而言，非謂句末之押脚韻也。（即如雌霓連蜷，"霓"字必讀仄聲是也。）

---

〔1〕 批注：不通。

是以聲韻流變而成四六,亦祇論章句中之平仄,不復有押脚韻也。四六乃有韻文之極致,不得謂之爲無韻之文也。昭明所選不押韻脚之文,本皆奇偶相生,有聲音者,所謂韻也。休文所矜爲創獲者,謂漢魏之音韻,乃暗合於無心,休文之音韻,乃多出於意匠也。豈知漢魏以來之音韻,溯其本原,亦久出於經哉。孔子自名其言《易》者曰文,此千古文章之祖。《文言》固有韻矣,而亦有平仄聲音焉。即如‘濕’‘燥’‘龍’‘虎’‘睹’上下八句,何等聲音,無論‘龍’‘虎’二句不可顛倒,若改爲‘龍’‘虎’‘燥’‘濕’‘睹’,即無聲音矣。無論‘其德’‘其明’‘其序’‘其吉凶’四句不可錯亂,若倒‘不知退’於‘不知亡’‘不知喪’之後,即無聲音矣。此豈聖人天成暗合,全不由於思至哉？由此推之,知自古聖賢屬文時,亦皆有意匠矣。然則此法肇開於孔子,而文人沿之。休文謂靈均以來,此秘未睹,正所謂文人相輕者矣。不特《文言》也,《文言》之後,以時代相次,則及於卜子夏之《詩大序》。序曰:‘情發於聲,聲成文謂之音。’又曰:‘主文而譎諫。’又曰:‘長言之不足,則嗟歎之。’鄭康成曰:‘聲謂宮商角徵羽也。聲成文者,宮商上下相應也。主文,主與樂之宮商相應也⑤。’此子夏直指詩之聲音而謂之文也,不指翰藻也。然則孔子《文言》之義益明矣。蓋孔子《文言》《繫辭》,亦皆奇偶相生,有聲音嗟歎以成文者也,聲音即韻也。《詩・關雎》‘鳩’‘洲’‘逑’押脚有韻,而‘女’字不韻,‘得’‘服’‘側’押脚有韻,而‘哉’字不韻,此正子夏所謂聲成文之宮羽也。此豈詩人暗與韻合,匪由思至哉？（王懷祖先生云:“《三百篇》用韻,有字字相對極密,非後人所有者。如‘有瀰’‘有鷺’,‘濟盈’‘雉鳴’,‘不’‘求’,‘濡’‘其’,‘軌’‘牡’⑥,‘鳳凰’‘梧桐’,‘鳴矣’‘生矣’,‘于彼'‘于彼'‘高岡'‘朝陽',‘莘莘'‘雍雍'‘萋萋'‘喈喈',無一字不相韻。"此豈詩人天成暗合,全無意匠於其間哉?此即子夏所謂聲成文之顯然可見者。)子夏此序,《文選》選之,亦因其中有抑揚詠歎之聲音,且多偶句也。(鄉人、邦國,偶一;風、教,偶二;爲志、爲詩,偶三;手之、足之,偶四;治世、亂世、亡國,偶五;天地、鬼神,偶六;聲教、人倫、教化、風俗,偶七、八;化下、刺上,偶九;言之、聞之,偶十;禮義、政教,偶十一;國異、家殊,偶十二;傷人倫、哀刑政,偶十三;發乎情、止乎禮義,偶十四;謂之風、謂之雅,偶十五;繫之周、繫之召,偶十六;正始、王化,偶十七;哀窈窕、思賢才,偶十八;其偶之長者,如周公、召公,即比也,後世四書文之⑦比,基於此。)綜而論之,凡文者<u>在聲爲宮商,在色爲翰藻</u>。即如孔子《文言》‘雲龍風虎'一節,乃千古宮商翰藻奇偶之祖;‘非一朝一夕之故'一節,乃千古嗟歎成文之祖;子夏《詩序》‘情文聲音'一節,乃千古聲韻性情排偶之祖。吾固曰韻者即聲音也,聲音即文也。(韻字不見於《説文》,而王⑧復齋《楚公鐘》篆刻内實有韻字,从音从勻,許氏所未收之古文也。)然則今人所便單行之文,極其奧折奔放者,乃古之筆,非古之文也。沈約之説,或可横指爲八代之衰體,孔子、子夏之文體,豈亦衰乎?是故唐人四六之音韻,雖愚者能效之,上溯齊梁,中材已有所限,若漢魏以上至於孔、卜,非上哲不能擬也。"乙酉三月閲兵香山,阻風舟中,筆以訓福。

李申耆《駢體文鈔序》

少讀《文選》,頗知步趨齊梁。後蒙恩入庶常,臺閣之製,例用駢體,而不能致工,因益搜輯古人遺篇,用資時習。區其鉅細,分爲三編,序而論之曰:天地之道,陰陽而已。奇偶也,方圓也，皆是也。陰陽相並俱生，故奇偶不能相離，方圓必相爲用。道奇而物偶，氣奇而形偶，神奇而識偶。孔子曰："道有變動故曰爻；爻有等，故曰物；物相雜，故曰文。"又曰："分陰分陽，迭用柔剛。故易六位而成章，相雜而迭用。"文章之用，其盡於此乎！ 六經之文，班班具存，自秦迄隋，其體遞變，而文無異名。自唐以來，始有古文之目，而目六朝之文爲駢儷，而爲其學者，亦自以爲與古文殊路。既岐奇與偶爲二，而於偶之中又岐六朝與唐與宋爲三。夫苟第較其字句，獵其影響而已，則豈徒二焉三焉而已，以爲萬有不同可也。夫氣有厚薄，天爲之也；學有純駁，人爲之也。體格有遷變，人與天參焉者也；義理無殊途，天與人合焉者也。得其厚薄純雜之故，則於其體格之變，可以知世焉；於其義理之無殊，可以知文焉。文之體，至六代而其變盡矣。沿其流極而泝之，以至乎其源，則其所出者一也。吾甚惜夫岐奇偶而二之者之毗於陰陽也，毗陽則躁剽，毗陰則沉膇，理所必至也，於相雜迭用之旨，均無當也。

校勘記

① 濊泧，北大本、《筆記》本同。學社本、川大本、中華本作"抹搬"，文史哲本作"抹殺"。

② 爭，北大本、《筆記》本、學社本、川大本、中華本、文史哲本作"諍"。

③ 云，北大本、《筆記》本、學社本、川大本、中華本、文史哲本、《掔經室集》作"言"。

④ 萬世應歸圍範，北大本、《筆記》本、學社本、川大本、文史哲本同。中華本、《掔經室集》作"萬世咸歸圍範矣"。

⑤ 主文，主與樂之宮商相應也，據中華本、《掔經室集》補。

⑥ "'濟盈''雉鳴'"至"'軌''牡'",原作"濟盈雉鳴不求濡求軌其牡"。北大本、《筆記》本、學社本、川大本作"濟盈雉鳴不濡軌求其牡",中華本、文史哲本作"濟盈不濡軌,雉鳴求其牡",據《皇經室集》改。

⑦ 之,據《皇經室集》補。

⑧ 王,據北大本、學社本、川大本、中華本、文史哲本、《皇經室集》補。

比興第三十六

　　題云比興,實側注論比,蓋以興義罕用,故難得而繁稱。原夫興之爲用,觸物以起情,節取以託意,故有物同而感異者,亦有事異而情同者,循省六詩,可推舉也。夫《柏舟》命篇,《邶》《鄘①》兩見。然《邶詩》以喻仁人之不用,(《詩・邶風・柏舟》箋云:“舟載渡物者,今不用而與衆物泛泛然俱流水中。興者,喻仁人之不見用而與群小人並列②,亦猶是也。”)《鄘③詩》以況④女子之用有常。(《鄘⑤風・柏舟》箋云:“舟在河中,猶婦人之在夫家,是其常處。”)《杕杜》之目,《風》《雅》兼存,而《小雅》以譬得時,(《小雅・杕杜》傳云:“杕杜猶得其時蕃滋,役夫勞苦,不得盡其天性。”)《唐風》以哀孤立,(《唐風・有杕之杜》傳云:“道左之陽⑥,人所宜休息也。”箋云:“今人不休息者,以其特生陰寡也。興者,喻武公初兼其宗族,不求賢者與之在位,君子不歸,似若⑦特生之杜然。”)此物同而感異也。“九罭鱒魴”“鴻飛遵渚”,二事絶殊,而皆以喻文公之失所。(《豳風・九罭》傳云:“九罭,緵罟小魚之網也。鱒魴,大魚也。”疏引王肅云:“以興下土小國,不宜久留聖人。”又“鴻飛遵渚”,傳云:“鴻不宜遵⑧渚也。”箋云:“鴻,大鳥也,不宜與鳬鷖同屬⑨,以喻周公今與凡人處東都之邑失其所也。”)“牂⑩羊墳首”“三星在罶”,兩言不類,而皆以傷周道之陵夷。(《小雅・苕之華》傳云:“牂⑪羊墳首,言無是道也。三星在罶,言不可久也。”箋云:“無是道者,喻周已衰,求其復興不可得也。不可久者,喻周將亡,如心星之光耀,見于魚笱之中,其去須臾也。”)此事異而情同也。夫其取義差

250

在毫釐，會情在乎幽隱，自非受之師說，焉得以意推尋。彥和謂明而未融，發注後見；沖遠謂毛公特言，爲其理隱，誠諦論也。孟子云：學詩者以意逆[12]志，此説施之説解已具之後，誠爲憲[13]言，若乃興義深婉，不明詩人本所以作，而輒事探求，則穿鑿之弊固將滋多於此矣。自漢以來，詞人鮮用興義，固緣詩道下衰，亦由文詞之作，趣以喻人，苟覽者恍惚難明，則感動之功不顯。用比忘興，勢使之然，雖相如、子雲，末如之何也。然自昔名篇，亦或兼存比興，及時世遷貿，而解者祇益紛紜，一卷之詩，不勝異説。九原不作，煙墨無言。是以解嗣宗之詩，則首首致譏禪代，箋杜陵之作，則篇篇繫念朝廷，雖當時未必不託物以發端，而後世則不能離言而求象。由此以觀，用比者歷久而不傷晦昧，用興者説絶而立致辨爭。當其覽古，知興義之難明，及其自爲，亦遂疏興義而希用，此興之所以浸微浸滅也。（近世有人解李商隱詩“虎過遥知阱”，以爲刺時政。解温庭筠《菩薩蠻》詞，以爲與《感士不遇賦》同旨。解《詠懷詩》“天馬出西北”，以爲馬乃晉姓。解《洛神賦》“君王”，以爲即文帝。此皆所謂强作解事，離其本真者已。）雖然，微子悲殷，實興懷於禾黍，屈平哀郢，亦假助于江山，興之於辭，又焉能遽廢乎。

毛公述傳四句　風通，通字是也。《詩》疏曰：“賦云鋪陳今之政教善惡，其言通正變，兼美刺也。”又曰：“比之與興，雖同是附託外物，比顯而興隱，當先顯後隱，故比居興先也。”《毛傳》特言興也，爲其理隱故也。

比者附也十句　《周禮·大師》先鄭注曰：“比者，比方于物也。（《詩》孔疏引而釋之曰：“諸言如者，皆比辭也。”）興者，託事于物也。”（孔疏曰：“興者起也，取譬引類，起發己心，詩文諸舉草木鳥獸以見意者，皆興辭也。”）後鄭注曰：“比，見今之失，不敢斥言，取比類以言之。興，見今之美，嫌于媚諛，取善事以喻勸之。"(成伯璵《毛詩指説》："物類相從，善惡殊態，以惡類惡，謂⑭之爲比，《墻有茨》比方是子者也；以美喻⑮美，謂之爲興，歎詠盡詠⑯，善之深也。聽關雎聲和，知后妃能諧和衆妾，在河洲之闊遠，喻門闈⑰之幽深，鴛鴦于飛，陳萬化得所，興⑱之類也。")案：後鄭以善惡分比興，不如先鄭注誼之搞⑲。且墻茨之言，《毛傳》亦目爲興，焉見以惡類惡，即爲比乎。至鍾記室云："文已盡而意有餘，興也；因物喻志，比也。"其解比興，又與詁訓乖殊。彥和辨比興之分，最爲明晰。一曰起情與附理，二曰斥言與環譬，介畫憭然，妙得先鄭之意矣。

關雎有別二句　《周南》毛傳云："雎鳩，王雎也。鳥摯而有別。"(箋云："摯之言至也。"《釋文》："摯，本亦作鷙。")陸機疏云："雎鳩，大小如鴟，深目，目上骨露，幽州人謂之鷲。而楊雄、許慎皆曰：白鷢⑳，似鷹，尾上白。"

鳲⑳鳩貞一二句　《召南》毛傳云："鳩，鳲鳩，秸鞠也。鳲鳩不自爲巢，居鵲之成巢。"《曹風》傳云："鳲鳩之養其子，朝從上下，暮從下上，平均如一。"《爾雅》注云："今布穀也。江東呼穫穀。"

無從于夷禽　從當爲疑字之誤。

金錫　《衛風·淇奧》傳云："金錫涷而精。"

圭璋　《大雅·卷阿》箋云："王有賢臣，與之以禮義相切磋，如玉之圭璋也。"

螟蛉　《小雅·小宛》傳⑳云："螟蛉，桑蟲也。蜾蠃，蒲盧也。"箋云："蒲盧取桑蟲之子，負持而去，熙嫗養之以成其子，喻有萬民不能治，則能治者將得之。"

蜩螗　《大雅·蕩》傳云："蜩，蟬；螗，蝘也。"箋云："飲酒號呼之聲，如蜩螗之鳴。"

浣衣 《邶風·柏舟》箋云："衣之不浣,則慣辱無照察。"

席卷 《邶風·柏舟》傳云："席雖平,尚可卷。"

麻衣如雪 《曹風·蜉蝣》傳云："如雪,言鮮絜。"箋云："麻衣,深衣。"

兩驂如舞 《鄭風·大叔于田》傳云："驂之與服,和諧中節。"

諷兼比興 王逸《楚辭章句·離騷序》云："《離騷》之文,依《詩》取興,引類譬喻,故善鳥香草以配忠貞,惡禽臭物以比讒邪[23],靈脩美人以配[24]于君,宓妃佚女以譬賢臣,虬龍鸞鳳以託君子,飄風雲霓以爲小人。"案:《離騷》諸言草木,比物託事,二者兼而有之。故曰:諷兼比興也。

纖綜比義 纖當爲織字之誤[25]。

安仁螢賦 《全晉文》九十二載其文,兹錄于左:

潘安仁《螢火賦》

嘉熠耀之精將,(此字疑誤。)與衆類乎超殊。東山感而增歎,行士慨而懷憂。翔太陰之玄昧,抱夜光以清遊。熲若飛焱之霄逝,彗似移星之雲流,動集陽暉,灼如隋珠,熠熠熒熒,若丹英之照葩;飄飄頸頸[26],(一作款款。案:當作頻頻[27]。)若流金之在沙。載飛載止,光色孔嘉;無聲無臭,明影暘遐。飲湛露于曠野,庇一葉之垂柯;無干欲于萬物,豈顧恤于網羅。至夫重陰之夕,風雨晦冥,萬物眩惑,翩翩獨征,奇姿燎朗,在陰益榮。猶賢哲之處時,時昏昧而道明;若蘭香之在幽,越群臭而彌馨,隨陰陽之飄颻,非飲食之是營。問螽斯之無忌,希夷惠之清貞。羨微蟲之琦瑋,援彩筆以爲銘。

比類雖繁,以切至爲貴　切至之説,第一不宜沿襲,第二不許蒙籠。紀評謂“太切轉成滯相”,按㉘此乃措語不工,非體物太切也。此㉙類之文甚多,兹録杜牧《晚晴賦》一首以示例,其體雖少殊,千古而延襲蒙籠之病,庶斯祛矣㉚。

杜牧之《晚晴賦》（並序。《唐文粹》八。）

秋日晚晴,樊川子目于郊園,見大者小者,有狀類者,故書賦云:

雨晴秋容新沐兮,忻繞園而細履。面平池之清空兮,紫閣青橫,遠來照水。如高堂之上,見羅幕兮,垂乎鏡裏。木勢黨伍兮,行者如迎,偃者如醉,高者如逵,低者如跂。松數十株,切切交峙,如冠劍大臣,國有急難,庭立而議。竹林外裹兮,十萬丈夫,甲刃掀揿,密陣而環待。豈負軍令之不敢囂兮,何意氣之嚴毅。復引舟于深灣,忽八九之紅芰,姹然如婦,斂然如女,墮蕊皺顔,似見放棄。白鷺潛來兮,邈風標之公子,窺此美人兮,如慕悦其容媚。雜花差于岸側兮,絳緑黄紫。格頑色賤兮,或妾或婢。閒草甚多,叢者束兮,靡者杳兮,仰風獵日,如立如笑兮,千千萬萬之容兮,不可得而狀也。若予者則謂何如?倒冠落珮兮,與世闊疏。敖敖休休兮,真徇其愚而隱居者乎!

如川之涣　涣字失韻,當作澹,字形相近而誤。澹淡,水皃㉛也。

校勘記

① 廊,中華本同。北大本、《筆記》本、學社本、川大本、文史哲本作“庸”。

② 喻仁人之不見用而與群小人並列，原作"喻仁人之不見而與群少並列"，北大本、《筆記》本、學社本、川大本作"喻仁人之不見而與衆小人並列"，據中華本、文史哲本、《毛詩正義》改。

③ 鄘，中華本同。北大本、《筆記》本、學社本、文史哲本作"庸"，川大本作"唐"。

④ 況，北大本、《筆記》本同。學社本、川大本、中華本、文史哲本作"譬"。

⑤ 鄘，北大本、《筆記》本、中華本同。學社本、川大本、文史哲本作"庸"。

⑥ 陽，北大本、《筆記》本、學社本、川大本、《毛詩正義》同。中華本、文史哲本作"陰"。

⑦ 若，北大本、《筆記》本、學社本、川大本、文史哲本同。中華本、《毛詩正義》作"乎"。

⑧ 遵，北大本、《筆記》本、學社本、川大本、文史哲本同。中華本、《毛詩正義》作"循"。

⑨ 不宜與鳧鷖同屬，北大本、《筆記》本作"不宜與鳧之屬"，學社本、川大本、中華本、文史哲本、《毛詩正義》作"不宜與鳧鷖之屬飛而循渚"。

⑩ 牂，北大本、《筆記》本、學社本、中華本、文史哲本、《毛詩正義》作"牸"，川大本作"胖"。

⑪ 牂，北大本、《筆記》本、學社本、中華本、文史哲本、《毛詩正義》作"牸"，川大本作"胖"。

⑫ 逆，原作"立"，北大本、《筆記》本同。據學社本、川大本、中華本、文史哲本改。

⑬ 憲，北大本作"黨"，《筆記》本、學社本、川大本、中華本、文史哲本作"讞"。

⑭ 謂，北大本、《筆記》本、學社本、川大本、中華本、文史哲本同。《毛詩指說》作"名"。

⑮ 喻，北大本、《筆記》本、學社本、川大本、中華本、文史哲本同。《毛詩指說》作"擬"。

⑯ 詠，北大本、《筆記》本同。學社本、川大本、中華本、文史哲本作"致"，《毛

詩指説》作“韻”。

⑰ 闔,北大本、《筆記》本、學社本、川大本、中華本、文史哲本同。《毛詩指説》作“壹”。

⑱ 興,北大本、《筆記》本、學社本、川大本、中華本、文史哲本、《毛詩指説》作“此”。

⑲ 塙,北大本、《筆記》本、學社本、川大本、中華本、文史哲本作“碻”。

⑳ 鷟,據學社本、川大本、中華本、文史哲本補。

㉑ 鳲,北大本、《筆記》本、學社本、川大本、中華本、文史哲本作“尸”。

㉒ 傳,原作“詩”,北大本、《筆記》本、學社本、川大本、中華本、文史哲本同。依文例改。

㉓ 邪,北大本、《筆記》本、學社本、川大本、中華本、文史哲本、《楚辭章句》作“佞”。

㉔ 配,北大本、《筆記》本、學社本、川大本、文史哲本同。中華本、《楚辭章句》作“媲”。

㉕ 纖綜比義　纖當爲織字之誤,據北大本、《筆記》本、學社本、川大本、中華本、文史哲本補。

㉖ 穎穎,北大本、《筆記》本、《全晉文》同。學社本、川大本、中華本、文史哲本作“頻頻”。

㉗ 頻頻,北大本、《筆記》本同。學社本、川大本、中華本、文史哲本作“穎穎”。

㉘ 按,據學社本、川大本、中華本、文史哲本補。

㉙ 此,北大本、《筆記》本作“比”。

㉚ “此類之文”至“庶斯袪矣”,及所引《晚晴賦》,學社本、川大本、中華本、文史哲本皆無。

㉛ 兒,北大本同。《筆記》本、學社本、川大本、中華本、文史哲本作“貌”。

夸飾第三十七

語之所貴者意也，意有所隨，意之①所隨者，不可以言傳也，然而不可不期其必傳②。古之爲言，有肆而隱者矣，有曲而中者矣，意之既得，雖言可遺也，言之難傳，雖溢無害也。蓋十口相傳，謂之爲古，俗語不實，流爲丹青，皇初之蠱事，莫非載籍之飾言，自此以來，人智闓③明，而學術日趨貞信，<u>然而言語不能必與意相符，文辭不能必與言合軌，則夸飾之病，終無由以畢祛，後之人知其違而止其濫斯可矣</u>。舍人有言：“夸飾在用，文豈循檢。”<u>其於用舍之宜，言之不亦明審矣哉</u>？今且求之經傳，以徵夸飾之不能盡祛④，更爲析言夸飾所由成之理，而終之以去夸不去飾之説。往古之書，未經聖師删定者，若《山海⑤》《歸藏》之屬，其言奇佹不恒，雖可以考見先民之思智，而或爲薦紳所不言，今亦無庸掔⑥論。至如經傳所載，孔孟所言，其間夸飾之文，在在有之，略舉數事如下：《大戴禮・五帝德》篇：“宰我問於孔子曰：昔者予聞諸榮伊言，黃帝三百年。請問黃帝者人耶？抑非人耶？何以至於三百年乎？孔子曰：生而民得其利百年，死而民畏其神百年，亡而民用其教百年，故曰三百年。”由孔子之言論之，黃帝三百年，飾詞也。殷辛暴虐，《書》有明文，而孔子曰：“紂之不善，不如是之甚也。”由此言之，<u>狀殷辛之惡者，亦多飾詞也</u>。《楚語》：“昭王問於觀射父曰：《周書》所謂重、黎實使天地不通者何也？若無然，民將能登天乎？對曰：司馬氏寵神其祖，以取威於民，曰：重實上天，黎實下地，遭此之亂，而莫之能禦也。"由此言之，《書》所謂絶地天通者，亦飾詞也。孟子曰："説《詩》者不以文害辭，不以辭害志，以意逆志，是爲得之。如以辭而已矣，《雲漢》之詩曰：周餘黎民，靡有孑遺。信斯言也，是周無遺民也。"由此言之，言周民無遺者，亦飾詞也。孟子又曰："盡信《書》則不如無《書》，吾於《武成》取二三策而已矣，仁人無敵於天下，以至仁伐至不仁，而何其血之流杵也。"趙注曰："經有所美，言事或過，若《康誥》曰：冒聞於上帝。《甫刑》曰：帝清問下民。《梓材》曰：欲至於萬年。又曰：子子孫孫永保民。人不能聞天，天不能問民，萬年永保，皆不可得爲，《書》豈可案文而皆信之哉？"由此言之，《書》之所載，多飾詞也。已上所言，皆經傳所陳也，更求之九流。《莊子·秋水》篇曰："至德者火弗能熱，水弗能溺，寒暑弗能害，禽獸弗能賊，非謂其薄之也。"由此推之，傳記所謂⑦寓言，皆飾詞也。《列子·黃帝》篇曰："庖犧氏、女媧氏、神農氏、夏后氏，蛇身人面，牛首虎鼻，此非有人之狀，而有大聖之德。"張注曰："人形貌自有偶與禽獸相似者，古諸聖人多有奇表，所謂蛇身人面，非被鱗肕⑧行，無有四支，牛首虎鼻，非戴角、垂胡、曼額、解領，亦如相書龜背、鵠步、鳶肩、鷹喙耳。"由此推之，《山海經》⑨所説奇狀傀形，無非飾詞也。《淮南子·氾論訓》曰："世俗言曰：'饗太高者而豕爲上牲；葬死人者裘不可以藏；相戲以刃者太祖軵其肘；枕户橉而卧者鬼神躍其首。'此皆不著於法令，而聖人之所不口傳也。夫神明獨饗豕者何也？以爲豕者，家人所常畜而易得之物也，故因其便以尊之；裘者，難得貴賈之物也，無益於死者，而足以養生，故因其資以譽之；相戲以刃，必爲過失，過失相傷，其患必大，故因太祖以累其心；户橉者，風氣之所從往來，而風氣者，陰陽相捔者也，離者必病，故託鬼神以伸誠之也。"由此推之，世俗恒言有所虛託者，皆飾詞也。此皆古之人已知之矣。漢世王充好爲辨詰，瑣碎米鹽，著爲《書虛》《語增》《儒增》《藝增》之篇，凡經傳飾詞，一概加以抨擊，世或意⑩其⑪諦實，而實不達⑫詞言之情。彼其言曰："世俗所患，患⑬言事增其實，著文垂辭，辭出溢其真，稱美過其善，進惡沒其罪。何則？俗人好奇，不奇，言不用也，故譽人不增其美，則聞者不快其意，毀人不益其惡，則聽者不愜於心；聞一增以爲十，見百益以爲千，使夫純樸之事，十剖百判，審然之語，千反萬畔。言審莫過聖人，經藝萬世不易，猶或出溢，增過其實。"如仲任言，意在檢正文辭⑭，一切如實，然後使人不迷，其辨別妖異機祥之言，駁正帝王感生天地感變諸說，誠足以開蔽矇矣，至謂文辭⑮由此當廢增飾⑯，則謬也。近世汪中知古人文辭⑰有曲，有形容，說祖王⑱充，而不能明其故，以爲但欲罄其意而已，是終不得爲明清之言。謹求其故，有五說焉：一曰，言有不能斥其事，則玄言其理也。《書》敘堯之德，"欽明"以下四十餘言，若欲歷敘其事，則繁而不綱⑲，數百千言而仍不能盡，故括以"欽明恭讓"，而堯之德可知，表以"既睦""昭明""於變"，而堯之所以親九族，辨百姓，和萬邦者可知。此一事也。二曰，言有不能指其數，則渾括其事也。《書》言禹"九山刊旅，九川滌原，九澤既陂"⑳。此不得歷言九州山澤，禹皆畢㉑至，言此而禹功所被之廣可知，歷指則反於文爲害。此二事也。三曰，言有不能表其精微，而假之物象。《易傳》曰："聖人有以見天下之賾㉒，而擬諸形容，象其物宜。"言"龍戰於野"，而陰陽鬥爭之理寓焉，但言陰陽鬥爭，義不晰也；言黃裳元吉，而得中居職之理寓焉，但言得中居職，義不晰也。此三事也。四曰，言有不能斷限，而模略以爲辭㉓。《書》曰："欲至萬年。"此非真欲萬年，然云欲至某千某百年，則不詞也。《詩》曰："子孫千億。"此亦非謂真能衆多如此,然云子孫某百某十人,則亦不詞也。此四事也。五曰,言有質而意不顯,文而意顯者。如云:"晏子一狐裘三十年。"一裘誠不必經一世之長,然但云晏子狐裘久而不易,則其久㉔如何不可知,而晏子之儉德不顯。如云:"積甲與熊耳山齊。"甲多誠不能與山比峻,然但云收甲甚多,則其多如何不可知,而光武之武功不著。此五事也。總而言之,文有飾詞,可以傳難言之意;文有飾詞,可以省不急之文;文有飾詞,可以摹難傳之狀;文有飾詞,可以得言外之情。古文有飾,擬議形容,所以求簡,非以求繁,降及後世,夸張之文,連篇積卷,非以求簡,祇以增繁,仲任所譏,彥和所誚,固宜在此而不在彼也。

河不容舠 孫云:"《詩》釋文:刀,字書作舠。"(《廣雅》《釋名》作舠㉕。)彥和依字書作。《説文》有舠字,云:"舠,船行不安也。從舟㉖,舠省聲,讀若兀㉗。"與《詩》容刀字音義俱別。

鴞㉘音之醜 《詩》毛傳云:"鴞㉙,惡音之鳥也。"㉚

披聲而駭聾矣 李云:"枚乘《七發》:發聲披聾。"

本師所著《徵信論》二篇,其於考案前文,求其諦實,言甚卓絶,遠過王仲任《藝增》諸篇,兹録於左,以供參鏡。

徵信論上

古人運而往,其籍尚在,籍所不著,推校其疑事,足以中微,而世遂質言之,雖適,謂之誣。往者高祖困於平城,用陳平計,使閼氏,圍得解。其計既秘,世以爲工妙踔善,故匿藏不傳。獨桓譚揣其必言"漢有好女,今以圍急,欲進之單于。內有媚㉛者,則兵禍自沮"。其量度事情,誠以眇合,雖劉子駿亦稱善。然皆以爲揣得其狀,非質言之,備故府藏録也。及應劭

説《漢書》，遽駻然以爲成事。故慮事一也，以辯議則適，以記
注則誣。章學誠以《李陵答蘇武書》，世疑其僞者，非也。必江
左之士，降北失職，憂憤而爲之。自謂其説蹉跎，度越于守文
者，而任大椿亦稱其善。此即與桓、劉之事無異。中世秦宓、
譙周，亦推經傳言神怪者，傅之人事，其得情爲多。卒以議無
左驗，不自言遂事也。此皆明哲已知之矣。或曰：淮南王推説
禨祥，言相戲以刃，太祖靮其肘者，以爲過失相傷，其患必大，
無涉血之仇爭忿鬪，而以小事自内于刑戮，愚者所不知忌也。
故因太祖以累其心，枕户橉而卧，鬼神履其首者，以爲户牖者，
風氣之所從往來，而風氣者，陰陽相捔者也。離者必病，故託
鬼神以伸誡之也。此則可以質言乎？應之曰：凡事無期驗，推
校而得之者，習俗與事狀異其職矣。彼習俗者，察之無色，把
握之不得其體。推校而得，則無害於質言之。若淮南王所訂，
習俗也。而桓譚所訂，事狀也。事狀者，上有册府，下有私録，
殫求而不獲，雖善推校，懲其質言矣。二者，立言之大齊，不以
假借者也。世儒以後之所訂，而責前之故然。雖皮傅妄言，踰
世則浸以爲典要。昔唐人言莊周之學本田子方，推其根于子
夏；近世章學誠作《經解》篇取之，以莊子稱田子方，則謂子方
是莊子師。然其《讓王》亦舉曾參、原憲，其他若《則陽》《徐無
鬼》《庚桑楚》，名在篇目，將一一是莊子師邪？宋人遠迹子思
之學，上隸曾參，尋《制言》《天圓》諸篇，與子思所論述殊矣。
《檀弓》篇記曾子呼伋。古者言直[32]，長老呼後生，則斥其名。
微生畝亦呼孔子曰丘，非師弟子之徵也。《檀弓》復記子思所
述。鄭君曰："爲曾子言難繼，以禮抑之。"足明其非弟子也。
近世阮元爲《子思子章句》，亦云："師曾迪孟。"（見其自序。）孟

軒之受業，則太史公著其事矣，師曾者，何徵而道是邪？釋家㉝言空，不因于老莊；景教事天，不本于墨子；遠西之言歷算者，不資于厲王喪亂，疇人在夷。世人取其近似言之，遂若典常，此三謬也。清代之遇屬國，不大執何，仍漢、唐、明之舊貫則然，非取法于羅馬。戴氏作《原善》及《孟子字義疏證》，遂人情而不制以理。兩本孟子、孫卿。及王守仁以降㉞，唐甄等已開其題端，至戴氏遂光大之，非取法于歐羅巴人言自由者。世人欲以一端傅會，忘其所自來。此二謬也。獨漢人自西域來，說近情實。遠之可傅身毒、大夏，而近猶在氐、羌。羌與犂狁，故亦有西南諸苗遺種㉟。今之苗，古之犂也。與三苗處洞庭、彭蠡間者異實。而世以三苗爲神州舊人，漢族攘其地有之，益失實狀。漢族雖自西方來，傳記所見，不及安息、條支沙磧之地。今人復因以傅會。此爲陳平秘計之流，探賾索隱則無害，猶不予其質言也。不然者，世久而視聽瀸漬，率爾之言，將相保以爲實錄，其過宏矣！是以孫卿曰："言之信者，在乎區蓋之間。"

徵信論下

《傳》曰："聖有謨勳，明徵定保。"故非獨度事爲然也，凡學皆然，其于抽史尤重。何者？諸學莫不始于期驗，轉求其原。視聽所不能至，以名理刻之，獨治史志者爲異。始卒不逾期驗之域，而名理却焉。今之散儒，曾不諭是也，故微言以致誣，玄議以成惑。昔者孫卿有言曰："五帝之外無傳人，非無賢人也；五帝之中無傳政，禹、湯有傳政，而不若周之察。非無善政也，久故也。傳者久則論略，近則論詳，略則舉大，詳則舉小。愚者聞其略而不知其詳，聞其詳而不知其大。是以文久而滅，節族久而絕。"（《非相》篇。）夫《尚書》者，不具之史，略引大體，文若銘誄，非質言以紀事，故流別異《春秋》。高貴鄉公曰：仁者必有勇，誅暴必用武。少康、武烈之威，豈降於高祖哉？《夏書》淪亡，故勳美闕而罔載。唯有伍員粗述大略，其言復禹之績，不失舊物，祖述聖業，舊章不忒。自非大雅兼才，孰能與於此？向令墳典具存，行事詳備，則不得有異同之論也。高貴鄉公可謂知往志者也。《春秋》已作，而紀傳臚言，其道行事始悉。然猶多所殘遺，遠者莊蹻取滇，秦開却胡，事大而文已約。及夫氐、羌僭制，政事盡文。（前代符、姚，近世西夏之屬。）群盜略地，兵事槃牙，而多奇計者，皆不如帝室詳。下逮近世，韓、宋之興，諸將若關先生、破頭潘、芝麻李、大刀敖等，史傳猶軼其名。關先生始起絳州，踰太行，轉戰出塞，毀上都而藺高麗。其武略雖不逮明祖，視中山、開平猶近。《明史》則已失其行軍圖法。此則近猶論略，非獨久也。學者宜以高貴鄉公爲法，知其有略，不敢妄意其事[36]。妄意之，即與巫言等比。鄰神仙之國，舊史蓋歲有變更，國有賢豪，則爲之生事，延緣巷市之語，以造奇辭。往者中土雖[37]有猥語短書，今殆[38]舉於士大夫之口，兔絲緣木，虎蜦緣墻，苟可以傳麗者，無所不蓏。則是使張魯撰記，而寇謙之爲圖也。昔者莊周有言曰："世之所貴道者書也，書不過語。語之所貴者意也，意有所隨，不可以言傳。而世因貴言傳書，雖貴之，猶不足貴也。"（《天道》篇。）史官陳列往迹詳矣。事有鉅而因於細，是故吳楚之戰，咎始采桑；昭公之出，釁在鬭雞。其類非一也。五[39]史或記其箸，不能推本於其微者。桑、雞之事，顧幸而黨見爾。細亦因鉅，是故陳平以太牢草具爲端，足以間亞父；陸生大言漢皇帝賢，而可以臣南越。項王、尉佗雖戆，則必不以一言去就，固有鉅者足以離合之，顧史官未嘗言。故曰意有所隨，其言不傳久矣。愚者徵以爲智，隨成心以求其情，比于謠諑，是以君子多見闕殆。昔者韓非有言曰：“聽言之道，溶若甚醉。彼自離之，吾因以知之。參伍比物，事之形也。”（《揚權㊵》篇。）夫治史盡於有徵，兩徵有異，猶兩曹各舉其契，此必一情一偏矣。往世諸子，競於揚己，著書陳辯，敗人則録之，己曲㊶則不述也，轉以九流相校，而更爲雌雄者衆。其有縱㊷橫之士，短長之書，必不自言畫策無效，或饗天功以爲己力。是故魯連不帝秦王，而言秦軍却五十里。校以《平原君傳》，却秦軍者，李同敢死之士之功。賈詡以袁、劉父子答魏王，而言太子遂定。校以文帝、陳王紀、傳，文帝以五官中郎將副丞相，而陳王財㊸爲平原小侯，魏王志定久矣。兩國殊黨，各爲其尊親諱，亦務進己而黜辱人。是故更始始於借交報仇，終於刮席；拓跋始爲劉石附庸，終以言敵國，皆自離也。下及近世，《宋史》稱岳飛破胡，兀术號慟大奔，《金史》闕如也。邵長蘅稱閻應元守江陰，滿洲名王三人，大將八人，皆授首城下，然清官書亦不言。不知勝者溢傳之邪？其敗者有所諱耶？（魏源駁長蘅説云：官書無三王八將名，且亦不見贈恤，斷其爲誣。案：此未可斷也，死難有恤，本漢土之制。閻應元守江陰時㊹，滿洲入中國二㊺歲耳，未能悉譜中國典禮，降臣亦未必樂爲文致。不得以贈恤不及，斷其爲誣。又其支屬甚多，位號亦濫，雖官書不見，不得謂竟無其人。至於張克捷而諱撓敗，又滿洲之常度，觀諸遺民記載，明師斬馘大捷者，非獨鄭成功、李定國三數事也。而滿洲官書不述其事，直云王師失利而已。足知情存隱諱，不欲布之簡書，江陰之役，縱覽三王八將,其文牘且或譌言,況史臣記載邪?)從是讎質,自離者誠有可知,亦或忽恍如不可知。抽史者或[46]以法吏聽兩曹,辨其成獄,不敢質其疑事。愚者以事有兩異,雖本無異辭者猶疑,此何但史傳邪?曩夕之言,今日亦疑也;雞鳴之事,日中可讕也。昔者老聃有言曰:"天下有始,以爲天下母。既得其母,以知其子,既知其子,復守其母,没身不殆。"(守者,《墨經》云:"彌異所也。"古言守司者,猶言尋伺。)母子者,猶今所謂因果。因以求果,果以求因,辨異而不過,推類而不悖。是故邪說不能亂,百家無所竄,則終身免於疑殆,是抽文之樞要也。夫禮俗政教之變,可以母子更求者也。雖然,三統迭起,不能如循環;三世漸進,不能如推轂;心頌變異,誠有成型無有哉?世人欲以成型定之,此則古今之事,可以布算而知,雖燔炊史志猶可。且夫因果者,兩端之論耳。無緣則因不能獨生;因雖一,其緣衆多。故有同因而異果者,有異因而同果者。愚者執其兩端,忘其旁起,以斷成事,因以起其類例。成事或與類例異,則顛倒而組裂之,是乃殆以終身,鼛之至也。凡物不欲絓,絲絓於金柅則不解,馬絓於蔓荆則不馳,夫言則亦有絓,絓於成型,以物曲視人事,其去經世之風亦遠矣!(今世社會學者多此病。)昔者孫卿有言曰:"《禮》《樂》法而不說,《詩》《書》故而不切,《春秋》約而不速。方其[47]人之習君子之說,則尊以遍矣,周於世矣。"(《勸學篇》。)夫古今雖異能,相類似者不絕。故引史傳以爲端緒,其周用猶什三四,當其欲用,必鶩於辯說者,猶賦詩有斷章。愚者憙論史事爲華,因以史尚平議,不尚記事。此其言,盡員輿成國之秀民若一概也。往者干寶始爲《晉紀·總論》,其言揮綽,而還與事狀應。然大端不過數首。及孫盛、袁宏、習鑿齒、范曄之倫，吹毛索疵，事議而物辯之，固無當夫舉措之異，利病之分。譬若弈棋，勝負者非一區之勢也。疏附牽掣於旁者，其子固多。史之所記，盡于一區，其旁子不具見。（細碎冥昧之事，史官固不悉知，知之亦不可具載。）時既久遠，而更欲求舉措之意，利病之勢，猶斷棋一區以定弈法，吟口弊舌㊽，猶將無益也。（近世鄙倍之說，謂史有平議者，合於科學，無平議者，不合科學。案：史本錯雜之書，事之因果，亦非盡隨定則。縱多施平議，亦烏能合科學邪？若夫制度變遷，推其沿革；學術異化，求其本師；風俗殊尚，尋其作始。如班固、沈約、李淳風所志，亦可謂善於平議矣。而今世之平議者，其情異是。上者守社會學之說而不能變，下者猶近蘇軾《志林》、呂祖謙《博議》之流，但詞句有異爾。蓋學校講授，徒陳事狀，則近於優戲。不得已乃多施平議，而己不能自知其故。藉科學之號以自尊，斯所謂大愚不靈者矣！又欲以之㊾施之史官著作，不悟史官著書，師儒口說，本非同劑。惟有書志，當盡考索之功。其論一代政化，當引大體而已。若毛舉行事，訂其利病，是乃科舉發策之流，違於作述之志遠矣。彼所持論，非獨闇於人事，亦不達文章之體。）章炳麟曰：是五志者，皆明德之遠言，耆艾之高致也。智者用之以盡倫，愚者用之以絕理。苟非其人，道不虛行，豈謂是邪？言而有眹，連犿無傷者，則有矣。蓋昔老聃良史之宗，定著八十一章，其終有亂。夫其"信言不美，美言不信"，吾以古今文五經之家；"知者不博，博者不知"，吾以告治晚書疑前史者；（顏師古注《漢書》，凡後出雜書，緯候異事，一切刊㊿落，最爲可法。）"善者不辯，辯者不善"，吾以告出入風議尚論古人之士。

校勘記

① 之，北大本、《筆記》本、學社本、川大本、中華本、文史哲本同。《新中國》本

作"有"。

② 然而不可不期其必傳,北大本、《筆記》本、《新中國》本同。學社本、川大本、中華本、文史哲本作"然而不可不力期其傳"。

③ 閭,北大本、《筆記》本、《新中國》本同。學社本、川大本、中華本、文史哲本作"開"。

④ 盡袪,《新中國》本作"袪",北大本、《筆記》本作"衻袪",學社本、川大本、中華本、文史哲本作"悉袪"。

⑤ 山海,北大本、《筆記》本、《新中國》本、學社本、川大本、中華本、文史哲本作"山經"。

⑥ 犖,北大本、《新中國》本、學社本、川大本、中華本、文史哲本作"研"。

⑦ 謂,北大本、《筆記》本、《新中國》本、學社本、川大本、中華本、文史哲本作"爲"。

⑧ 肍,北大本、《筆記》本闕,《新中國》本作"伏",學社本、川大本、中華本、文史哲本作"腹",《列子集釋》作"臆"。

⑨ 山海經,原作"山海",手批補"經"。北大本、《筆記》本作"山傀",《新中國》本作"諸書",學社本、川大本、文史哲本作"山海",中華本作《山經》。

⑩ 意,北大本、《筆記》本作"恚",《新中國》本作"憙",學社本、川大本、中華本、文史哲本作"喜"。

⑪ 其,原作"甚",北大本、《筆記》本、《新中國》本同。據學社本、川大本、中華本、文史哲本改。

⑫ 達,原作"違",北大本、《筆記》本同。據《新中國》本、學社本、川大本、中華本、文史哲本改。

⑬ 患,據《新中國》本、學社本、川大本、中華本、文史哲本、《論衡校釋·藝增》補。

⑭ 辭,北大本、《筆記》本、《新中國》本、學社本、川大本、中華本、文史哲本作"詞"。

⑮ 辭,北大本、《筆記》本、《新中國》本、學社本、川大本、中華本、文史哲本

作"詞"。

⑯ 增飾，北大本、《筆記》本、學社本、川大本、中華本、文史哲本同。《新中國》
本作"飾增"。

⑰ 辭，北大本、《筆記》本、《新中國》本、學社本、川大本、中華本、文史哲本
作"詞"。

⑱ 王，北大本、《筆記》本、《新中國》本、學社本、川大本、中華本、文史哲本
作"之"。

⑲ 綱，北大本、《筆記》本作"下"，《新中國》本、學社本、川大本、中華本、文史
哲本作"殺"。

⑳ 校案：《尚書·禹貢》作"九州刊旅，九川滌源，九澤既陂"。

㉑ 畢，北大本、《筆記》本、學社本、川大本、中華本、文史哲本同。《新中國》本
作"已"。

㉒ 蹟，北大本、《筆記》本作"蹟"，《新中國》本、學社本、川大本、中華本、文史
哲本作"蹟"。

㉓ 辭，北大本、《筆記》本、《新中國》本、學社本、川大本、中華本、文史哲本
作"詞"。

㉔ 久，原作"文"，北大本、《筆記》本同。據《新中國》本、學社本、川大本、中華
本、文史哲本改。

㉕《廣雅》《釋名》作舸，北大本、《筆記》本同。學社本、川大本、中華本、文史
哲本作"《廣雅》作舸。"

㉖ 舟，原作"刀"，北大本、《筆記》本同。據學社本、川大本、中華本、文史哲
本改。

㉗ 兀，原作"機"，北大本、《筆記》本同。據學社本、川大本、中華本、文史哲
本改。

㉘ 鴞，原作"鶚"，北大本、《筆記》本同。據學社本、川大本、中華本、文史哲
本改。

㉙ 鴞，底作"鶚"，北大本、《筆記》本同。據學社本、川大本、中華本、文史哲

本、《毛詩正義》改。

㉚ 校案:《毛傳》作"鴞,惡聲之鳥也"。

㉛ 媚,北大本、《筆記》本作"娟"。學社本、川大本、中華本、文史哲本、《太炎文録初編》作"媚"。

㉜ 直,北大本、《筆記》本、學社本、川大本、中華本、文史哲本、《太炎文録初編》作"質"。

㉝ 家,北大本、《筆記》本、學社本、川大本、中華本、文史哲本、《太炎文録初編》作"迦"。

㉞ 及王守仁以降,北大本、《筆記》本、學社本、川大本、中華本、文史哲本、《太炎文録初編》作"王守仁以降"。

㉟ 故亦有西南諸苗遺種,《太炎文録初編》同。北大本、《筆記》本作"故亦與西南諸苗遺種",學社本、川大本、中華本、文史哲本作"故亦與西南諸苗同種"。

㊱ 不敢妄意其事,原作"不敢妄其意事",北大本、《筆記》本同。據學社本、川大本、中華本、文史哲本、《太炎文録初編》改。

㊲ 雖,學社本、川大本、中華本同。北大本、《筆記》本、文史哲本、《太炎文録初編》作"惟"。

㊳ 殆,原作"治",北大本、《筆記》本同。學社本、中華本作"皆",據文史哲本、《太炎文録初編》改。

㊴ 五,北大本、《筆記》本、《太炎文録初編》同。學社本、川大本、中華本、文史哲本作"正"。

㊵ 揚榷,原作"楊榷",文史哲本同。北大本、《筆記》本作"揚攘",中華本作"揚榷",《太炎文録初編》作"揚推",據學社本、川大本、《韓非子》改。

㊶ 曲,北大本、《筆記》本、學社本、川大本、中華本、文史哲本、《太炎文録初編》作"屈"。

㊷ 縱,北大本、《筆記》本、學社本、川大本、中華本、文史哲本、《太炎文録初編》作"從"。

㊸ 財，北大本、《筆記》本、文史哲本同。學社本、川大本、中華本作"則"，《太炎文録初編》作"纔"。

㊹ 時，據北大本、《筆記》本、學社本、川大本、中華本、文史哲本、《太炎文録初編》補。

㊺ 二，《太炎文録初編》同。北大本、《筆記》本、學社本、川大本、中華本、文史哲本作"六"。

㊻ 或，北大本、《筆記》本、學社本、川大本、中華本、文史哲本、《太炎文録初編》作"若"。

㊼ 其，原作"今"，北大本、《筆記》本同。據學社本、川大本、中華本、文史哲本、《太炎文録初編》、《荀子》改。

㊽ 弊舌，原作"獘蛇"，北大本、《筆記》本作"弊蛇"，學社本、川大本、中華本作"弊脣"，據文史哲本、《太炎文録初編》改。

㊾ 之，北大本、《筆記》本、學社本、川大本、中華本、文史哲本、《太炎文録初編》作"是"。

㊿ 刊，北大本、中華本、文史哲本同。《筆記》本、學社本、川大本作"删"。

事類第三十八①

　　文之爲用，自喻喻人而已。自喻奚貴？貴乎達。喻人奚貴？貴乎信。《傳》曰："言以足志，文以足言。"達之説也。《書》曰："聖有謨訓②，明徵定保。"信之説也。夫以言傳意，自秦始已有不脗合之患③，是故譬喻衆而假借繁。水深曰深，室深亦曰深；布廣曰幅，地廣亦曰幅，此譬喻也。相之字，觀木也，而凡視皆曰相；絲之字，日中視絲也，而凡明皆曰絲，此假借也。言期於達，而不期於與本義合，則故訓之用，由此滋多。若夫累字成名④，累名⑤成文，而意仍有時而蹇礙，則興道之用，由是⑥興焉。道古語以剴今，道之屬也。取古事以託喻，興之屬也。意固⑦相類，不必語出于我，事苟可信，不必義起乎今，引事引言，凡以達吾之思而已。若夫文之以喻人也，徵於舊則易爲信，舉彼所知則易爲從。故帝舜觀古象，太甲稱先民，盤庚念古后之聞，箕子本在昔之誼，周公告商而陳册典，穆王詳刑而求古訓，此則徵言徵事，已存于左、史之文。凡若此者，要皆以爲信也⑧。尚考經傳之文，引成事述古⑨言者，不一而足。即以宣尼大聖，親製《易傳》《孝經》之辭，亦多甄采前言，旁徵行事。降及百家，其風彌盛。詞人有作，援古尤多。夫《滄浪》之歌，一旁見於《孟子》⑩，素餐之詠，遠本於詩人。彥和以爲屈、宋莫取舊辭，斯亦未爲誠論也。逮及漢魏以下，文士撰述，必本舊言，始則資於訓古⑪，繼則⑫引録成言，（漢代之文，幾無一篇不采録成語者，觀二⑬《漢

271

書》可見。)終則總⑭輯故事。爰至齊、梁,而後聲律對偶之文既⑮興,用事采言,尤關能事。其甚者,捃拾逸書⑯,爭疏僻典,以一事不知爲恥,以字有來歷爲高,(黃魯直謂杜詩無一字無來歷。)文勝而質漸以漓,學富而才爲之累,此則末流之弊,固⑰宜去甚去奢,以節止之者也。然質文之數⑱,華實之殊,事有相因,非由人力,故前人之引言用事,以達意切情爲宗,後有繼作,則轉以去故就新爲主。陸士衡云:"雖杼軸於予懷,怵他人之我先,苟傷廉而愆義,故雖愛而必捐。"豈惟命意謀篇,有斯懷想,即引言用事,亦如此⑲矣。是以後世之文,轉視古人,增其繁縟,非必文士之失,實乃本於自然。今之訾謷用事之文者,殆未之思也。且夫文章之事,才學相資,才固爲學之主,而學⑳亦能使才增益。故彥和云:"將贍才力,務在博見。"然則學之爲益,何止爲才輔佐而已哉㉑?然淺見者臨文而躊躇,博聞者裕之于平素,天資不充,益以强記,强記不足,助以鈔撮,自《吕覽》《淮南》之書,《虞初》百家之説,要皆探取往書,以資博識。後世《類苑》《書鈔》,語麗語對,則專㉒資於文士,效用于誃聞,以我搜輯之勤,袪人繙檢之劇,此類書所以日衆也。惟臨㉓文用事,非可取辦登時,觀天下書已㉔遍而後爲文,則皓首亦無操觚之事。故凡爲文用事,貴於能用其所嘗研討之書,用一事必求之根據,觀一書必得其績效,期之歲月,瀏覽益多,下筆爲文,何憂貧窘。若乃假助類書,乞靈雜纂,縱復取充篇幅,終恐見笑大方。蓋博見之難,古今所共,俗學所由㉕多謬,淺夫視爲畏途,皆職此之由矣。又觀省前文,迷其出處,假令前人注解已就,自可由㉖彼成功,若箋注未施,勢必須於繙檢。然書嘗經目,繙檢易爲,未識篇題,何從尋討?是以昔人以遭人而問爲懃,以耳學不精爲恥,李善之注《文選》,得自師傳,顏籀之注《漢書》,亦資衆解。是則尋覽前篇,求其根據,語能得其本始,事能舉其原書,亦須年載之功,豈能鹵莽以就也。嘗謂文章之功,莫切於事類,學舊文者,不致力於此,則不能逃孤陋之譏,自爲文者,不致力於此,則不能免空虛之誚。試觀《顏氏家訓》,《勉學》《文章》二篇所述,可以知其術矣。今世妄人,耻其不學,己既生而無目,遂乃憎人之明。己則陷于潢涿,因復援人入水,謂文以不典爲宗,詞以通俗爲貴。假以殊俗之論,以陵前古之師,無愧無慚,如羹如沸,此真庾子山所以爲驢鳴狗吠,顏介所以爲强事飾詞者也。昔原伯魯不悦學,而閔馬父歎之曰:"夫必多有是説,而後及其大人。大人曰:'可以無學,不學無害。'不害而不學,則苟而可。"以是推周之亂、原氏之將亡。嗚呼!吾觀于此,而隱憂正未有艾也㉗。

校勘記

① 《事類》篇原爲手抄。
② 訓,《尚書正義》同。北大本、《筆記》本、學社本、川大本、中華本、文史哲本作"勸"。
③ 自秦始已有不腏合之患,北大本、《筆記》本同。學社本、川大本、中華本、文史哲作"自古始已有不能吻合之患"。
④ 名,北大本、《筆記》本同。學社本、川大本、中華本、文史哲本作"句"。
⑤ 名,北大本、《筆記》本同。學社本、川大本、中華本、文史哲本作"句"。
⑥ 是,北大本、《筆記》本、學社本、川大本、中華本、文史哲本作"此"。
⑦ 固,北大本、《筆記》本、學社本、川大本、中華本、文史哲本作"皆"。
⑧ 要皆以爲信也,北大本、《筆記》本、學社本、川大本、中華本、文史哲本作"皆所以爲信也"。
⑨ 古,北大本、《筆記》本、學社本、川大本、中華本、文史哲本作"故"。
⑩ 一旁見於《孟子》,北大本、《筆記》本、學社本、川大本、中華本、文史哲本作

"一見於《孟子》"。

⑪ 古，北大本、《筆記》本、學社本、川大本、中華本、文史哲本作"詁"。

⑫ 則，北大本、《筆記》本、學社本、川大本、中華本、文史哲本作"而"。

⑬ 二，據北大本、《筆記》本、學社本、川大本、中華本、文史哲本補。

⑭ 總，北大本、《筆記》本、學社本、川大本、中華本、文史哲本作"綜"。

⑮ 既，北大本、《筆記》本作"即"，學社本、川大本、中華本、文史哲本作"大"。

⑯ 逸書，北大本、《筆記》本作"速事"，學社本、川大本、中華本、文史哲本作"細事"。

⑰ 固，北大本、《筆記》本、學社本、川大本、中華本、文史哲本作"故"。

⑱ 數，北大本、《筆記》本同。學社本、川大本、中華本、文史哲本作"變"。

⑲ 此，北大本、《筆記》本、學社本、川大本、中華本、文史哲本作"斯"。

⑳ 學，據北大本、《筆記》本、學社本、川大本、中華本、文史哲本補。

㉑ 何止爲才輔佐而已哉，北大本、《筆記》本同。學社本、川大本、中華本、文史哲本作"何止爲才裨屬而已哉"。

㉒ 專，北大本、《筆記》本作"事"，學社本、川大本、中華本、文史哲本作"輸"。

㉓ 臨，北大本、《筆記》本、學社本、川大本、中華本、文史哲本作"論"。

㉔ 已，北大本、《筆記》本同。學社本、川大本、中華本、文史哲本作"必"。

㉕ 由，北大本、《筆記》本、學社本同。川大本、中華本、文史哲本作"爲"。

㉖ 由，北大本、學社本、川大本、中華本、文史哲本作"因"。

㉗ "今世妄人"至"未有艾也"，北大本、《筆記》本同，學社本、川大本、中華本、文史哲本皆無。

練字第三十九

　　文者集字而成，求文之工，必先求字之不妄。然自六書肇造，孳爲九千，轉注假借之例既立，而衆字之形聲義訓往往互相牽綴，故用字者因之無定，此一事也。名無固宜，名無固實，在乎約定俗成，然造字之始，或含義本狭，而後擴充以爲寬，或含義至通，而後減削以爲局；至於采用①之頃，隨情取舍，義界模②糊，刑名文名，蓋由官府定著，論學術者，亦或自定名例以便詮説，尋常文翰固無是也，故字義紛綸，檢擇無準，此二事也。又古字雖曰九千，亦有複重，非盡特立，即其塙爲本字，然恒文轉舍而不用③，取彼同類之音，以爲通假，取彼同類之義，不爲判分，後來造字猥多，則數逾四萬，用字狭少則祇達④四千，由古察今，彌爲漫汗，然則字義不定，辨析尤艱，此三事也。夫雅俗常奇，古今興廢，名成於對待，故可隨情設施，豈無今世恒俗之言，遠本絶代軺軒之語，但求實義弔⑤當，何暇⑥拘滯所聞，然文士裁篇用字，或貴于艱深，或趨于簡易，師範古籍，則資藉奇字以成己文，依附流俗，則苟安鄙別以求人喻，不悟字之取舍，以義之當否爲標，而辨義正名，實非易業，此四事也。舍人言練字者，謂委悉精熟於衆字之義，而能簡擇之也。其篇之亂曰："依義棄奇。"此又著文之家所宜奉以周旋者也。歷觀自古文章，用字不定，求其所由，蓋有三焉：一曰緣形而不定。字有正假，任意而書，體有古今，隨情而用。仁義之義本作誼，威儀之儀本作義，舉本字者，書仁誼可作言旁宜，從常行者，書威儀不作羊下我。孝弟之字別作悌，歡說之字別作悅，好古文者但書偏旁，從常行者加心始足。凡字有通假正變，施于文章，皆準斯例。二曰緣義而不定。字有同訓者，訓同則用此與彼，于義無殊，是故庶績咸熙，易為衆功皆興可也；察其所由，易為揆厥所元可也；《春秋》書元年，子夏問何不稱初哉首基，即以諸字同訓為始，而發此難也。字有殊名者，名殊則用此與彼，于實是一，是故鳲曰尸鳩，殊名也，《召南》曰鳩，《曹風》曰尸鳩；藻為聚藻，殊名也，詩人曰藻，《左氏》釋以蘊藻；《春秋》書遇垂，而《傳》家釋之以犬丘，猶⑦此故也。字有同類者，同類則散言有別，通言不殊，禮器以白黑為素青，本于秦語，然素本白繒，非凡白之號，青為東色，非火熏之名，緣其大類相同，所以有斯變亂，逮於後世，或以纁犗目青牛⑧，或號龍門為虬⑨戶。考之經典，《禮經》以雁為鵝，《周易》以雉為雞，固斯志也。凡字有同訓，殊名同類，施於文章，皆準斯例。三曰緣聲而不定。詩歌叶⑩韻，必取諧調，則用字可無定準。《詩》言"母也天只"，變父言天，《易》言"既雨既處"，變止言處，後世如楊子雲變梁父為梁基，蔡伯喈用⑪祖蹤為⑫祖武，皆其徵也。至於聲偶之文，尤貴叶律，苟不宜於迭代，即宜⑬變以求諧，故危涕墜心，有時互易常位，楨莖素毳，有時悉變本名。一天也，調仄句則稱有昊，調平句則曰穹蒼；一地也，調平句則曰媼神，調仄句則為后土；此即千殊萬異，亦與字之本質何關？又況對仗既成，字取相配，苟一偏有踸踔之患，斯兩句皆歸刪竄⑭之科，然則聲偶之文，用字彌無常則，奚足怪哉？綜上三因，以包古今用字之情態，庶乎⑮得其梗概矣。然文人好尚，復有乖違，或是古而非今，或慕難而賤易，或崇雅而鄙俗，或趨奇而厭常，矯是四弊，亦恒有過其直者，斯用字所以愈益紛紜也。略舉其族，蓋有數焉：一者，字必浟長之書，訓必《蒼》《雅》所載，攀援之字，必寫從反廾，恒久常語，必改爲烝塵，甚至摹經典者，棄子、史之成文，擬《史》《漢》者，擯晉、宋之代語，上自相如《封禪》摹擬《詩》《書》，下至近代文家步趨韓、柳，高低有判，爲弊不殊。二者，文阻難運，彥和之讜言，字貴易識，隱侯之卓識。而亭林顧君譏人舍恒用字而借古字之通用者爲自蓋其俚淺，亦沈、劉之意也。然人情見詭異而震驚，亦見平庸而厭鄙，故難易之宜，至今莫定，此如黽勉、密勿，本是一言，黽勉習見，故密勿爲難，差池、柴虒，字義無二，以差池過常，則柴虒爲貴。假令時人所行，雖逸籍亦成恒語，故三豕別風，舉世莫之敢議，如時人所廢，雖雅誥亦成⑯奇侅，故漢時⑰《莊子》，有時視爲僻書，然則難易之分，徒以興廢爲斷耳。三者，易撫盤爲推案，變脱帽爲免冠，子玄所譏，於今未改，故飲茶或曰飲荈，垂脚而云危坐，馳鐵道曰附軺車，乘輪舟曰上⑱番舶，苟俗間所恒用，必須易以故言，縱令爲實有殊，不復勘其名義。加以俗言蕃衆，俗書糾紛，既不知其本字本音，則從俗轉覺艱阻，不如求之故籍，反可自蓋荒傖。然從俗之情，亦有科判，或取便於施用，或以飾其粗疏，豈可一概而論也。四者，字不問古今，義不問雅俗，但使奇侅，遂加采獲，于是孫休、武曌之奇字，與篆隸而共篇，短書譯籍之異文，將經史而同錄。以人所弗知爲上，以世所共曉爲下，用字之亂，必以此曹爲最矣。又文士用字，有依人者，有自撰者，大抵貴己出者，以自撰爲多，漢世小學精練，故辭賦之文，用字多由自造，魏晉以來，用字蓋有常檢。唐世韓愈稱奇，樊紹述稱澀，然如《曹成王碑》，用剫、緐⑲、鑱、掀、撇、掇、笑、跰諸字，《絳守居園池記》有瑶翻、碧瀲、嵬眼、傾耳等語，不今不古，亦何爲哉？宋子京《唐書》尤多以新字改更舊文之弊，夫既云改舊字，明于舊義無所變更。改

"不敢動"爲"不敢搖"，改"不可忍"爲"叵可忍"，動、搖、不、叵，于實何殊？以此求新，適爲可笑，此所以來茁軋之譏也。至於用字依人，亦有依古依俗之別，依古者，從所常習，奉爲準繩，以時代言，則讀秦漢以上書者，文中絶少近世之語，以部類言，則習經傳之雅詁者，文中必無恒俗之言。依俗者，但取通行，不殊今古，稱兄弟爲昆玉，目城池以金湯，此本子史而成俗也；以苛切爲吹毛求疵，以自欺爲掩耳盜鈴，此本古語而成俗者也；以心行爲思想，目平準曰金融，此本譯語而成俗者也，取于衆所共知，不復審諟其義。然則自撰與依人，各有短長，亦互相譏姍，自非閎覽深識之士，烏從定之？愚謂文體有文質，文用有高庳，其爲質言，無論記事言理，必當考覈名義，求其諦實，古所有而當，遵之可也，古之所無，今撰可也，一篇之中，字無歧⑳出，前所已見，後宜盡同。觀于浮屠譯經，其德業諸名，以及動靜狀助諸字，皆有恒律，又觀正史記事，大抵本於官府成言，萌俗通語，漓質趨文，大雅所笑，今之紀事言理者，必當知其利病，然後可與言文，否則研弄聲調，塗飾華采，雖復工巧，等於玉巵無當者已。文飾之言，非效古固不能工妙，而人之好尚，不能盡同，此當聽其自爲，不必齊以一量㉑，正如通歷算者，爲文或引《九章》，解佛書者，爲文亦有譯語，安其所習，亦何嫌哉？然效古以似爲上，猶之學方言者，一語有差，一音不正，則群焉笑之，謂爲不善學者，效古亦然，一句不類，一字不安，則亦有敗績失據之患。故效古人之文者，必用其人所經用之字，否則必用出乎其前之字，否則必用與其文相稱之字，雖曰拘滯哉，其情在於求似也。若乃恒俗之文，取便於用，用字之準，惟在廢興，此如官府文移，學校講疏，報紙記載，日用書疏，契約列訴之辭，平話劇曲之類，其用至庳，亦惟循常蹈故，不事更張可也。然自小學衰微，則文辭㉒痟削，今欲明於練字之術，以馭文質諸體，上之宜明正名之學，下亦宜略知《説文》《爾雅》之書，然後從古從今，略無蔽固，依人自撰，皆有權衡，釐正文體，不致陷於鹵莽，傳譯外籍，不致失其本來，由此可知練字之功，在文家爲首要，非若煅句煉字之徒，苟以矜奇炫博爲能也。

子思弟子，於穆不祀 孫云：祀當作似。《詩·周頌》：於穆不已。《毛傳》引孟仲子説。《正義》引鄭《譜》云：孟仲子者，子思弟子。又云：子思論詩，於穆不已。孟仲子曰：於穆不似。此彦和所本。

傅毅制㉓誄，已用淮雨 李詳云：盧文弨《鍾山札記》卷一引"傅毅制㉔誄，已用淮雨"下有"元長作序，亦用別風"八字。盧氏又云：《古文苑》載傅毅《北海靖王興誄》云："白日幽光，淮雨杳冥。"今《雕龍·誄碑》篇所載，爲後人易以"氛霧杳冥"矣。李云元長序無考，又宋本《蔡中郎集·楊賜碑》："烈風淮雨，不易其趣。"今本"淮雨"改作"雖變"，疑"烈風"亦後人所改也。（盧氏説。）李又云：陸士龍㉕《九愍》："思振袂於別風。"

字靡異流 異當作易。

校勘記

① 采用，原作"用之"，北大本、《筆記》本同。據學社本、川大本、中華本、文史哲本改。

② 模，原作"槇"，北大本、《筆記》本同。據學社本、川大本、中華本、文史哲本改。

③ 即其墒爲本字，然恒文轉舍而不用，北大本、《筆記》本同。學社本、川大本作"即其墒爲本字者，恒文或轉舍而不用"。

④ 祇達，北大本、《筆記》本同。學社本、川大本、中華本、文史哲本作"不逾"。

⑤ 弔,北大本、《筆記》本同。學社本、川大本、中華本、文史哲本作"的"。

⑥ 暇,北大本、《筆記》本同。學社本、川大本、中華本、文史哲本作"必"。

⑦ 猶,北大本、《筆記》本同。學社本、川大本、中華本、文史哲本作"由"。

⑧ 青牛,據北大本、《筆記》本、學社本、川大本、中華本、文史哲本補。

⑨ 虬,北大本、《筆記》本同。學社本、川大本、中華本、文史哲本作"虯"。

⑩ 叶,北大本、《筆記》本、學社本、川大本、中華本、文史哲本作"協"。

⑪ 用,北大本、《筆記》本同。學社本、川大本、中華本、文史哲本作"以"。

⑫ 爲,北大本、《筆記》本同。學社本、川大本、中華本、文史哲本作"代"。

⑬ 宜,北大本、《筆記》本、學社本、川大本、中華本、文史哲本作"須"。

⑭ 竄,北大本、《筆記》本同。學社本、川大本、中華本、文史哲本作"落"。

⑮ 乎,北大本、《筆記》本、學社本、川大本、中華本、文史哲本作"云"。

⑯ 成,北大本、《筆記》本、學社本、川大本、中華本、文史哲本作"爲"。

⑰ 時,北大本、《筆記》本、學社本、川大本、中華本、文史哲本作"書"。

⑱ 上,北大本、《筆記》本同。學社本、川大本、中華本、文史哲本作"附"。

⑲ 鞣,北大本、《筆記》本、學社本、川大本、中華本、文史哲本作"鞣"。

⑳ 歧,北大本、《筆記》本、學社本、川大本、中華本、文史哲本作"岐"。

㉑ 量,北大本、《筆記》本、學社本、川大本、中華本、文史哲本作"是"。

㉒ 辭,北大本、《筆記》本、學社本、川大本、中華本、文史哲本作"章"。

㉓ 制,中華本、文史哲本、《文心雕龍》同。北大本、《筆記》本、學社本、川大本
作"朱"。

㉔ 制,中華本、文史哲本同。北大本、《筆記》本、學社本、川大本作"朱"。

㉕ 龍,原作"衡",北大本、《筆記》本、學社本、川大本、中華本、文史哲本同。
據李詳注改。

隱秀第四十

今本《文心雕龍·隱秀》篇①，自"始正而末奇"至"朔風動秋草"朔字，紀氏以《永樂大典》校之，明爲僞撰，然於"波起辭間"一節，復云純任自然，彦和之宗旨，即千古之定論，是仍爲僞書所紿也。詳此補亡之文，出辭膚淺，無所甄明，且原文明云"思合自逢，非由研慮"，即補亡者，亦知不勞妝點，無待裁鎔，乃中篇忽羼入馳心、溺思、嘔心、煆歲諸語，此之矛盾，令人笑詫，豈以彦和而至於斯？至如用字之庸雜，舉證之闊疏，又不足誚也。案：此紙亡于元時，則宋時尚得見之，惜少徵引者，惟張戒《歲寒堂詩話》引劉勰云"情在詞外曰隱，狀溢目前曰秀"，此真《隱秀》篇之文。今本既云出於宋槧，何以遺此二言？然則贋迹至斯愈顯，不待考索文理而亦知之矣。夫隱秀之義，詮明極艱，彦和既立專篇，可知於文苑爲最要，但篇簡俄空，微言遂闕，是用仰窺劉旨，旁緝舊聞，作此一篇，以備搴采。然褚生續史，或見哂於通人，束晳補詩，聊存思於舊制。其辭曰：

夫文以致曲爲貴，故一義可以包餘，辭以得當爲先，故片言可以居要。蓋言不盡意，必含餘意以成巧，意不稱物，宜資要言以助明。言含餘意，則謂之隱，意資要言，則謂之秀。隱者，言具乎此②，而意③存乎彼；秀者，理有所致，而辭效其功。若義有闕略，詞有省減，或迂其言說，或晦其訓故，無當於隱也；若故作才語，弄其筆端，以纖巧爲能，以刻飾爲務，非所云秀也。然則隱以複意爲工，而纖旨存乎文外，秀以卓絕爲巧，而精語峙乎篇中，故曰：情在辭外曰隱，狀溢目前曰秀。大則成篇，小則片語，皆可爲隱，或狀物色，或附情理，皆可爲秀。目送歸鴻易，手揮五絃難，隱之喻也；玉在山而草木潤，淵生珠而岸不枯，秀之喻也。然隱秀之原，存乎神思，意有所寄，言所不追，理具文中，神餘象表，則隱生焉；意有所重，明以單辭，超越常音，獨標苕穎，則秀生焉。此皆功存玄解，契定機先，非塗附之功，非雕染之事，若意本淺露，語本平庸，出之以廋辭，加之以華色，此乃蒙羊質以虎皮，刻無鹽爲西子，非無彪炳之文，粉黛之飾，言尋本質，則僞迹章明矣。故知妙合自然，則隱秀之美易取④，假於潤色，則隱秀之實已乖，故今古篇章，充盈篋笥，求其隱秀，希若鳳麟。陸士衡云：“雖紛藹於此世，嗟不盈於余掬。”蓋謂此也。今試分徵前載，考彼二長，若乃聖賢述作，經典正文，言盡琳琅，句皆韶夏，摘其隱秀，誠恐匪宜，然《易傳》有言中事隱之文，《左氏》明微顯志晦之例，《禮》有舉輕以包重，《詩》有陳古以刺今，是則文外重旨，唯經獨多，至若禹拜昌辭，不過慎身數語，孔明⑤詩旨，蔽以無邪一言，《書》引遲任之詞，祇存三句，《傳》敘《大武》之頌，惟取卒章，是則舉彼話言，標爲殊義，於經有例，亦非後世創之也。孟子之釋《書》文，《武成》一篇，洵多隱義，謝安之舉經訓，訏謨二語，偏有雅音。舉例而思，則隱秀之在六經，如琅玕之盈玉府，更僕難數，鑽仰爲窮者矣。自屈、宋以降，世有名篇，略指二三，以明隱秀：若夫《離騷》依詩以取興，《九辨》述志以諫君，賈誼《弔屈》以自傷，楊雄《劇秦》以寓諷。王粲《登樓》，歎匏瓜懸之不用，子期聞笛，愍麥秀於故墟。令升《晉紀》之論，明金德之異包桑，元卿《高帝》之頌，明煬失之同《魚藻》⑥。他若《古詩》十有九章，皆含深旨，《詠

懷》八十二首，悉寓悲思。陳思有離析之哀，則⑦託情於黃髮，公幹
含卓犖之氣，故假喻於青松，雖世遠人遐，本懷難盡昭晰，以意逆
志，亦可得其依稀焉。又如先士茂製，諷高歷賞，屈賦之青青秋蘭，
小山之萋萋春草，班姬之團團明月，稽⑧生之浩浩洪流。子荊
《陟⑨陽》之章，用晨風爲高唱，興公《天臺》之賦，敘瀑布而擅場。
彥伯《東征》，訴⑩流風以盡寫送之致，景純《幽思》，述川林以寄蕭
瑟之懷。至若雲橫廣階，月⑪照積雪，吳江楓落，池塘草生，並自昔
勝言，至今莫及。且其爲秀，亦不限於圖貌山川，摹寫物色，故所遇
無故物，王恭以爲佳言，思君若流水，宋帝擬其音調。延年疏誕，詠
古有自寓之辭，曹公古直，樂府有悲涼之句。故知敘事敘情，皆有
秀語，豈必連篇累牘，不出月露之形，積案盈箱，唯是風雲之狀，爭
奇一字，競巧一韻，然後爲秀哉？蓋聞玉藻瓊敷，等中原之有菽，錯
金鏤采，異芙蓉之出波，隱秀之篇，可以自然求，難以人力致。要之
理如橐籥，與天地而罔窮，思等流波，隨時序而前進，綴文之士，亦
唯先求學識，次練體裁，摹雅製⑫以定習，課精思以馭篇，然後窮幽
洞微，因宜適變，斲輪自辨其疾徐，伊摯自喻⑬其甘噢，古來隱秀之
作，誰云其不可復繼哉？

　　贊曰：意存言表，婉而成章；川含珠玉，瀾顯圓方；苕發穎豎，託
響非常；千金一字，歷久逾芳。

校勘記

① 今本《文心雕龍·隱秀》篇，據《華國》本補。

② 隱者，言具乎此，北大本、《筆記》本、《華國》本作"隱者，言具於此"，學社
　　本、川大本、文史哲本作"隱具於此"，中華本作"隱者，語具於此"。

③ 意，北大本、《筆記》本、《華國》本、學社本、川大本、中華本、文史哲本

作"義"。

④ 取，北大本、《筆記》本、《華國》本同。學社本、川大本、中華本、文史哲本
作"致"。

⑤ 明，北大本、《筆記》本、學社本、川大本、中華本、文史哲本同。《華國》本
作"標"。

⑥ 明煬失之同魚藻，北大本、《筆記》本、《華國》本同。學社本、川大本、中華
本、文史哲本作"誚煬失而思魚藻"。

⑦ 則，據北大本、《筆記》本、《華國》本、學社本、川大本、中華本、文史哲本補。

⑧ 稽，《華國》本同。北大本、《筆記》本、學社本、川大本、中華本、文史哲本
作"嵇"。

⑨ 陟，據北大本、《筆記》本、《華國》本、學社本、川大本、中華本、文史哲本補。

⑩ 訴，北大本、《筆記》本、《華國》本、學社本、川大本、中華本、文史哲本
作"泝"。

⑪ 月，原作"日"。據北大本、《筆記》本、《華國》本、學社本、川大本、中華本、
文史哲本改。

⑫ 製，北大本、《華國》本同。《筆記》本、學社本、川大本、中華本、文史哲本
作"致"。

⑬ 喻，北大本、《筆記》本、《華國》本、文史哲本同。學社本、川大本、中華本
作"輸"。

指瑕第四十一

　　陳思王《與楊德祖書》曰："世人著述，不能無病，昔尼父制《春秋》，游、夏之徒，乃不能措一辭，過此而言不病，吾未之見也。蓋有南威之容，乃可以論於淑媛，有龍泉之利，乃可以議其斷割。劉季緒才不能逮於作者，而好詆訶文章，掎摭利病。昔田巴毀五帝，罪三王，呰五霸於稷下，一旦而服千人，魯連一説，而①終身杜口。劉生之辯，未若田氏，今之仲連，求之不難，可無息乎？人各②有好尚，蘭茝蓀蕙之芳，衆人所好，而海畔有逐臭之夫；咸池六莖之發，衆人所共樂，而墨翟有非之之論，豈可同哉？"詳陳王此書之旨，首言常文鮮無瑕讁，次明自非作者不宜妄議古人，復明好尚不同，故是非互異，此可爲讜論矣。然文人譏彈昔作之情，亦有數族，未可謂評量古人，即爲輕薄，先士所作，確見其違，偶用糾繩，便爲虐古也。其或實知之士，辨照是非，廣覽書傳，疾彼誤書，不能默爾，於是考之以心，效之以事，披尋證驗，以考虛浮，雖使古人復生，不得罪其誹謗，此上策③也。至若明知前失，恐誤後人，筆之簡篇，以戒沿誤，雖於古人爲不恭，而於後生則有益，此其次也。若夫情有愛憎，意存偏黨，素所嗜好，雖明悉其誤而不言，素④所鄙蚩，雖本無疵纇而狂舉，此爲下矣。才非作者，學不周浹，濫下雌黄，輕施抨擊，以不俗爲俗，以不狂爲狂，此乃妄人，亦無足深⑤斥也。《詩》曰："自古在昔，先民有作。"文章利病，誠亦多途，後生評論前賢，若

285

非必不得已，原不必妄肆詆諆，載之紙素，若意在求勝，工訶古人，翻駁舊作，尋摘瘢疻，如王介甫自黃帝老子外無不見非，此⑥豈謹厚之道？觀韓退之推許三王，極崇李、杜，即太白亦稱崔顥，少陵亦慕⑦蘭成，何必以哂笑前文爲長哉？人情每明於知人，而闇於察己，蓋班固譏司馬遷之蔽，而傅玄復譏固之失，所謂笑他人之未工，忘己事之已拙，上智猶其若此，而況庸庸者哉？是以論量古人，取其鑑己，己果無瑕，何必以勝古爲樂，己若有過，自救不暇，而暇論人乎？好訶古者，不可不深思此義也。至於同時之文，尤不可輕於議論，昔葛洪論時人之文，每摘⑧其所得之佳者，而不指摘其病累，故無毀譽之怨；顏之推稱"山東風俗，不通擊難，吾初入鄴，嘗以此忤人，至今爲悔"。觀此二條，則彈射人文，正非佳事，自非親交徒屬⑨，惟有括囊以求無咎云。

《指瑕》篇札記之續

　　此篇所指之瑕，凡爲六類：一、文義失當之瑕；二、比擬不類之瑕；三、字義依稀之瑕；四、語音犯忌之瑕；五、掠人美辭之瑕；六、注解謬誤之瑕。雖舉證稀闊，正宜引申以求。觀《顏氏家訓》《匡謬正俗》諸書，知文士屬辭，實多瑕纇。古人往矣，誠宜爲之掩藏，然覆車之軌，無或重迹，別白書之，亦所以示鑒也。竊謂文章之瑕，大分五族，而注謬之瑕不與焉。一曰體瑕；二曰事瑕；三曰語瑕；四曰字瑕；五曰剿襲之瑕。體瑕者，王朗《雜箴》，乃置巾履；陳思《文誄》，旨言自陳是也。事瑕者，相如述葛天之歌，千唱萬和；曹洪謬高唐之事，不記綿駒是也。語瑕者，陳思之聖體浮輕，潘岳之將反如疑是也。字瑕者，詭異則若呴㖒，依稀則若賞撫是也。（以上舉例，皆本原書。）剿襲之瑕，蘇綽擬《周書》而作《大誥》。楊雄擬《易》而作《太玄》是也。（此本顏君說。）總之，古人之瑕，不可不知，己文之瑕，亦不可不檢。元遺山詩曰："撼樹蚍蜉自覺狂，書生技癢愛論量。老來留得詩千首，却被何人較短長。"今之人欲指斥前瑕者，豈可不知斯旨哉。

管仲有言九句　　案：《管子·戒》篇文曰："管仲復於桓公曰：'無翼而飛者聲也，（注："出言門庭，千里必應，故曰無翼而飛。"）無根而固者情也，（注："同舟而濟，胡越不患異心，故曰無根而固。"）無方而富者生也。公亦固情謹聲，以嚴尊生，此謂道之榮。'"案：彥和引此，斷章取義，蓋以無翼而飛，無根而固，喻文之傳於久遠，易爲人所記識，即後文"文章歲久而彌光，若能豫栝一朝，可以無慚千載"之意，亦即贊"斯言一玷，千載弗化"意。

慮動二句　　本陳思。

武帝誄　　《金樓子·立言》篇下有"管仲有言"，至"施之尊極，不其噻乎"云云，與此篇校，但少"或逸才以爽迅"二句耳。又《顏氏家訓·文章》篇云："陳思王《武帝誄》，遂深永蟄之思，潘岳《悼亡賦》，乃愴手澤之遺，（此篇下文云"悲內兄則云'感口澤'"。）是方父於蟲，匹婦於考也。"

左思七諷　　今無考，然六朝人實有太不避忌者，吳均集有《破鏡賦》，顏之推斥之曰：（亦見《文章》篇。）"昔者邑號朝歌，顏淵不舍，里名勝母，曾參斂襟，蓋忌夫惡名之傷實也，破鏡乃凶逆之獸，事見《漢書》，爲文者幸避此名也。"

崔瑗誄李公　　文無考，然漢文多有此類，不足爲嫌。

高厚之詩二句　　六朝人常好引此事以譏人。《金樓子·雜記》篇上："何僧智者，嘗於任昉坐賦詩而言其詩不類。任云：'卿詩可謂高厚。'何大怒曰：'遂以我爲狗號。'任逐後解說，遂不相領。"

終無撫叩酬即之語　　無當作有。

夫賞訓錫賚四句　案:用賞者,如沈休文《宋書·謝靈運傳論》之"諷高歷賞"。用撫者,如傅季友《爲宋公修張良廟教》之"撫事彌深"。

賞際奇至、撫叩酬即二語　今不知所出。

斯實情訛之所變六句　案:晉來用字有三弊:一曰造語依稀,如賞撫二字之外,戒嚴曰纂嚴,送別曰瞻送,解識曰領悟,契合曰會心。至如品藻稱譽之詞,尤爲模略,如嵇紹劭長,高坐淵箸,王微邁上,卞壺峰距,王恭亭亭直上,王忱羅羅清疎,叩其實義,殊欠分明,而世俗相傳,初不撢究。二曰用字重複,容貌姿美,見於《魏書》,文艷博富,亦載《國志》,此皆三字稠疊;兩字複語,尤難悉數。三曰用典飾濫,呼徵質曰周鄭,謂霍亂爲博陸,言食則糊口,道錢則孔方,稱兄則孔懷,論婚則宴爾,求莫而用爲求瘼,計偕而以爲計階,轉相祖述,安施失所,比喻乖方,斯亦彦和所云文澆之致弊也。

比語求蚩,反音取瑕　《金樓子·雜記》篇上云:"宋玉戲太宰屢游之談,流連反語,遂有鮑照伐鼓,孝緒布武,韋桀浮柱之作。"(案:伐布浮皆雙聲,惟布今屬於邦紐,清濁小異,然則三語一也。)《顏氏家訓·文章》篇云:"世人或有文章引《詩》伐鼓淵淵者,宋玉已有屢游之誚,(案:此事今無考。)如此流比,幸須避之。"此云比語反音者,如《吳志》"成子閤"反"石子岡",《晉書》"清暑"反"楚聲",《宋書》"袁愍孫"反"殞門",《齊書》"東田"反"癲童","舊宮"反"窮厩",《梁書》"鹿子開"反"來子哭",《南史》"叔寶"反"少福",此所謂求蚩取瑕也。此所謂比語求蚩,只在比語反音,而唐宋以來,並忌字音,如宋人笑"德邁九皇"爲"賣韭黃",明太祖疑"爲世作則"爲"爲世作賊"。然則彦和云不屑於古,有擇於今者,豈虛也哉!

中黃育獲　按:今本《西京賦》薛綜注,刪去闉尹之説。

令章靡疚二句 此言文章但求無病。《顏氏家訓·文章》篇曰:"學爲文章,先謀親友,得其評論者,然後出手,慎勿師心自任,取笑傍人也。自古執筆爲文者,何可勝言,至於宏麗精華,不過數十篇耳,但使不失體裁,辭意可觀,遂稱才士,要須動俗蓋世,亦俟河之清乎。"

校勘記

① 而,《筆記》本、學社本、川大本、文史哲本同。中華本、《曹植集校注》作"使"。

② 各,據《筆記》本、學社本、川大本、中華本、文史哲本、《曹植集校注》補。

③ 策,原作"第",手批改爲"策"。《筆記》本、學社本、川大本、中華本、文史哲本作"第"。

④ 素,《筆記》本同。學社本、川大本、中華本、文史哲本作"夙"。

⑤ 深,《筆記》本作"課",學社本、川大本、中華本、文史哲本作"誅"。

⑥ 此,《筆記》本同。學社本、川大本、中華本、文史哲本作"夫"。

⑦ 慕,據《筆記》本、學社本、川大本、中華本、文史哲本補。

⑧ 摘,《筆記》本、學社本、川大本、中華本、文史哲本作"撮"。

⑨ 親交徒屬,《筆記》本同。學社本、川大本、中華本、文史哲本作"子姓門徒"。

養氣第四十二

　　養氣謂愛精自保，與《風骨》篇所云諸氣字不同。此篇之作，所以補《神思》篇之未備，而求文事①常利之術也。《神思》篇曰："樞機方通，則物無隱貌，關鍵將塞，則神有遁心，是以陶鈞文思，貴在虛靜，疏瀹五藏，澡雪精神。"又云："秉心養術，無務苦慮，含章司②契，不必勞情也。"《文賦》亦曰："應感之會，通塞之紀，來不可遏，去不可止。""或竭情而多悔，或率意而寡尤，雖茲物之在我，非余力之所戮。"以二君之言觀之，則文思利鈍，至無定準，雖有上材，不能自操張弛之術，但心神澄泰，易於會理，精氣疲竭，難於用思，爲文者欲令文思常贏，惟有弸節安懷，優游自適，虛心靜氣，則應物無煩，所謂明鏡不疲於屢照也。然心念既澄，亦有轉不能構思者，士衡云"理翳翳而愈伏，思乙乙其若抽"，雖使閉聰塞明，一念若興，仍復未靜以前之情態③，故彥和云"意得則舒懷命筆，理伏則投筆卷懷"，亦唯④聽其自然，不復強思以自困。若云心虛靜者，即能無滯於爲文，則亦不然⑤之説也。大凡爲學爲文，皆有弛張之數，故《學記》曰⑥："君子之於學也，藏焉、修焉、息焉、遊焉。"注⑦：藏，謂懷抱之；修，習也；息，謂作勞休止之謂息；遊，謂閒暇無事之謂遊。然則息遊亦爲學者所不可缺，豈必終夜以思，對案不食，若董生下幃，王劭思書，然後爲貴哉？至於爲文傷命，益有其徵，若夫相如含筆而腐毫，揚雄輟翰於驚夢，桓譚疾感於苦思，王充氣竭於思慮⑧，彥和既舉之矣。後世若杜甫之性耽佳句,李賀之嘔出心肝,又有吟成一字,撚斷數髭,二句三年,一吟流淚,此皆銷鑠精膽,蹙迫和氣,雖有妙文,亦自困之至也。又人才有高下,不可强爲,故《顏氏家訓》云:"鈍學累功,不妨精熟,拙文研思,終歸蚩鄙,但成學士,自足爲人,必乏天才,勿强操筆。"此言才氣備下,雖使瀝辭鐫思,終然無益也。大抵年少精力有餘,而照理不深,雖用苦思,而文章未即工妙,年齒稍長,略諳文術,操觚之際,又患精力不能赴之,此所以文鮮名篇,而思理兩致⑨之匪易也。恒人⑩或用養氣之説,盡日遊宕,無所用心,其於文章之術未嘗研鍊,甘苦疾徐未嘗親驗,苟以養氣爲言,雖使頤神胎息,至於百齡,一旦臨篇,還成岨峿,彥和養氣之説,正爲刻厲之士言,不爲逸游者立論也。

仲任置硯以綜述 李詳云:《北堂書鈔・著述》篇引謝承《後漢書》云:"王充貧無書,往市中省所賣書,一見便憶,門墻屋柱皆施筆硯而著《論衡》。"

雖非胎息之邁術 李詳云:《後漢書・方術傳》:王真能爲胎息服食之法。章懷注:《漢武内傳》曰:"王真,字叔經,上黨人,習閉氣而吞之,名曰胎息。"

校勘記

① 事,《筆記》本、學社本、川大本、中華本、文史哲本作"思"。

② 司,《文心雕龍》同。《筆記》本、學社本、川大本、中華本、文史哲本作"思"。

③ 情態,《筆記》本、學社本、川大本、中華本、文史哲本作"狀態"。

④ 唯,《筆記》本、學社本、川大本、中華本、文史哲本作"惟"。

⑤ 然,《筆記》本、學社本、川大本、中華本、文史哲本作"定"。

⑥ 曰,《筆記》本、學社本、川大本、中華本、文史哲本作"云"。

⑦ 注,《筆記》本同。學社本、川大本、中華本、文史哲本作"注云"。

⑧ 慮,中華本、文史哲本同。《筆記》本、學社本、川大本作"類"。

⑨ 致,《筆記》本、中華本、文史哲本同。學社本、川大本作"教"。

⑩ 人,據學社本、川大本、中華本、文史哲本補。

附會第四十三

　　《晉書·文苑·左思傳》載劉逵《三都賦序》曰:"傅辭會義,抑多精致。"彥和此篇,亦有附辭會義之言。(傅、附同類通用字。)正本淵林,然則附會之說舊矣。循玩斯文,與《鎔裁》《章句》二篇所說相同①。然《鎔裁》篇但言定術,至於術定以後,用何道以聯屬衆辭,則未暇晰言也。《章句》篇致意安章,至於章安以還,用何法②以斟③量乖順,亦未申說也。二篇各有首尾圓合、首尾一體之言,又有綱領昭暢④、內義脉注之論,而總文理、定首尾之術,必宜更有專篇以備言之,此《附會》篇所以作也。<u>附會者,總命意修辭爲一貫,而兼草創討論修飾潤色之功績者也。大抵著文裁篇,必有所詮表之爲⑤一意,約之爲一句,引之爲一章,長短之形有殊,而所詮之一意則不異,或以質直爲體,或以文飾爲貌,文質之形有殊,而必有所詮,所詮必一則不異,造次出辭,精微談理,高下之等有殊,而皆求一所詮則不異,累字以成句,累句以成章,繁簡之狀有殊,而累衆意以詮一意則不異。</u>王輔嗣之說《易》也,曰:"衆之所以得咸存者,主必致一也;動之所以得咸運者,原必無二也。物無妄然,必由此⑥理,統之有宗,會之有元。""自統而尋之,物雖衆則知可以執一御也;由本而⑦觀之,義雖博則知可以一名舉也。"善哉!夫孰知文辭之衆,亦可以執一御乎?彥和此篇,言"整派者依源,理枝者循幹,驅萬塗於同歸,貞百慮於一致,使衆理雖繁,而無倒置之乖,群言雖多，而無棼絲之累。"自非明致一之義，烏⑧能言之如此簡易哉？雖然，文之所詮，必爲一而不能有兩出矣，<u>而所以詮則無定，假令所詮易了，雖一言可明，所詮繁細，則必集衆多所詮以成一所詮</u>，此彦和所云"大體文章，類多枝派"者也。即實論之，<u>一句之文必集二字以上</u>，二字者各各含一所詮，<u>然則雖謂一句亦集衆所詮以成一所詮可也，此衆所詮與彼一所詮相待而成兩端，雖其文枝葉扶疎，緫理紛雜，對彼所共之一所詮，亦祇處一端之地。何也？彼衆所詮無一不與此一所詮相係，一也；衆所詮之間，又無一不自相係以歸於彼一所詮，二也。是故表其名曰源派，曰本枝，曰主朋，</u>(《章句》篇贊曰："理資配主，辭忌失朋。")<u>無過⑨兩端而已矣</u>。《荀子》曰："辭也者，兼異實之名，以論一意也，辨說也者，不異實名以喻動靜之道也。"楊倞注曰："辭者，論一意；辨者，明兩端也。"<u>文辭舉理雖衆，成辭雖多，孰非舉一端以明一端哉？知斯義也，離合同異，各盡厥能，文變多方，而兩端可盡，處璇璣以觀大運，順情僞以極變化，焉有繁雜失統之譏，駢枝疣贅之患乎？或謂事理之變，誠亦紛紜，但設兩端，豈能賅括⑩</u>，不悟一端既定，得其環中，變雖無窮，而繫中則一，所繫相共，焉得而不目以一端哉？<u>且思理牽係，有恒數可求，縱其爲義相反，爲類有殊，而反殊之名，緣正同而立，離一不成，是故每有一所詮，其所藉之衆所詮必與此一所詮有必不能離之故，用思者賴此而不憂渙散，辨體者賴此而不誤規型，裁章者賴此而能剪截浮詞⑪，酌典者賴此而能配合事類</u>，故曰"鎔範所凝，各有司匠，雖無嚴郛，難得逾越"。<u>定勢之説如此，命意之説亦如此矣。據此言之，文之成立，蓋有定法，篇章字句，皆具不易之規，隱顯繁簡，皆合必然之例。雖隨手之變，難以定法相繩，及其成篇，必與定法相會。然巧者密合，拙者多疵</u>，曉術者易爲功，闇理者難爲美。譬之語言有辨有訥,辨者言事或繁或簡皆足達情,訥者言事或簡或繁⑫皆難喻意,知語言以辨爲貴,則文辭以巧爲功,<u>雖無術者未嘗無闇合之時,而有術者則易收具美之績。但言非盡意之器,故傳意之道亦多,每有文章所詮畢同,而設辭則異。</u>或本隱以之顯,或從易以至難,或沿波以討源,或因枝以振葉,<u>是以綴文之理例,誠有可言,綴文之格式,難以强立。語其較略,亦惟曰"句必比敍,義必關聯"而已;論其方術,亦惟曰"密於接附,工於改易"而已;考其功績,亦惟曰"統首尾,合涯際"而已。</u>總上所言,可成六義:章句長短,必有所詮,所詮必一,一也。凡一所詮,待衆所詮,二也。此衆所詮對一所詮而爲兩端,三也。思有恒數,苟知致一,則衆義部次,不憂凌雜,四也。文有定法,曉術者易成,五也。雖有定理,而無定式,循理爲之,必無敗績失據之患,六也。<u>若夫浮詞炫博,虛響取神,隸事於失倫之所,竄句於無用之地,雕鐫數語,而於篇義無關,修飾一字,而於句義罔益,雖勞苦之情,或倍蓰於恒俗,其於附會,蓋無與焉。</u>

校勘記

① 同,原闕,據手批補。《筆記》本、《新中國》本、學社本、川大本、中華本、文史哲本作"備"。

② 法,《筆記》本、《新中國》本、學社本、川大本、中華本、文史哲本作"理"。

③ 斟,據《筆記》本、《新中國》本、學社本、川大本、文史哲本補。中華本作"斠"。

④ 暢,《新中國》本、中華本、文史哲本同。《筆記》本、學社本、川大本作"暘"。

⑤ 爲,諸本無,據手批補。

⑥ 此,《筆記》本、《新中國》本、學社本、川大本、中華本、文史哲本同。《周易略例》作"其"。

⑦ 而,《筆記》本、《新中國》本、學社本、川大本、中華本、文史哲本同。《周易

略例》作"以"。

⑧ 烏,《筆記》本、學社本、川大本、中華本、文史哲本同。《新中國》本作"焉"。

⑨ 無過,《筆記》本、《新中國》本同。學社本、川大本、中華本、文史哲本作"則不過"。

⑩ 賅括,原作"亥捂",《筆記》本作"晐捂",《新中國》本作"該括",據學社本、川大本、中華本、文史哲本改。

⑪ 詞,《新中國》本同。《筆記》本、學社本、川大本、中華本、文史哲本作"辭"。

⑫ 或簡或繁,《筆記》本、《新中國》本、學社本、川大本、中華本、文史哲本作"或繁或簡"。

總術第四十四

　　此篇乃總會《神思》以至《附會》之旨，而丁寧鄭重以言之，非別有所謂總術也。篇末曰："文體多術，共相彌綸，一物攜貳，莫不解體，所以列在一篇，備總情變。"然則彥和之撰斯文，意在提攜①綱維，指陳樞要明矣。自篇首至"知言之選"句，乃言文體衆多；自此以下，則明文體雖多，皆宜研術，即以證"圓鑒區域，大判條例"之不可輕。紀氏於前段則云汗漫，於次節則云與前後二段不相屬，愚誠未喻紀氏之意也。今當取全文而爲之銷解，庶覽者毋惑焉。若夫練術之功，資於平素，明術之效，呈於斯須。"割情析采，籠圈條貫，摛神性，圖風勢，苞會通，閱聲字"，其事至多，其例至密，其利害是非之辨至紛紜。必先之以博觀，繼之以勤習，然後覽先士之盛藻，可以得其用心，每自屬文，亦能自喻得失。真積力久，而文術稠適，無所滯疑，縱復難得善文，亦可退求無疵，雖開塞之數靡定，而利病之理有常。顏之推云："但使不失體裁，辭意可觀，遂稱才士。"言成就之難也。是以練術而後爲文者，如輪扁之引斧；棄術而任心者，如南郭之吹竽。繩墨之外，非無美材，以不中程而去之無吝；天籟所激，非無殊響，以不合度而聽者告勞。是知術之於文，等於規矩之於工師，節奏之於矇瞍，豈有不先曉解而可率爾操觚者哉？若夫曉術之後，用之臨文，遲則研索②以十年，速則奏賦於食頃，始自用思，終於定藁，同此必然之條例，初無歧出之衢途。

蓋思理有恒，文體有定，取勢有必由之準桌，謀篇有難亂③之綱維，用字造句，合術者工而不合術者拙，取事屬對，有術者易而無術者難。聲律待術而後安，采飾待術而後美，果其辨之有明通之識，斯爲之無憒惑之識④。雖文意細若秋毫，而識照朗於鏡鑠。故曰"乘一總萬，舉要治繁"也。欲爲文者，豈⑤可不先治練術之功哉。

　　今之常言八句　此一節爲一意，論文筆之分。案：彥和云：文筆別目兩名自近代，而其區敍衆體，亦從俗而分文筆，故自《明詩》以至《諧隱》，皆文之屬；自《史傳》以至《書記》，皆筆之屬。《雜文》篇末曰："漢來雜文，名號多品"；《書記》篇末曰："筆劄雜名，古今多品。"詳雜文名目猥繁，而彥和分屬二篇，且一曰雜文，一曰筆劄，是其論文敍筆，囿別區分，疆畍昭然，非率爲判析也。（《諧隱》篇曰：文辭之有諧隱，譬九流之有小説。是彥和之意，以諧隱爲文，故列《史傳》前。）書中多以文筆對言，惟《事類》篇曰"事美而制於刀筆"，爲通目文翰之辭。《鎔裁》篇"草創鴻筆，先標三準"，爲兼言文筆之辭。《頌讚》篇"相如屬筆，始讚荆軻"，爲以筆目文之辭。蓋散言有別，通言則文可兼筆，筆亦可兼文。（劉申叔先生云"筆不該文"，小誤⑥。）審彼三文，棄局就通爾。然彥和雖分文筆，而二者並重，未嘗以筆非文而遂屏棄之，故其書廣收衆體，而譏陸氏之未該。且其駁顏延之曰："不以言筆爲優劣"，亦可知不以文筆爲優劣也。其他並重文筆之辭，曰："文場筆苑，有術有門。"（本篇贊。）曰："文藻條流，託在筆劄。"（《書記》篇贊⑦。）曰："藻耀而高翔，固文筆之鳴鳳也。"（《風骨》篇。）曰："裁章貴於順序，文筆之同致也。"（《章句》篇。）斯皆論文與論筆相聯，曷嘗屏筆於文外哉？案：《文心》之書，兼賅衆製，明其體裁，上下洽通，古今兼照，既不從范曄之説，以有韻無韻分難易，亦不如梁元帝之說，以有情采聲律與否分工拙，斯所以爲"籠圈條貫"之書。近世儀徵阮君《文筆對》，綜合蔚宗、二蕭（昭明、元帝。）之論，以立文筆之分，因謂無情辭藻韻者不得稱文，此其說實有救弊之功，亦私心所好⑧，但求之文體之真諦，與舍人之微旨，實不得如阮君所言；且彦和既目爲今之常言，而《金樓子》亦云今人之學，則其判析，不自太⑨初明矣。與其屏筆於文外，而文域狹隘，曷若合筆於文中，而文囿恢弘？屏筆於文外，則與之對壘而徒啓鬥爭，合筆於文中，則驅於一途而可施鞭策。阮君之意誠善，而未爲至懿也，救弊誠有心，而於古未盡合也。學者誠服習舍人之說，則宜兼習文筆之體，洞文諦筆⑩之術，古今雖異，可以一理推，流派雖多，可以一術訂，不亦足以張皇阮君之志事哉？今録范、沈、二蕭之說於後，加以詮釋⑪。至《史傳》所載文筆分體之證，劉申叔先生輯之已詳，今不更録。（劉説見其所著文學史，此篇所言《文心》篇次分文筆，即取其説而申明之。）

范蔚宗《在獄與甥姪書》曰：

　　常謂情志所託，故當以意爲主，以文傳意，然後抽其芬芳，振其金石耳。性別宮商，識清濁，斯自然也。（案：此言文以有韻爲主，韻即謂宮商清濁。）手筆差易，於文不拘韻故也⑫。（案：此言無韻爲筆，韻亦謂宮商清濁。）吾思乃無定方，特能濟艱難，適輕重，所稟之分，猶當未盡。（案：此蔚宗自言兼工文筆也。）

筆札之語，始見《漢書·樓護傳》："長安號曰'谷子雲筆札'"，或曰筆牘，（《論衡·超⑬奇》。）或曰筆疏，（同上。）皆指上書奏記施於世事者而言。然《論衡》謂"采掇傳書以上書奏記者爲文人"，是固以筆爲文，文筆之分，爾時所未有也。今考六朝人當時言語所謂筆者，如《晉書·王珣傳》，（珣夢人以大筆如椽與之，既覺，語人曰："此當有大手筆事。"俄而帝崩，哀冊謚議，皆珣所草。）《南史·顏延之傳》、（宋文帝問顏之諸子才能，延之曰："竣得臣筆，測得臣文。"）《沈慶之傳》、（慶之謂顏竣曰："君但知筆札之事。"）《任昉傳》、（時人云："任筆沈詩。"）《劉孝綽傳》，（三筆六詩，三孝儀，六孝威也。）諸筆字皆指公家之文，殊不見有韻無韻之別。今案：文筆以有韻無韻爲分，蓋始於聲律論既興之後，濫觴於范曄、謝莊，（《詩品》引王元長之言云："唯見范曄、謝莊頗識之耳。"）而王融、謝朓、沈約揚其波，以公家之言，不須安排聲韻，而當時又通謂公家之言爲筆，因⑭立無韻爲筆之說，其實筆之名非從無韻得也。然則屬辭爲筆，自漢以來之通言；無韻爲筆，自宋以後之新說。要之聲律之說不起，文筆之別不明，故梁元帝謂古之文筆，今之文筆，其源又異也。

沈休文《宋書·謝靈運傳論》曰：

夫五色相宣，八音協暢，由乎玄黃律呂，各適物宜。欲使宮羽相變，低昂舛節，若前有浮聲，則後須切響。一簡之內，音韻盡殊，兩句之中，輕重悉異。妙達此旨，始言可文。（案：此休文襲蔚宗之說而以有韻爲文也。）

案：彥和《聲律》篇云："摛文乖張而不識所調。"又云："亦文家之吃也。"又云："綴文難精，而作韻甚易。"此所謂文，皆同隱侯之說。《南史·陸厥傳》云：永明末，盛爲文章，沈約、謝朓、王融，以氣類相推轂，汝南周顒善識聲韻，爲文皆用宮商，以平上去入爲四聲。

以此制韻,有平頭、上尾、蜂腰、鶴膝。五字之中,音韻悉異,兩句之內,角徵不同,不可增減,世呼爲永明體。又《庾肩吾傳》云:"齊永明中,王融、謝朓、沈約,文章始用四聲,以爲新變。至是轉拘聲韻,彌爲麗靡。"是有韻爲文之說,託始范、謝而成於永明,所謂文者,即指句中聲律而言。沈約既云,詞人累千載而未寤⑮,則文筆之別,安可施於劉宋以前耶? 愚謂文筆之分,不關體製,苟愜聲律⑯,皆可名文,音節粗疏,通謂之筆。此永明以後聲韻大行時之說,與專指某體爲文,某體爲筆之說,又自不同,然則以有韻爲押脚韻者隘矣。要之文筆之辨,繳繞糾纏,或從體裁分,則與聲律論有時牴牾;(永明以前雖詩賦亦有時不合聲律,休文明云,張、蔡、曹、王,曾無先覺,潘、陸、顏、謝,去之彌遠矣。)或從聲律分,則與體裁或致參差。(章表奏議在筆之內,非無高文,封禪書記,或時用韻。)今謂就永明以前而論,則文筆本世俗所分之名,初無嚴界,徒以施用於世俗與否爲斷,而亦難於晰言。就永明以後而論,但以合聲律者爲文,不合聲律爲筆,則古今文章稱筆不稱文者太衆,欲以尊文,而反令文體狹隘,至使蘇綽、韓愈之流起而爲之改更,矯枉過直,而文體轉趣於枯槁,礫裂章句,隳廢聲韻,而自以爲賢。夫孰非襞積細微,轉相凌架,文多拘忌,傷其真美者之有以召釁哉。故曰,中之爲用,故未可遠也。

梁昭明太子《文選序》曰:

> 自姬、漢以來,眇焉悠邈,時更七代,數逾千祀,詞人才子,則名溢於縹囊,飛文染翰,則卷盈乎緗帙。自非略其蕪穢,集其清英,蓋欲兼功太半,難矣。(以上言選文以清英爲貴。)若夫姬公之籍,孔父之書,與日月俱懸,鬼神爭奧,孝敬之准式,人倫

之師表，豈可重以艾夷，加之翦截？（以上言尊經不選之意。）老、莊之作，管、孟之流，蓋以立意爲宗，不以能文爲本；今之所撰，又以略諸。（以上言子以立意爲宗，而文未必善，故不選。）若賢人之美辭，忠臣之抗直，謀夫之語[17]，辨士之端，事美一時，語流千載，概見墳籍，旁出子史，若斯之流，又亦繁博，雖傳之簡牘，而事異篇章，今之所集，亦所不取。（以上言子史載言，雖美不取。）至於記事之史，繫年之書，所以褒貶是非，紀別同異，方之篇翰，亦已不同。（以上言不選史之意。）若其讚論之綜緝辭采，序述之錯比文華，事出於沈思，義歸於翰藻，故與夫篇什雜而集之。（以上言不選史而選史之讚論序述之[18]意。篇什，謂文章之單行者。）

案：此昭明之例，所選之文[19]，據此序觀之，蓋以綜緝辭采，錯比文華，事出沈思，義歸翰藻爲貴，所謂集其清英也，然未嘗有文筆之別。阮君補苴以劉彥和、梁元帝二家之説，而强謂昭明所選是文非筆耳。

梁元帝《金樓子·立言》篇下曰：

古人之學者有二，今人之學者有四。夫子門徒，轉相師受，通聖人之經，謂之儒。屈原、宋玉、枚乘、長卿之徒，止於辭賦，則謂之文。（此言古之學二。）今之儒博窮子史，但能識其事，不能通其理者，謂之學。（此言儒分爲二。）至如不便爲詩如閻纂，善爲章奏如伯松，若此之流，泛謂之筆。（此言文分爲二，而指明今之所謂筆之義界。）吟咏風謡，流連哀思謂之文。（此言今之所謂文之義界。）

又曰：

筆退則非謂成篇，（此篇即單篇，亦即昭明所云篇什。）進則不
云取義，（謂有所立義如經史子，然則以經史子爲筆者非矣。）神其巧
惠，筆端而已。（此言筆但以當時施用能達意而已。）至如文者，惟
須綺縠紛披，（即昭明所謂"綜緝辭采，錯比文華"，亦即"翰藻"。）宮徵
靡曼，脣吻遒會，（所謂有韻爲文。）情靈搖蕩。（即前所云"吟詠風
謠，流連哀思"，亦即昭明所謂"事出沈思"。此以上言今之所謂文，其好
尚如此。）而古之文筆，今之文筆，其源又異。（此言古之文筆以體
裁分，今之文筆以聲律分。）

案：文筆之別，以此條爲最詳明。其於聲律以外，又增情采二
者，合而定之，則曰有情采韻者爲文，無情采韻者爲筆。然自永明
以來，聲律之說新起，所重在韻，但言有韻爲文，無韻爲筆。雖然，
若從梁元帝之說，則文筆益不得以體製分也。詳聲律之說，爲梁武
所不好。（見《沈約傳》。）而昭明簡文，（《與湘東王書》推謝朓、沈約之詩，
任昉、陸倕之筆。）元帝似皆信從。固知風氣既成，舉世仿傚，自非鍾
記室，豈敢言平上去入，余病未能哉。

李詳云：彥和言文筆別目兩名自近代，而顏延之以爲筆之爲
體，言之文也。案：此尚言筆文未分，然《南史·顏延之傳》言其諸
子，"竣得臣筆，測得臣文"，又作首鼠兩端之說，則無怪彥和詆之
矣。惟[20]南朝所言文筆界目，其理至微。阮文達《揅經室文集》有
《學海堂文筆策問》，其子阮福《擬對》附後，即文達所修潤也。《擬
對》略云：《金樓子》云："吟詠風謠，流連哀思者謂之文。而學者率
多不便屬辭，守其章句，遲於通變，質於心用。徒能揚推前言，抵掌

303

多識，然而挹源知流，亦足可貴。筆退則非謂成篇，進則不云取義，神其巧惠筆端而已。至如文者，惟須綺縠紛披，宮徵靡曼，脣吻遒會，情靈搖蕩。"福又引彥和"無韻爲筆，有韻爲文"，謂"文筆之義，此最分明。蓋文取乎沉思翰藻，吟詠哀思，故有情辭聲韻者爲文。筆從聿，亦名不聿。聿，述也。故直言無文采爲筆"。詳案阮氏父子齗齗於文筆之別，最爲精審，而以情辭聲韻附會彥和之説，不使人疑專指用韻之文而言，則於六朝文筆之分豁然矣。

侃謹案：李氏引《文心》㉑，不達章句。延之論筆一節，本不與上八句相聯，其言言筆之分，與其"竣得臣筆，測得臣文"之語，自爲二事，未見其首鼠兩端也。阮福之引《金樓》，亦不達章句，中間論今之所謂學數語，引之何爲？又永明以來，所謂有韻，本不指押韻脚而言，文貴情辭聲韻，本於梁元，亦非阮氏獨創。至彥和之分文筆，實以押韻脚與否爲斷，並無有情采聲韻爲文之意。阮氏不能辨於前，李君亦不能辨於後，斯可異已。

侃又案：彥和他篇，雖分文筆，而此篇則明斥其分別之謬。故曰："文以足言，理兼詩書，別目兩名，自近代耳。"師法彥和者，斷從此篇之論可也。

顏延之以爲筆之爲體至**非以言筆爲優劣也**　此一節爲一意，先序顏延之言筆之分，中舉證以駁之，終述己意以折顏。顏延年之説，今不知所出，宜在所著之《庭誥》中。蓋顏氏嘗多論文之辭，而頗多疏失，如《詩品》下引王融之言曰："宮商與二儀俱生，自古詞人不知之，唯顏憲子（即延之之謚。）乃云律吕音調，其實大謬。"延之論音律，而見誚於元長，亦猶論言筆而見誚於彥和矣。顏氏之分言筆，蓋與文筆不同，故云"筆之爲體，言之文也"，此文謂之㉒文采，經典質實，故云非筆，傳記廣博，故云非言，然《易》明有《文言》,是經典亦可稱筆,彥和以此駁之,殊爲明快。近世阮氏謂文非經史子,而亦引《文言》成說,可謂矛盾自陷,與顏氏異代同惑者矣。

若筆不言文句 "不"字爲"爲"字之誤。紀氏以此一字不憭,而引郭象注《莊》之語以自慰,覽古者宜如是耶?

予以爲以下數語,言屬筆皆稱爲筆,而經傳又筆中之細名。同出於言,同入於筆,經傳之優劣在理,而不以言筆爲優劣也。信如此言,則上一節所云文筆之分,何不可以是難之。以此而觀,知彥和不堅守文筆之辨明矣。

分經以典奧爲不刊 "分"當作"六"。

昔陸氏文賦至**知言之選難備矣** 此一節言陸氏《文賦》所舉文體未盡,而自言"圓鑒區域,大判條例"之超絕於陸氏。案:《文賦》以辭賦之故,舉體未能詳備,彥和拓之,所載文體,幾於綱羅無遺。然經傳子史,筆劄雜文,難於羅縷,視其經略,誠恢廓於平原,至其疑㉓陸氏非知言之選,則亦尚待商兌也。

凡精慮造文至**蓋有徵矣** 此一節言作文須術,而無術者之外貌,有時與有術者之外貌相同,譬諸調鐘張琴,其事匪易,而庸工奏樂,亦時有可取,究之不盡其術,則適然之美不足聽也。

案部整伍至**辭氣叢雜而至** 此言曉術之後,未必所撰皆工,初求令章靡疚,所謂"因時順機,動不失正"也。天機駿利,或有奇文,所謂"數逢其極,機入其巧,則義味騰躍而生,辭氣叢雜而至"也。然不知恒數者,亦必無望於機入其巧矣。

視之則錦繪四句 此頌文之至工者,猶《文賦》末段所云"配金石""流管絃"耳。黃氏評四者兼之爲難,直是囈語。

思無定契,理有恒存 八字最要。不知思無定契,則謂文有定格；不知理有恒存，則謂文可妄爲，救此二流，咨惟舍人矣。

校勘記

① 攜，《筆記》本、學社本、川大本、中華本、文史哲本作"挈"。

② 索，《筆記》本、學社本、川大本、中華本、文史哲本作"京"。

③ 亂，《筆記》本作"辭"，學社本、川大本、中華本、文史哲本作"畔"。

④ 譏，《筆記》本同。學社本、川大本、中華本、文史哲本作"虞"。

⑤ 豈，《筆記》本、學社本、川大本、中華本、文史哲本作"其"。

⑥ 劉申叔先生云"筆不該文"，小誤，《筆記》本同。學社本、川大本、中華本、文史哲本作"劉先生云：筆不該文，未諦"。

⑦ 《書記》篇贊，原作"書贊篇記"，學社本、川大本、文史哲本作"《書記》文贊"，據《筆記》本、中華本改。

⑧ 亦私心所好，《筆記》本作"亦私心所意好"，學社本、川大本、中華本、文史哲本作"亦私心夙所喜好"。

⑨ 太，《筆記》本同。學社本、川大本、中華本、文史哲本作"古"。

⑩ 洞文諳筆，原作"洞諳文筆"，手批改爲"洞文諳筆"。《筆記》本、學社本、川大本、中華本、文史哲本作"洞諳文筆"。

⑪ 加以詮釋，據學社本、川大本、中華本、文史哲本補。

⑫ 於文不拘韻故也，《後漢書》作"文不拘韻故也"。

⑬ 超，中華本同。《筆記》本、學社本、川大本、文史哲本作"載"。

⑭ 因，據《筆記》本、學社本、川大本、中華本、文史哲本補。

⑮ 寤，原作"語"，《筆記》本、學社本、川大本作"晤"，中華本、文史哲本作"悟"，據《梁書·沈約傳》改。

⑯ 律，據《筆記》本、學社本、川大本、中華本、文史哲本補。

⑰ 語，《筆記》本、學社本、川大本同。中華本、文史哲本、《全梁文》作"話"。

⑱ 之，據學社本、川大本、中華本、文史哲本補。

⑲ 案此昭明之例，所選之文，《筆記》本、學社本、川大本、中華本、文史哲本作

"案此昭明自言選文之例"。

⑳ 惟,《筆記》本、學社本、川大本、中華本、文史哲本作"而"。

㉑ 李氏引《文心》,《筆記》本同。學社本、川大本、中華本、文史哲本作"李氏
之引《文心》。"

㉒ 之,《筆記》本、學社本、川大本、中華本、文史哲本作"有"。

㉓ 疑,《筆記》本同。學社本、川大本、中華本、文史哲本作"詆"。

序志第五十

涓子琴心　涓子,蓋即《史記·孟子荀卿列傳》之環淵。環淵,楚人,爲齊稷下先生。(此《列仙傳》所以稱爲齊人。)言黃老道德之術,著書上下篇。(《琴心》蓋即此書之名,猶《王孫子》一名《巧心》也。)環一作蠉,(許緣切。)一作蜎,聲類並同。

古來文章,以雕縟成體　此與後章"文繡鞶帨,離本彌甚"之説,似有差違,實則彥和之意,以爲文章本貴修飾,特去甚去泰耳。全書皆此旨。

夫有肖貌天地　此數語本《漢書·刑法志》。彼文曰:"夫人肖天地之貌,懷五常之性。"則此"有"字當作"人"字。

執丹漆之禮器　丹漆之禮器,蓋籩豆也。《三禮圖》(《玉函山房輯本》。凡有輯本者,不更舉出處,以省繁複。)云:"豆以木爲之,受四升,高尺二寸,桼赤中"。《周禮》注曰:"籩,竹器如豆者[①]。"

魏文述典　謂《典論·論文》。《文選》有。

陳思序書　謂《與楊德祖書》中有序列文士之言。《文選》有。

應瑒文論　(應當讀平聲。)

應瑒《文質論》

(嚴可均輯《全後漢文》四十二。凡采自嚴輯者,但舉嚴書卷數[1],

---

〔1〕 批注:注。

不更舉出處。）

　　蓋皇穹肇載，陰陽初分，日月運其光，列宿曜其文，百穀麗於土，芳華茂於春。是以聖人合德天地，稟氣淳靈，仰觀象於玄表，俯察式於群形，窮神知化，萬物是經。故否泰異趨，道無攸一，二政代序，有文有質。若乃陶唐建國，成周革命，九官咸乂，濟濟休令，火龍黼黻，暐曄于廊②廟，袞冕旒旌③，焉奕乎朝廷，冠德百王，莫參其政，是以仲尼歎煥乎之文，從郁郁之盛也。夫質者端一，玄靜儉嗇，潛化利用，承清泰，御平業，循軌量，守成法。至乎應天順民，撥亂夷世，摛藻奮權，赫奕丕烈，紀襌協律，禮儀煥別，覽墳丘於皇代，建不刊之洪制，顯宣尼之典教，探微言之所弊。若乃和氏之明璧，輕縠之袿裳，必將游酖④於左右，振飾於宮房，豈爭牢偪之勢，金布之剛乎？且少言辭者，孟僖之所以答郊勞也，寡智見者，慶氏之所以困相鼠也。今子棄五典之文，闇禮智之大，信管望之小，尋老氏之蔽，所謂循軌常趨⑤，未能釋連環之結也。且高帝龍飛豐沛，虎據秦楚，唯德是建，唯賢是與，陸酈摛其文辯，良平奮其權謟，蕭何創其章律，叔孫定其庠序，周樊展其忠教，韓彭列其威武，明達⑥天下者非一士之術，營宮廟者非一匠之矩也。逮自高后亂德，損我宗劉。朱虛軫其慮，辟強⑦釋其憂，曲逆規其模，酈友許⑧其遊，襲據北軍，實賴其疇，冢嗣之不替，實四老之由也。夫諫則無議以陳，問則服汗沾濡，豈若陳平敏對，叔孫據書，言辨國典，辭定皇居，然後知質者之不足，文者之有餘也。

案：此文泛論文質之宜，似非文論。以黃注指爲此篇，故錄之。

陸機文賦　《文選》有。

仲治流別 見《全晉文》七十七，全論已佚，僅得十許條，文繁不具⑨錄，當隨宜徵引於別篇。

宏範翰林 李充，《晉書》字弘度，此云宏範，或其字兩行。文僅存數條。（見《全晉文》五十三。）

李充《翰林論》

或問曰："何如斯可謂之文？"答曰："孔文舉之書，陸士衡之議，斯可謂成文矣。"

潘安仁之爲文也，猶翔禽之羽毛，衣被之綃縠。

容象圖而讚立，宜使辭簡而義正。孔融之讚楊公，亦其義也。

表宜以遠大爲本，不以華藻爲先，若曹子建之表，可謂成文矣。諸葛亮之表劉主，裴公〔1〕之辭侍中，羊公之讓開府，可謂德音矣。

駁不以華藻爲先，世以傅長虞每奏駁事，爲邦之司直矣。

研工名理，而論難五馬⑩。論貴於允理，不求支離，若嵇康之論文矣。

在朝班⑪政而議奏出，宜以遠大爲本。陸機《議晉斷》〔2〕，亦名其美矣。

盟檄發於師旅，相如《喻蜀父老》，可謂德音矣。

此《翰林論》之一斑，觀其所取，蓋以沈思翰藻爲貴者，故極推孔、陸而立名曰《翰林》。

---

〔1〕 批注：休。
〔2〕 批注：晉书限斷議。

陸賦巧而碎亂 碎亂者,蓋謂其不能具條貫。然陸本賦體,勢不能如散文之敘錄有綱,此評或過⑫。

君山 桓譚《新論》頗有論文之言,今略舉數條如左:(見《全後漢文》十三。)

賈誼不左遷失志,則文彩不發;淮南不貴盛富饒,則不能廣聘駿⑬士,使著文作書;太史公不典掌書記,則不能條悉古今;楊雄不貧,則不能作《玄言》。(《新論·求輔》篇。)

余少時好《離騷》,博觀他書,輒欲反學。(《新論·道賦》篇。)

楊子雲工於賦,余欲從學。子雲曰:"能讀千賦則善賦。"(同上。)

諺曰:"侏儒見一節,而長短可知。"孔子言舉一隅足以三隅反。觀吾小時二賦,亦足以揆其能否。(同上。)

公幹 劉楨論文之言,今無考。

吉甫 應貞論文之言,今無考。

士龍 士龍與兄平原書牘,大抵商量文事,茲且錄一首,以示一節。(《全晉文》一百二。)

雲再拜。往日論文,先辭而後情,尚潔而不取悅澤。嘗憶兄道張公言子論文實欲自得⑭,今日便欲宗其言。兄文章之高遠絕異,不可復稱言。然猶皆欲微多,但清新相接,不以此爲病耳。若復令小省,恐其妙欲不見可復稱極,不審兄由〔1〕

---

〔1〕 批注:猶通。

以爲爾不。

論文取筆 六朝人分文筆,大概有二途:其一以有韻者爲文,無韻者爲筆;其一以有文采者爲文,無文采者爲筆。謂宜兼二説而用之。詳具《總術》篇札記。

原始以表末四句 謂《明詩》篇以下至《書記》篇每篇敘述之次第。兹舉《頌讚》篇以示例:自"昔帝嚳之世"起,至"相繼於時矣"止,此"原始以表末"也。"頌者容也"二句,"釋名以章義"也。"若夫子雲之表充國"以下,此"選文以定篇"也。"原夫頌惟典雅"以下,此"敷理⑮以舉統"也。

及其品列成文七句 此義最要。同異是非,稱心而論,本無成見,自少紛紜〔1〕。故《文心》多襲前人之論,而不嫌其鈔襲,未若世之君子必以己言爲貴也。即如《頌讚》篇大意本之《文章流別》,(詳後。)《哀弔》篇亦有取於摯君,信乎通人之識,自有殊於流俗已。

傲岸泉石 鮑照《代挽歌》:"傲岸平生中,不爲物所裁。"

校勘記

① 竹器如豆者,《筆記》本同。北大本、學社本、川大本、中華本、文史哲本作"竹器圓者"。

② 廊,原作"廓",據北大本、《筆記》本、學社本、川大本、中華本、文史哲本、《全後漢文》改。

③ 旌,北大本、《筆記》本、學社本、川大本、中華本、文史哲本作"斿",《全後漢文》作"旒"。

④ 游翫,北大本、《筆記》本、學社本、川大本、中華本、文史哲本同。《全後漢

---

〔1〕 批注:繽紛。

文》作"遊玩"。

⑤ 趍,據《全後漢文》補,北大本、《筆記》本、學社本、川大本、中華本、文史哲本作"趣"。

⑥ 達,原作"建",手批改作"達",《全後漢文》同。北大本、《筆記》本、學社本、川大本、中華本、文史哲本作"建"。

⑦ 强,原作"彊",學社本、川大本、中華本、文史哲本作"彊",據北大本、《筆記》本、《全後漢文》改。

⑧ 許,原作"詐",手批改作"許"。北大本、《筆記》本、學社本、川大本、中華本、文史哲本、《全後漢文》作"詐"。

⑨ 具,據手批補。

⑩ 研工名理,而論難五馬,原作"研玉名理,而論難主馬",手批改爲"研工名理,而論難五馬"。北大本作"研玉名理,而論難王馬",《筆記》本、學社本、川大本、文史哲本作"研玉名理,而論難生焉",中華本作"研求名理,而論難生焉",《全晉文》作"研玉名理,而論難王馬"。

⑪ 班,北大本同。《筆記》本、學社本、川大本、中華本、文史哲本作"論",《全晉文》作"辨"。

⑫ 此評或過,原作"此與《總術》篇所云,皆疑少過",北大本、《筆記》本、學社本、川大本、中華本、文史哲本同。手批改作"此評或過"。

⑬ 駿,原作"俊",手批改作"駿"。北大本、《筆記》本、學社本、川大本、中華本、文史哲本作"俊",《全後漢文》作"駿"。

⑭ 嘗憶兄道張公言子論文實欲自得,《筆記》本、學社本、川大本、文史哲本同。中華本作"嘗憶兄道張公父子論文,實欲自得",《全晉文》作"嘗憶兄道張公文子論文,實欲自得"。

⑮ 理,原作"理",手批改作"緩"。北大本、《筆記》本、學社本、川大本、中華本、文史哲本、《文心雕龍》作"理"。

物色第四十六[1]

長沙駱鴻凱紹賓撰

春秋代序，陰陽慘舒至**況清風與明月同夜，白日與春林共朝哉**

此言寫景文之所由發生也。夫春庚秋蟀，集候相悲，露本風榮，臨年共悦，凡夫動植，且或有心，況在含靈，而能無感？是以望小星有嗟實命，遇芰[2]梅而怨愆期，風詩十五，信有勞人思婦觸物興懷之所作矣。何況慧業文人，靈珠在抱，會心不遠，眷物彌重，能不見木落而悲秋，聞蟲吟而興感乎？爾則寫景之篇，充盈文囿，非無故也。

陸機《文賦》曰："悲落葉於勁秋，喜柔條於芳春。"鍾嶸《詩品序》曰："氣之動物，物之感人，摇蕩性靈[3]，形諸歌[4]詠。"又曰："若乃春風春鳥，秋月秋蟬，夏雲暑雨，冬月祁寒，斯四候之感諸詩者也。"昭明《答湘東王求文集詩苑書》曰："或日因春陽，其[5]物韶麗，樹花發，鶯鳴和，春泉生，暄風至，陶嘉月而熙游，藉芳草而眺矚，或朱炎受謝，白藏紀時，玉露夕流，金風時扇，悟秋士之心，登高而遠託，或夏條可結，倦於邑而屬詞，冬雪千里，睹紛霏而興詠。"簡文《答張纘示集書》曰："至如春庭落景，轉蕙承風，秋雨且晴，簷梧初下，浮雲生野，明月入樓，時命親賓，乍動嚴駕。""是以沈吟短翰，補綴庸音，寓目寫心，因事而作。"蕭子顯《自序》曰："若乃登高極目，臨水送歸，風動春朝，月明秋夜，早雁初鶯，開花落葉，有來斯應，每不能已也。"陳後主《與詹事江總書》曰："每清風朗月，美景良辰，對羣山之參差，望巨波之混瀇，或酌新花，時觀落葉，既聽春鳥，又聆秋雁，未嘗不促膝舉觴，連情發藻。"此諸家之言，皆謂四序之中緣景生情，發爲吟咏，與劉氏之意正同。

是以詩人感物至辭人麗淫於繁句也　此言《詩》《騷》、漢賦寫景遷變也。詩人感物連類不窮者，明三百篇寫景之辭所以廣也。賦體之直狀景物者姑置無論，即比興之作，亦莫不假於物，事難顯陳，理難言罄，輒託物連類以形之，此比之義也。外境當前，適與官接，而吾情鬱陶，借物抒之，此興之義也。比有憑而興無端，故興之爲用尤廣于比。舉例明之：興有物異而感同者，亦有物同而感異者，九罭鱒魴，鴻飛遵渚，二事絕殊，而皆以喻文公之失所；牂羊墳首，三星在罶，兩言不類，而皆以傷周道之陵夷，此物異而感同也；《柏舟》命篇，《邶》《鄘》兩見，然《邶》詩以喻仁人之不用，《鄘》詩以況女子之有常；《杕杜》之目，《風》《雅》兼存，而《小雅》以譬得時，《唐風》以哀孤立，此物同而感異也。夫其託物在乎有意無意之間，而取義僅求一節之合，（如《關雎》篇詩人僅借雎鳩摯而有別以起興，非即以雎鳩比淑女也。）興之在詩，所以爲用無窮也。

　　《豳風‧九罭》《傳》云："九罭，緵罟，小魚之網也。鱒魴，大魚也。"《疏》引王肅云："以興下土小國不宜久留聖人。"又"鴻飛遵渚"，《傳》云："鴻不宜遵⑥渚也。"《箋》云："鴻，大鳥也，不宜與鳧鷖之屬飛而遵⑦渚，以喻周公今與凡人處東都之邑，失其所也。"

　　《小雅‧苕之華》《傳》云："牂羊墳首，言無是道也。三星在罶，言不可久也。"《箋》云："無是道者喻周已衰，求其復興不可得也。不可久者，喻心星之光耀見於魚笱之間，其去須臾也。"

《邶風‧柏舟》《箋》云："舟載渡物者，今不用，而與衆物泛泛然俱流水中。興者，喻仁人之不用而與羣小並列⑧，亦猶是也。"

《鄘風‧柏舟》《箋》云："舟在河中，猶婦人之在夫家，是其常處。"

《小雅‧杕杜》《傳》云："杕杜猶得其時蕃滋，役夫勞苦，不得盡其天性。"

《唐風‧有杕之杜》《傳》云："道左之陽，人所宜休息也。"《箋》云："今人不休息者，以特生陰寡也。興者，喻武公初兼其宗族，不求賢者與之在位，君子不歸，似特生之杜然。"

氣謂物之神氣，采謂物之色采也；既隨物以宛轉，亦與心而徘徊，二語互文足義，猶云寫氣圖貌，屬采附聲，既隨物以宛轉，亦與心而徘徊也。夫氣貌聲采，庶彙各殊，侔色揣稱，夫豈易事？又況大鈞槃物，块圠無垠，迎之未形，攬之已逝，智同膠柱，事等契舟，然則物態各殊既如彼，無常又如此，自非入乎其內，令神與物冥，亦安能傳其真狀哉？

王夫之云："'池塘生春草''明月照積雪''蝴蝶飛南園'⑨，皆心中目中與相融洽⑩，一出語時即得珠圓玉潤。"又云："會景而生心，體物而得神，則自有靈通之句，參化工之妙。若但于句求巧，則性情先爲外蕩，生意索然矣。"觀此，知心物未融，則寫景未有能臻工妙者也。"

詩人寫景，以少總多，情貌無遺。觀劉氏所舉已見梗概。兹更錄王夫之説以示例：

"庭燎有輝"，鄉晨之景莫妙于此。晨色漸明，赤光雜烟而埃㬥⑪，但以'有輝'二字寫之。唐人《除夕》詩'殿庭銀燭上熏天'之句，寫除夜之景與此彷彿，而簡至不逮遠矣。'花迎劍佩'，差爲曉色朦朧傳神，而又云'星初落'，則痕迹露盡。益歎三百篇之不可及也。"

"蘇子瞻謂'桑之未落，其葉沃若'，詩人體物之工，固也。然得物態，未得物理。'桃之夭夭，其葉蓁蓁''灼灼其華''有蕡其實'，乃窮物理。夭夭者，桃之穉者也。桃至拱把以上，則液流蠹結，花不榮，葉不盛，實不蕃。小樹弱枝，婀嫋妍茂爲有加耳。"

此云《離騷》，包《楚辭》而言。"嵯峨之類聚，葳蕤之羣積"云者，謂寫山水草木之詞漸趨繁富也。兹舉例如次：

山峻高以蔽日兮，下幽晦以多雨。霰雪紛其無垠兮，雲霏霏而承宇。(《涉江》。)上高巖之峭岸兮，處雌蜺之標顛。據青冥而攄虹兮，遂儵忽而捫天。(《悲回風》。)

右寫山。

朝騁騖兮江皋，夕弭節兮北渚。鳥次兮屋上，水周兮堂下。(《湘君》。)

馮崐崙以瀲霧兮，隱岷山以清江。憚涌湍之礚礚兮，聽波
聲之洶洶。（《悲回風》。）

右寫水。

嫋嫋兮秋風，洞庭波兮木葉下。（《湘夫人》。）

雷填填兮雨冥冥，猿啾啾兮狖夜鳴，風颯颯兮木蕭蕭。
（《山鬼》。）

右寫風雲。

秋蘭兮麋蕪，羅生兮堂下。綠葉兮素莖，芳菲菲兮襲予。
（《少司命》。）

秋蘭兮青青，綠葉兮紫莖。（同上。）

右寫草木。

字必魚貫者，謂好用連語、雙聲、疊韻諸聯綿字也。此蓋因楊
馬之流精通小學，故能撮字書之單詞，綴爲儷語，或本形聲假借之
法，自鑄新詞。劉氏所謂“楊馬之作，旨趣幽深，讀者非師傳不能析
其辭，非博學不能綜其理”也。兹舉相如《上林賦》句爲例：

洶涌彭湃，潏弗宓汨，偪側泌㵘，橫流逆折，轉騰洌澈，滂
濞沆溉。崇山矗矗，龍嵸崔巍，深林巨穴⑫，嶄巖參差。九嵏
南山，巖崿峨峨⑬，巖陁甗錡，摧崣崛崎。

至如雅詠棠華至**則繁而不珍** 此言寫景文不宜多用五色之詞也。昔人誚爲詩好用珠玉等字者爲七寶妝,吾師每稱陳文述詩爲國旗[14]體,亦嫌其一篇之中多用采色字也。

自近代以來,文貴形似至**即字而知時也** 此節與《明詩》所論,皆明劉宋以後詩賦寫景之異於前代也。

> 《明詩》云:"宋初文詠,體有因革,莊老告退而山水方滋,儷采百字之偶,爭價一句之奇,情必極貌以寫物,辭必窮力而追新,此近世之所競也。"

"體物爲妙,功在密附"數語,劉氏雖以此評當時,實亦凡寫景者所當奉爲準則也。蓋物態萬殊,時序屢變,摛辭之士所貴憑其精密之心以寫當前之境,庶閱者於字句間悠然心領,若深入其境焉,如此則藻不徒抒而景以文顯矣;不則狀甲方之景,可移乙地,摹春日之色,或似秋容,剿襲雷同,徒增厭苦,雖爛若縟繡,亦何用哉?

> 《峴傭説詩》云:"寫景須曲肖此景,'渡頭餘落日,墟里上孤烟',確是晚村光景;'兩邊山木合,終日子規啼',確是深山光景;'黃雲斷春色,畫角起邊愁',實是窮邊光景;'野徑雲俱黑,江船火獨明',確是暮江光景。"觀此則寫景之貴於密附益可見矣。
>
> 《詩塵》云:"寫景之句,以雕琢工致[15]爲妙品,真境湊泊爲神品,平淡率真[16]爲逸品。如'芳草平仲綠,清夜子規啼',(沈佺期。)'明月松間照,清泉石上流',(王維。)'雨中山果落,燈下草蟲鳴',(王維。)'綠樹村邊合,青山郭外斜',(孟浩然。)'松生

青石上，泉落白雲間'，(賈島。)'泉聲入秋寺，月色遍寒山'，(于武陵。)皆逸品也。如'日落江湖白，潮來天地青'，(王維。)'四更山吐月，殘夜水明樓'，(杜甫。)'柳塘春水漫，花塢夕陽遲'，(嚴維。)'鷄聲茅店月，人迹板橋霜'，(溫庭筠。)皆神品也。其他登妙品者，則不可枚舉也。"案：此所謂逸品，所謂神品，皆指其功在密附言之。

然物有恒姿至**曉會通也**　此言寫景文之作術也。"物有恒姿"至"或精思愈疏"，謂物之姿態有恒，而人之運思多變，或率爾操觚，竟能密合，或鏤心灑翰，轉益浮詞也。尋心物之感，其機至微，其時至速，故有卒然遇之，不勞而獲者，亦有交臂失之，回顧已遠者，此中張弛通滯之數，雖有上材恒不能自喻其故，文家常言以爲天機駿利易於燭物，六情壅塞難于用思，通塞之宜，文之工拙分焉，斯誠不刊之論矣。然欲令機恒通而鮮塞，亦自有術。劉氏《神思》篇云："陶鈞文思，貴在虛靜。"蓋謂不虛不靜，則如有物障塞于中，而理之在外者無自而入，意之在内者無自而出，關鍵不通，斯機情無由暢遂也。此雖爲一切文言，而寫景尤要。是故綴文之士，苟能虛心靜氣以涵養其天機，則景物當前，自能與之默契，抽毫命筆，不假苦思，自造精微，所謂信手拈來，悉成妙諦也。不則以心逐物，物足以擾心，取物赴心，心難于照物，思慮雖苦，終如繫影捕風矣。

《詩》《騷》所標，並據要害至**善于適要，雖舊彌新**　此言寫景變化之法也。夫文貴自出心裁，獨標新穎，謝朝華之已披，啓夕秀于未振，焉取規摹仿效，致來因襲之譏。然寫花鳥，繪煙嵐，則誠有不盡爾者。蓋物色古今所同，遠視黄山，氣成蔥翠，適當秋日，草盡萎黄，古有此景，今亦無以異也。是故古人之作，雖已泄宇宙之秘，窮化工之妙,清辭麗句,膾炙文林,然後賢有作,倘能即勢會奇,因方借巧,妙得規摹變化之訣,自成化腐爲新之功。又況意之爲用,其出不窮,同敘一景而以悲愉各異,則後者初非襲前,如"落日照大旗,馬鳴風蕭蕭"(杜甫《後出塞》。)與"蕭蕭馬鳴,悠悠斾旌",(《詩·大雅·角弓》篇。)一敘愁慘之象,一狀整暇之容,語同而用意別,特作者臨文偶然湊合,非相襲也。同賦一物而比興不同,則諸作各擅其勝,如同一咏蟬,虞世南"居高聲自遠,端不藉秋風",是清華人語;駱賓王"露重飛難進,風多響自沈",是患難人語;李商隱"本以高難飽,徒勞恨費聲",是牢騷人語:此因比興之不同而各據勝境也。由此觀之,雨滴空階,月照積雪,亭皋葉下,池塘草生,凡諸美景,雖至不可紀極之世,言之亦無害爲佳構,李文饒所謂"文章譬諸日月,雖終古常見,而光景常新",不其然哉。

文章變化之法,古人有不易其意而別造新語,或規摹其意而形容之者,有翻意者,有點化成句者,有用意造語不嫌雷同者,而且文詩賦詞得相通變,學者措意于此,其于劉氏所謂因方借巧,即勢會奇,可以知所從事矣。茲各舉例明之:

　　山谷云:"詩意無窮而人之才有限,以有限之才追無窮之意,雖少陵、淵明不得工也。然不易其意而造其語,謂之換骨法,規模其意而形容之,謂之奪胎法。"如鄭谷《十月菊》曰:"自然今日人心別,未必秋香一夜衰。"此意甚佳,而病在氣不長。曾子固曰:"詩當使人一覽語盡而意有餘,乃古人用心處。"所以舒王《菊》詩曰:"千花百卉凋零後,始見閑人把一枝。"坡則云:"萬事到頭都是夢,休!休!明日黃花蝶也愁。"李翰林曰:"鳥飛不盡暮天碧。"又曰:"青天盡處没孤鴻。"其病如前所論。

山谷《登達觀臺》詩曰：“瘦藤拄⑰到風烟上，乞與遊人眼界⑱開，不知眼界闊⑲多少，白鳥去盡青天回。”凡此之類皆換骨法也。顧況詩曰：“一別五十年，人堪幾回別。”其詩簡緩而立意精確。舒王《與故人》詩曰：“一日君家把酒杯，六年波浪與塵埃。不知烏石江邊路，到老相尋得幾回。”樂天曰：“臨風杪秋樹，對酒長年身。醉貌如霜葉，雖紅不是春。”東坡《南中》詩曰：“兒童悮喜朱顏在，一笑那知是酒紅。”凡此皆奪胎法。（《冷齋夜話》。）

杜牧之《阿房宮賦》云：“明星熒熒，開妝鏡也；綠雲擾擾，梳曉鬟也；渭流漲膩，棄脂水也；烟斜霧橫，焚椒蘭也；雷霆乍驚，宮車過也；轆轆遠聽，杳不知其所之也。”盛言秦之奢侈。楊敬之作《華山賦》有云：“見若咫尺，田千畝矣；見若環堵，城千雉矣；見若杯水，池百里矣；見若蟻垤，臺九層矣；蜂窠聯聯，起阿房矣；小星熒熒，焚咸陽矣。”《華山賦》杜佑常稱之，牧之乃佑孫，是仿敬之所作，信矣。（《瑞桂堂暇錄》⑳。）

《野客叢書》：“或讀《阿房宮賦》至‘歌臺暖響，春光融融，舞殿冷袖，風雨凄凄，一宮之間而氣候不齊’，擊節歎賞，以爲善形容廣大。僕謂蓋體魏卞蘭《許昌宮賦》，曰：‘其陰則望舒涼室，羲和溫房，隆冬御絺，盛夏重裘，一宇之深邃，致寒暑於陰陽。’非出於此乎？”

右不易其意而造其語，及規模其意而形容者。

王楙曰：“山谷《酴醾》詩‘露濕何郎試湯餅，日烘荀令炷爐香’一聯，蓋出於商隱之意，而翻案尤工耳。商隱詩曰：‘謝郎衣袖初翻雪，荀令熏爐更換香。'"(《野客叢書》㉑。)

　　徐世俊曰："張仲宗《踏莎行》：'醉來扶上木蘭舟，將愁不去將人去。'引用李端詩：'青楓綠草將愁去，遠入吳雲暝不還。'此返用之而勝。"王阮亭曰："有詞翻來極淺反爲入情者，孫葆光云：'雙漿不知消息，遠汀時起鸂鶒。'洪璵云：'醉來扶上木蘭舟，醒來忘卻桃源路。'無如查莖云：'斜陽影裏，寒煙明處，雙槳去悠悠。'翻令人不能爲懷。"(並《古今詞話》。)

　　詞家多翻詩意入詞。李後主《一斛珠》末句云："繡床斜憑嬌無那，爛嚼紅絨，笑向檀郎唾。"楊孟載《春繡》絕句云："閒情正在停針處，笑嚼紅絨唾碧窗。"此卻翻詞入詩。(《詞筌》。)

右翻意者。

　　詩家有換骨法，謂用古人意而點化之，使加工也。劉禹錫云："遙望洞庭山水翠，白銀盤裏一青螺。"山谷點化之則云："可惜不當湖水面，銀山堆裏看青山。"孔稚圭《白苧歌》云："山虛鐘磬徹。"山谷點化之則云："山空響管弦。"學詩者不可不知此。"水田飛白鷺，夏木囀黃鸝。"李嘉祐詩也。王摩詰衍之爲七言曰："漠漠水田飛白鷺，陰陰夏木囀黃鸝。"而興益遠。"九天閶闔開宮殿，萬國衣冠拜冕旒。"王摩詰詩也。杜子美刪之爲五言句："閶闔開黃道，衣冠拜紫宸。"而語益工。"詩人點化前作，正如李光弼將郭子儀之軍，重經號令，精彩數倍。"(《韻語陽秋》。)

　　王勃《滕王閣序》："層臺聳翠，上出重霄，飛閣流丹，下臨無地。"即王中《頭陀寺碑文》："層軒延袤，上出雲霓，飛閣透

迤，下臨無地。""落霞與孤鶩齊飛，秋水共長天一色。"即庾子
山《馬射賦》："落花與芝蓋齊飛，楊柳共春旗一色。"（《湛淵
詩話》。）

《鐵圍山叢談》云："寒鴉飛數點，流水遶孤村。"隋煬帝語
也。少游《滿庭芳》引用之，云："斜陽外，寒鴉數點，流水遶孤
村。"（《古今詞話》。）

右點化成句者。

唐人詩句，不厭雷同，絕句尤多。試舉其略：杜牧《邊上聞
胡笳》詩云："何處吹笳薄暮天，塞垣高鳥沒狼烟，遊人一聽堪
頭白，蘇武爭禁十九年。"胡曾詩云："漠漠黃沙際碧天，問人云
此是居延，停驂一顧猶魂斷，蘇武爭消十九年。"戎昱《湘浦曲》
云："虞帝南巡不復還，翠蛾幽怨水雲間，昨夜月明湘浦宿，閨
中環珮度空山。"高駢云："帝舜南巡不復還，二妃幽怨水雲間，
當時珠淚垂多少，只到而今竹尚斑。"李賀《詠竹》云："無情有
恨何人見，露壓烟籠十萬枝。"皮日休《詠白蓮》云："無情有恨
何人見，月曉風清欲墮時。"（《升菴詩話》。）

右用意造語不嫌雷同者。

四序紛迴，而入興貴閑至**情曄曄而更新**　數語尤精，四序紛
迴，入興貴閑者，蓋以四序之中，萬象森羅，觸於耳而寓於目者所在
皆是，苟非置其心於脩然閒曠之域，誠恐當前好景，容易失之也。
陶詩："采菊東籬下，悠然見南山。山氣日夕佳，飛鳥相與還。此中
有真意，欲辯已忘言。"因采菊而見山，一與自然相接，便見真意，而

至於欲辯忘言,使非淵明擺落世紛,寄心閒遠,曷至此乎?物色雖繁,析辭尚簡者,蓋以一時之內,一地之間,物態皆極繽紛,表之於文,惟須約其詞旨,務令略加點綴,即已真境顯然。陶詩"曖曖遠人村,依依墟里煙,狗吠深巷中,雞鳴高樹顛"四語,著墨不多而村墟景象如溢目前,若事鋪陳,誠恐累牘連篇有所不盡也。味飄飄而輕舉,情曄曄而日新者,味即文味,情即文情也。夫既以閒曠之興領略自然之美,則觀察真矣,復以簡至之辭攝取物象之神,則技術巧矣,寫景如是,而文之情味有不引人入勝者哉?

若乃山林皋壤至**抑亦江山之助乎** 此言物色之有助於文思也。彼靈均之賦,隱深意於山阿,寄遙情於木末,煙雨致其綿渺,風雲託其幽邈,所謂得助江山,誠如劉説。他若靈運山水,開詩家之新境,柳州八記,稱記體之擅場,並皆得自窮幽攬勝之功,假於風物湖山之助。林巒多態,任才士之品題;川岳無私,呈寶藏於文苑。所謂取不盡而用不竭者,其此之謂乎。

贊曰山沓水匝至**興來如答** 此與本篇首節意同。紀昀曰:諸贊之中,此爲第一。正因題目佳耳。

校勘記

① 據學社本整理。

② 芟,文史哲本同。中華本作"摽"。

③ 靈,《詩品》作"情"。

④ 歌,《詩品》作"舞"。

⑤ 其,學社本作"具",中華本、文史哲本同。據《全梁文》改。

⑥ 遵,中華本、文史哲本同。《毛詩正義》作"循"。

⑦ 遵,中華本、文史哲本同。《毛詩正義》作"循"。

⑧ 喻仁人之不用而與羣小並列，中華本、文史哲本同。《毛詩正義》作"喻仁人之不見用而與羣小人並列"。

⑨ 池塘生春草、明月照積雪、蝴蝶飛南園，《薑齋詩話》作"池塘生春草、蝴蝶飛南園、明月照積雪"。

⑩ 洽，中華本、文史哲本同。《薑齋詩話》作"浹"。

⑪ 埃㙦，中華本、文史哲本同。《薑齋詩話》作"曖曃"。

⑫ 穴，中華本、文史哲本同。《文選》作"木"。

⑬ 九嵕南山，巖峴峨峨，中華本、文史哲本同。《文選》作"九嵕巖峴，南山峨峨"。

⑭ 斿，文史哲本同。中華本作"旗"。

⑮ 工致，中華本、文史哲本同。《诗麈》作"致工"。

⑯ 率真，中華本、文史哲本同。《诗麈》作"真率"。

⑰ 拄，學社本、中華本、文史哲本作"挂"，據《冷齋夜話》改。

⑱ 界，學社本、中華本、文史哲本作"暫"，據《冷齋夜話》改。

⑲ 闊，學社本、中華本、文史哲本作"開"，據《冷齋夜話》改。

⑳ 《瑞桂堂暇録》，學社本、中華本、文史哲本在下文"非出於此乎"後，誤。

㉑ 《野客叢書》，學社本、中華本、文史哲本作《冷齋夜話》，誤。